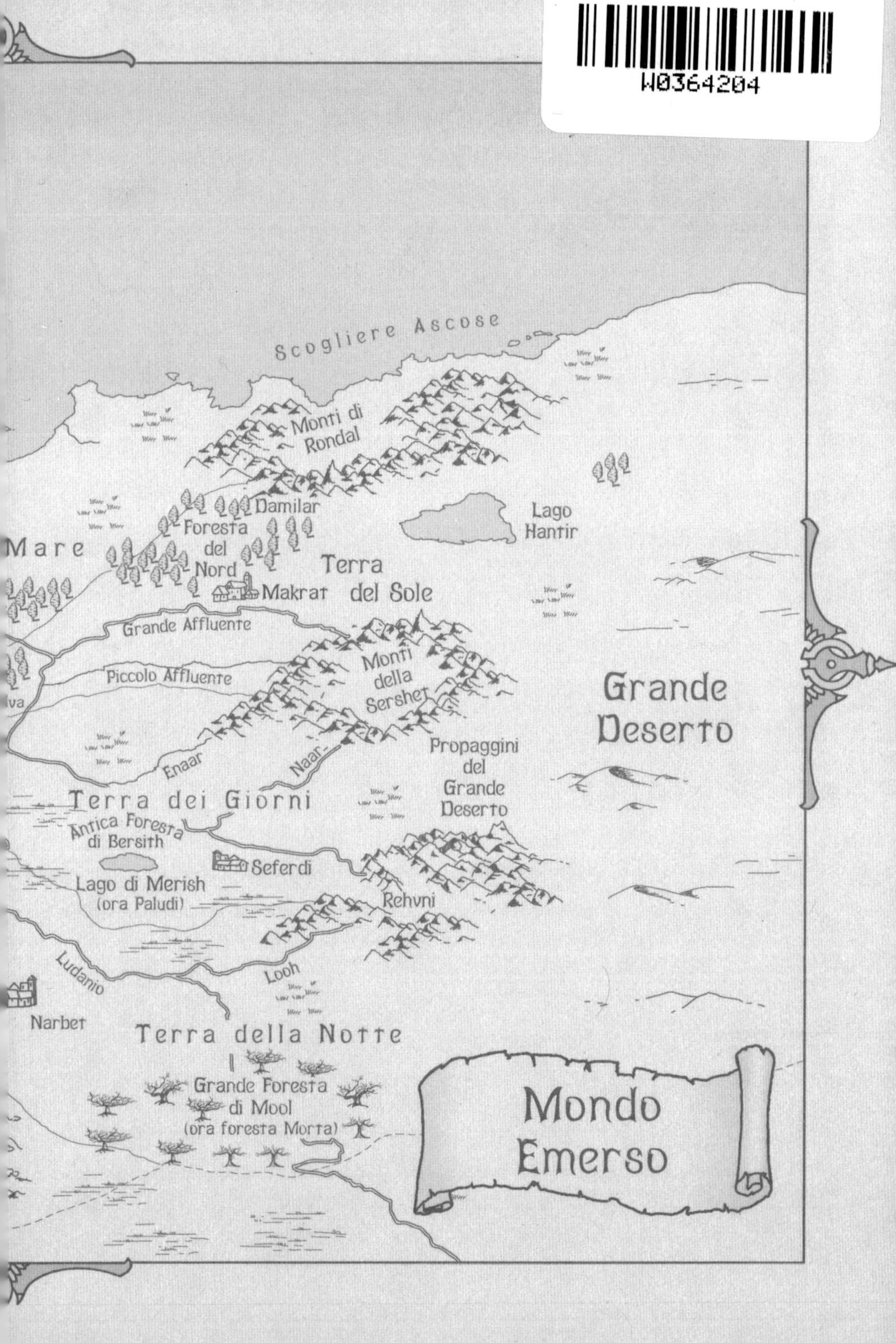

Scogliere Ascose
Monti di Rondal
Damilar
Foresta del Nord
Lago Hantir
Mare
Terra del Sole
Makrat
Grande Affluente
Piccolo Affluente
Monti della Sershet
Grande Deserto
Propaggini del Grande Deserto
Enaar
Naar
Terra dei Giorni
Antica Foresta di Bersith
Seferdi
Lago di Merish (ora Paludi)
Rehvni
Ludanio
Looh
Narbet
Terra della Notte
Grande Foresta di Mool (ora foresta Morta)
Mondo Emerso

LEGGENDE
DEL
MONDO EMERSO

LICIA TROISI

LEGGENDE DEL MONDO EMERSO

III - GLI ULTIMI EROI

MONDADORI

www.ragazzi.mondadori.it

Prima edizione novembre 2010
Stampato presso Mondadori Printing S.p.A.
Stabilimento N.S.M., Cles (TN)
Printed in Italy
ISBN 978-88-04-60679-6

A Paolo Barbieri,
per le meravigliose visioni
che mi ha donato in questi anni
(e per Ido)

Qualche passo indietro...

Adhara non ha un padre né una madre. Perché la sua nascita non è avvenuta secondo le leggi di natura: Adhara è stata creata con la magia dal corpo di una ragazza morta, Elyna. Adrass, un sacerdote che si è unito alla setta dei Veglianti, le ha dato vita a un unico scopo: essere la Sheireen, la Consacrata destinata a combattere i Marvash, le creature distruttrici che periodicamente si manifestano nel Mondo Emerso per dare inizio a una nuova era. Ma Adhara non sa nulla, il giorno in cui inizia la vita svegliandosi in un prato, senza memoria né coscienza di sé.

L'incontro con Amhal, giovane e tormentato Cavaliere di Drago, la sconvolgerà nel profondo: è lui a darle un nome, e Adhara se ne innamora a prima vista. Nel cammino che intraprende per scoprire la propria identità, trascorre un periodo alla corte di Makrat come dama di compagnia della principessa Amina, nipote di Dubhe e Learco – sovrani della Terra del Sole – e figlia di Neor.

Le sue vicende si intrecciano a quelle del Mondo Emerso. Dopo un lungo periodo di pace, una nuova minaccia si affaccia a ovest: gli elfi, che abbandonarono il Mon-

do Emerso secoli prima in seguito alla comparsa delle altre razze, sono ora intenzionati a riprendersi una terra che ritengono di loro proprietà. Li guida Kryss, un re giovane e bellissimo, determinato a riconsegnare l'Erak Maar – come viene chiamato in elfico il Mondo Emerso – al suo popolo, e pronto a tutto pur di raggiungere il proprio scopo. Kryss ha fatto in modo che nel Mondo Emerso si diffondesse un morbo letale, decimando e prostrando la popolazione allo scopo di indebolirla e cominciare l'invasione.

Suo sodale è San, il nipote della Sheireen Nihal, che è tornato nel Mondo Emerso dopo una lunga assenza. San è uno dei due Marvash, e il suo scopo è rendere consapevole Amhal di essere il secondo Marvash, destinato assieme a lui a distruggere quel mondo.

Dopo la scoperta della sua vera natura, Adhara decide di fuggire. Non intende seguire il proprio destino, così come vorrebbe il Supremo Officiante del culto di Thenaar, Theana, e soprattutto è decisa a salvare Amhal da se stesso. Ma qualcosa nel suo corpo inizia a non funzionare, procurandole violenti dolori, e le dita della mano sinistra pian piano anneriscono. Nonostante ciò, vuole ritrovare Amhal e sottrarlo a San, che nel frattempo l'ha introdotto a Kryss. Grazie a un medaglione magico, il re degli elfi dona al giovane la libertà da qualsiasi sentimento, e quindi anche dal lacerante senso di colpa che ha sempre provato a causa della parte oscura che percepisce in sé. Diventato uno dei più potenti luogotenenti degli elfi, Amhal si unisce a Kryss nell'attacco contro la Terra del Vento.

Amina ha uno scontro con Amhal, che gli ha ucciso il padre il giorno in cui ha scelto di seguire San. Il giova-

ne avrebbe facilmente ragione di lei se non intervenisse Adhara. Amhal però non dà segno di riconoscerla, anzi, non ha alcuna remora a combattere contro di lei. Ma proprio quando Adhara sta per soccombere, qualcuno la trascina via.

Amina viene salvata dall'esercito della regina, e passa la convalescenza proprio con Dubhe. Qui ha modo di ripensare alla propria vita, ai recenti lutti e al suo bruciante desiderio di rivalsa. Sua nonna, che rivede in lei se stessa da giovane, l'aiuta a capire che non c'è sollievo nella vendetta, e che solo uno scopo più alto potrà permetterle di sconfiggere il dolore. Per questo Amina le chiede di tenerla con sé e addestrarla al combattimento.

Nel frattempo Adhara scopre chi è il suo misterioso salvatore: Adrass. Non ha fatto che seguirla da quando si sono separati, deciso a ritrovarla per convincerla ad accettare il suo destino. Ma c'è anche un'altra ragione che l'ha spinto sulle tracce della sua creatura: il malessere che sta divorando Adhara è dovuto a un'imperfezione nella magia che l'ha creata, e che la condurrà alla morte. Adrass però è convinto di poter trovare la cura in una biblioteca perduta, nascosta nelle viscere della città di Makrat.

Adhara non vorrebbe seguire il suo nemico: è stato lui, infatti, a incatenarla a quel destino, lui a darle una non-vita. Ma non ha scelta: nonostante tutto, il desiderio di vivere è più forte di ogni cosa.

Nel frattempo, Theana è alle prese col morbo. Entra in contatto con Uro, uno gnomo dall'aspetto ambiguo, che le fornisce una cura miracolosa. Lei è scettica, ma quando prova la pozione si accorge che i risultati sono buoni. Inizia allora a distribuirla massicciamente, ma al contempo cerca di capire come Uro sia riuscito a realiz-

zarla. La risposta non tarda ad arrivare: la pozione contiene sangue di ninfe torturate e uccise allo scopo, poiché queste creature sono immuni dal morbo. Theana si trova di fronte a un tremendo dilemma: continuare a usare la pozione, e salvare così il Mondo Emerso, oppure rifiutarla e destinare a morte certa un intero popolo?

Decide di parlare direttamente con le ninfe, spiegando i crimini di Uro e chiedendo perdono, e nello stesso tempo le implora di donare parte del loro sangue per approntare la pozione. Il Supremo Officiante riesce infine a stringere un'alleanza con le ninfe, e dunque il Mondo Emerso ha finalmente un'arma, sebbene non risolutiva, per combattere l'epidemia.

Adhara e Adrass nel frattempo hanno raggiunto Makrat, ormai preda del caos dopo che la corte l'ha abbandonata perché flagellata dal morbo. Si introducono nella biblioteca sotterranea, un luogo che si inoltra per braccia e braccia nelle viscere della terra. La discesa verso i livelli inferiori, che dovrebbero contenere i libri con le informazioni sulla cura per Adhara, è complicata dal fatto che Adrass dà segni di aver contratto la malattia. Adhara, nonostante si tratti di un nemico, decide di aiutarlo e riesce a salvargli la vita.

Questa esperienza cambia profondamente i rapporti tra i due. Adrass pian piano riconosce che Adhara non è un semplice automa, ma una persona a tutti gli effetti, e Adhara, dal canto suo, si sforza di capire le ragioni di Adrass, il percorso tortuoso e sofferto che l'ha spinto tra le braccia dei Veglianti.

Intanto, le condizioni della ragazza peggiorano; la mano sinistra è ormai morta, e Adrass è costretto ad amputarla.

I due, infine, raggiungono il fondo della biblioteca, là dove si trova l'area più inaccessibile, quella dedicata alla Magia Proibita. L'ultima stanza, però, è custodita da un mostro gigantesco contro il quale Adhara è costretta a battersi. Finalmente riescono a entrare, e Adrass trova ciò che cercava. Deve condurre Adhara in un tempio dedicato a Shevraar, un tempio cui è possibile accedere solo tramite un pericoloso manufatto magico, un portale, e lì chiedere il Sigillo del dio, la sua benedizione.

I due raggiungono questo luogo, un posto in cui Adhara, in quanto consacrata al dio, può sopravvivere, ma che succhia le energie vitali di Adrass. Lui però, che ormai considera Adhara una figlia, decide di salvarla anche a scapito della propria vita.

Il rito va a buon fine, Adrass è stremato ma Adhara riesce a condurlo fuori, al sicuro. Qui però li attende un altro improvviso pericolo: Amhal li coglie di sorpresa e riuscirebbe a uccidere Adhara se Adrass non si frapponesse tra i due, morendo per proteggere la ragazza.

Adhara è fuori di sé: ha appena trovato un padre, solo per vederlo morire. La lotta tra lei e Amhal è feroce, con largo uso di magie e incantesimi che alla fine mandano in frantumi il portale, catapultandoli in un luogo alieno. Adhara sembra avere la meglio e disarma Amhal: la vendetta è a un passo, ma all'improvviso si rifiuta di ucciderlo. Non si accontenta di essere ciò che Theana, il destino e gli dei vogliono che sia. Non ucciderà mai il Marvash, l'uomo che ama. Abbassa la spada e si allontana: imparerà a essere Sheireen a modo suo.

Prologo

Il tempio di Nuova Enawar traboccava di gente. Le persone radunate sul sagrato erano talmente tante che alcuni avevano dovuto rinunciare a entrare e aspettavano fuori, assiepandosi verso l'interno. Avevano dovuto chiamare dei soldati per evitare che la calca degenerasse in tragedia. Era già successo, in un villaggio alle falde dei monti della Sherset, una settimana prima. Era un piccolo tempio, poco più di un capannone di legno. I sacerdoti che lo custodivano erano giovani e inesperti, gli anziani se li era portati via il morbo in poco tempo. La gente era confluita da tutti i luoghi infetti, anche dai più lontani, dopo viaggi sfibranti cui i più deboli non erano sopravvissuti. Alla fine della giornata si erano contati venti morti: vecchi, donne e un bambino schiacciati dalla folla. Chi aveva visto raccontava che la gente camminava sui cadaveri, spinta dalla calca, e che era disposta a qualsiasi cosa per avere la pozione che guariva, la pozione che faceva la differenza tra la vita e la morte. E allora Theana aveva deciso che occorreva imporre una disciplina, perché la folla era un mostro dominato da istinti bestiali, e come un animale andava domato. Era necessario mobilitare soldati per controllare che non si ripetessero i tragici avvenimenti di una settimana prima, e sacerdoti itineranti che portassero la cura direttamente nei ricoveri dove venivano isolati i malati. Li stava facendo addestrare proprio in quei giorni, per inviarli in tutto il Mondo Emerso. Nel frattempo, aveva deciso di distribuire la pozione solo nel tempio da lei stessa presieduto, il più grande del Mondo Emerso, quello di Nuova Enawar.

Gli avvisi erano stati affissi con tre giorni di anticipo in un'area ristretta, ma sarebbe sicuramente arrivata più gente di quanta ne attendessero, lo sapeva.

I pellegrini avevano iniziato a mettersi in fila già nelle prime ore notturne. Era scoppiata qualche rissa, però i soldati erano riusciti a sedarla senza troppo clamore. All'alba era cominciato a piovere, ma nessuno aveva abbandonato la propria postazione. Sotto l'altare, nel buio del tempio, era una sinfonia di lamenti e di gemiti che si levavano da un basso brusio di fondo, il respiro pesante di migliaia di persone. C'erano moribondi, trascinati a braccia dai congiunti. Qualcuno spirò lì, prima ancora che la distribuzione avesse inizio. Tra le navate si muovevano i Pietosi, con il volto coperto dalle caratteristiche maschere dal becco adunco. Distribuivano acqua agli assetati, portavano assistenza a chi ne aveva bisogno.

Theana contemplava quell'informe brulichio dal loggiato posto appena sotto il tetto del tempio. Lo spazio era diviso in tre navate da due ordini di imponenti colonne. La luce filtrava debole dalle finestre d'alabastro: fuori era nuvoloso, e i pochi raggi del sole penetravano a fatica nell'edificio. Gli affreschi sui muri si intravedevano appena, e nella penombra sembravano rappresentare figure da incubo, che incombevano sui presenti. C'era un'atmosfera tetra, quel giorno.

Da quella prospettiva, la folla sembrava davvero una creatura con migliaia di teste ma incapace di pensare, animata solo da un disperato bisogno di sopravvivenza. Ognuno, gravato dal fardello della propria storia, perdeva identità e si confondeva in una massa indistinta, che non aveva anima né passato. Viveva nel presente, nell'istante del qui e ora. Ma in fin dei conti, era quella l'essenza di ogni pestilenza. Morire soli, eppure vedere la propria tragedia personale annegata nelle migliaia che si consumavano contemporaneamente. E così la morte cessava di essere un fatto privato e non avveniva più nell'intimità domestica, ma dove capitava, alla luce del sole. L'ultimo gemito si confondeva tra migliaia di altri uguali, come i corpi nelle fosse comuni. Theana ne aveva viste molte. Alla fine, i cadaveri diventavano indistinguibili, ammassati gli uni sugli altri nell'angusto spazio di una buca.

Smettila di pensare a queste immagini angosciose, *si disse, e a forza si strappò alle sue riflessioni. Quello non era tempo per oziosi sofismi. L'attendeva una giornata campale.*

Gli assistenti che l'avrebbero aiutata a distribuire la pozione, quella per la quale le ninfe avevano acconsentito a dare il loro sangue e che era in grado di curare il morbo, erano schierati davanti a lei. Erano per lo più molto giovani, e i loro volti erano impauriti e affaticati. Li capiva: quella gente giunta al tempio per ricevere dalle loro mani la vita, pronta a tutto per la sopravvivenza, spaventava anche lei, soprattutto dopo quello che aveva visto dal loggiato.

La metà degli assistenti erano ninfe. L'accordo che aveva strappato a Calipso, la loro regina, prevedeva che rappresentanti della sua specie assistessero alla distribuzione della pozione. Perché le ninfe si fidavano, certo, ma non del tutto dopo quanto era accaduto con Uro, lo gnomo che le aveva uccise per prenderne il sangue. E volevano anche essere sicure che il frutto del loro sacrificio venisse usato al meglio. Theana aveva accettato di buon grado quella condizione, e fin dal principio aveva immaginato che quegli osservatori le sarebbero tornati utili. Era bastato che una di loro assistesse a una sola distribuzione perché si offrisse di dare una mano. La disperazione degli uomini, lo stato pietoso in cui il morbo li gettava, erano in grado di impietosire chiunque. Ma quel giorno era diverso. Quel giorno i malati non suscitavano pietà, quel giorno facevano paura.

Theana passò in rassegna i volti dei sacerdoti.

«So che avete paura» esordì. «È giusto che ne abbiate. Ma l'esercito è qui per proteggervi, ed è già riuscito a contenere diversi disordini. Provate a non pensare ai pellegrini solo come a una massa di moribondi. Guardateli negli occhi, e cercate l'uomo dietro la malattia. Vi aiuterà a capire che non c'è nulla da temere.»

«Mia signora, celebriamo i riti, prima?» chiese uno.

Theana si lasciò sfuggire un sorriso tirato. «Quanti di loro credi che siano qui per Thenaar? Là fuori molti hanno perso la fede. No, oggi non siamo qui per la cura delle anime, ma per quella dei corpi. E i riti ci farebbero perdere tempo, rischiando di irritare la gente. Nell'attesa alcuni di loro sono già morti, non possiamo indugiare oltre.»

Mai avrebbe pensato di arrivare a dire una cosa del genere. In passato la sua fede era molto più inflessibile. Ma aveva dovuto piegarsi alla miseria e al dolore. Forse quella non era la direzione che sperava avrebbe preso il culto, forse sognava una religione diversa per il suo dio, ma i tempi le avevano imposto altre scelte.

«Vi saranno dati due barili. Uno contiene la pozione, l'altro una bevanda dal sapore identico, ma innocua.»

La stanza fu percorsa da un mormorio costernato. Theana alzò una mano, e ottenne il silenzio.

«Molti degli uomini che verranno da voi a implorare la salvezza avranno la morte già scritta in faccia. La pozione non ha effetto sulle persone in cui la malattia è a uno stadio troppo avanzato. È dunque inutile che la somministriate a chi non ha la minima speranza.»

«Ma come faremo a capire chi deve avere la pozione e chi no? E poi, non se ne accorgeranno? Non inizierà a girare voce che li stiamo ingannando? Se questa gente si ribellasse in massa, sarebbe una catastrofe!»

Theana impose la calma con un gesto. «Tutti sanno che la pozione non è sempre efficace. E i due composti hanno lo stesso sapore. Non avete di che preoccuparvi. E per quanto riguarda la tua prima domanda, è a vostra discrezione. Ne avete visti a migliaia, di malati. Ognuno di voi ha lavorato a lungo con i contagiati: li avete assistiti, li avete accompagnati verso la morte, e in pochi casi fortunati li avete visti guarire. Ebbene, fate ricorso a questa esperienza. Ricordate quei volti e sovrapponeteli a questi. In cuor vostro saprete al primo sguardo chi può essere salvato e chi no.»

«Ma è terribile!» A parlare fu una ragazza giovanissima, pallida, con il collo deturpato dalle macchie nere che il morbo lasciava su chi guariva. «Per capire lo stato di un malato ci vorrebbe una visita approfondita, esami che richiedono tempo e perizia! E poi mi rifiuto di assumermi una simile responsabilità: il mio no significherebbe morte certa. Sarebbe un omicidio!»

Theana la guardò a lungo, intensamente. C'era qualcosa di puro e vibrante nella sua indignazione, qualcosa che lei aveva perduto da tempo. Ma sapeva che in particolari circostanze la purezza poteva essere molto più dannosa della malizia.

«Le persone oggi qui riunite saranno più di ottomila. Non abbiamo il tempo di far eseguire esami approfonditi, e non c'è pozione per tutti. Dovremmo quindi rimandarli tutti a casa, per non fare torto a nessuno? Oppure distribuirla finché non è terminata, e negarla agli altri a prescindere dal loro stato di salute?»

La ragazza strinse i pugni. «No, ma...»

La voce di Theana si addolcì. «In un mondo normale tu avresti ragione. Decidere arbitrariamente della vita e della morte di un uomo è certo un abominio. Ma non abbiamo scelta. Sì, siete chiamati all'omicidio. Non intendo mentirvi, e voglio che siate pienamente consapevoli di quello che state per compiere. Ucciderete degli uomini, oggi. Ma ne salverete molti altri. Cercherete di dare la vita a chi ancora ha una speranza, e condannerete chi in verità è già condannato. Ora pensateci bene. Capirò chi non si sentirà di proseguire.»

Un silenzio greve seguì le sue parole. Non era la prima volta che faceva quel discorso, eppure ogni volta si sentiva il cuore in gola. Che avrebbe fatto se tutti avessero rifiutato?

Si mosse solo la ragazza. «Io non me la sento, mi dispiace. Non voglio questa responsabilità.» La guardò con gli occhi lucidi, in cerca di assoluzione, un perdono che Theana non poteva concederle.

«La porta è quella. Ti condurrà fuori senza che tu debba attraversare la navata.»

La ragazza indugiò ancora qualche istante, poi si avviò mesta verso l'uscita.

«Qualcun altro?» chiese Theana.

Nessuno fiatò.

Scesero le scale insieme e si immersero nel caos del tempio. Il silenzio fu assoluto non appena fecero il loro ingresso.

Migliaia di occhi erano puntati su di loro. L'odore di morte prendeva alla gola. Theana lo conosceva bene. Ormai la accompagnava sempre, anche quando si ritirava in preghiera. Non riusciva più a toglierselo dalle narici. Ciascuno di loro si mise alla testa di una fila, e lei si portò al centro della navata, sovrastata dalla fuga vertiginosa della guglia principale del tempio. Thenaar non le era mai sembrato così lontano. Chiuse gli occhi un istante, poi parlò.

«Vieni pure avanti» disse al primo con un sorriso.

Tutto quello che aveva detto sul non considerare i malati come una massa indistinta perse presto di significato. I volti si sovrapposero nella sua mente, che cancellò pian piano ogni lineamento fino a vedere solo la faccia della malattia. Le stesse parole, ripetute per centinaia di volte. La botte con la pozione, quella con la bevanda innocua, il mestolo che si immergeva e tornava su colmo, con dentro la risposta: vita o morte. Così per tutto il giorno e buona parte della notte. Finché a terra non rimasero che i cadaveri di chi non ce l'aveva fatta. Presto le navate si riempirono di Pietosi che si occupavano dei morti. Erano silenziosi e neri come scarafaggi. Theana li guardò muoversi tra i corpi con perizia e senza ombra di emozione.

Improvvisamente tutto il lavoro di quella giornata le parve inutile. Sì, le cose andavano meglio da quando c'era la pozione. Le morti erano diminuite, e soprattutto era migliorato il morale. Perché adesso il morbo non era più una condanna senza appello. Adesso c'era una cura. Ma la gente continuava a morire. Per quanto Theana e i suoi si consumassero nel distribuire la pozione, erano sempre troppo lenti, e il morbo troppo rapido. E poi c'erano gli elfi, che non si erano fermati neppure un istante, che macinavano terreno su terreno, che con-

quistavano tutto quanto si parasse sulla loro strada. Se continuava così, gli abitanti del Mondo Emerso erano destinati a soccombere.

Il Supremo Officiante pensò alla Consacrata. L'aveva avuta con sé, e l'aveva lasciata andare. Da allora aveva cercato di dimenticarla, di cancellarla dal proprio orizzonte. Una Sheireen che non voleva adempiere il proprio destino era una ragazza qualsiasi. Ma si poteva sfuggire al fato? A volte diceva a se stessa che Thenaar operava per vie imperscrutabili, che se il destino di Adhara era scontrarsi con il Distruttore e salvarli, in un modo o nell'altro l'avrebbe fatto. E così si assolveva per averla fatta scappare, cercando di placare i dubbi che la tormentavano. Era stanca, infinitamente stanca.

«Mia signora.»

Theana si voltò. A parlare era stato uno dei giovani sacerdoti che l'avevano aiutata quel giorno. Era sfinito e provato, ma sul suo volto era dipinta un'espressione grave.

«Hai fatto un buon lavoro» gli disse Theana con un sorriso.

«Nient'altro che il mio dovere, ma non sono qui per questo» replicò lui. «È una cosa piuttosto grave, e vorrei parlarne in privato.»

Si appartarono in un piccolo ufficio vicino al loggiato. L'alba iniziava a tingere il cielo a est di un azzurro slavato. Theana si sedette con fatica, abbandonandosi a un lungo sospiro. Sentiva che quella conversazione non le sarebbe piaciuta.

«Vengo dalla Terra del Vento e, come sapete, gli elfi hanno sottomesso quasi completamente il mio paese» esordì il giovane sacerdote.

Theana annuì. In quanto Supremo Officiante, partecipava alle riunioni tattiche che il re, Kalth, organizza-

va mensilmente, e conosceva bene le proporzioni della disfatta cui stavano andando incontro.

«Qualche tempo fa ho incontrato in un ricovero per i contagiati un amico che non vedevo da molto, un soldato. Era in via di guarigione, ed era riuscito a scappare fortunosamente dalle zone occupate. Mi ha detto qualcosa che mi ha turbato. Mi ha raccontato che nei territori conquistati gli elfi di notte compiono oscuri riti, sulla cui natura chiedeva lumi a me.»

Theana raddrizzò la schiena, in allarme. «Quali riti?»

«Nei villaggi in loro possesso viene eretto una specie di obelisco, un oggetto non molto grande, metallico, estremamente appuntito e a base triangolare. Il mio amico ne ha visto uno nel villaggio occupato da cui è fuggito, e dice di aver sentito che anche in altri centri abitati ne hanno fatto uso. È intorno a questi obelischi che hanno luogo le riunioni notturne.»

«È stato in grado di descrivertele?»

Il ragazzo annuì. «Vi partecipano in genere non più di tre elfi, di cui uno vestito in modo diverso sia dai civili che dai soldati. Da quel che mi ha detto, potrebbe trattarsi di un sacerdote o qualcosa del genere. Cantano e pregano nella loro lingua, e infine versano una goccia di qualche sostanza alla base dell'obelisco, qualcosa che è contenuto in una piccola ampolla. Quando lo fanno, l'obelisco si illumina per un istante di riflessi violacei.»

Theana socchiuse gli occhi e scandagliò a fondo la memoria per cercare qualcosa che le ricordasse quei riti. Con ogni probabilità si trattava di celebrazioni senza importanza, che festeggiavano la conquista. Eppure l'obelisco aveva tutte le caratteristiche di un oggetto costruito per convogliare forze magiche. Ma perché erigere un manufatto del genere e santificarlo in quel modo?

«Perché te lo ha raccontato?»

«Perché la cosa lo aveva allarmato, e voleva sapere da me di cosa si trattasse. È gente che ha perso la propria terra, che l'ha vista cadere nelle mani del nemico. Credo che voi possiate capirmi se vi dico che per noi il luogo in cui siamo nati è tutto, e quando lo strappano dalle nostre mani è come se ci togliessero una parte del nostro cuore. Per questo il mio amico ha vissuto quella cerimonia come una violenza. Lui sa che gli elfi credono in Thenaar, solo che lo chiamano Shevraar. Per questo pensava che io potessi spiegargli l'origine di quei riti.»

Theana percepì un brivido lungo la schiena. «Lo comunicherò durante la prossima riunione tattica.»

«Potrebbe essere tardi. Gli elfi hanno il controllo quasi totale della Terra del Vento.»

«Che cosa temi?»

«Non lo so. Ma se davvero gli obelischi sono manufatti magici, li stanno posizionando in ogni villaggio conquistato.»

«Ne parlerò con i miei consiglieri più fidati, e farò in modo che si indaghi» disse Theana.

Seguì qualche secondo di silenzio, ma il ragazzo non si mosse.

«Voi cosa ne pensate?» le chiese infine.

Lei si aggiustò sullo scranno. «Non lo so. Ma condivido i tuoi timori, purtroppo. La pervicacia con cui quella gente ci odia, e con cui sta perpetrando il suo piano di conquista, ha qualcosa di spaventoso.» Chiuse gli occhi ancora un istante. Non ce la faceva davvero più. La fatica della giornata, e ora quella notizia... «Vorrei poterti rassicurare» concluse con un sorriso mesto «ma non posso.» Guardò fuori dalla finestra. Il cielo a est ora era quasi bianco. «Nessuno di noi può.»

Prima parte

La terra delle lacrime

I

Boschi sconosciuti

Adhara sentì le gambe cedere di colpo. Aveva quasi dimenticato la fatica e il dolore, quando all'improvviso il suo corpo raggiunse il limite. Il tronco di un albero fermò la sua caduta, e lei vi si appoggiò con tutto il peso. Non aveva idea di dove fosse. Si guardò attorno, smarrita. Poi ricordò. Il combattimento con Amhal aveva distrutto il portale della biblioteca e li aveva scagliati entrambi in un luogo che non conosceva. Aveva lasciato Amhal a terra, ferito, e si era inoltrata nella foresta, nel cuore della notte.

Ovunque guardasse, tutto le sembrava ignoto e ostile. Sul terreno crescevano strane piante dalle foglie larghe e carnose, tra i rami contorti degli alberi pendevano lunghissime liane dall'aspetto tetro. E quei fiori, fiori immensi e osceni, sembravano quasi in attesa di un suo passo falso, spalancati su di lei come bocche fameliche.

Non camminava da molto tempo, ma era provata dallo scontro con Amhal. Le mancava il fiato, e il fianco ferito le bruciava da impazzire. Persino il moncherino aveva ricominciato a tormentarla. Era come se la sua mano fosse ancora lì, come se Adrass non gliela avesse mai amputata, come se pian piano avesse ripreso a decomporsi. Percepiva il dolore lancinante della carne corrosa, lo stridio dei tendini. Ma oltre il suo polso sinistro non c'era più nulla, e la pelle era tesa e liscia sull'accurata opera di cauterizzazione che Adrass aveva compiuto per medicarle la ferita.

No, non era il dolore a farla piangere. Si portò la mano destra agli occhi, e le lacrime parvero bruciare come fuoco liquido. Pensava al duello con Amhal, al bacio lungo e disperato che si erano scambiati; pensava a Adrass, al suo corpo ormai perduto, sepolto dalle macerie del portale. Pensava a quegli ultimi, tremendi giorni in cui era diventato un padre per lei, solo per vederlo ucciso sotto i suoi occhi dall'uomo che amava. E non riusciva a darsi pace.

Perché tutto quel dolore, perché era destinata a perdere tutto ciò che conquistava? Gli dei sembravano aver scelto per lei una via così impervia soltanto per il divertimento di vederla dibattersi nelle pastoie del suo destino, e fallire miseramente. Era per questo che esistevano Consacrate e Distruttori, per questo Sheireen e Marvash si massacravano attraverso i secoli? Per il diletto degli dei?

Sapeva solo che era sfinita.

Si portò la mano al fianco, e la vide rossa di sangue.

Rischio di morire, pensò, ma era una semplice constatazione. In quel momento vivere o morire non faceva alcuna differenza.

Lasciò che la schiena scivolasse lungo il tronco, che la corteccia le graffiasse la pelle. Cadde nell'erba alta, tra felci enormi e fiori dall'aspetto minaccioso. Alzò gli occhi. Tra le chiome degli alberi intravide uno sprazzo di cielo. Nulla più che un triangolo nero, acceso da miriadi di stelle. Da un lato, uno spicchio di luna, luminosissimo.

Il cielo era lo stesso del Mondo Emerso, il cielo crudele del giorno in cui era venuta al mondo e si era svegliata in un prato senza sapere chi fosse, né da dove venisse. Allora era una mattina assolata, mentre adesso era una notte cupa e profonda. Da lassù, qualche dio crudele l'aveva vista strisciare tutto quel tempo, e forse ancora la guardava ridendo. Adhara sorrise alle stelle. Era stanca di giocare. E in un modo o nell'altro adesso sarebbe finita.

Lasciò che il suo corpo si abbandonasse, le braccia lungo i fianchi, le gambe distese a terra, senza più forza. Chiuse gli occhi, il buio l'avvolse e la portò via.

L'oscurità densa del suo sonno si animò all'improvviso. C'era qualcosa. Una forma vaga e candida, una fiammella che si agitava, come scossa dal vento.

Piano, iniziò a percepire una voce. Flebile, così debole da essere coperta dalla sua stessa eco. E pronunciava parole incomprensibili, in una lingua perduta.

Non appena la udì, Adhara avvertì una sofferenza profonda, una disperazione cupa. Poteva sentirla nella carne, come se le appartenesse.

Non capiva le parole, e non era in grado di distinguere chi le stesse pronunciando, ma parlavano di dolore e morte.

Catene a stringerle i polsi. Un buio infinito a coprirle gli occhi. E qualcosa che le bruciava il petto, insinuandosi tra i suoi seni come una serpe, scavandole la carne come un pungolo, sempre più a fondo, fino a raggiungerle il cuore.

Presto... presto... presto!

Adhara spalancò gli occhi, ma dovette richiuderli subito. C'era una luce accecante. Scosse la testa, e la sentì come fosse piena di pietre. Le faceva male dappertutto. Il sole le scaldava la pelle. Si passò la mano sulla fronte, e la trovò coperta da un sottile velo di sudore.

Si sentiva addosso una strisciante angoscia. Ricordava bene il sogno che aveva appena fatto. Le sembrò che volesse comunicarle un messaggio, di cui tuttavia le sfuggiva il senso.

Riaprì gli occhi piano, cercando di distinguere qualche forma nota in quel caos di luce. I contorni andarono definendosi a poco a poco. Riconobbe il luogo in cui aveva perso i sensi la sera prima, il profilo dei rami e delle foglie, la forma di alcuni fiori. Era un tripudio di colori, violentissimi. Le corolle la accecarono con i loro petali rossi e viola, le foglie sugli alberi con il loro verde incandescente. I profumi erano inebrianti.

Scrutò il paesaggio. Alla luce del giorno e con la mente più riposata forse sarebbe stato più facile orientarsi. Ma a parte il fatto di trovarsi in una foresta, per il resto le sembrava di essere finita in un incubo. Perché nessuna delle piante che la circondavano apparteneva al suo mondo. Il sottobosco era un intrico di arbusti che non aveva mai visto. C'erano alberi dal fusto lunghissimo, sul qualc si innestavano a raggiera foglie aghiformi. C'erano piante che terminavano con grosse escrescenze rosse e carnose, altre composte da foglie a ventaglio, dai bordi taglienti.

Adhara si tastò ancora la fronte. Era fresca. Forse la sera prima aveva avuto la febbre, ma adesso era scomparsa. Non stava delirando. Era davvero finita in un luogo irreale.

Appoggiò la testa al tronco di un albero dalla corteccia porosa. Si ricominciava, dunque. Era ancora viva, e le toccava di nuovo combattere, lottare per sopravvivere. Si fece forza e osservò la ferita al fianco. Era un bel taglio, ma l'emorragia quanto meno si era fermata.

Con estrema delicatezza scostò la stoffa della casacca,

ormai tutt'uno con i lembi di carne. Forse c'era rischio di infezione. Poco male. Sapeva che Adrass l'aveva ben attrezzata per ogni evenienza. Sarebbe bastato guardarsi attorno, e la sua memoria di creatura artificiale avrebbe fatto il resto: di sicuro avrebbe individuato una pianta con cui curarsi. Invece le bastarono pochi minuti per capire con sgomento che non funzionava. Niente nei dintorni le ricordava qualcosa. Tutto era sconosciuto. Fino a quel momento il suo istinto l'aveva sempre tirata fuori dai guai. Ora, improvvisamente, la sua voce interiore taceva.

Chiuse gli occhi di nuovo, cercando di vincere il panico che dalle gambe cominciava a salirle verso le tempie. La risposta venne a galla rapidamente. Non sarebbe stato piacevole, ma non c'era altro modo.

Raccolse le energie. Quella notte di sonno l'aveva ristorata, e sentiva di potersi concedere un'unica, semplice magia.

Evocò un fuoco magico. Il globo rossastro si sollevò davanti a lei, acceso di un bagliore timido. Se lo sarebbe fatto bastare.

Prese il pugnale e lo immerse nel globo fino all'elsa. Attese che il fuoco facesse il suo lavoro e che la lama assumesse una colorazione rosso cupo. Quindi inspirò a fondo. Si guardò il fianco. Cercò il coraggio. Si morse il labbro, strinse forte gli occhi, poi appoggiò la lama alla carne. Il suo grido ruppe il silenzio assorto di quel luogo alieno.

La fame non tardò a farsi sentire. Adhara non ricordava quanto tempo fosse passato dal suo ultimo pasto, ma sentiva di doversi rimettere in forze. La ferita era adesso al riparo dall'infezione, ma la procedura che aveva usato l'aveva lasciata stremata. Gli alberi traboccavano di frutti, eppure le riusciva difficile trovarne uno dall'aspetto commestibile. Quei colori sgargianti e quelle forme sensuali sembravano fatti apposta per attirare le prede in un morso fatale. Ma non aveva scelta, doveva rischiare. Camminò ancora, alla ricerca di un frutto dall'aria più inoffensiva degli altri, finché non vide un albero carico di grosse mele di un viola cupo. Ne raccolse una caduta a terra e affondò le dita in una polpa ricca e farinosa che trasudava un liquido rosso vivo, tanto che per un istante le sembrò di avere le mani intrise di sangue. Dentro, c'era un cuore bianco lattiginoso. Lo assaggiò con la punta della lingua: il sapore era dolcissimo. Decise di fidarsi, e lo divorò con foga.

Riposò per gran parte del giorno. Il corso degli eventi l'aveva stordita, e si sentiva come catapultata in un sogno. Aveva bisogno di riprendere fiato, e per farlo doveva chiudere i conti con quanto era avvenuto poche ore prima.

Scavare una buca non fu facile, con una mano sola e il dolore al fianco che non voleva saperne di abbandonarla. Ma *doveva* farlo. Fece leva sull'elsa della spada, e in quel lavoro profuse tutte le energie residue.

Quando ebbe finito, vi adagiò dentro l'arma. Era tutto quel che le restava di Adrass. Il suo corpo non c'era più, forse seppellito sotto le macerie del tempio elfico, forse a decomporsi chissà dove, scagliato lontano dall'esplosione del portale. Ma l'uomo che era stato meritava una fossa in cui riposare.

Adhara si strappò con forza una ciocca di capelli. L'avrebbe recisa se avesse potuto, ma era infinito il numero di cose che con una mano sola non era più in grado di compiere. Poco male. Era lieta di soffrire per lui.

Depose la lucente ciocca blu nella piccola fossa, accanto all'arma, e la ricoprì di terra. Quando fu colma, vi infisse sopra nient'altro che un ceppo. Si mise in ginocchio, e tutto quel che seppe donare all'uomo che le aveva dato la vita e che poco prima l'aveva salvata fu un silenzio cupo. Ma fu in quel dolore muto che trovò il senso della via che l'attendeva. Avrebbe onorato la morte di Adrass compiendo la missione per cui lui l'aveva creata. Sì, avrebbe continuato la lotta, per lui. Per questo doveva sopravvivere. Per questo, e perché un grande compito la attendeva. Provò una fitta di dolore quando il volto impassibile di Amhal si affacciò nei suoi ricordi. Lui era il Marvash che doveva distruggere, ed era l'uomo che non poteva impedirsi di amare. E ogni giorno che passava, il baratro in cui era precipitato diventava sempre più profondo. Doveva salvarlo, e al tempo stesso doveva sconfiggerlo. E l'avrebbe fatto, per amore suo e di Adrass.

Perché lei era la Consacrata, e il destino del Mondo Emerso era nelle sue mani.

Si riposò due giorni, cercando di recuperare le energie, e per questo decise di muoversi il meno possibile. Si sentiva un'ospite sgradita, come se tutto in quel luogo inquietante, dagli alberi all'invisibile fauna, non facesse altro che spiarla, seguirla, pronto ad attaccarla.

Trovò altri frutti. Ce n'erano di violacei dalla buccia croccante che, una volta spezzata, rivelava un interno giallo, viscido e succoso, pieno di semi. Altri erano allungati, di vario colore e pieni di spine; l'interno però era dolce e granuloso. E ce n'erano altri ancora giallognoli, striati, con l'interno duro e compatto, poco saporiti, ma molto dissetanti.

Cercò di mangiarne più che poté, sperando le facessero bene e l'aiutassero a riprendersi. Scelse le piante che portavano i segni del passaggio di qualche animale: se le creature di quel luogo se ne cibavano, era più probabile che si trattasse di specie commestibili anche per lei.

Al terzo giorno, però, decise che era il momento di muoversi. Non si era completamente rimessa, ma valutò che le forze le fossero tornate a sufficienza per consentirle di allontanarsi.

Non sapeva dove andare, era certa solo di doverlo fare in fretta.

Ma non appena decise di mettersi in marcia, accadde un fatto inspiegabile. Senza una precisa ragione, imboccò un sentiero costeggiato da folti alberi e iniziò a camminare. I suoi piedi scelsero per lei. Era come se *percepisse* la direzione giusta, in un modo confuso e irrazionale, ma chiaro per il suo corpo. Si chiese se non fosse l'istinto che tornava finalmente ad aiutarla. Prese senza indugio verso ovest. Sapeva che lì avrebbe trovato le risposte che cercava.

Man mano che avanzava, avvertiva qualcosa che la spingeva a muoversi più in fretta. Era come se una corrente fluisse nel terreno e guidasse i suoi passi. E la cosa assumeva una sfumatura ancora più misteriosa se la univa ai sogni.

Si erano ripresentati tutte le notti da quando Adrass era morto, identici. C'era sempre quella fiammella che rischiarava il buio, ogni notte più debole, e quelle frasi accorate, che le rimbombavano nella testa. All'inizio le era sembrata una lingua sconosciuta. La mattina si svegliava e non ricordava neppure quali fossero le parole che udiva ripetere. Ma alla terza notte, pian piano, le si impressero nella mente, e al risveglio ricordò. Era elfico. Poteva comprenderlo, grazie a un altro dono che Adrass aveva fatto alla sua memoria. E così ne capì il senso. Era una disperata richiesta di aiuto.

Vieni da me prima che sia troppo tardi, prima che lui mi possieda del tutto. Vieni da me prima che giunga la fine.

Ogni notte, la visione si faceva più definita. La fiammella, sempre più debole, andava assumendo le fattezze di un corpo, snello e slanciato. Una figura confusa, nella quale c'era un unico particolare ben chiaro: al centro del petto brillava qualcosa di rosso. Un rosso intenso, sanguigno, come una ferita. Tutte le volte che nel sogno Adhara cercava di concentrare l'attenzione su quel particolare, percepiva qualcosa anche sul proprio petto. Una sensazione dolorosa, come una lama che cercasse di farsi largo tra le sue carni, dilaniandole e bruciandole. Al mattino si svegliava indolenzita e sudata, la mano che correva al solco tra i seni, là dove il pungolo scavava. Ma non c'era alcuna ferita, e anche il dolore era sparito.

Si convinse che qualcuno la stava chiamando, e che era questa la ragione per la quale le sue gambe conoscevano esattamente la strada da seguire. Ma perché e come, non lo sapeva.

Le immagini del suo ultimo scontro con Amhal la ossessionavano. Per quanto cercasse di non pensarci, la prendevano a tradimento durante il giorno. Rivedeva i suoi occhi spenti e il modo in cui aveva cercato di ucciderla, senza un'ombra di esitazione. E soprattutto ricordava i bagliori rossi sul suo petto. Erano la prima cosa che aveva notato, durante il loro scontro. Era un medaglione acceso di riflessi vermigli. Proprio come quello della figura nei sogni.

Camminò un giorno intero, fermandosi solo per consumare uno dei grossi frutti di cui aveva fatto scorta e dissetarsi a un ruscello.

L'aria nel frattempo sembrava aver cambiato consistenza e odore. Adhara vi percepiva una nota salmastra, un profumo che non aveva mai sentito. Anche la vegetazione pian piano mutava, e alle piante alte dalle larghe foglie si sostituirono bassi arbusti di un verde più scuro.

I fiori si fecero più piccoli e dalle forme più simili a quelli che era abituata a vedere nel Mondo Emerso. Soffiava un vento leggero, e gli alberi ne seguivano la direzione, chinando docili il capo. Quando vide una pianta simile a un ulivo, Adhara si sentì improvvisamente quasi a casa.

Poi cominciò a udire un lieve rumore in lontananza, come un rombo che si faceva via via più forte. L'odore divenne più intenso e la vegetazione sempre più bassa, spazzata da un vento impetuoso. Presto non rimase che un unico tappeto verde, composto da piante dalle foglie grasse e carnose. E fu all'improvviso, superata un'altura, che si trovò di fronte uno spettacolo mozzafiato.

Una sterminata distesa d'acqua, di un blu purissimo, si stendeva al di là di una scogliera nera, sulla quale cercavano di arrampicarsi onde impetuose, orlate di spuma bianca. Adhara ne rimase incantata. Era qualcosa di immenso e potente, qualcosa di sconfinato. Non l'aveva mai visto, ma seppe che era il mare.

Avanzò piano verso la scogliera, attratta dal vuoto. I suoi piedi si fermarono a un passo dal burrone. Sotto, l'acqua turbinava in gorghi mortali, che nei secoli avevano modellato la pietra in forme grottesche e bizzarre. Le onde erano così forti che gli spruzzi di spuma arrivavano fino a lei.

Le ci volle non poca forza di volontà per alzare lo sguardo dallo strapiombo. Il vuoto la attraeva, chiamandola con voce suadente. Fissò l'orizzonte, perso in un blu assoluto, appena trattenuto dalla linea di demarcazione tra acqua e cielo. Il giorno volgeva al termine, e il sole, di un arancione che feriva gli occhi, era in procinto di tuffarsi nel mare.

Adhara sapeva che nel Mondo Emerso il mare era a nord, lungo le coste della Terra del Mare. Cos'era dunque l'oceano che si trovava di fronte? Dov'era finita?

Non ebbe il tempo di darsi risposta, perché un braccio le strinse con violenza il collo, mentre una lama le incise appena la pelle della gola.

«Ferma o ti ammazzo!»

La lama premeva sulla sua giugulare, e aveva già intaccato la carne. Adhara non fece in tempo a pensare al pugnale, assicurato alla cintura in vita, che l'aggressore glielo sfilò dalla custodia.

«Questo lo tengo io» disse senza mollare la presa. Adhara digrignò i denti. Aveva un altro pugnale, nascosto nello stivale, ma quel coltello puntato alla gola le impediva di chinarsi per prenderlo.

L'avevano sorpresa come una pivellina, alle spalle, mentre si godeva scioccamente il paesaggio. Alzò le braccia.

«D'accordo, hai vinto» disse rassegnata.

A quelle parole la pressione della lama sembrò farsi più lieve: fu una variazione quasi impercettibile, che tuttavia permise a Adhara di divincolarsi dalla presa e tentare una contromossa.

«Cosa credi di fare, stupida?» disse l'aggressore intercettando subito il suo movimento e puntandole il coltello più a fondo nella pelle.

La sua tattica non aveva funzionato. Quel tizio, un uomo a giudicare dalla voce, non era uno sprovveduto. Lo sentì agitarsi, e dal rumore le parve che stesse frugando in una bisaccia. Ne trasse fuori qualcosa che frusciò. Un cappuccio, scoprì Adhara non appena si sentì infilare in testa un sacco di tela grezza.

«E adesso cerca di stare buona, se non vuoi che invece di coprirti gli occhi decida di accecarti» aggiunse l'assalitore, mentre cercava di legarla.

Le afferrò i polsi, ma si accorse che le mancava la mano sinistra. Fu costretto a stringerle le braccia al corpo, facendo passare la corda nell'incavo dei gomiti. Quindi la girò e le diede uno spintone tra le scapole. «Cammina, forza.»

Adhara notò che parlava con uno strano accento sibilante, come se quella non fosse la sua lingua.

Era paralizzata dal terrore. Quel tizio non si sarebbe fatto troppi scrupoli a ucciderla se si fosse ribellata, e soprattutto sembrava avere qualcosa di non umano.

Una nota oscura nella sua presenza, nei suoi gesti e soprattutto nel suo odore le suggeriva qualcosa che avrebbe preferito ignorare. Decise di lasciarsi guidare, maledicendosi per la propria ingenuità. Ma ormai non aveva possibilità di rimediare. Poteva solo sperare di uscirne viva.

2

Perduto

Amhal si riebbe all'improvviso, riemergendo da un nulla abitato solo da un dolore sordo.

Cercò di capire dove si trovasse, ma intorno a lui tutto era immerso nell'oscurità. La scarsa luce della luna illuminava squarci di un panorama che stentava a decifrare. Era in una piana erbosa dalla vegetazione insolita. Un raggio lunare rischiarò il contorno di una foglia enorme dai bordi frastagliati, che non apparteneva a nessuna pianta conosciuta. Poco più in là, notò il tronco contorto di alberi senza corteccia e il profilo aguzzo di piante basse, che gli pungevano le palme delle mani con i loro aghi sottili. Fiori immensi sbocciavano dal terreno.

Si portò una mano alla testa e percepì che c'era qualcosa di diverso. Un rivolo di sangue gli colò sulla guancia, il suo sangue che odorava di bosco e frescura, il sangue delle ninfe. Si tirò su a fatica, e avvertì una fitta alla mano sinistra che gli mozzò il fiato. La guardò: mancavano due dita, e la ferita ancora sanguinava.

Strappò un lembo di stoffa dalla camicia e lo legò stretto alla mano: doveva bloccare immediatamente l'emorragia, aveva già perso molto sangue.

Fu quella vista a risvegliare ogni ricordo, a uno a uno, come i grani di una collana. L'esplosione del portale, il duello, gli ultimi colpi che lui e la Sheireen, la Consacrata, si erano scambiati.

E quel bacio.

Sentiva ancora sulle labbra il sapore di lei. Percepiva ancora nelle narici l'odore del suo sangue, che lui stesso aveva spillato. Si portò le mani alle tempie, e strinse, strinse fino a farsi male, come a spremere via quell'unico, doloroso ricordo.

Non più Sheireen, ma Adhara, quello era il suo nome. E quel nome richiamava altre memorie, altrettanto dolorose, i resti di un legame che aveva cercato con tutto se stesso di spezzare.

Si sentì prossimo alla follia. Non era in grado di tollerare quel tumulto di emozioni, non dopo l'assenza di sentimenti che aveva sperimentato negli ultimi tempi. E proprio quando gli parve di perdersi definitivamente, il medaglione, sul suo petto, prese a pulsare. Prima debolmente, poi di una luce rossa sempre più intensa. E man mano che la luce prendeva vigore, la pace scendeva sui suoi pensieri. Adhara tornava a essere solo Sheireen, il sapore dei baci scompariva dalle sue labbra. Ben presto, l'unico odore che poté percepire fu il profumo pulito della notte.

Riprese a respirare normalmente, quindi si guardò intorno con calma. Era di nuovo padrone di sé.

Osservò il panorama che lo circondava, e capì di trovarsi in un luogo sconosciuto. Per qualche istante ponderò di seguire la sua preda, ma non c'erano tracce nei dintorni, e in ogni caso il combattimento l'aveva lasciato spossato e ferito. Valutò che fosse meglio rimettersi in forze e curare la mano ferita prima di ricominciare la caccia.

Sfiorò incidentalmente il medaglione e per un istante scandagliò il proprio cuore: fu con soddisfazione che lo trovò freddo, privo di ogni emozione. Era tornato in sé.

San glielo aveva detto spesso. «Abbiamo un vantaggio sul nostro nemico: lei è sola, noi siamo in due. E siamo al di sopra di tutto e di tutti. Noi siamo una cosa sola.»

Era vero. Amhal poteva comunicare con San anche quando erano lontani, come se fossero due parti distinte di un'unica mente.

Non appena aveva deciso di schierarsi con Kryss, San gli aveva insegnato a mettersi in contatto con lui. Sarebbe tornato assai utile, nel caso per qualche ragione si fossero divisi e avessero avuto l'uno bisogno dell'altro, un'occasione che fino a quel momento non si era mai verificata.

Per questo cercare il compagno fu la prima cosa che Amhal fece non appena ebbe curato la mano. Si limitò a un blando incantesimo di guarigione, non era in condizioni di compiere magie troppo complesse.

Mentre osservava il sangue macchiare il brandello di stoffa che aveva usato per fasciarsi, rimase come incantato. Ricordò con distacco che c'era stato un tempo in cui aveva cercato scientemente di ferirsi. Allora la vista del proprio sangue, versato in sfiancanti e punitivi allenamenti, lo consolava. Era il prezzo da pagare per essere diverso, e versarne lo faceva quasi sentire normale. A ogni goccia, una pulsione di morte che se ne andava. San gli aveva fatto capire che non sarebbe bastato dissanguarsi per cancellare dal suo cuore la tentazione del male.

Adesso, la vista di quel sangue non gli dava nessuna vertigine. Piuttosto, evocava pensieri più pratici: sangue voleva dire ferita, e ferita significava pericolo. Occorreva tamponare, medicare, curare.

A questo si era ridotta la sua vita: a una lotta per la sopravvivenza. Era quello che aveva desiderato, il regalo che gli aveva fatto Kryss. Una vita senza sentimenti era una vita senza dolore. La consapevolezza e l'emozione non erano necessariamente un bene.

L'incantesimo per mettersi in contatto con San non era dei più banali. Amhal sapeva di non essere abbastanza in forma per tentarlo, ma volle ugualmente provare.

Trasse un pugnale dallo stivale, un'arma che il suo maestro gli aveva regalato come simbolo della loro fratellanza non appena si erano uniti all'esercito elfico. Gliel'aveva consegnato e poi si era inciso la pelle, per suggellare il legame con una goccia di sangue.

Amhal scorse la lama con lo sguardo, poi si punse un dito e lasciò che il sangue venisse letteralmente assorbito dall'acciaio. Sentì le forze mancargli, ma provò lo stesso ad andare oltre, evocando la formula necessaria per stabilire il contatto. La testa gli girava e la nausea gli attanagliava lo stomaco. Dovette desistere prima di perdere i sensi.

Si appoggiò con la schiena a un tronco, sospirò. Il sole iniziava a colorare il cielo. Quella lunga notte volgeva al termine, ma lui era stremato. Chiuse gli occhi sui primi raggi dell'alba.

Da quando Kryss gli aveva fatto dono dell'insensibilità, Amhal aveva smesso di sognare. Le sue notti erano pozzi neri che lo inghiottivano alla sera per sputarlo fuori al mattino, puro e innocente come fosse appena nato.

Quella volta invece sognò. Percorreva un sentiero in terra battuta, un'arida piana sferzata dal vento. Eppure, a dispetto della desolazione di quel luogo, si sentiva sereno. Quell'assenza di vita per lui significava pulizia, ordine, il rigore estremo delle cose morte.

Dapprima si muoveva rapido e leggero, come se non

avesse peso. Aveva l'impressione di essere mero scheletro, con le ossa liberate dalla carne e dal sangue grazie a un vento purificatore. Ma, a mano a mano che avanzava, era come se nuova carne pian piano andasse a colonizzare il suo scheletro. Sentiva il contrarsi faticoso dei muscoli, lo scorrere del sangue nelle vene, e tutto lo sfiancava, come un peso sempre più insostenibile che lo piegava verso terra.

Nel cielo giallo che sovrastava la piana andò disegnandosi una figura imponente. Non riusciva a distinguerne i contorni, ma sapeva che era lei, la Sheireen. Era immensa, e la sua vista gli generava un terrore cieco. Non aveva paura della sua forza, o della sua spada. Non aveva paura di esserne sconfitto, o di morire. Era qualcosa di più sottile, un'inquietudine che non era in grado di spiegare. Lei era ovunque, incombeva su di lui, e la sua sola vista lo faceva ripiombare in abissi di dolore. Ricordò, nel sogno. La prima volta che l'aveva vista, il giorno in cui l'aveva salvata, quella volta che l'aveva stretta tra le braccia, con dolore e desiderio. Sotto le dita sentì la morbidezza della sua carne.

Urlò, e la figura di Adhara riempì lo spazio circostante. Amhal non riusciva più a udire il rumore del vento che batteva la pianura, quel suono dolce e impersonale. Tutto era pieno della sua voce.

Amhal... Io non voglio ucciderti...

Si svegliò di soprassalto, gridando. Le sensazioni che il sogno gli avevano provocato svanirono quasi subito, ma lo lasciarono turbato. Respirava a stento, con affanno. Improvvisamente ricordò l'ultimo sogno che aveva fatto prima di ricevere da Kryss il dono per cui aveva venduto la propria anima. Si muoveva per la stessa piana, ma allora, mentre avanzava, il vento l'aveva scarnificato, come se volesse liberarlo dal peso superfluo della sua umanità e far risplendere sulle sue ossa la purezza del male. Un sogno del tutto speculare a quello che aveva fatto ora.

Non ci devi pensare. È un sogno, solo un sogno. Non si ripeterà più.

Ma perché aveva ripreso a sognare? Perché proprio ora?

Si tirò su stizzito. Non aveva tempo per sciocchezze del genere. Doveva nutrirsi, doveva cercare acqua. Trovò un ruscello non molto lontano dal luogo in cui aveva riposato. Tuffò la testa nell'acqua gelata, lasciò che gli lavasse di dosso le ultime inquietudini.

Fece per togliersi la casacca per rinfrescarsi, ma si accorse che la stoffa faceva resistenza. Stupito, si guardò il petto e rimase sconvolto: il medaglione che portava al collo aderiva alla sua carne come se vi fosse conficcato. Lo sfiorò piano con la punta delle dita. Aveva imparato a considerarlo un dono prezioso. Era lo strumento con cui Kryss, ne era ben conscio, lo teneva in pugno. Ma era anche l'oggetto magico grazie al quale aveva potuto dimenticare tutte le sofferenze della sua vita precedente. Era quel manufatto elfico che lo aveva liberato di ogni sentimento, rendendo il suo cuore impermeabile alle emozioni.

Fece forza e la casacca si strappò, ma il medaglione rimase al suo posto, rosso come il sangue. Era impossibile toglierlo senza lacerare la carne. Amhal ne percorse il contorno con le dita, poi si tastò il petto. Non seppe perché, ma sorrise, e si incantò a guardare quell'oggetto dai riflessi cangianti specchiarsi nell'acqua.

Si costruì un giaciglio per la notte e decise di riposarsi fino a quando non si fosse completamente ripreso. Rimase accampato nei pressi del ruscello per un paio di giorni. D'improvviso capiva perfettamente le parole che San gli aveva sempre detto circa la loro natura di Marvash. Capiva quanto fossero uniti, perché ora senza di lui si sentiva perduto.

Non aveva idea di quale fosse il passo successivo da compiere, non sapeva neppure dove andare. Era inchiodato in quella radura sperduta, dove l'esplosione del portale l'aveva scagliato, in attesa di ordini. Da quando aveva ricevuto il dono del medaglione, non aveva fatto altro che obbedire. A San, a Kryss. Non desiderava niente, morte e vita si equivalevano per lui: solo San poteva dirgli per cosa vivere e per cosa morire. Lui era la sua coscienza, il suo istinto di sopravvivenza, ciò che lo legava al mondo dei viventi.

E poi c'erano i sogni. Non li ricordava, ma al risveglio *sentiva* di aver sognato. Perché si percepiva insozzato da sentimenti e desideri della sua vita passata. E sentiva di sognare *lei*. Anche a questo San avrebbe saputo rispondere, se solo Amhal fosse riuscito a raggiungerlo.

Al terzo giorno riprovò. Prese il pugnale, sacrificò un altro po' del proprio sangue. Non era ritornato completamente in forze, il dolore alla mano lo faceva impazzire, ma stava meglio, e aveva urgente bisogno di sapere cosa fare.

La testa gli girava mentre eseguiva l'incantesimo, ma strinse i denti e tenne duro. Poi lo sentì. Era così, quando entravano in contatto. Non riusciva a vedere San, ma lo percepiva, come si erano percepiti prima di incontrarsi. Un lieve sollievo, non appena capì che era con lui.

L'hai uccisa? La voce di San gli giunse come un'eco lontana.

Qualcosa in lui tremò. *È stata lei che non ha voluto uccidere me.*

Non mi hai risposto, disse San.

Ancora silenzio. Si sentiva stranamente a disagio. Accadeva ogni volta che il pensiero sfiorava la Sheireen. Per quanto si sforzasse, non riusciva a evitare di soffermarsi sulla bellezza del suo viso, sul profumo della sua pelle.

No, non l'ho uccisa. Stava per sopraffarmi.

Male. Molto male. È diventata pericolosa. Non sai dove sia ora? chiese San.

Non so neppure dove sono io. È un posto strano.

Sei lontano, molto lontano. Lascia che io veda con i tuoi occhi.

Amhal scorse con lo sguardo ciò che lo circondava, il caos di una giungla traboccante di vita, le foglie larghe e carnose, i fiori dai colori violenti e le liane ritorte.

Sei nelle Terre Ignote.

Tranquillità. Le emozioni di San si comunicavano istantaneamente ad Amhal. Tirò un sospiro di sollievo. Se San era tranquillo, anche lui poteva rilassarsi.

Sono stato dove sei ora, molti anni fa, continuò San. *È poco distante da lì che ho incontrato Kryss per la prima volta.*

Era vero. Le Terre Ignote erano il regno degli elfi, il luogo in cui erano andati in esilio volontario dopo che gli uomini e le altre razze avevano colonizzato l'Erak Maar, il Mondo Emerso. Mherar Thar, così la chiamavano, Terra delle Lacrime.

Sei molto lontano, e io devo averti qui, ora. La situazione sta evolvendo molto rapidamente, e a breve Kryss avrà di nuovo bisogno di noi.

Di' cosa devo fare per tornare, e io lo farò, disse Amhal.

Dov'è il tuo drago? gli chiese San.

Non lo so. Sono finito qui dopo l'esplosione di un portale.

Sei stato fortunato. I portali possono essere molto pericolosi: quando vengono distrutti, l'energia magica li-

berata è immensa e imprevedibile. Conosco gente che è finita in mezzo all'oceano.

Divertimento. Amhal percepì questa sensazione. Era una storia che San trovava spassosa. Ormai lo conosceva quasi come se stesso, ma si stupiva sempre di quali abissi il suo spirito potesse raggiungere. Diversamente da lui, San non aveva nessuna difficoltà ad accettare e assecondare l'oscurità nel proprio cuore. Amhal si era spesso chiesto come facesse. Forse erano stati gli anni a insegnargli ad accettare quel lato di sé, o forse tutto quel che aveva vissuto, il dolore che aveva patito lo avevano portato a essere cinico e a non aver paura di niente.

So come fare a riportarti tra noi in tempi brevi. Conosco quella regione della foresta in cui ti trovi ora, vi ho vagato anch'io parecchi anni fa. È l'unico posto delle Terre Ignote in cui cresca la gemima, quella pianta che vedi nel sottobosco. Orva si trova a non più di una decina di giorni di cammino. Devi raggiungerla, e non appena l'avrai fatto ti spiegherò come tornare da me e Kryss.

Amhal si sentì rincuorato. Presto non ci sarebbe stato più spazio per sogni inquieti, né per l'incertezza. Si sarebbe ricongiunto a San, alla sua metà, e allora ogni cosa sarebbe stata chiara. Sfiorò con le dita il medaglione che gli pulsava sul petto.

3
Prigioniera

Adhara non seppe dire quanto camminarono. Col cappuccio in testa, lo spazio e il tempo persero rapidamente significato. Si mossero su una varietà di terreni, a volte in discesa, a volte in salita. Il rombo del mare li accompagnò solo per un tratto di strada, poi pian piano si affievolì fino a spegnersi in lontananza. Adhara avrebbe voluto dire al suo assalitore che non c'era ragione di tenerle il capo coperto, perché non aveva la più pallida idea di dove si trovassc. Ma tacque, così come taceva lui.

Poi le onde tornarono a farsi sentire, sempre più forti, finché colui che l'aveva catturata non la condusse sulla riva e la fece salire su una barca. Fu un tragitto tumultuoso, e più volte Adhara temette che potessero capovolgersi. Infine giunse una quiete improvvisa, e la luce del sole che filtrava dalla tela del cappuccio lentamente si spense. L'aria si fece più fresca e umida, e il rumore dei remi che affondavano nelle onde sembrò rifrangersi in un luogo chiuso e produrre una flebile eco. Poco dopo la barca urtò qualcosa di solido, e Adhara finalmente fu liberata dal cappuccio.

«Scendi o no?» la apostrofò il rapitore.

Adhara poté finalmente guardarlo in faccia. I suoi sospetti furono confermati: era un elfo. Il corpo magro e innaturalmente allungato, i lineamenti duri e gli occhi gelidi, i capelli verdi raccolti in una coda erano le caratteristiche inconfondibili del nemico. Si morse le labbra, avvertendo un senso di pericolo incombente.

«Avanti, muoviti!»

Adhara obbedì e mise un piede fuori dalla barca, cercando di non cadere in acqua con le braccia legate. Arrancò fino a riva, dove l'elfo l'aiutò a issarsi fuori.

Da quella posizione, osservò il posto in cui era finita, e quel che vide la lasciò attonita: si trovava in un luogo incantato. Era una grotta quasi completamente allagata, fatta eccezione per la minuscola spiaggia di ciottoli alla quale erano approdati, larga appena un paio di braccia. La volta, alta almeno una trentina di braccia, terminava in una stretta fessura parzialmente coperta da un intrico di vegetazione che traboccava verso l'esterno. Ma non era quel pertugio la principale sorgente di luce. La grotta era rischiarata da un bagliore che sembrava trasparire dalla superficie dell'acqua, di un azzurro purissimo, fluorescente, come se sotto di loro ci fosse una fonte luminosa sommersa. Il chiarore che ne promanava illuminava le pareti della caverna di riflessi irreali, onirici. La ragazza dimenticò per un istante di essere prigioniera, e si guardò attorno incredula. Immerse una mano nell'acqua, e la vide colorarsi d'argento.

Dalla spiaggetta saliva una traballante scaletta di legno, che si insinuava in una feritoia larga abbastanza per lasciar passare una persona. La scala non aveva un corrimano, e i gradini cigolanti sembravano sostenersi quasi per miracolo. Mentre la percorrevano, Adhara guardò in basso, e notò che l'acqua stava sommergendo la piccola spiaggia, salendo lentamente verso di loro.

Dal passo veloce e deciso dell'elfo capì che non restava molto tempo prima che lambisse loro i piedi, e si affrettò, sospinta dal suo carceriere e dal coltello che questi le puntava alla schiena.

Dove la scala terminava, si dipartivano una decina di cunicoli, angusti trafori scavati grossolanamente nella roccia, dai quali facevano capolino i volti di altri elfi.

Entrarono in uno dei più grandi. La pietra era umida e viscida, e Adhara dovette fare attenzione a dove metteva i piedi. L'elfo la condusse dentro un tunnel, tra una miriade di sguardi che la seguivano, e si accorse che ciascuno dei cunicoli che aveva visto mentre saliva era collegato agli altri. Dovettero svoltare parecchie volte, insinuandosi in un intrico di angusti corridoi, prima di arrivare in una grande sala che riceveva luce da piccole finestrelle tonde scavate nella pietra. In pietra era anche una specie di panca, intagliata direttamente nella parete, che correva lungo tutta la sala ovale. Anche lì c'erano degli elfi seduti, per lo più armati di lunghe lance.

«Finalmente sei tornato. Qualche minuto ancora e la marea avrebbe chiuso l'accesso. Vedo che hai portato un'ospite.»

A parlare era stato un elfo che sedeva in posizione preminente rispetto agli altri. Indossava una corazza che gli copriva tutto il petto, con spallacci imponenti e bracciali di cuoio. Sotto, portava una semplice tunica di tela grezza che lasciava intravedere gambe e braccia estremamente muscolose. Aveva la testa rasata, così che le orecchie appuntite sembravano ancora più lunghe di quelle dei suoi simili. Adhara si chiese se fosse davvero un elfo, non ne aveva mai visti di così nerboruti. Aveva occhi di ghiaccio, di un viola chiarissimo e spietato, eppure il volto era insolitamente aggraziato, e aveva qualcosa di femmineo. A differenza degli altri lì attorno, non portava la lancia, ma una lunga ascia bipenne, slanciata e sottile come tutte le armi elfiche, che teneva appoggiata di fianco al braccio destro.

«Ho trovato un'intrusa in cima alle scogliere di Thranar» spiegò l'assalitore. E diede una spinta a Adhara, che finì al centro della sala. Gli occhi di tutti erano puntati su di lei.

«Chi sei, e cosa fai nel Mherar Thar?» chiese l'elfo col capo rasato.

Solo allora Adhara si accorse che fino a quel momento lo scambio di battute non era avvenuto nella sua lingua, ma in elfico. L'ultima volta che l'aveva sentito, a Salazar, era riuscita a cogliere soltanto stralci di conversazione. Ora lo capiva alla perfezione. Evidentemente alcune delle sue conoscenze pregresse le tornavano alla mente solo dopo un po' di tempo.

In ogni caso non le parve un'informazione da condividere con i suoi carcerieri. Finse uno sguardo sperduto.

Gli elfi seduti si scambiarono occhiate significative.

«Chi sei?» ripeté l'elfo, stavolta nella lingua del Mondo Emerso, e con lo stesso accento sibilante dell'assalitore.

«Mi chiamo Adhara.»

«Adhara... la vergine.»

Rimase interdetta. Non aveva idea che il suo nome avesse un significato in elfico. Sentì una stretta al petto: era stato Amhal a darle quel nome, e non riusciva a sentirlo pronunciare senza pensare immediatamente a lui.

«Che ci fai qui?»

«A essere sinceri, non so nemmeno cosa sia "qui".»

Gli sguardi degli elfi si fecero più severi e sospettosi.

«Mherar Thar» ripeté il capo. Aveva una voce insolitamente sottile per essere un maschio.

La Terra delle Lacrime, tradusse mentalmente Adhara. Non le diceva niente.

«Gli umani come te le chiamano Terre Ignote.»

Il quadro si chiarì all'istante. Ricordava vagamente qualcosa su quel posto, qualche informazione che Adrass doveva averle inculcato. Un libro su Sennar, che parlava della sua vita al di là del Saar, e del suo incontro fatale con gli elfi. Dunque, si trovava nelle terre da cui quel popolo proveniva. Era finita in braccio al nemico. Erano così dunque le città degli elfi? La cosa le sembrava strana. Il viaggio bendata, quelle guardie armate fino ai denti, l'ingresso che a quanto sembrava era raggiungibile solo in determinate condizioni di marea: da cosa si nascondeva quella gente?

«Ci sono finita per sbaglio. Sono rimasta coinvolta nella distruzione di un portale.»

«E il portale ti avrebbe materializzata esattamente qui, a un passo da casa nostra?»

«Mi sono risvegliata nel mezzo di una foresta, e ho camminato a lungo per cercare di capire dove fossi.»

L'elfo continuava a guardarla dubbioso. «E cosa facevi vicino a un portale?»

Adhara valutò cosa dire. «Ho dovuto attraversarlo per raggiungere una biblioteca in cui si celavano libri indispensabili alla mia sopravvivenza, ma sono stata attaccata, e nella battaglia il portale è andato distrutto.»

L'elfo continuava a guardarla con sospetto. «E i tuoi capelli blu? Sei un mezzelfo.»

«Ho origini mezzelfiche... da parte di padre.»

«Umana o mezzelfo, è difficile tornare da questo luogo, lo sai? Vige la pena di morte per chiunque lo violi.»

«Mi ci avete portata voi. Bendata.»

L'elfo sbatté le palme delle mani sulla pietra e il suo sguardo si indurì. «Basta così! Abbiamo giocato a sufficienza. Ti manda Kryss? Sei una spia?»

Lentamente, la situazione andava svelandosi.

«Usare un mezzelfo... Non pensavo che sarebbe mai sceso a tanto. Cosa dice il vostro padrone? Che gli umani sono feccia e vanno sterminati, che dobbiamo riprenderci quello che è nostro... Cosa ti ha dato per farti vendere così il tuo popolo?»

«Io vengo dal Mondo Emerso, non ho idea di cosa stiate parlando» si difese Adhara.

«Sei come quell'essere spregevole che lo serve, San. Quel mezzosangue come te... È nella natura dei mezzelfi tradire?»

Adhara sentì una fitta al cuore, e finalmente capì. «D'accordo» disse. «Vuoi la verità? Te la dirò. Vengo dal Mondo Emerso, dove ho assistito all'inizio della guerra che voi elfi ci avete mosso. E ho incontrato San, che sia maledetto. Sono finita qui mentre combattevo contro un suo... allievo» aggiunse cercando di controllare il tremito della voce. «E sto cercando di tornare nel Mondo Emerso per combattere contro di lui e sconfiggerlo.»

Lo sguardo dell'elfo si addolcì appena. Evidentemente era abituato alle menzogne, perché aveva percepito la verità nelle sue parole. Ma ancora non si fidava. Si alzò in piedi, e Adhara notò che era più magro di quanto avesse creduto, e aveva gambe insolitamente affusolate. Il suo corpo, sotto la massa di muscoli che esibiva, sembrava quello di un adolescente.

«Mi stai dicendo che sei un nostro nemico?»

«Ti sto dicendo che sono nemica di Kryss.»

Un mormorio attraversò la sala a quel nome. Qualcuno sputò a terra.

«Sei molto furba. Hai saputo adattarti alla situazione, vedo. Ma chi mi garantisce che stai dicendo la verità, che non sei una spia mandata qui dai nostri nemici?»

«Nessuno. Ma non ti sembra strano che vi mandino contro una spia umana, che susciterebbe subito i vostri sospetti? E in ogni caso, ben pochi umani si sono spinti oltre il Saar.»

L'elfo le girò attorno, la scrutò ancora. Poi si fermò e guardò uno dei suoi. «Portala in cella, mentre deliberiamo, e tienila rinchiusa fino a nuovo ordine.»

Buio. Ancora buio, rischiarato da una fiammella. Adhara cercò di mettere a fuoco, ma tutto ciò che riusciva a distinguere era la goccia rossa, splendente e minacciosa, nel cuore della fiamma. Tremolando, la luce svelò una figura. Si intravedevano fianchi stretti e l'accenno di un seno piccolo e acerbo.

È una donna, pensò.

E la voce, la voce bucò la consistenza del nulla che la circondava, prima attutita, poi sempre più chiara. Un suono sibilante, aspirato, aspro. Elfico. E non ripeteva il consueto grido di aiuto, non implorava salvezza. No, stavolta sussurrava altro con voce disperata.

Dille che ricordo i nostri giorni a Orva, prima che Kryss entrasse nelle nostre vite. Di' a Shyra che ho ancora con me il sacchetto, anche adesso che mi è stato tolto tutto.

Adhara cercò di allungare una mano per toccare la fiammella, ma ogni movimento le risultava faticoso, come se fosse immersa nel fango. Provò a parlare, ma la sua bocca si apriva muta. La fiammella si fece più fioca, finché tutto non si dissolse in una tenue luce azzurra.

Adhara provò a muoversi, ma aveva le braccia ancora legate al busto. Intorno a lei, pareti di roccia malamente sbozzate, chiuse su sbarre di ferro. Era nella cella, ed era di nuovo sveglia.

Ancora quel sogno. Adesso sapeva con certezza che c'era

un messaggio nascosto in quelle visioni. Non era un caso che fosse arrivata nel covo della resistenza. Era stata la donna del sogno a guidare i suoi passi fino alla grotta. Doveva trovare quella Shyra e comunicarle il messaggio. Forse allora tutto sarebbe stato finalmente chiaro.

L'elfo entrò nella cella alla sera. Si era tolto l'armatura e indossava solo un'ampia casacca e calzoni attillati. La vita era stretta da una cintura alla quale era assicurato un lungo pugnale. Si fece chiudere la porta alle spalle, quindi si chinò all'altezza della ragazza, che era seduta in un canto. La guardò a lungo negli occhi, e Adhara si sentì a disagio.

«Sei pronta a dirmi la verità?»

«Te l'ho detta.»

«Una parte. Forse.»

Adhara sospirò. Non le restava che fidarsi del proprio istinto. «Da quando sono nelle vostre terre, faccio dei sogni.»

«Buon per te. Io ho smesso di sognare da quando Kryss è entrato nella mia vita facendone terra bruciata. Da allora ho solo incubi, notte dopo notte.» La sua bocca si piegò in una smorfia di dolore.

«Non sono sogni normali» continuò Adhara. «Sogno sempre la stessa cosa... Una figura che non riesco a distinguere, ma mi parla e chiede aiuto.»

«Perché dovrebbero interessarmi le tue farneticazioni?»

«Perché sono finita qui seguendo quella voce. È difficile da spiegare, ma... le mie gambe *sapevano* dove andare. Il mio cervello non aveva nessuna idea di dove fossi, ma il mio corpo sapeva che dovevo venire qui.»

Lo sguardo dell'elfo si indurì. «Non prendermi in giro. Da te voglio risposte chiare, non deliri sui tuoi sogni.»

«Stanotte ho sognato di nuovo, e forse non ha senso, ma... ho bisogno di parlare con Shyra. Non so chi sia, ma devo farlo.»

L'elfo le conficcò in faccia uno sguardo di fuoco. «Chi ti ha rivelato questo nome?»

«La figura che vedo in sogno.»

«E cosa devi dirle?»

«Sento di doverlo dire solo a lei.»

Adhara si chiese se stesse facendo la cosa giusta. Era stata accorta fino a quel momento, aveva cercato di capire la situazione e di non esporsi troppo. Ma adesso stava rovinando tutto. Per un sogno. Eppure nella sua vita così tante cose erano state determinate solo dall'istinto.

«Dillo a me» insistette l'elfo.

«Non credo capiresti. Credo sia qualcosa di privato.»

«Dillo» sibilò lui mettendo la mano sull'elsa del pugnale.

Adhara non aveva scelta. «Devo dirle che colei che sogno ricorda i loro giorni a Orva, prima che Kryss entrasse nelle loro vite. E che possiede ancora il sacchetto... Ce l'ha anche adesso che le è stato tolto tutto.»

L'elfo scattò senza alcun preavviso. Adhara neppure vide la sua mano estrarre il pugnale, sentì solo l'urto della propria nuca contro la pietra, il caldo del sangue che colava dalla ferita e il freddo dell'acciaio della lama sulla gola. Il volto dell'elfo era a un nulla dal suo, i lineamenti distorti da un'ira cieca.

«Come fai a sapere queste cose? Dove la tengono? Chi sei tu?»

La sua voce era diventata un grido, la sua mano stringeva il colletto della casacca di Adhara fino a toglierle il fiato. Lei riuscì appena a mormorare qualche parola sconnessa.

«Io... non... so chi sia... Shyra...»

«Sono io Shyra, maledetta!»

4

Shyra

Shyra ricordava bene quel giorno. Orva era invasa dall'odore di salsedine. Succedeva una volta l'anno, per la fioritura della veridonia. Il mare si riempiva di alghe, fino ad apparire come una sterminata distesa verde, un prato che per incanto aveva preso il posto dell'oceano. Tempo due giorni, e comparivano i fiori: erano piccoli globi azzurri che formavano lunghi grappoli. Galleggiavano a pelo dell'acqua, e di notte brillavano, rischiarando la città. Infine, dopo un solo giorno di vita, esplodevano, liberando nell'aria un polline fluorescente. Le strade ne erano invase, i tetti ne erano ricoperti, e l'odore di mare era intenso e inebriante. Sembrava neve, quella neve che non avevano mai visto ma che, lo sapevano, esisteva nell'Erak Maar, e in particolare nella Contea della Sabbia, da dove provenivano i loro antenati.

Era una notte di quelle. Lei e Lhyr avevano dodici anni. Erano uscite assieme agli altri e avevano assistito allo scoppio dei fiori, appollaiate sull'orlo della scogliera. Accadeva ogni anno, ma era sempre una sorpresa. E quando i fiori esplodevano afflosciandosi sul tappeto di alghe, la gente si produceva in un'esclamazione di meraviglia. La leggenda diceva che era Phenor, la dea della fecondità, che passava sul tappeto di alghe, e sfiorando i fiori con i piedi li faceva scoppiare.

A Shyra piaceva quella notte. Innanzitutto perché le permettevano di uscire dal tempio e girare libera per la città, e poi perché sua sorella adorava quella festa. Attendeva l'esplosione con impazienza, gli occhi puntati sul tappeto di alghe, il mento appoggiato sulle ginocchia strette al petto.

Quando l'aria si riempiva degli scoppiettii dei fiori, che terminavano con quell'ultimo sospiro la loro esistenza terrena, batteva sempre le mani ammirata. Le luci del polline facevano brillare i suoi occhi in un modo speciale, e Shyra non si stancava di guardarli. Erano gemelle, lei e Lhyr, e tutti dicevano che erano identiche, ma i suoi occhi non brillavano mai così.

Quella sera avevano assistito allo spettacolo, e come al solito si erano rincorse per le vie della città, tra i palazzi di legno e le vie lastricate di pietra, cogliendo a piene mani da terra quel polline odoroso.

Avevano corso fin sulla collina e si erano stese al suolo, rotolandosi nel polline, fino a diventare due figure di luce adagiate sul terreno, sotto un cielo denso di stelle. Erano sfinite. Un'ora ancora, e poi sarebbe stata l'alba. I sacerdoti sarebbero passati e le avrebbero riportate al tempio. Lhyr agli obblighi del culto, Shyra a quelli dell'addestramento. Era il destino dei bambini offerti al tempio.

«Ti va di fare un patto?» disse Lhyr all'improvviso.

Shyra si girò verso di lei. «Che genere di patto?»

«Di quelli che durano per tutta la vita.»

Lhyr si tirò su di scatto, e prima che la sorella potesse dire qualsiasi cosa, le sfilò il pugnale dalla cintola. Con eleganza, come in tutto ciò che faceva, si recise una ciocca di capelli e gliela mostrò tenendola tra due dita.

«Ecco qui. Adesso devi fare lo stesso con i tuoi.»

Shyra la guardò dubbiosa, ma obbedì. Nessuno lo sapeva, ma i loro capelli avevano due sfumature di verde leggermente diverse. A chiunque le conoscesse sembravano dello stesso colore, chiaro e brillante, ma entrambe sapevano che non era così. Era la loro piccola differenza, che coltivavano come un segreto. Poi ci avevano pensato i sacerdoti a renderle differenti: Lhyr aveva i capelli lunghi e Shyra, che era destinata a diventare un guerriero, cortissimi. Dovette quindi impegnarsi per riuscire a recidere una ciocca. La tenne nel pugno tendendola alla sorella.

Lhyr la prese in mano, porgendo al contempo la propria a Shyra. Poi si strappò un lembo della tunica, con cui legò la propria ciocca. Indicò a Shyra di fare lo stesso, quindi le prese la mano che stringeva i capelli.

«Mi devi giurare che la porterai sempre con te, qualsiasi cosa succeda.»

«Se proprio ci tieni...»

«Shyra, è una cosa *sacra*. Sarà il nostro legame, il nostro segreto. Quando le nostre strade si divideranno, questo ci terrà eternamente vicine. E quando una di noi morirà, l'altra brucerà tutte e due le ciocche, d'accordo?»

«Che idea macabra...»

«D'accordo?» insisté Lhyr stringendo più forte la mano della sorella.

Shyra si vide costretta ad annuire.

«Giuralo.»

«Lo giuro.»

Per gli elfi, i gemelli erano un segno del destino. Non ne nascevano molti, e quei pochi erano considerati creature speciali, baciate dagli dei, ancor più quando erano identici, come Shyra e Lhyr. Per questo i genitori li consacravano alle divinità protettrici della città, Shevraar e Phenor nel caso di Orva. Li portavano al tempio, e lì venivano allevati dai sacerdoti.

Fu per puro caso che Shyra venne destinata al culto di Shevraar e Lhyr a quello di Phenor, ma con l'andare del tempo a tutti parve una scelta guidata dagli dei. Perché Shyra era un maschiaccio, molto dotata per le armi, mentre Lhyr era portata per lo studio e la contemplazione. Così nessuno poteva immaginare quanto la vita del tempio pesasse a entrambe.

Non c'erano coetanei là dove vivevano; erano l'unica coppia di gemelle della loro generazione, e consumavano un'esistenza grigia in un mondo di adulti che le veneravano, ma nel contempo imponevano loro obblighi su obblighi. Non avevano altro che il loro legame, per questo erano inseparabili. Conoscevano l'una i pensieri dell'altra, passavano lunghe ore assieme, quando i loro impegni lo permettevano, in silenzio.

Agli occhi dei sacerdoti e di tutti gli altri, c'era qualcosa di morboso e insano nel loro legame. Ma Shyra e Lhyr non se ne curavano. Aggrapparsi l'una all'altra era l'unico modo che avevano per sopravvivere.

La carriera di Shyra fu fulminea: generale a vent'anni. Lhyr non fu da meno. Le sue doti di maga erano fuori del comune. La magia elfica aveva caratteristiche particolari, che avevano indotto gli umani a credere che gli elfi non fossero maghi. Semplicemente, era basata su principi differenti, su una comunione fortissima con la natura che un umano neppure poteva immaginare. Ma a saperla sfruttare, il mago diventava capace di cose straordinarie. Lhyr, in questo campo, era imbattibile.

Con gli anni, le loro strade si separarono. Furono costrette a vivere lontane, passarono anche mesi senza vedersi. L'attaccamento morboso che avevano mostrato durante l'infanzia sembrava scomparso con l'età adulta. Ma era così solo agli occhi del mondo. Shyra portava sempre con sé il sacchettino di cuoio con i capelli di Lhyr; lo teneva legato al collo, sotto la casacca, e non se ne separava mai.

Lhyr le aveva insegnato una facile magia per poter comunicare a distanza. Lo facevano tutte le sere, raccontandosi quel che era accaduto loro durante la giornata. A volte non avevano neppure bisogno di soffermarsi troppo sui singoli eventi. In qualche modo misterioso e strano, ognuna delle due sapeva sempre cosa l'altra stava facendo. C'era un sottile legame, un filo tenace che le univa al di là della distanza, e permetteva loro di scambiarsi pensieri e sentimenti. Anzi, ora che erano lontane sembravano più vicine che mai.

Kryss apparve nella vita di Shyra all'improvviso. Si era addestrato con lei, qualche volta avevano anche incrociato la spada. Shyra lo ricordava come un bel ragazzo, ma anonimo se non fosse stato per il suo rango: era figlio del re.

Fu quando lo sentì parlare in una taverna, circondato dai commilitoni, che improvvisamente si accorse di lui. Forse fu quello che disse, forse il modo in cui lo disse. Non erano cose nuove. L'Erak Maar era ricordato da tutti come una terra promessa; la sera le madri inventavano per i figli storie su quel luogo incantato, in cui la terra stillava latte e miele.

La carestia che da decenni stava piegando la popolazione elfica alimentava i sogni di riscatto e la speranza che, in una terra nuova e feconda, ogni cosa sarebbe stata diversa. Tutti, in fondo, sarebbero voluti tornare nell'Erak Maar da padroni, e alcuni parlavano spesso di una riconquista. Ma lui fu il primo a dire che era un progetto realizzabile, il primo a prendere quel sogno e trasformarlo in realtà.

Mentre discuteva, sembrava animato da un fuoco sacro, come fossero gli dei a ispirargli quelle parole. Parlava di onore, di riprendersi ciò che apparteneva al suo popolo, di porre fine a un esilio durato troppo a lungo.

Shyra fu tra i primi a credere in lui. Tutto sarebbe stato diverso, nell'Erak Maar. Non ci sarebbero state carestie, e i soldati non avrebbero sprecato il proprio addestramento in inutili esercitazioni.

Alla fine della guerra, la terra sarebbe stata divisa equamente tra gli abitanti; tutti sarebbero stati proprietari del loro appezzamento. Shyra gli giurò obbedienza inginocchiandosi davanti a lui, e scongiurandolo di prenderla con sé.

In seguito non seppe dire perché lo fece. Era bramosa di sangue e di morte, perché al tempio non le avevano insegnato altro, e affamata di ideali. Nel mondo ristretto di Orva non c'era nulla per cui vivere e morire, non c'era gloria.

Kryss le offriva un ideale a cui sacrificare tutta la sua esistenza, qualcosa che ai suoi occhi brillava molto più della prospettiva di una vita tranquilla, di un marito e dei figli.

«Io mi fido di lui» spiegò a Lhyr «e dovresti farlo anche tu. Il nostro esilio è durato così a lungo che ci siamo assuefatti all'umiliazione, a una vita da profughi. L'Erak Maar è la nostra terra.»

«Non stai bene qui, sorella? Non ami Orva?» ribatté Lhyr dubbiosa.

«Non c'entra niente, questo. Io ti sto parlando di dare la vita per costruire un mondo migliore per i nostri figli. Vedrai, Kryss ci porterà in alto, ci farà tornare grandi, come eravamo un tempo.»

«Che bisogno abbiamo di essere grandi? A me piace questa città, il rumore del mare, la fioritura della veridonia. Siamo felici qui, non puoi negarlo.»

Shyra scosse la testa. «Ma questa non è casa nostra!»

«Per me lo è, e anche per molti altri elfi.»

«Sbagli a pensarla così. Casa è dove sono le ossa dei tuoi antenati, è la terra che gli dei ti hanno dato, che hanno costruito per te prima ancora che tu nascessi.»

Lhyr si raddrizzò e si fece seria. «Casa è il luogo in cui vivono i tuoi ricordi, le persone che ami. Casa mia è dove sei tu» aggiunse guardando la sorella con intensità.

Shyra parve imbarazzata. «Certo... anche per me, ma...» Deglutì, confusa. «Ma nell'Erak Maar saremmo tutti più felici.» E riprese a riversarle addosso tutto il campionario della propaganda con cui in quei giorni Kryss conquistava elfi alla propria causa.

Lhyr la stette a sentire in silenzio, sorridendo mestamente di quando in quando. «Sarà... ma i suoi occhi non mi piacciono per nulla» concluse.

All'inizio furono in pochi a credere in Kryss. C'era chi rideva di lui, e i suoi sodali venivano additati come fanatici.

Ma c'era anche chi annuiva in silenzio, chi si univa alle sue truppe. Perché l'ennesimo raccolto andato male aveva affamato la popolazione, perché molti erano stanchi delle città-stato e delle loro divisioni interne, e volevano che gli elfi si unissero di nuovo a formare un'unica nazione.

Era stato un lento crescendo. La ribellione, prima appena sussurrata, si era diffusa rapida come una calunnia, strisciando di casa in casa, infiltrandosi nelle famiglie e dividendole. E chi prima rideva, presto fu costretto a prendere molto sul serio Kryss e le sue schiere sempre più nutrite.

Il passo finale fu compiuto quando re Devhir comprese che il figlio stava seriamente minacciando la pace nel regno. Lo accusò di congiura e lo fece imprigionare. Kryss e i suoi non attendevano altro.

L'esercito si spaccò a metà, e Shyra guidò i suoi nella guerra civile. I padri furono trucidati dai figli, intere famiglie furono dilaniate da un conflitto cui nessuno era preparato.

Lhyr si lasciò semplicemente trascinare dagli eventi. Nel chiuso del suo tempio, attese. Che fosse finita, che quella follia collettiva si placasse e sua sorella tornasse da lei. Shyra tornò, sì, ma non per parlarle dei bei tempi andati.

«Dovete soltanto garantirgli il vostro appoggio. Lui è ispirato dagli dei, lui santifica Shevraar più di quanto ciascuno di voi abbia mai fatto in tutta la sua vita. Lui *è* Shevraar» disse.

Lhyr stentava a riconoscerla. I suoi occhi brillavano di un fuoco interiore che somigliava sempre più a un incendio incontrollabile. Aveva già consumato molto di quello che era stata sua sorella, e sembrava minacciare di distruggere anche ciò che restava di lei.

Ma in ogni caso il legame che la univa a Shyra non poteva essere spezzato neppure dalla guerra, e fu per lei che decise.

«Se è quello che vuoi... Sì, sono con te» disse.

Devhir fu decapitato sulla pubblica piazza come un criminale comune.

Suo figlio era seduto poco distante, e non batté ciglio. Shyra era al suo fianco.

Il resto accadde rapido come in un sogno. La sottomissione di Shet, Merhat e Nelor, l'unità degli elfi. Infine, la guerra di conquista.

Shyra si mosse di massacro in massacro, incurante del sangue versato. Tutto trovava giustificazione nell'obiettivo finale. Tutto trovava un senso nell'esaltazione di quei giorni, in cui finalmente si sentiva viva, nel corpo e nell'anima, come mai era stata.

Fu poco prima della Notte dei Fiori che Kryss la convocò.

Shyra si presentò puntuale e fiera, come sempre.

Il re le parlò a lungo, e man mano che le esponeva i suoi progetti, lei sentiva il sangue gelarsi nelle vene.

Gli elfi erano in schiacciante inferiorità numerica rispetto agli abitanti del Mondo Emerso. Se volevano vincere, dovevano assolutamente ristabilire le giuste proporzioni. Per questo Kryss aveva pensato a una malattia che potesse sterminare buona parte della popolazione dell'Erak Maar.

E fin qui Shyra non trovò nulla da obiettare, anzi ammirava il pragmatismo del re, le sue doti strategiche. Fu quel che seguì a far vacillare la sua fedeltà.

«Serve un mago di straordinario talento, che dedichi a questo compito tutta la sua vita: dovrà tenere attivo il sigillo che creerà giorno e notte, senza alcuna interruzione.»

«Non faticheremo a trovare qualcuno tra i nostri disposto a un simile sacrificio.»

«Non ne dubito. Anzi, l'ho già trovato. Non hai una sorella consacrata al culto di Phenor?»

Kryss aveva già mandato i suoi a cercare di convincere Lhyr, ma i sacerdoti avevano impedito ai suoi emissari persino di vederla.

«Sei l'unica che può persuaderla» disse.

Furono giorni tremendi. Fino a quel momento Shyra aveva sacrificato tutta se stessa a lui, e non c'era nulla che non gli avrebbe concesso; sarebbe bastato un suo cenno, e gli avrebbe dato la propria vita. Ma la vita di Lhyr era un'altra cosa. L'unica che sentiva di non riuscire a offrire all'elfo.

Provò a dirsi che il sogno di Kryss valeva qualsiasi sacrificio, provò a ricordare come si sentiva, prima che lui entrasse nella sua vita. Non ce la faceva.

Andò da sua sorella. Per capire.

«Io non mi fido di quell'elfo, e lo sai» le disse Lhyr. «Ho cercato di starne fuori il più possibile, e ho cercato anche di comprendere, perché so che sei uno dei suoi luogotenenti più fidati. Ma per quanto mi sforzi, in Kryss vedo solo follia e violenza.»

«Se vuoi posso spiegarti...»

La sorella la fermò con un gesto. «Capirai allora se ti dico che tutto questo non ha più nulla a che fare con Kryss. Questo ha a che fare con noi due. Facemmo un patto, quasi quindici anni fa, e so che lo ricordi bene.»

Shyra accarezzò il sacchettino con dentro i capelli di Lhyr.

«Vuoi sacrificare a quell'uomo anche questo? Ami lui più di quanto ami me?»

Shyra scosse la testa, disperata.

«Gli hai dato tutto, gli hai sacrificato anni e anni della tua vita, gli hai consegnato la tua anima. Ma quell'anima appartiene anche a me, lo abbiamo giurato quella sera. Ora lui vuole me, e io sono tua, lo sai. Per cui non sono io a dovergli rispondere, sei tu. Tu vuoi che io lo faccia? Che muoia per lui?»

Shyra sentì una disperazione che non provava da tantissimo tempo. «Non mi fare questo, ti prego...»

«Non lo sto facendo io. Te lo sta facendo lui. È una prova, Shyra. Lui da te vuole tutto, vuole che tu rinunci a qualsiasi cosa per dimostrargli la tua devozione, per essere sicuro che farai sempre quanto ti chiederà. Io invece voglio solo che tu sia felice. Per questo, se davvero sei convinta che la tua via sia in lui, lo farò: rinuncerò a tutto e mi consegnerò a Kryss. Ma pensaci bene, Shyra, perché non ci sarà ritorno.»

Shyra la guardò a lungo. Era dilaniata. Ma lentamente gli occhi di sua sorella la catturarono, e se ne sentì risucchiata come in un gorgo. E allora tutto divenne limpido. Sorrise.

«Tu conti più di qualsiasi cosa» disse. Poi le prese una mano. «Perdonami anche solo per avertelo chiesto.»

Lhyr sorrise e le accarezzò una guancia. «Lo sai che non c'è nulla che non farei per te.»

Shyra tornò da Kryss tranquilla. Era certa che il suo re avrebbe capito. In fin dei conti, era circondato da tanti bravi maghi. Perché avrebbe dovuto volere proprio sua sorella?

Inginocchiata davanti al trono, spiegò col cuore in mano quel che sentiva.

Kryss rimase impassibile.

Alla fine si limitò a fare un gesto con le dita. «Va' pure, sei congedata» le disse, freddo.

Shyra si alzò senza sapere cosa pensare.

Tornò da Lhyr una settimana dopo. I sacerdoti, sconvolti, le dissero che non c'era più.

«Sono venuti cinque giorni fa. Erano in dieci. Hanno ucciso uno di noi. L'hanno presa con la forza: lei urlava, si divincolava. Non abbiamo idea di dove l'abbiano portata.»

Shyra andò da Kryss come impazzita, giunse fin sotto

al trono anche se le avevano proibito di entrare. Dovette uccidere una guardia per farlo.

«Dov'è mia sorella, dov'è?» urlò fuori di sé.

«È lì dove tu non sei stata capace di portarla» rispose Kryss con un sorriso di sufficienza. «Dovresti essere orgogliosa di lei, perché ci garantirà la vittoria.»

5

Il sicario

«Abbiamo subito una battuta d'arresto qui a Laran» disse il capomanipolo, un'elfa secca e asciutta come un chiodo, puntando un dito sulla mappa. «Sono sei giorni che i nostri cercano di rompere l'assedio senza risultati. I nemici sono asserragliati dentro il villaggio, e non c'è modo di tirarli fuori.»

Gersh, comandante delle truppe di stanza nella Foresta della Terra del Vento, un elfo pingue e appesantito dagli anni, guardò la mappa accarezzandosi il mento glabro. Era insolitamente grosso, per uno della sua razza, e sembrava avere qualcosa di umano. Ma il suo aspetto tarchiato non gli aveva impedito di fare carriera nell'esercito. Per Kryss la capacità contava più di qualsiasi altra cosa, e a Gersh non mancava.

«Avevo dato ordine che Kerash andasse laggiù con i suoi a dare man forte. Che fine hanno fatto?»

L'elfa parve a disagio. «Sì, Kerash avrebbe dovuto portare rinforzi a Laran, ma...»

Gli occhi di Gersh divennero due fessure. «Ma?»

«La notizia è appena arrivata, l'ha ricevuta uno dei nostri messaggeri: il comandante Kerash è morto.»

Gersh si raddrizzò di scatto. «Morto? Quando?»

«Tre sere fa. Un agguato.»

Gersh serrò la mascella. Era un mese che le cose andavano così. Il primo omicidio non aveva stupito nessuno. Tutti sapevano che la regina della Terra del Sole possedeva una guardia scelta di assassini che, non appena gli elfi avevano iniziato la riconquista del Mondo Emerso, si era messa all'opera. Ma per contrastare quella minaccia era bastato rinforzare i controlli, aumentare le sentinelle notturne. Poi però c'era stata un'altra vittima, e poi un'altra, e un'altra ancora. E allora avevano capito che il vento era cambiato e che Dubhe, quella viscida serpe, aveva trovato il modo di rendere i suoi guerrieri più esperti.

Man mano che le morti si moltiplicavano, anche le voci avevano cominciato a diffondersi. Si parlava di un'ombra che di notte si intrufolava negli accampamenti, silenziosa e letale come un ragno velenoso. Nulla poteva fermarla, e la sua sete di sangue era insaziabile. Non c'era sentinella che fosse in grado di intercettarla, non c'era guardia in grado di tenerle testa. Non falliva mai, ed era imprendibile. Alcuni dicevano che non si trattava di una sola persona, ma di un gruppo di sicari addestrati; c'era chi diceva fosse un uomo, chi una donna, chi addirittura un bambino. Ma nessuno l'aveva mai vista in faccia: chiunque ci fosse riuscito, aveva portato con sé nella tomba il mistero della sua identità.

Anche Gersh credeva che non si trattasse di una persona sola.

«Ancora loro?» chiese tra i denti.

«Tutto lascia supporre di sì.»

Il comandante batté un pugno sul tavolo, e l'elfa trasalì. «Questa gente va fermata. E non solo per le perdite che ci sta causando. La truppa comincia a inventare leggende sul conto di questi vigliacchi, i soldati sono spaventati, e soprattutto il comando ne esce con una pessima immagine, di debolezza e inefficienza!»

Gersh si alzò in piedi, misurò la tenda a grandi passi.

Avevano sprecato sei giorni per un villaggio periferico, sei giorni per stanare quattro stupidi umani. Eppure, il re era stato chiaro: non c'erano obiettivi di scarsa importanza, in quella guerra. Ogni villaggio andava conquistato e sottomesso.

«Dobbiamo resistere, non possiamo darla vinta a quei sicari» disse infine. «Mobilita altri cinquanta soldati. Non voglio sprecare un giorno in più per quel misero borgo.»

L'elfa chinò il capo. «Signore, per quanto riguarda la vostra sicurezza...»

«Vanno bene due sentinelle all'ingresso della mia tenda. Io dormo sempre con un occhio solo, deve ancora nascere il sicario che saprà prendermi di sorpresa.»

Il capomanipolo lo fissò titubante, e Gersh fu tentato di farle pesare la propria autorità, ma alla fine l'elfa annuì e uscì.

Il comandante rimase solo, nel silenzio del campo. Dormivano tutti, e da un pezzo. Lui invece era amante della notte. Di notte studiava le sue strategie, di notte pianificava le nuove mosse. La quiete delle ore notturne favoriva la concentrazione.

Dedicava al sonno poche ore, un sonno vigile, che poteva essere interrotto dal più piccolo rumore. Del resto, si era addestrato alla guerra per anni. In cuor suo aveva sempre saputo che prima o poi gli sarebbe toccato combattere per davvero. Perché lui era nato soldato, e la guerra ce l'aveva nel sangue. L'aveva percepita nell'aria, approssimarsi giorno dopo giorno. L'aveva vista prepararsi sui volti stanchi dei suoi concittadini, l'aveva sentita levare il suo canto nei discorsi – prima clandestini, poi alla luce del sole – di Kryss. E infine era arrivata. Una guerra giusta, santa, una guerra di riconquista. E si era fatto trovare pronto.

Si spogliò dell'armatura. Ormai era tardi anche per lui. Non aveva scudieri ad assisterlo, trovava quell'abitudine di molti suoi pari una concessione a un lusso che non doveva avere diritto di cittadinanza in guerra. Si svestì lentamente, le membra stanche. Aveva pur sempre cinquant'anni.

Si volse per raggiungere la branda, e la vide per un istante appena.

Non si era fatta preannunciare in nessun modo: non un rumore sospetto, non un fruscio. Sembrava essersi materializzata dal nulla, comparsa per magia, vomitata dal peggiore degli incubi.

I loro occhi si incrociarono per un attimo. Gersh la guardò. Capelli lunghi e lisci, un volto ovale da ragazzina e occhi neri, pozzi in cui annegare il terrore. Era giovanissima, doveva avere diciassette anni al massimo. Ma lui la riconobbe subito.

«Non... è... possibile...» mormorò sgomento, poi allungò la mano verso il pugnale nascosto nello stivale, l'unica arma che aveva ancora indosso. Le dita non lo raggiunsero in tempo. Un solo, ampio movimento del braccio e la sua gola si aprì come un fiore rosso. Cadde a terra senza un gemito.

La ragazza pulì la lama sui calzoni. Si guardò intorno, e vide il lume appoggiato sul tavolo, là dove era aperta la cartina sulla quale Gersh e il capomanipolo avevano discusso della guerra. Lo infranse, e la pergamena avvampò all'istante.

Il fuoco si propagò in un lampo alla tenda.

Era già fuori dal recinto dell'accampamento quando la prima voce gridò: «Al fuoco, al fuoco!»

Le luci dell'alba rischiaravano una scialba giornata grigia quando tornò nel proprio alloggio. La ragazza sentiva che il suo tempo stava per scadere. Il respiro era già più affannoso, le giunture iniziavano a farle male.

Dura sempre meno, maledizione! si disse mentre infilava l'ingresso della tenda. Ogni volta che si intrufolava nel suo accampamento pensava a quanto fosse paradossale che le toccasse entrare di soppiatto non solo nei campi nemici, ma anche nel proprio.

Si sedette sulla branda appena in tempo. Stavolta prese uno specchio. Voleva controllare, non avrebbe saputo spiegare il perché. Forse per contare quanto le rimaneva, forse per rammentare i propri limiti. O forse solo per curiosità, per vedere all'opera il miracolo di Tori, quella specie di patto col demonio che aveva accettato quando aveva preso l'ampolla dello gnomo.

Nello specchio le apparve ancora il volto di una ragazzina. Evitava sempre di guardarsi. Il suo viso liscio e ingenuo le riportava alla mente troppi ricordi. La sua infanzia perduta, il Maestro, e infine il suo compagno di una vita, colui che quel volto aveva amato.

D'un tratto le rughe ricoprirono la sua pelle di pesca, in un intrico di linee che si diramava dagli occhi verso la fronte, e poi giù intorno alla bocca. Sul suo volto si disegnò un arabesco che parlava del tempo passato, un fregio per ciascuno dei suoi anni. Gli occhi si appannarono, come gonfiandosi di tutte le immagini di morte cui avevano dovuto assistere in settant'anni di vita, le labbra si seccarono. Accadde tutto molto rapidamente. Dubhe contemplò di nuovo allo specchio il proprio volto di vecchia. Non era più il sicario, l'allieva di Sarnek, la ragazza di cui Learco si era innamorato. Era tornata la regina stanca, provata. Il giorno le restituiva i suoi anni, la notte le portava in dono la giovinezza.

Mise via lo specchio e posò gli occhi sulle mani raggrinzite, mani che tuttavia sapevano ancora uccidere. L'alba colorava il cielo a est. Era tempo di ricominciare la commedia.

Quel giorno aveva accettato l'ampolla d'istinto, senza porsi troppe domande. Ma c'era voluto del tempo prima che si decidesse a farne uso. C'erano volute altre morti, altri orrori, e l'irruenza di sua nipote.

Aveva iniziato ad allenare personalmente Amina, e giorno dopo giorno, proprio dal confronto con le forze giovani e fresche della ragazzina, aveva capito quanto il suo corpo era invecchiato. Dei riflessi di un tempo era rimasto ben poco, i suoi colpi non avevano più la stessa precisione. E intanto la guerra procedeva senza pietà, una guerra che lei non era più in grado di combattere. E allora aveva deciso. Chiusa nella sua tenda, una notte, il liquido nell'ampolla che le aveva lasciato Tori le era sembrato splendente. Era come se la chiamasse.

Aveva preso il primo sorso davanti allo specchio, e aveva atteso. Si era immaginata una trasformazione tremenda, si era preparata al dolore. E invece la sua pelle semplicemente si era distesa sul volto, acquistando tono e colore, i muscoli avevano ritrovato vigore, e lei era tornata la ragazzina di diciassette anni che si guadagnava da vivere facendo la ladra.

Rivedersi com'era allora era stato un trauma. Era subito fuggita dallo specchio. Perché se l'immagine riflessa le dava l'illusione che non fosse passato neppure un giorno, intorno a lei ogni cosa le parlava di quanto aveva perduto.

Prima di passare all'azione, sentì di dover fare una cosa. Ricordava fin troppo bene quel giorno di tanti anni prima in cui aveva deciso che non avrebbe mai più esercitato il mestiere di sicario. Sebbene avesse abbandonato l'ultima lettera di Sarnek in una capanna, presso il villaggio degli Huyé, la ricordava a memoria. Per anni quelle parole erano stato il pegno del suo giuramento, e benché del Maestro ormai non fosse rimasta più neppure la cenere, e ci fossero stati altri amori e una vita intera a separarla dalla sua morte, non poteva dire di averlo mai dimenticato. In qualche modo, Sarnek era rimasto sempre al suo fianco. E sempre, in tutti quegli anni, Dubhe aveva portato con sé il pugnale che lui le aveva dato. Ma era tempo di abbandonare anche quell'ultimo legame con il passato.

Non avrebbe potuto ammazzare usando quell'arma. Sarebbe stato un tradimento nei confronti di Sarnek. Per questo, la sera della sua prima missione da assassina se n'era separata. L'aveva pulito meglio che poteva, contando le scalfitture della lama. Le ricordava a una a una, ciascuna il trofeo di una diversa battaglia. Lo aveva quindi avvolto in un panno di velluto e chiuso in uno scrigno. Non l'avrebbe usato mai più. Poi aveva preso le armi, nuove e senza storia, ed era uscita. Contava che Sarnek, ovunque fosse, avrebbe capito il suo tradimento.

E così era iniziata. Ricordava tutto, come non fossero passati tanti anni dall'ultima volta che si era mossa furtiva nel buio o aveva tagliato una gola. L'assassina che era in lei aveva dormito un sonno vigile per tutto quel tempo, pronta a tornare in azione non appena fosse giunto il momento. E l'ora infine era arrivata. A volte pensava con orrore che si era ridotta come la sua peggiore nemica, la

Guardia dei Veleni della Gilda, Rekla, che aveva ucciso una vita prima. Anche lei ringiovaniva grazie a un filtro, anche lei negava i propri anni.

Siamo diverse, io lo faccio per il mio popolo, si diceva, ma era una giustificazione che non toglieva il gusto amaro a quelle notti passate a ingannare il tempo andato, a compiere orrori da cui aveva giurato che si sarebbe tenuta per sempre lontana.

«Avete un aspetto così stanco...» disse Baol, il suo attendente, entrando nella tenda. Dubhe trasalì. C'era molto lavoro da compiere, e lei non si era risparmiata in quel periodo. Quasi ogni notte usciva, e spesso rientrava solo all'alba. Non si concedeva molto al sonno.

«Ho studiato le mappe per la strategia di domani» mentì.

Baol si permise un sorriso. «Forse non ce n'era bisogno. Ieri notte un incendio ha rischiarato il cielo, a ovest.»

Dubhe finse interesse. «E la causa?»

«L'accampamento elfico ha preso fuoco. I soldati che erano di stanza presso il villaggio di Casta sono fuggiti, alcuni siamo riusciti a catturarli, altri sono morti in battaglia, qualcuno è scappato.»

«La fortuna ci arride» osservò Dubhe, mentre beveva dalla tazza di latte caldo che Baol le aveva portato.

«Non si tratta di fortuna.»

Dubhe non volle riempire il silenzio che seguì, ma si limitò a sorbire un altro sorso.

«È stato ancora l'assassino misterioso, il nostro alleato senza nome.»

La voce che un sicario eccezionalmente capace faceva strage di nemici si era sparsa anche presso le truppe del Mondo Emerso. Dubhe aveva sempre minimizzato. Un paio di volte aveva finto di inviare alcuni suoi uomini a indagare.

«Che ci interessa della sua identità? Ci aiuta, e tanto basta» disse porgendo all'attendente la tazza vuota.

«Se fosse dei nostri, potrebbe esserci ancora più utile.»

«Se avesse voluto lavorare in squadra, si sarebbe già fatto avanti. Probabilmente è un cacciatore solitario.»

Si tirò su, ma il dolore alle ginocchia quasi la bloccò. Baol capì all'istante e accorse. La aiutò con discrezione, come faceva sempre. Era per questo che Dubhe lo teneva accanto a sé. A volte sembrava in grado di leggerle nel pensiero; era sempre presente quando c'era bisogno di lui, e senza farla mai sentire né vecchia né inutile. Era l'unico col quale non si vergognava a mostrarsi debole e stanca. Se avesse mai potuto raccontare a qualcuno ciò che stava facendo, quello sarebbe stato di sicuro Baol. Ma sapeva che il suo era un segreto che non poteva essere condiviso.

L'attendente l'accompagnò verso una sedia in un angolo e l'aiutò a vestirsi con l'armatura leggera che indossava da quando era scesa in battaglia.

Dubhe l'aveva notato quasi subito. Ogni volta che l'effetto della pozione passava, si sentiva un po' più vecchia e spossata. I dolori alle articolazioni si facevano più forti, la stanchezza più profonda. Le rughe aumentavano, mentre la sua vista calava. Quel filtro esigeva un prezzo, e quel prezzo era la vita stessa. Nell'accampamento si vociferava di come la regina stesse deperendo, e tutti parlavano dei dolori che aveva dovuto sopportare ultimamente, della morte del marito e poi del figlio. Nessuno si stupiva più del suo rapido declino.

Dubhe, dal canto suo, non si preoccupava. Le sembrava uno scambio onesto. Aveva percepito lo scorrere del tempo per la prima volta quando era nato Neor. Improvvisamente aveva preso coscienza del fatto che un giorno sarebbe morta. Certo, poteva vedere ancora davanti a sé giorni gloriosi. Avrebbe potuto sopportare la vecchiaia, il lento decadere del corpo. Ma suo marito l'aveva preceduta nella tomba, e poi era stata la volta del figlio, e allora aveva capito. Che non c'era più spazio per la gloria né per la gioia, che i tempi amari infine l'avevano raggiunta, e che da quel momento in poi la sua strada era segnata. Cominciava a guardare con serenità, anzi con sollievo, alla morte. Perché il meglio della vita era ormai alle sue spalle, e tutto ciò che le restava era una messe di ricordi, splendidi ricordi di una vita piena. Dunque donava volentieri alla causa i giorni del tramonto. In fin dei conti era una regina, e lo sarebbe stata fino al suo ultimo respiro.

«Ebbene, cosa prevede il programma, oggi?» chiese con un sorriso a Baol quando fu vestita.

L'attendente la guardò serio. «Ho una notizia che non vi piacerà.»

6

L'ultimo sogno

Shyra raccontò il resto della storia con spietata lucidità. La vita che le crollava addosso, ogni ideologia che tramontava dietro l'orizzonte di una sofferenza con cui era impossibile fare i conti. Fino alla vacuità di ogni cosa, e al richiamo della morte. Alla fine di tutto, la resistenza. Quegli stessi uomini che aveva sempre combattuto, che prima del sacrificio di sua sorella aveva considerato traditori, all'improvviso le parvero nel giusto. Così alla fine aveva deciso di unirsi a loro, e combattere Kryss.

Adhara aveva ascoltato in silenzio, attonita. Tutto improvvisamente acquistava significato, e il suo percorso dall'esplosione del portale fino a quel momento assumeva un senso.

Quando ebbe finito, Shyra le parve come svuotata. Poi sollevò gli occhi: bruciavano d'ira.

Si alzò e prese a camminare avanti e indietro, con una decisione che sembrava voler spazzare via ogni traccia di quella debolezza che l'aveva spinta a confidarsi con una sconosciuta.

Adhara sentì che era giunto il momento di contraccambiare. «Sei stata sincera con me. Ora tocca a me esserlo con te.»

Le raccontò tutto, dal suo risveglio nel prato ai sogni in cui Lhyr le si manifestava. Non tacque nulla: parlò della propria natura, di Adrass, di San e di Amhal.

Shyra la guardava adesso con occhi diversi. Non c'era più odio nel suo sguardo, quel racconto doveva aver toccato qualche corda segreta.

«Questa è la verità su come sono finita qui» concluse Adhara. Adesso era lei a sentirsi stanca, ma nel contempo sollevata.

«Dove si trova il Marvash in questo momento?» le chiese subito Shyra.

Adhara scosse la testa. «Me ne sono andata, l'ho lasciato ferito nella radura.»

«Tu sei consapevole che la battaglia di cui sei protagonista va avanti da millenni, vero?»

«So che la storia del Mondo Emerso è determinata dall'avvicendarsi di Marvash e Sheireen, e che il loro destino è scontrarsi in eterno per le sorti del mondo.»

«Il Marvash è il male personificato, Adhara» disse Shyra con gravità. «I nostri dei sono tutti benevoli. Il male è stato portato nel mondo dal Marvash, principio di ogni malizia, adoratore della morte, fonte di ogni sofferenza.» Sputò a terra con disprezzo. «Marvash non è nemmeno il suo nome. Il suo nome l'abbiamo cancellato, e solo i sacerdoti di Shevraar lo conoscono e osano pronunciarlo.»

«Amhal non è così» affermò Adhara con convinzione. «C'è del buono in lui, ma è stato soffocato da San.»

«San, il nipote della precedente Sheireen...»

Adhara annuì.

«Il ciclo si sta corrompendo... Nella nostra storia non si ricordano legami di parentela tra Marvash e Sheireen.»

Shyra sembrava preoccupata. «Per noi, Marvash e Sheireen ormai sono leggende perdute. Da quando viviamo qui nel Mherar Thar, non ne abbiamo più visti. Molti di noi non ci credono neppure, sono convinti che si tratti di miti.»

«Magari fosse così...» disse Adhara piano.

Shyra sorrise con sarcasmo. «Ecco quanto ci appartiene l'Erak Maar, così tanto che ormai Marvash e Sheireen non sono neppure più elfi, ma umani.»

Adhara la guardò interrogativa, e Shyra si sentì in dovere di spiegare.

«Il primo Marvash era un elfo, suppongo tu lo sappia. All'epoca gli elfi non potevano avere figli, e non morivano. Erano una stirpe perfetta, che viveva in armonia con il mondo e con gli dei. I più capaci entravano a far parte di una casta sacerdotale votata al culto degli dei. Tra loro ne spiccava uno che, per doti di intelligenza e sensibilità, si distingueva su tutti gli altri, e divenne presto il prediletto degli dei. Nessuno avrebbe mai immaginato che dietro quella creatura virtuosa si celasse in verità il primo Marvash della storia. Fu solo con il tempo che iniziarono a manifestarsi i primi tratti della sua vera personalità. Vivere in mezzo agli dei portò il Marvash a invidiare la loro capacità di creare. Qualsiasi cosa un dio desiderasse, essa compariva; era lo stesso desiderio a infonderle vita. Gli elfi invece, oltre a non procreare, non coltivavano la terra e vivevano di ciò che gli dei elargivano loro. Il Marvash non riusciva a tollerarlo. La sua divenne un'ossessione. Cercò di carpire in ogni modo il segreto degli dei, affinché anche lui potesse creare qualcosa. Provò a costruire statue e simulacri, ma nessuno di quegli oggetti era vivo. La vita era al di là della sua portata, e questo lo faceva impazzire. Così un giorno, fuori di sé, ridusse in pezzi una statua che aveva costruito. I frammenti schizzarono con violenza in ogni direzione, e uno di essi colpì un uccello appollaiato su un ramo. Quello stramazzò al suolo, morto. E fu allora che il Marvash capì. Gli elfi non potevano creare, certo, ma potevano distruggere. Se il potere degli dei era dare la vita, gli elfi potevano uguagliarli in un solo modo: togliendola. E fu così che il Marvash andò dal suo migliore amico, che considerava come un fratello, e lo uccise a sangue freddo. Nessuno prima di lui aveva potuto farlo, perché gli elfi erano immortali. Fu il primo omicidio della storia. Con le mani lorde di sangue, rise di un riso folle e disperato, perché finalmente aveva scoperto come diventare un dio. Per questo lo chiamiamo Marvash, Distruttore.»

Shyra fece una breve pausa.

«Fu Shevraar a fermarlo, plasmando dall'acciaio e dal fuoco una creatura nuova, la Sheireen, che riuscì a incatenare il Marvash nelle viscere della terra assieme a tutti i suoi seguaci. Non riuscì però a ucciderlo, perché quel primo omicidio aveva davvero fatto di lui un dio. Quando finalmente la battaglia fu vinta, gli dei decisero di abbandonare la terra e gli elfi al loro destino. Si ritirarono nell'Ehalir, il Paradiso Nascosto, e non tornarono più. Gli elfi guadagnarono la capacità di fare figli, ma persero l'immortalità. Nei secoli, il Marvash cercò di tornare, mandando nell'Erak Maar i suoi seguaci, i Distruttori. Ogni volta Shevraar plasmò una nuova Sheireen. Così per millenni. Tutti elfi, capisci? Non c'è spazio per gli umani in questa leggenda. E adesso mi dici che tu, che avrai al massimo qualche goccia di sangue elfico nelle vene, sei una Sheireen, e il figlio di una mezza ninfa è un Marvash. L'Erak Maar non è più nostro, non lo è più da molti, moltissimi anni.»

Shyra sorrise ancora, un sorriso mesto e disilluso. Adhara si chiese se stesse pensando a tutto quel che aveva perduto per seguire un sogno che adesso, lo vedeva, si mostrava in tutta la sua delirante follia.

«Perché non a me, Adhara?» disse infine alzando lo sguardo su di lei. I suoi occhi erano colmi di un dolore inconsolabile. «Perché tu hai sognato mia sorella, e io che la invoco ogni giorno, che l'ho cercata ogni ora della mia vita, dopo la fuga da quella cella dove mi aveva imprigionato Kryss, non riesco quasi più neppure a ricordare il suo volto? Perché ha chiesto aiuto a te e non a me?»

«Era una sacerdotessa» osservò Adhara.

«Sì, era votata al culto di Phenor, la dea della terra e della fecondità. È una sorta di doppio di Shevraar, è difficile da spiegare per chi non sia un elfo... Shevraar e Phenor sono due facce della stessa medaglia, sono il principio maschile e il principio femminile della forza della creazione. L'uno distrugge il vecchio, l'altra lo sostituisce col nuovo. Sono entità separate, ma allo stesso tempo inscindibili.»

«E io sono la Consacrata» disse Adhara. «È per questo che mi ha parlato e mi ha condotto da te. I sogni, la strana sensazione che mi accompagna da quando ho messo piede qui, di sapere esattamente dove dovessi andare... Lei voleva che ti trovassi. C'è un senso in tutto questo, lo sento. Non sono qui per caso, fa parte di un unico disegno.»

«E quale sarebbe?» chiese Shyra con amarezza. Le sembrava di vedere ancora il viso della sorella, prima che fosse sacrificata da Kryss, e il senso di colpa per aver contribuito al suo destino non l'abbandonava mai.

«Amhal indossa un medaglione che brilla di una luce rossa, la stessa che ho visto in sogno sul petto di tua sorella.»

Shyra la guardò a lungo, poi le si avvicinò, poggiando i gomiti sulle ginocchia. «Da quando mi sono unita alla resistenza non ho smesso un istante di cercare Lhyr. Ma non sono mai riuscita a scoprire dove fosse. Nessuno lo sa. A quanto pare, nessuno controlla la sua prigione, e sembra che nessuno ce l'abbia mai condotta. È come se fosse stata inghiottita dal nulla.» Si passò nervosamente una mano sulla testa, più volte. «Siamo riusciti a sapere soltanto una cosa. L'ultima persona che l'ha vista ha detto che aveva uno sguardo strano, e portava un medaglione rosso. Uno dei nostri è sacerdote, e dice che esistono manufatti in grado di soggiogare la volontà e al contempo fare da tramite per certi sigilli. Siamo convinti che il medaglione che indossava mia sorella sia la chiave del sigillo, e che sia quello a tenerla prigioniera.»

Adhara si fece più avanti. «Amhal in effetti si è trasformato da quando si è unito a Kryss: fa cose che prima non avrebbe mai fatto, compie stragi senza battere ciglio...»

«È un Marvash» disse scettica Shyra.

Adhara scosse la testa. «Tu non lo conosci... Io *so* che c'è del buono in lui. Mi ha salvato la vita, mi ha dato un nome, molto di ciò che sono lo devo a lui. Ha sempre combattuto contro le sue pulsioni, non può essersi arreso all'improvviso e senza ragione.»

«Ti ho spiegato la storia dei Marvash. Non c'è speranza, Adhara, sono creature corrotte fin nel midollo. La loro vocazione è il Male, la strage il loro nutrimento, e contro questo non c'è volontà che tenga. Sì, forse il tuo amico un tempo era una persona normale, prima che la sua vera natura si risvegliasse. Ma era solo finzione, apparenza, il modo con cui i Marvash si celano agli occhi del mondo.»

«Io l'ho baciato» disse Adhara d'impulso. «Là, nella radura, quando ci siamo scontrati. L'ho baciato e l'ho *sentito*. Lui c'è ancora, là sotto, sotto quel medaglione, sotto la scorza di insensibilità che si è costruito intorno. E io lo porterò alla luce. Io lo salverò.»

«Il tuo destino è uno solo: ucciderlo o venirne uccisa.

In tutta la storia non esiste un solo Marvash che sia tornato sui propri passi. Ognuno è andato dritto alla meta, cercando di portare morte e distruzione, o morendo nel tentativo. E ogni volta che un Marvash vinceva, una civiltà, un popolo, una città venivano spazzati via, e il ciclo ricominciava, inarrestabile. Sta alle Sheireen opporsi ai Marvash. Gli dei hanno scelto per te questo destino, e ad esso non puoi ribellarti.»

«Che brucino gli dei!» scattò Adhara. «Non erano con me quando mi sono risvegliata senza sapere chi fossi, e non saranno con me alla fine, quando guarderò Amhal negli occhi e lo strapperò a se stesso. L'hai detto tu: gli dei si sono rintanati nell'Ehalir, hanno abbandonato questo mondo a se stesso, hanno abbandonato me! Sarà da sola, e a modo mio, che fermerò questa follia.»

Shyra rimase immobile, gli occhi fissi in quelli di Adhara. «Stai bestemmiando, e lo stai facendo davanti a una sposa di Shevraar. Il mio aspetto può ingannarti, ma io sono una sacerdotessa, sebbene glorifichi il mio dio con le armi.»

«Puoi pensarla come credi. Ma io so di essere sola in questo mondo, ora più che mai, e so che non mi piegherò a un destino che non sento. Farò il mio dovere, sarò Sheireen fino in fondo, ma come vorrò io. E se nessuno l'ha mai fatto, io sarò ricordata come la prima.»

Shyra sorrise. «Il tuo aspetto inganna. Sei molto più decisa di quanto sembri. E allora adesso cosa farai?»

«Adesso dobbiamo porre fine al regno di Kryss» rispose Adhara. «Per prima cosa troveremo tua sorella.»

La condussero in uno dei loculi scavati nella roccia che Adhara aveva percorso con il suo carceriere. Aveva una finestrella irregolare che dava sulla caverna, da cui penetrava una luce azzurra. Adhara si affacciò. La marea era salita, e non c'era traccia dell'imboccatura attraverso la quale era stata condotta nella grotta. Anche la spiaggetta sulla quale erano approdati era scomparsa.

«Fino a domattina siamo isolati» disse Shyra. «È un buon modo per difenderci dai nostri nemici.» Poi guardò Adhara. «Hai un'idea di dove si trovi Lhyr?»

«Mi ha condotto qui. Credo che mi spiegherà anche come andarla a salvare... In sogno, suppongo, come è stato finora.»

Shyra ridacchiò. C'era sempre qualcosa di disperato e perduto nel suo riso, qualcosa che gelava il sangue. «Ecco a cosa devo attaccarmi per riavere mia sorella, ai sogni di una mezzosangue.»

«Non mi sembra che i miei sogni abbiano mentito, fin qui» replicò Adhara con fermezza.

Shyra la fissò intensamente. «E allora sogna, stanotte. E vedi domattina di venire da me con qualcosa di concreto. Poi studieremo come procedere.»

Fece per andarsene, ma si voltò un istante.

«Riesci a combattere con quello?» disse indicando col mento il moncherino.

Adhara lo sollevò. «Non mi ha impedito di tenere testa ad Amhal, ma la mia mano sinistra mi manca terribilmente.»

Shyra tacque qualche istante. «Tu aiutami, e io vedrò cosa possiamo fare per quella mano.»

Adhara le rivolse un'espressione interrogativa, ma l'elfa si volse e uscì senza aggiungere altro.

Così lei rimase sola, sospesa in tutto quel blu che trasformava la caverna in un posto di sogno. O di incubo. Si guardò attorno. Le pareti erano appena sbozzate, e non c'era mobilia. Una nicchia nel muro fungeva probabilmente da guardaroba, mentre una più grande, sufficiente per contenere un corpo disteso, doveva essere il letto. Ospitava un sacco pieno di paglia e una coperta piegata. Quella stanza era davvero degna di un covo di ribelli.

Adhara si sdraiò sul giaciglio, sospirando. Aveva sempre rifiutato l'idea che fossero gli dei a determinare il destino. La sua esistenza era sempre stata decisa dalle azioni degli uomini, da persone dotate di volontà. Uomini erano i Veglianti che l'avevano creata, uomo era Amhal che le aveva dato un nome, e uomo era Adrass, suo padre due volte, perché l'aveva riportata in vita dalla carne morta e perché l'aveva salvata dalla spada del Marvash. Ma ora, per la prima volta, tutto sembrava davvero obbedire a un disegno. Era giunta fin lì sulla scorta di un sogno, e la sacerdotessa che l'aveva evocato era legata ad Amhal, e dunque alla sua missione, dal misterioso medaglione rosso. Senza contare il fatto che il portale, esplodendo, l'aveva fatta finire lì, dove si era imbattuta nella possibilità di spezzare per sempre il sigillo che causava il morbo nel Mondo Emerso. Tutto tornava. Erano stati dunque gli dei ad accompagnarla fino a quella grotta? A guidare la sua esistenza terrena lungo la via che inesorabilmente l'avrebbe condotta ad Amhal?

Sul soffitto, la finestrella tonda proiettava un cerchio irregolare di luce. Le onde lo facevano tremolare, disegnando figure fantastiche sulle asperità della roccia. Adhara si sforzò di leggerci un messaggio, un segno che la aiutasse a comprendere. Fu cercando di dare un senso a tutto quello che stava vivendo che si addormentò.

La figura sorse gradualmente dalle tenebre. Prima il medaglione, rosso e brillante come il fuoco. Inchiodato al centro del petto, era un cuore palpitante di riflessi sanguigni. Il resto sembrava prendere forma e consistenza da quel nucleo maligno. Per la prima volta, Adhara vide Lhyr in faccia.

Era una ragazza dal viso dolce, ma i tratti erano leggermente affilati da un tormento interiore. Aveva occhi di un viola puro e cristallino, e capelli verdi lisci e lucenti che scendevano a coprirle le spalle. Indossava una tunica bianca, bucata all'altezza del medaglione, dal quale colava del sangue. Adhara cercò in quei lineamenti l'immagine di Shyra, ma non riuscì a trovare nulla che gliela ricordasse.

L'immagine era muta e dolente.

Dimmi dove sei, pensò Adhara, ma quando provò a parlare si accorse che non riusciva ad aprire la bocca. Sollevò le mani – le aveva di nuovo entrambe, come sempre in sogno – e se le portò alle labbra, ma le trovò cucite. Guardò Lhyr, e si accorse che anche sulla sua bocca si intravedeva il segno di uno spesso filo nero che la sigillava con grossi punti irregolari. Si sentì paralizzata dall'angoscia.

Ho parlato con tua sorella Shyra, e mi ha creduto. Ma adesso devo portarla da te, pensò con forza, sperando di poter comunicare con Lhyr.

Il medaglione si mise a brillare più intensamente, e rischiarò di una lugubre luce vermiglia lo spazio circostante. Era niente più di una cella angusta, e il corpo di Lhyr occupava quasi tutto lo spazio disponibile. Il soffitto era basso, sostenuto da travature in legno. Le pareti erano di terra. Quel posto somigliava terribilmente a una fossa. La figura rimpicciolì sempre più, finché solo il medaglione restò visibile, come una goccia di sangue in un'oscurità densissima. E Adhara vide. La fossa si trovava sotto un'immensa statua di legno, alta almeno venti braccia. Non c'erano segni di giunture: o gli ebanisti che l'avevano realizzata erano di perizia senza pari, o era stata intagliata in un unico tronco di legno. Rappresentava una donna dai capelli lunghissimi, avvolti intorno a un corpo magro. Le estremità delle ciocche si trasformavano in boccioli di rosa e germogli. In una mano reggeva un albero dal tronco e i rami contorti, nell'altra una fiamma ardente. Il volto era severo, quasi accigliato, e a Adhara parve di averlo già visto, di conoscerlo fin troppo bene. Avvertì una stretta al cuore, uno sgradevole presentimento.

Fu un istante, poi l'oscurità inghiottì la visione, finché ogni cosa scomparve e tutto ciò che Adhara riuscì a vedere fu il palpito purpureo del medaglione.

Una voce carica di dolore sibilò parole in elfico.

Presto, fa' presto, prima che io sia morta e l'Erak Maar perduto per sempre.

Adhara allungò una mano fino a toccare il medaglione, e quando i polpastrelli lo sfiorarono sentì un dolore lancinante attraversarle il braccio, scenderle giù per il fianco e riempirle ogni fibra del corpo.

Urlò, e si tirò su di scatto.

Era di nuovo nella sua cella. Impossibile dire l'ora del giorno: la luce era la stessa del momento in cui si era addormentata. Ma qualcosa era cambiato. Ora sapeva dove Lhyr stava morendo.

7
Guerrieri Ombra

I giovani guerrieri erano schierati nell'aria tersa di Nuova Enawar. Non era tempo per grandi celebrazioni, ma Dubhe aveva ugualmente insistito perché l'investitura di Amina fosse pubblica e con tutti gli onori. I tempi difficili richiedevano occasioni di svago più di quelli pacifici, ed era molto che la sua gente non ne godeva. Il tempo li aveva graziati con una giornata di sole e una buona notizia. Un manipolo di soldati era riuscito a entrare a Makrat, la capitale della Terra del Solc dominata dal Consiglio dei Savi, uomini senza scrupoli che nel momento di anarchia causato dal morbo si erano impossessati della città. Nell'ultimo periodo Kalth non si era dedicato ad altro.

«Non credi ci siano cose più importanti da fare che riconquistare una città di morti? Gli elfi stanno avanzando, e presto tutta la Terra del Vento sarà in mano loro» aveva obiettato Dubhe quando il nipote le aveva espresso l'intenzione di riconquistare Makrat alla legalità.

«Questa guerra la stiamo perdendo, e tu lo sai. Il morbo ci ha concesso una tregua, certo, ma la pozione di Theana non è una soluzione definitiva. Proprio perché tutto va male è tempo di riconquistare Makrat. Devo mostrare al mio popolo che non l'ho abbandonato, devo dargli qualcosa per credere che ci sia ancora speranza. E il momento è quello giusto: sembra che la malattia stia mietendo meno vittime ora, possiamo concentrarci su due fronti.»

Dubhe, alla fine, non aveva potuto che concordare.

Kalth era al suo fianco, in vesti militari. Non aveva mai calcato un campo di battaglia, ma sapeva che i tempi richiedevano un re guerriero, e come tale doveva mostrarsi. Indossava un'armatura semplice, adatta alla battaglia più che alle parate. Un'armatura che non aveva mai visto neppure l'ombra del sangue né dell'acciaio, ma non aveva importanza. Dubhe percepiva che la gente lo guardava con ammirazione e con rinnovata speranza.

Anche il suo sguardo si soffermò sul giovane nipote. Aveva i capelli appena mossi, di un nero lucente, e gli occhi limpidi e gravi; l'aspetto compito e assorto di chi è abituato a guidare altri uomini. Kalth era l'immagine di suo padre, di un Neor ancora giovane e nel pieno delle sue facoltà. La somiglianza era così forte che le faceva male. Guardando Kalth, poteva quasi illudersi che suo figlio non fosse morto, che il destino avesse voluto restituirglielo. Ma sapeva che non era così. Il dolore per la sua perdita aveva dovuto seppellirlo nelle profondità del cuore. I tempi non permettevano il lutto, e a lei venivano richiesti coraggio e forza d'animo. Ma quella era una ferita dalla quale non era possibile guarire. Era sempre in fondo al suo ventre, là dove suo figlio era cresciuto per nove mesi, e non smetteva di sanguinare neppure un istante. Dubhe si chiese quanta parte avesse giocato nella sua decisione di assumere la pozione quella sofferenza insopportabile, che di notte la prendeva alla gola e le toglieva il respiro.

Kalth si volse verso di lei e le sorrise.

«Sei pronta?»

Dubhe si limitò ad annuire. Kalth si avvicinò alla sorella. Amina indossava una divisa completamente nera, che ne faceva un'ombra tra le ombre. I capelli erano tagliati corti, come sempre. Alzò lo sguardo, e i suoi occhi si specchiarono in quelli del gemello. Aveva dipinta sul volto un'espressione decisa e grave.

Fino a poco tempo prima, nonostante le avversità che aveva dovuto affrontare, era ancora una ragazzina. Ma ora non più. L'addestramento con sua nonna, portato avanti con costanza tutti i giorni, con una pervicacia che prima di allora aveva mostrato solo nei capricci, l'aveva trasformata in una donna. Adesso era come il fratello, che il peso del comando aveva fatto crescere in fretta.

Dubhe non seppe se rallegrarsene o meno. Aveva sperato in un destino diverso per i nipoti. Quando erano nati e li aveva presi in braccio la prima volta, aveva pensato con sollievo che a loro sarebbe toccata una sorte diversa dalla sua, che sarebbero cresciuti in un mondo in pace. Non era stato così.

Kalth sguainò la spada con eleganza, quindi ne porse la lama ad Amina. «Giuri di servire il tuo re, la tua terra e il Mondo Emerso tutto con lealtà e fedeltà fino alla morte?»

Aveva pronunciato quelle parole con lo stesso tono che aveva riservato agli altri ragazzi schierati di fronte a lui, e che quel giorno entravano a far parte dei Guerrieri Ombra, il gruppo di spie capitanato dalla regina.

Amina gli rivolse uno sguardo ardente di passione e fiducia, lo sguardo di un suddito verso il proprio sovrano. «Lo giuro» disse, e passò il palmo sulla lama, fino a spillarne una goccia di sangue. Quindi l'asciugò con la casacca e la baciò.

Fu la volta di Dubhe. Fece un passo avanti e prese un

pugnale che le porgeva Baol. Sentì un brivido nell'afferrarlo. Tutto il tempo dell'addestramento di sua nipote era stato attraversato da un'unica domanda: era giusto avviare alle armi quella che era poco più che una bambina? Era giusto insegnarle come uccidere un uomo, come replicare colpo su colpo e infiltrarsi in territorio nemico? Non era ancora riuscita a trovare una risposta. Quel gesto, porgerle il pugnale, significava decidere per sempre ciò che sarebbe stato di Amina. Per questo indugiò.

La guardò, studiò il suo volto, le sue vesti, e si scoprì orgogliosa.

«Che la notte ti sia compagna fedele, che le ombre ti assistano. Da oggi sarai una Guerriera Ombra» disse infine con solennità.

La festa fu sobria, ma non mancò l'allegria. Dubhe osservò Amina scherzare con Kalth. Era parecchio che non li vedeva così uniti. In verità non lo erano mai stati. Ma il dolore affratella, e ora i due gemelli erano rimasti soli. Fea si aggirava smarrita per il giardino, seguita dalla dama di compagnia che Kalth le aveva affiancato. Amina era tornata da lei troppo tardi. Gli affanni, il dolore, ne avevano spezzato la fibra, e adesso si muoveva in preda a un pietoso stupore. Della sua vita precedente ricordava poco, e persino i figli erano una memoria dai contorni incerti. Le ci era voluto parecchio per riconoscere la figlia, quando l'aveva vista, e ora di certo non aveva capito niente della cerimonia che si era appena svolta. Meglio così. La vecchia Fea non avrebbe mai accettato che la sua Amina diventasse una spia.

Dubhe si avvicinò ai nipoti. «Sai che l'addestramento non è finito, vero?» esordì con un sorriso rivolgendosi ad Amina.

Lei si girò. «Hai voglia di allenarti un po'?»

Sapeva perfettamente che da qualche tempo sua nonna non era più in grado di battersi. L'ultima volta che si era scontrata con lei, l'aveva vinta in un solo assalto.

«Non è ancora il momento di scendere in campo, per te» disse Dubhe.

Amina si fece seria. «Lo so benissimo. Non sono più la scapestrata di un tempo, pensavo l'avessi capito.»

«Certo che l'ho capito» disse Dubhe dolcemente.

«E so anche che l'ammissione ai Guerrieri Ombra è un atto di fiducia di cui devo dimostrarmi all'altezza. Vedrai che ci riuscirò. Sai che quando mi metto in testa qualcosa non rinuncio facilmente.»

Dubhe le accarezzò la testa con un sorriso. Poi si voltò per andarsene. «Ci vedremo alla prossima riunione, allora.»

«Perché non resti a festeggiare con noi?»

«Ho del lavoro da sbrigare» tagliò corto lei. Doveva prepararsi per la notte, l'unico momento in cui davvero si sentiva viva. Ormai per lei quegli agguati notturni erano diventati una specie di droga. E quella sera aveva molto da fare.

L'elfo urlò di dolore, ma Dubhe rimase impassibile e tirò più forte le corde con cui lo aveva legato a un albero. Il pugnale, stretto nella mano destra, grondava sangue. Il volto di ragazzina che aveva preso il posto di quello rugoso della regina si increspò in un sorriso amaro. Un tempo non sarebbe mai stata in grado di fare una cosa del genere. Un tempo uccidere la ripugnava, e procurare dolore intenzionalmente era qualcosa cui non sarebbe neppure riuscita a pensare.

Come ti cambia, il tempo, pensò con amara ironia.

«Può finire quando vuoi. Devi solo dirmi la verità.»

L'elfo alzò su di lei uno sguardo supplice. «Uccidimi» la implorò.

«Non prima che tu mi abbia detto la verità.»

«Non puoi chiedermi di tradire.»

«E allora soffrirai.»

Incise ancora la pelle, piano, quasi stesse assaporando quell'istante.

Come se la Bestia fosse di nuovo con me... pensò, mentre l'elfo urlava.

Gli afferrò il volto. «Cosa sono quegli oscuri manufatti che montate nei villaggi conquistati?»

Lui scosse la testa, quel poco che gli permetteva la presa salda della nemica. Dubhe si allontanò da lui e misurò a grandi passi la piccola radura in cui aveva portato la sua preda. Era da quando Theana le aveva parlato di quei maledetti obelischi che aveva iniziato. Il primo era stato un semplice interrogatorio, finito con la morte del prigioniero.

Adesso, davanti a quell'elfo coperto di tagli e di sangue, la sua sicurezza vacillava. Davvero la vittoria, la salvezza della sua gente giustificavano qualsiasi azione? Davvero quella era solo l'ultima arma che aveva in mano, o qualcosa di oscuro, qualcosa di sopito troppo a lungo stava tornando alla luce?

Puntò la lama alla gola dell'elfo e fu tentata di affondarla. I suoi occhi contenevano una supplica così accorata che Dubhe se ne sentiva dilaniata.

«Se non vuoi dirmi cosa sono quegli strumenti, allora dimmi dov'è Kryss.»

L'elfo sgranò gli occhi. «Non puoi chiedermi questo! Lui è il mio re, lui è tutto per noi. Fammi pure a pezzi, scuoiami, ma non ti dirò niente.»

Dubhe lo mollò con rabbia e affondò il pugnale. Una ferita alla gamba, accurata come un taglio chirurgico. L'elfo urlò ancora.

«Morirai dissanguato. Non sarà una bella morte. Dimmi la verità e ti darò il colpo di grazia.»

«No...» pianse l'elfo.

Stavolta fu lei a urlare. Gli affondò la lama nella gola e lasciò che il corpo si accasciasse sulle corde che lo legavano all'albero, finché il rantolo agonizzante non si spense.

Dubhe ebbe una tremenda fitta di dolore. Si sentiva maledettamente sporca, come anni prima, quando dopo ogni lavoro di ladra andava alla Fonte Scura e si immergeva nell'acqua gelida. Ma da allora erano passati troppi anni, e non c'era fonte abbastanza pura per mondarla da tutto quanto aveva visto, e da quanto aveva appena compiuto.

Lanciò il pugnale a terra, con orrore, e la vista della pelle liscia delle sue mani, la percezione del suo corpo teso e pronto all'azione, com'era stato anni prima, la fece infuriare. Perché se i suoi muscoli erano quelli di un tempo, se le sue membra ora erano giovani e pronte, la sua anima era greve, e imbrattata di orrori. Il dono di Tori era più terribile di quanto avesse creduto.

Lasciò la sua vittima appesa alla corda, con il capo abbandonato sul petto, e scappò via più in fretta che poté, verso l'accampamento, verso la sua vera vita. Il sole si sarebbe alzato sulle punte dei pini e le avrebbe restituito quelle rughe benedette.

Si intrufolò nel campo furtiva come al solito. Nessuno in giro, dalle tende solo il suono del respiro di chi dormiva. Anche quella notte era andato tutto liscio, anche quella notte il suo segreto era salvo.

Entrò nella tenda, ma rimase bloccata sull'ingresso.

Dentro, seduta, c'era una figura nera che si era voltata non appena aveva sentito il lieve fruscio della stoffa smossa. L'aveva addestrata fin troppo bene. Amina.

I loro occhi si incrociarono un istante, e Dubhe pensò che in quel momento doveva apparire poco più grande della nipote. Era come se passato e futuro si toccassero e collidessero in un solo istante.

«E tu chi sei?» la aggredì Amina, ma la domanda quasi le morì sulle labbra. Nel viso giovane dell'intrusa riconobbe all'istante il volto di sua nonna.

Dubhe provò a scappare, ma la pozione, infida come sempre, la tradì. Sentì la pelle contrarsi, i muscoli afflosciarsi. Si chinò in avanti, e Amina accorse a sorreggerla.

Si ritrovarono entrambe a terra, in ginocchio. Dubhe la guardò sorridendo appena. «Ti prego di non dirlo a nessuno» mormorò.

Le spiegò tutto. Mentre raccontava, la follia della sua scelta le appariva sempre più grave, imperdonabile. Da quando aveva accettato, non aveva mai smesso di chiedersi se la pozione di Tori non contenesse qualcosa di oscuro. Amina restò ad ascoltare in silenzio, attonita.

«L'ho fatto perché ho capito che serviva un intervento estremo per fermare questa guerra. E se l'età non mi concedeva questa possibilità, ebbene, me la sono presa da sola. Perché la guerra è un mostro che divora i giovani e i forti, mentre la vita, pur nella sua crudeltà, tende a eliminare i vecchi e i deboli. I vecchi come me.»

Amina continuò a guardarla senza dire niente, ma tutto in lei esprimeva un rimprovero cui Dubhe era incapace di sottrarsi.

«A me non hai pensato?» proruppe infine, rompendo il silenzio. «Io ho bisogno di te.»

Dubhe rimase interdetta. Sentì qualcosa sciogliersi nel petto. «Io ci sono ancora, e ci sarò sempre.»

«Stai invecchiando a vista d'occhio. Perfino adesso sei più vecchia di stamattina! Con che coraggio, allora, mi hai detto di smetterla con le mie follie e di non cercare di sacrificarmi inutilmente?»

«È una cosa del tutto diversa, questa...»

«D'impulso hai preso quell'intruglio e ti sei messa a fare il giustiziere solitario, come se non avessi un esercito a sostenerti. Stai buttando via la tua vita, mi stai abbandonando...» disse la ragazzina con gli occhi lucidi.

E all'improvviso Dubhe capì la delusione della nipote, quel senso profondo di tradimento. E si rese conto di non potersi giustificare in alcun modo. Andò verso Amina, la abbracciò, ma lei si divincolò.

«Non sarà un abbraccio a mettere a posto le cose! Devi smettere di prendere quella pozione!»

«Non posso farlo.»

«Io voglio solo che tu la smetta, altrimenti che senso ha avuto l'addestramento che mi hai impartito?»

«A renderti migliore di me.»

Amina si morse il labbro, strinse i pugni. «Io volevo essere *come* te, lo volevo più di ogni cosa!»

«Purtroppo io non sono la persona forte che credevi.»

«Perché non puoi esserlo per me? Io mi sono sforzata di migliorare.»

Amina scoppiò in lacrime. In piedi di fronte a lei, nella sua divisa nuova, sembrava tornata la bambina di sempre.

Dubhe la abbracciò. «Perdonami» sussurrò, e la nipote appoggiò la fronte sul suo petto.

Poi si staccò piano. «Mi prometti che non lo farai più?»

Ma era un domanda di cui conosceva già la risposta. La leggeva nel suo sguardo.

«Sono andata troppo avanti, non posso più fermarmi. Ma di pozione me ne resta poca» disse Dubhe. «Un altro paio di missioni, e sarà finita.»

«E non ne prenderai altra?»

Dubhe scosse la testa con un sorriso mesto. Amina lo ricambiò, ma qualcosa dentro di lei si era spezzato, Dubhe lo percepiva. Arriva sempre un momento in cui i nostri miti ci deludono. È sui loro cadaveri che costruiamo la nostra identità. Eppure avrebbe preferito che la nipote si illudesse ancora. Ma presto tutto sarebbe finito. Poche missioni ancora. E infine l'ultima, quella decisiva.

8
Il tempio di Phenor

Amhal giunse alle porte di Orva dopo otto giorni di cammino, due in meno rispetto a quanto aveva pronosticato San. Il bisogno di ricongiungersi a lui era così impellente da avergli fatto attraversare più in fretta la distanza che lo separava dalla capitale.

All'ingresso, davanti all'immenso portone in legno scolpito, due guardie provarono a fermarlo. Un istante e si ritrovarono a terra, con una lancia conficcata nel fianco.

«Vogliate perdonare l'inettitudine di queste guardie» disse un elfo nella propria lingua. «Non avevano visto il sigillo sul vostro petto. Prego, entrate. Vi stavamo aspettando.»

Amhal passò le dita sul medaglione. Aveva forato il giustacuore in pelle, in modo che fosse sempre visibile; del resto, ora aderiva perfettamente alla sua carne, e mostrarlo altrimenti sarebbe stato impossibile.

L'elfo lo condusse in un angusto corridoio di legno. A Orva ogni costruzione era in quel materiale, anche se scolpito in fogge tali da sembrare a volte pietra, a volte mattone e perfino roccia.

Rischiarava la strada con una strana struttura di vetro che emanava una luminosità lattescente, una magia di cui Amhal non riusciva a comprendere la natura. D'altronde, quella guardia non era un mago, lo percepiva. Poi, una luce diversa colorò l'ambiente. Qualcosa di verde e inquietante, che gettava riflessi spettrali nel budello asfittico.

«Ci siamo quasi.»

Sbucarono in quella che sembrava una vera e propria caverna di legno. Era immensa, dalle volte alte almeno una ventina di braccia, le campate a sesto acuto. Ne spirava un odore di resina e bosco, e un sentore inconfondibile di magia. Amhal sentiva che l'aria ne era gravida, e ne vibrava. Se avesse aguzzato la vista, avrebbe potuto quasi vedere l'atmosfera tremolare, come nelle giornate molto calde.

Davanti a loro comparve un portale gigantesco. Era un'apertura larga un paio di braccia al massimo, ma alta fin quasi a sfiorare il soffitto. Aveva la forma di un'ogiva, e lo stipite era decorato da complessi fregi che recavano un'iscrizione. Amhal provò a interpretarla, ma sembravano parole elfiche senza senso.

«Che vuol dire l'iscrizione?»

«Sono i nomi delle persone che hanno dato il sangue per costruire questo portale. Vedete, L'Erak Maar e la terra abitata dagli elfi sono molto distanti, e a separarli non c'è solo il Saar, ma anche la pericolosa Foresta Oscura; congiungere due luoghi così lontani richiede quantità enormi di magia. Considerate anche che il nostro signore ha fatto passare per questo portale tutte le truppe che ha condotto nell'Erak Maar per la conquista. Vi renderete conto da solo che non bastava un sigillo qualunque. Per cui non soltanto ha richiesto il sacrificio del mago che l'ha creato, ma anche quello di cento elfi, il cui sangue ha intriso le fondamenta di questo portale. I loro stessi nomi sono stati scritti col sangue.»

Amhal si avvicinò. Il fregio era inciso, ma il vuoto creato dall'intaglio era stato in effetti colmato da un colore rosso mattone. Sangue. Il sangue di cento innocenti. Ecco le fondamenta del sogno di Kryss.

Guardò la superficie tremolante del portale. Era verde, traslucida, e fluttuava come un leggerissimo velo scosso da un'impercettibile corrente d'aria.

«Sapete come funziona?» chiese la guardia.

Amhal annuì. San glielo aveva spiegato poco prima che varcasse le porte della città. Le dita corsero a sfiorare il medaglione.

«Non finirete nell'Erak Maar, ovviamente» continuò l'elfo. «Costruire un portale in casa del nemico era impossibile. Ma arriverete sulle sponde del Saar.»

San aveva detto che ad attenderlo ci sarebbe stata una viverna. Da lì tutto sarebbe stato facile.

Amhal estrasse il pugnale e incise una delle dita che gli restavano alla mano sinistra. Il sangue sgorgò dopo un istante, traslucido, con quella consistenza particolare che fin da bambino era stato il marchio del suo essere un mezzosangue. Scosse le dita gettando qualche goccia contro il portale, che si attivò all'istante.

Il velo verde scomparve per far posto a una superficie azzurrina, simile all'acqua. Amhal la guardò senza l'ombra di un'emozione. Poi avanzò, si immerse nel portale e scomparve.

Adhara si tirò il cappuccio sulla testa. Era fatto di tela grezza e le pizzicava la pelle, ma doveva assolutamente coprirsi.

«Tutto in te rivela che sei un umano, se ti vedessero si

scatenerebbe il panico» aveva spiegato Shyra dopo averle dipinto di verde i capelli.

Era inverno, ma non faceva freddo. Anzi, l'aria era tiepida, e questo non invogliava a coprirsi in quel modo. Anche questo dettaglio avrebbe potuto destare sospetti, dovevano muoversi con cautela. Del resto erano solo in cinque. Cinque donne contro una città intera.

Entrare a Orva non fu difficile.

«Una volta l'anno si festeggia il Pesharjai, il Giorno del Miracolo» aveva spiegato Shyra. «Malati da tutto il Mherar Thar confluiscono a Orva per farsi curare nel tempio di Phenor. Anche adesso che in città vige la legge marziale, quel giorno le porte sono aperte, e i controlli meno accurati.»

Si erano incanalate nella fiumana di persone che accedeva alla città dalla porta principale. Era un coacervo di disperazione. C'erano visi deturpati da piaghe immonde, bambini abbandonati inerti tra le braccia delle madri, storpi.

«Ecco i frutti della guerra» commentò Shyra con disprezzo.

Fu in quel momento che Adhara si sentì afferrare per un polso.

Si erano imbattute in una guardia, che fermava passanti scelti casualmente tra la folla per fare dei controlli.

Lei abbassò il viso e si limitò a mostrare il moncherino. La guardia ritrasse subito la mano.

«Puoi passare.»

Si diceva che durante il Pesharjai tutto fosse possibile, persino che un arto ricrescesse.

Avanzarono spinte dalla ressa, pigiate da ogni lato. C'era chi salmodiava, chi si lamentava, chi semplicemente parlava col vicino. Adhara si sentiva stordita. L'afrore dei molti corpi stipati negli stretti vicoli della città prendeva alla gola, eppure non riusciva a soffocare del tutto il profumo del mare. Era una nota dominante su ogni altro odore, che avvolgeva e inebriava. Pensò a ciò che Shyra le aveva raccontato di quella città, alla Notte dei Fiori.

Si guardò attorno, cercando di capire quel luogo in cui si era consumata la tragedia delle due gemelle. Era un posto come non ce n'erano nel Mondo Emerso. La sensazione di essere lontani da casa era pressante. Tutto era estraneo. Le pietre con cui la strada era lastricata, enormi pietroni diseguali di una roccia nera, dura, sulla quale i carri avevano impresso profondi solchi. Ma soprattutto le costruzioni. Erano tutte in legno. Un legno lavorato da ebanisti di straordinaria capacità, perché imitava le varie forme della pietra. La maggior parte degli edifici erano molto slanciati, irti di guglie aguzze e di una severità triste. C'era qualcosa, tra quei palazzi, che parlava di esilio. Erano tutti alti, imponenti, si affacciavano su strade storte e anguste, che schiacciavano con la loro mole. Ovunque dominava il marrone in ogni sua tonalità. Alcune facciate erano ravvivate dall'intarsio di legni diversi, ma in ogni caso Orva appariva più come la copia di una città che un centro abitato. Adhara non si sarebbe stupita di vedere agli angoli delle strade non persone, ma statue di legno. Tutto era così austero che l'ammasso di disperati che percorreva le vie sembrava una nota stonata. Non c'era posto per la vita, là dentro.

Continuarono a seguire la folla che avanzava finché non sbucarono in un'ampia piazza circolare. Tutto intorno, case basse addossate le une alle altre. Poi, separato da due ampi vialoni, un edificio più grande. La pianta era approssimativamente circolare, ma definirne la struttura non era semplice. Su un primo ordine di archi, andavano a innestarsi una serie di cupole di varia grandezza, che culminavano in una più grande, centrale, sulla cui sommità c'era una specie di guglia d'oro a forma di fulmine. Intorno all'edificio si alzavano, slanciate e altissime, sei torri, segnate a tre altezze diverse da quelli che sembravano ballatoi. A differenza di tutti gli altri, questo edificio non aveva il colore del legno, ma era dipinto di un rosso intenso, come se il sangue di migliaia di vittime ne avesse intriso le pareti.

Adhara rimase impressionata. C'era qualcosa di solenne e maestoso in quell'enorme costruzione, ma anche di oscuro e inquietante. Percepiva il riverbero di qualcosa di noto su quelle mura, qualcosa che la spaventava. Forse l'ombra del suo destino, forse il legame perverso che la vincolava a Shevraar e al suo doppio, Phenor, che lì veniva adorata.

A mano a mano che si avvicinava, si sentiva sempre più schiacciata dalla sua mole. Notò che le mura erano completamente ricoperte da fregi che dovevano essere in cristallo nero, a giudicare dal colore e dalla lucentezza. Distinse chiaramente parole elfiche.

«È un salmo a Phenor, il più famoso» spiegò Shyra sottovoce. «Venne dettato dalla dea stessa a Thyuv, la sua prima sacerdotessa, il giorno in cui gli dei abbandonarono l'Erak Maar. Sono le ultime parole che gli dei lasciarono agli elfi.»

«E cosa dice?»

«È un canto di addio. Un atto d'amore per una terra benedetta, che è stata corrotta dalla malvagità delle sue creature. È un inno alla bellezza distrutta, alla pace infranta dal desiderio di potere. Ed è una speranza per il futuro: è stata Phenor a donare agli elfi la capacità di procreare, proprio perché in fin dei conti credeva in loro e nella loro possibilità di redimersi.»

Shyra si arrestò di colpo e Adhara la vide turbata.

«Che c'è?» chiese piano, ma lei non rispose. Sembrava preda di una collera cieca. Adhara seguì il suo sguardo, e colse una figura che si affacciava al ballatoio di una torre. Da lì sotto non riusciva a distinguerla chiaramente, ma sembrava un elfo piuttosto anziano, coperto da una lunga palandrana.

«Da quel pulpito si affacciava Lhyr» disse Shyra. «Durante il Pesharjai si mostrava alla gente assieme alle sue consorelle e officiava i riti.» Tacque un istante, aggrottando la fronte. «Ed ecco ora chi ha preso il suo posto: Larshar, la serpe di Kryss.»

Gliene aveva parlato quando avevano pianificato la missione. La resistenza non era un movimento così minoritario in seno agli elfi. A Orva c'erano molte sacche di ribellione, più che altrove. Da quando Kryss se n'era andato, si erano moltiplicate a dismisura, sostenute anche da una popolazione che, se non era apertamente ostile al nuovo re, per oltre un terzo non vedeva di buon occhio la riconquista dell'Erak Maar e non faceva nulla per contrastare l'azione dei ribelli. Del resto, Kryss era salito al potere sull'onda dell'entusiasmo che le sue parole sapevano suscitare, e sfruttando il suo innegabile carisma. Ma ora che lui era lontano, e il costo della guerra iniziava a ricadere sulla popolazione, il malcontento dilagava. Così, Kryss aveva nominato un reggente per la città di Orva, uno dei più influenti sacerdoti di Shevraar.

«Lo conoscevo bene» ricordò Shyra. «Mi ha insegnato la dottrina quando io ero piccola e lui non aveva ancora scalato le vette della gerarchia. Un elfo malvagio. Amava le punizioni corporali, che ci infliggeva generosamente e con gran piacere.»

Dal giorno in cui Larshar era salito al potere, a Orva

la situazione era rapidamente precipitata. Le esecuzioni erano all'ordine del giorno, vigevano coprifuoco e legge marziale, il controllo sulla popolazione si era fatto strettissimo. La delazione era incoraggiata, e per finire al patibolo bastava un'accusa anonima. I rapporti sociali si erano lentamente frantumati, distrutti dal sospetto, che ormai serpeggiava anche in seno alle famiglie. Un vero inferno, che aveva avuto l'unico risultato di esasperare la situazione e rafforzare la ribellione.

«Per certi versi dovrei ringraziarlo: non siamo mai stati così amati dalla gente quanto ora» disse Shyra, gli occhi tenacemente rivolti a Larshar.

Adhara ne seguì la figura fino a quando non scomparve alla sua vista. Era immobile come una statua, il perfetto guardiano di quella città di morti.

Furono infine dentro il tempio di Phenor. La luce filtrava attraverso le lastre di alabastro che decoravano le finestre a sesto tondo, disseminate lungo il profilo delle numerose cupole che componevano il soffitto. Quella luce faceva sembrare tutto d'oro. D'oro i corpi ammassati, che lentamente strisciavano verso l'altare, d'oro le mura e i decori. C'erano iscrizioni ovunque, e fregi geometrici in cristallo nero. Lo sguardo si perdeva nel gioco di cupole che si inserivano l'una nell'altra, tutte segnate da costolature rosso fuoco.

Adhara stava per perdersi, stordita dalle decorazioni e da quella luce che dava a ogni cosa contorni onirici, quando si sentì afferrare per un braccio da Shyra, che la tirò in un angolo, verso una nicchia laterale.

«Sei pronta?»

Adhara annuì. Frugò nella bisaccia che aveva a tracolla e ne trasse un oggetto metallico. Lo soppesò per qualche istante, indecisa. Era una mano. Le dita erano sottili tubuli metallici, innestati intorno a perni che ne permettevano l'articolazione. Il palmo era composto da una serie di stanghette avvitate su un cilindro chiodato. Shyra l'aveva fatta costruire dal fabbro più abile tra i ribelli.

«Non è una mano vera, ma dentro c'è una calamita che si può chiudere su un'elsa per impugnare la spada. E comunque puoi usarla per parare i colpi.»

Adhara non l'aveva ancora provata. Sì, l'aveva indossata un paio di volte, durante i giorni in cui era rimasta presso il covo nella grotta, e ne aveva tratto una strana sensazione. Non era esattamente come avere una mano, ma la faceva sentire meno esposta.

Dopo pochi minuti, le altre tre elfe del gruppo conversero là dove si trovavano Shyra e Adhara.

Shyra indicò il loro obiettivo. «Se i tuoi sogni non mentono, è lì che dobbiamo andare.»

Sotto la più grande delle cupole, si innalzava una statua interamente in legno. Adhara la riconosceva perfettamente, perché era quella che aveva visto in sogno. Era stata proprio la sua descrizione a indirizzare Shyra.

Indugiò su quella figura. Ora ne capiva perfettamente il simbolismo: i boccioli e il fuoco nelle mani corrispondevano alla spada e al fulmine nelle mani delle statue di Shevraar; il suo volto, sebbene femminile, era incredibilmente somigliante a quello del dio. Un brivido le scese giù per la schiena. Per quanta strada facesse, aveva la netta sensazione di tornare sempre al punto di partenza, a quella divinità misteriosa che reclamava la sua presenza, che le aveva dato la vita per un'unica ragione, proprio come i Veglianti.

Abbassò lo sguardo, e capì quanto sarebbe stato difficile riuscire a fare ciò che dovevano. Davanti alla statua c'era un grosso altare in legno intagliato, dove diverse sacerdotesse avevano già iniziato a curare i malati. Ciascuna di loro imponeva le mani sull'infermo, quindi recitava una litania a occhi chiusi. Pochi istanti e il postulante se ne andava da dove era venuto, sperando che il lungo viaggio affrontato fosse valso quei brevi attimi.

La speranza induce a fare le cose più folli, si disse Adhara. *Esattamente come quella che stai per fare tu in questo momento.*

«Ci siamo quasi. Andiamo.»

Le parole di Shyra la riscossero. Tutte assieme si tolsero gli abiti che avevano indossato fino a quel momento e li gettarono nella nicchia. Sotto quei sai dimessi portavano le vesti delle sacerdotesse di Phenor: lunghe tuniche rosa pallido, con colletto, maniche e orlo listati di verde brillante. Tennero sul capo i cappucci. In genere le sacerdotesse li indossavano solo durante i viaggi, ma Shyra contava che in quella confusione nessuno ci avrebbe fatto caso.

Si mossero assieme, costeggiando le pareti del tempio. Lì non c'erano molti malati, soprattutto man mano che si avvicinavano alla statua di Phenor. A metà tempio, infatti, i postulanti erano costretti su dieci file parallele da alcune guardie. Adhara e le altre aggirarono il blocco senza troppi problemi. Ora erano a una decina di braccia dall'altare. Si fermarono. Shyra guardò in alto. Qualcosa brillò un istante appena vicino a una delle finestre.

«State pronte» disse.

Estrasse dalla bisaccia un piccolo arco, incoccò una freccia. Una scia luminosa tagliò in due l'aria del tempio, fino a conficcarsi nell'altare. La punta infuocata era penetrata nel legno, e le fiamme iniziarono subito a propagarsi.

Un grido, seguito da molti altri. La folla ondeggiò paurosamente, il panico si diffuse come un'onda in un lago stagnante.

«Ora!» sussurrò decisa Shyra. Adhara e le altre scattarono in avanti, mentre il tempio sprofondava nel caos.

Le sacerdotesse, abbandonato l'atteggiamento ieratico, si diedero alla fuga confondendosi tra i malati. Tutti si allontanarono dall'altare, sul quale il fuoco non tardò ad attecchire. Le guardie cercarono di avanzare verso l'incendio, ma la massa dei fedeli in fuga le ostacolava. L'aria risuonava di grida; molti finirono a terra, qualcuno fu calpestato, altri caddero in ginocchio e si misero a pregare.

Adhara e le compagne agirono prima che la situazione degenerasse, cogliendo quel momento fugace tra lo stupore iniziale e il propagarsi del panico. Avevano solo pochi minuti durante i quali l'altare sarebbe stato accessibile. Poi la confusione sarebbe stata troppa, l'incendio sarebbe divampato e qualcuno avrebbe cercato di spegnerlo.

Adhara si concentrò in quella corsa disperata.

«Presto, le guardie arriveranno a momenti!» disse Shyra.

Adhara pregò che Lhyr le parlasse, le suggerisse cosa fare, perché nel sogno non aveva avuto alcun indizio al riguardo. Passò le mani sul fregio, il legno che iniziava a riscaldarsi. Chiuse gli occhi.

«E allora?»

«Un attimo» sussurrò. Aveva caldo, un caldo tremendo, ma non avrebbe saputo dire se per il fuoco o l'agitazione.

Le dita della mano destra percorsero tutto l'altare, cieche. Nessuna intuizione che le guidasse, nessuna voce interiore che suggerisse il da farsi.

«Via di qua, ci pensiamo noi!»

Una guardia accorse per cercare di domare l'incendio.

Adhara sentì il rumore della lama che trapassava la carne, un gorgoglio soffocato e un tonfo, e seppe che era arrivato il momento di combattere.

«Fa' qualcosa, presto ci saranno addosso!» urlò Shyra.

«Ci sto provando!»

Frugò ancora, e ancora, finché l'indice non incontrò qualcosa di duro, qualcosa che, in mezzo a quel legno, aveva la consistenza della pietra. Premette, e l'altare le sfuggì piano dalle dita. Aprendo gli occhi, lo vide spostarsi e rivelare una fessura alla base.

«Spingiamo!» ordinò Shyra. Adhara obbedì. Erano solo in quattro. La quinta, la spada sguainata, era alle prese con una guardia.

L'altare si mosse lento, cigolando su cardini invisibili, e la fessura rivelò un'apertura nera, nella quale si intravedevano appena un paio di scalini.

«Dentro!»

Adhara si precipitò giù per la scala.

«Thara, chiudi!» ordinò Shyra.

Thara, due guardie morte ai suoi piedi, annuì, quindi si mise a spingere contro l'altare per bloccare il passaggio. Fu così che la vide Adhara per l'ultima volta, mentre restava in balia del nemico, condannata a morte sicura. Poi, fu solo buio.

9
La regina e il Supremo Officiante

«Abbiamo posizionato gli ashkar in tutti i villaggi conquistati» disse l'elfo, indicando una cartina della Terra del Vento. «Gli umani ora sono arroccati qui» continuò spostando il dito su un'area al confine con la Terra dell'Acqua «ma contiamo che si ritirino presto.»

Kryss era in piedi al suo fianco. Indossava l'armatura, come sempre. Era un re guerriero, completamente assorbito dagli obblighi militari. Non si trattava di una posa, di un'immagine che voleva trasmettere ai suoi sudditi. La missione era un tarlo che rodeva l'animo del sovrano giorno e notte, che gli impediva di riposare quando era buio e gli riempiva la mente alla luce del sole. Non c'era spazio per altro, nella sua vita, fino a quando non avesse portato a compimento il suo grande sogno.

«Da quanto tempo quel territorio resiste ai nostri attacchi?» chiese.

«Due settimane.»

Il re tacque qualche istante.

«Dovrò andarci di persona, se voi non siete in grado di fare il vostro dovere.»

L'elfo fremette di indignazione. «Mio signore, si tratta solo di un piccolo tratto insignificante... La Terra del Vento è ormai in mano nostra...»

Kryss spazzò via la mappa con un gesto rabbioso. La pergamena cadde a terra, trascinando con sé le bandierine usate per la pianificazione degli attacchi. «Tutto, tutto dev'essere mio!» tuonò. «Ogni dannato villaggio, ogni maledetta casa, tutto! Cosa di questa semplice frase non ti è chiara?»

«Sarà fatto, mio signore.»

Una risatina riempì il silenzio che seguì. San si stava gustando la scena.

Kryss contrasse la mascella, poi sospirò.

«Perdonami» disse al soldato. «Questa guerra consuma tutte le mie energie, e... sì, sono stanco. Ma tu sei un bravo suddito, un bravo combattente.»

«Sì, mio signore» rispose quello titubante, quasi quell'improvvisa calma lo spaventasse più dell'attacco d'ira.

«E allora vai, e manda messaggeri a Throk, digli che sto arrivando, e che presto tutta, *tutta* la Terra del Vento sarà nostra. Digli di preparare gli ashkar per gli ultimi villaggi. Gli ashkar sono la cosa più importante, mi hai capito?» disse prendendolo per le spalle. Il soldato annuì terrorizzato. «Va' pure.»

L'elfo fece il saluto militare, quindi si eclissò.

«Dovresti cercare di mantenere la calma.»

Kryss si girò. San era seduto su una sedia accanto al suo scranno, in mano una coppa di vino, sul viso un sorriso di sfida.

«Cosa ti fa credere di potermi trattare in questo modo davanti ai miei uomini?» replicò gelido il re.

«Ho solo sorriso. Non ti ho *trattato* in nessun modo.»

«Fallo ancora e sei morto.»

La minaccia sembrò suscitare l'ilarità di San, che assunse un'espressione tra il divertito e lo stupito. «Uccidere… *me*? E se uccidi me, di grazia, come porterai a termine il tuo piano?»

Kryss avanzò lentamente. «Non sei l'unico, e lo sai.»

«Amhal non sarebbe in grado di farlo da solo.»

«Nemmeno tu lo sei.»

San non sorrideva più. «Non è con le minacce che mi spaventi.»

«No, certo» disse il re più sicuro «so perfettamente cosa cerchi.»

«Lo spero bene. Perché io farò quanto mi chiedi, una volta che la Terra del Vento sarà completamente nelle tue mani, ma tu dovrai dimostrarmi di saper fare quello che mi hai promesso.»

Kryss si sedette con calma sul suo scranno. Sembrava aver recuperato tutta la sua sicurezza. «Non faccio mai promesse che non posso mantenere.»

«Meglio per te» disse cupo San, lo sguardo perso nel vuoto.

«Una volta che mi avrai liberato degli umani, e presto sarai chiamato a farlo, lo riavrai con te. Te l'ho giurato, e sono pronto a farlo di nuovo.»

Bastò quel semplice accenno, e San sembrò sprofondare in una tristezza pensosa.

«Sì, San, sarà di nuovo con te» ripeté piano Kryss, mentre un sorriso sottile gli increspava le labbra.

Il tempio di Levania, piccola città al confine tra la Terra del Vento e quella dell'Acqua, era una costruzione di modeste dimensioni, eppure traboccava di persone, quasi tutte colpite dal morbo. Dubhe si mosse tra loro cauta, affiancata da Baol che fendeva la folla per lei. Era il suo popolo, ma ugualmente provava uno strano ribrezzo per quella gente. Non si erano radunati nel tempio perché credevano nel dio dal cipiglio severo che li guardava dall'alto del suo altare, non erano lì per pregare. Erano venuti solo per la pozione. Dopo aver disertato i templi di Theana quando le cose andavano bene, adesso tutti si riscoprivano credenti, una cosa che li rendeva meschini agli occhi di Dubhe. Lei non aveva mai avuto bisogno della fede, nella sua vita, neppure quando Learco e Neor erano morti. Adesso che si avvicinava alla fine, non si sarebbe affidata a una conversione dell'ultimo minuto. Sarebbe morta com'era vissuta, sotto un cielo che preferiva immaginare vuoto. Ma per buona parte della sua vita aveva spiato la fede forte e autentica di Theana. L'aveva vista predicare, costruire templi, spendere tutta la sua esistenza cercando di mostrare alla sua gente il vero volto di Thenaar, quello che la Gilda aveva sepolto sotto montagne di menzogne. E aveva sempre provato un profondo rispetto per quella fede.

Ora la vedeva umiliata da quella gente che, se non si fosse ammalata, forse non avrebbe mai messo piede in un tempio. Era questo, la fede? Abdicare a se stessi e alle proprie convinzioni per avere salva la vita?

Sei troppo dura con loro, si disse, ma non riusciva a pensarla diversamente.

Theana era vicino all'altare, e distribuiva la pozione aiutata da un giovane sacerdote. Aveva un sorriso per tutti, un sorriso stremato. Quando la vide, i suoi occhi si illuminarono.

«Continua tu» ordinò al ragazzo, e andò verso di lei. «Non avresti dovuto disturbarti. Potevo venire io» disse posandole una mano su un braccio.

Anche lei era invecchiata. Sul suo volto si vedevano più rughe, la schiena era più curva, e un'aria di estrema stanchezza spirava dalla sua figura.

«Non trattarmi come una vecchia. Ce la faccio ancora» rispose Dubhe con un sorriso.

«Non era quel che volevo dire, e lo sai...»

Dubhe agitò una mano con finta insofferenza. «Abbiamo finito con tutti questi convenevoli? Sbaglio o avevamo qualcosa di cui discutere?»

Si chiusero in una piccola stanza nel retro del tempio. Baol fu congedato, e Dubhe si lasciò cadere pesantemente su una sedia vicino a un largo tavolo in mogano. Theana si spogliò piano degli abiti rituali, riponendoli con cura in un grosso armadio addossato a una parete.

«Spero che il sacerdote di questo tempio non se ne abbia a male se ho usato i suoi paramenti. Portarmi dietro i miei ovunque vada aumenterebbe il bagaglio senza ragione.»

«Perché ti sottoponi a questi viaggi estenuanti?» chiese Dubhe. «Perché devi spostarti per gente che nemmeno crede?»

«Anche tu non credi, ma per te farei qualunque cosa» rispose Theana.

Attraversò piano la stanza e si sedette anche lei, dall'altro lato del tavolo.

«Sei troppo dura» continuò. «Gli uomini sono deboli.»

«Già. È per questo che il Mondo Emerso è in una situazione simile.»

«Il mio dio è ben diverso da quello della Setta degli Assassini: un dio che ti voltava le spalle se non ti prostravi a lui. Il mio Thenaar accoglie tutti, in particolare chi non crede. Questa gente ha bisogno di sentire che le siamo vicini. Del resto, tu ti sei unita all'esercito per questo, no?»

Dubhe annuì controvoglia.

«Per me è la stessa cosa. Queste persone devono sentire che Thenaar è con loro, fino all'ultimo respiro. La speranza è più forte di qualsiasi pozione, è un filtro per l'anima.»

Dubhe sorrise. «Non cambi mai.»

«Sotto sotto neppure tu» disse Theana maliziosa. «Ma veniamo al dunque. Allora? Cos'hanno scoperto i tuoi soldati?»

«Niente. Nessuno tra i prigionieri che abbiamo catturato ha la più pallida idea di cosa siano i manufatti elfici che ha visto il tuo uomo. Li abbiamo interrogati, a lungo e accuratamente, ma sembra davvero che nessuno di loro ne sappia niente.»

Theana appoggiò la schiena alla spalliera della sedia e guardò fuori dalla finestra, preoccupata. «Questo rende la situazione ancora più grave.»

«Lo so. Perché Kryss sta sacrificando i suoi soldati in qualcosa che non capiscono? E perché insiste nello sprecarli in battaglie senza alcun senso tattico?»

«Che intendi?»

«Gli elfi si logorano in battaglie assurde. Cercano di conquistare anche i villaggi più insignificanti.»

Theana si passò una mano sulla fronte. «Vogliono il controllo totale del territorio.»

«Un villaggio di due case non ha alcun valore strategico. Sembra un'ossessione insana, un vero e proprio errore tattico.»

«Credi che significhi qualcosa?»

Dubhe scosse la testa. «Non ne ho idea. Ma Kryss non è uno stolto. Ha portato fin qui i suoi soldati, lontano da casa, convincendoli a rischiare tutto; è stato in grado di spargere un morbo letale tra il nostro popolo, e finora ha mostrato di essere un ottimo condottiero. Deve significare qualcosa.» Rimase un attimo in silenzio. Poi all'improvviso ricordò: «Uno di loro gli ha dato un nome. Li ha chiamati "catalizzatori".»

Theana sembrò farsi improvvisamente più attenta. «Lo ha detto nella nostra lingua?»

Dubhe annuì. «La parlano quasi tutti. Male, ma la parlano.»

«Potrebbe aver sbagliato termine... Non ricordi se l'ha ripetuto in elfico?»

Dubhe rivide la sua vittima come se non fosse passato neppure un minuto. Alla fine, quando il dolore si era fatto insopportabile, aveva iniziato a biascicare nella sua lingua. Lei gli aveva afferrato la testa per i capelli.

«Ashkar» disse secca. Quella parola ruppe il filo doloroso dei suoi ricordi. «Ha detto "ashkar".»

Theana si incupì. Scostò la sedia e cominciò a camminare avanti e indietro. «Ashkar è il termine elfico per indicare un preciso manufatto magico, una specie di catalizzatore naturale. Quando il mio uomo mi ha parlato degli obelischi, abbiamo subito pensato che fossero oggetti di questo tipo.»

Dubhe diede mostra di non seguirla.

Il tono di Theana si fece quasi didattico. «Un manufatto è un oggetto in grado di ricevere la magia e modificarla, in modo da permettere a un fruitore di usarla. La Lancia di Dessar era un manufatto, e così il Talismano del Potere. La magia umana non ne fa largo uso: per produrli occorrono una profonda conoscenza della materia e della sua composizione, e anche una straordinaria capacità di plasmarla a proprio piacimento, capacità che noi uomini possediamo in misura molto minore rispetto agli elfi. Per questo tra loro i manufatti magici sono molto diffusi.»

«E i catalizzatori?»

«I catalizzatori sono manufatti in grado di assorbire

la magia e moltiplicarla. La Lacrima sulla spada di Nihal era un catalizzatore. È grazie a quella pietra che l'ultima Sheireen era in grado di evocare magie di grande livello, pur non essendo una maga particolarmente dotata. Secondo quanto detto dall'elfo che avete interrogato, gli obelischi hanno questo scopo: raccogliere la magia e moltiplicarla.»

Dubhe continuava a non capire. «E allora? Questo non ci aiuta a comprendere a cosa servono.»

«No, certo, ma rifletti» disse Theana appoggiando le mani alla scrivania e chinandosi verso di lei. «Centinaia di obelischi, uno per ogni villaggio della Terra del Vento, persino uno per ogni casa. Tutto il territorio ricoperto di oggetti il cui scopo è moltiplicare un'oscura magia, di cui ignoriamo la natura.»

Dubhe sentì un lungo brivido percorrerle la schiena. «Una magia che deve raggiungere ogni luogo della Terra del Vento...»

«Esattamente.»

«Ma che senso ha fare una cosa del genere nei territori occupati? Sono già sotto il controllo di Kryss.» Dubhe si accarezzò il mento, pensierosa. «E se avesse a che fare con il morbo?»

«Thenaar non voglia» disse Theana sedendosi pesantemente. «Le cose cominciano proprio ora ad andare meglio, anche se i nuovi malati sono sempre troppi e la pozione scarseggia.»

«Come procedono le tue ricerche sulla malattia?»

Theana la guardò desolata. «Non procedono. La pozione al momento è l'unica arma in nostro possesso.»

Tacquero entrambe, a lungo. Fuori era iniziato a piovere, una pioggia fitta e silenziosa. Dubhe pensò a quella minaccia oscura, a tutti quegli obelischi piantati come spine sulla loro terra.

«Devi parlarne a Kalth. E indagare» concluse.

Theana si guardò le mani. «C'è bisogno di me altrove...»

«Forse a te piace stare a contatto con questa gente, ma adesso sai bene che il tuo cervello ci serve più dei sorrisi che sai elargire ai disperati.»

«Hai ragione. Come sempre» mormorò Theana.

Si guardarono in silenzio. Dubhe pensò con dolore che presto avrebbe perduto anche quell'ultima amicizia: erano vecchie entrambe, e il loro tempo stava per scadere.

Si alzò faticosamente. «E anch'io sono richiesta altrove» disse.

«Sei sicura di quello che stai facendo?» le chiese a bruciapelo Theana.

Dubhe finse di non capire, ma le bastò guardare gli occhi dell'amica per sentirsi scoperta. «Il mio popolo ha bisogno di me.»

«Per questo non dovresti consumarti così in fretta, e dovresti invece tornare a fare quello che ti compete: aiutare tuo nipote nel mestiere di re.»

Il muto rimprovero di quelle parole irritò Dubhe. «In un mondo migliore, non ci sarebbe più bisogno di gente come me e come te: in un mondo migliore, tu te ne staresti nel tuo tempio a Nuova Enawar, circondata dalle tue folle adoranti, e io sarei nel mio palazzo, con mio marito e il re mio figlio. Ma questo è il Mondo Emerso, e persino due vecchie come noi devono mettersi in moto per salvarlo. Questo è il luogo in cui siamo nate e per il quale abbiamo dato il nostro sangue, questo è il luogo per il quale daremo il nostro ultimo respiro. Io sono la regina, e lo sarò fino alla fine.»

«Non c'è bisogno di morire, per questo.»

«E tu che ne sai?» sbottò Dubhe.

Lo sguardo di Theana si indurì. «Invecchi a vista d'occhio, e non per il dolore. So riconoscere gli effetti di certi filtri.»

«Se mi vuoi bene, se me ne hai voluto davvero in tutti questi anni, non dirmi niente, e lasciami seguire la mia strada» ribatté Dubhe.

«Non voglio perderti. È per questo che ti sto parlando così.»

«Mi perderai in ogni caso. È solo questione di tempo. Io preferisco andare incontro al mio destino facendo qualcosa per la mia gente lungo il cammino.»

Theana sorrise mesta e chinò il capo. «Allora è un addio?»

L'espressione di Dubhe si addolcì. «Ho molte cose da fare, prima, e non me ne andrò se non le avrò compiute.»

Theana andò verso di lei e le strinse una mano. «Ti prego, fa' attenzione. Sei l'ultima cosa che mi rimane della mia vita di un tempo. Tu, e Thenaar alla fine del mio viaggio.»

Dubhe le strinse le dita secche e magre, così simili alle sue. «Non preoccuparti» disse soltanto. Poi si affrettò verso la porta trattenendo a stento una lacrima. Perché sapeva che quella era l'ultima volta che si sarebbero viste.

10
Verso Lhyr

Il buio era fitto e Adhara sentì l'aria mancarle. Sopra di loro, rumore di passi concitati, grida e clangore di armi. Pensò all'elfa che era rimasta fuori e che si stava sacrificando per loro.

Una luce si accese nel buio, rischiarando un angusto spazio dalle pareti di legno. Proveniva da un piccolo oggetto di vetro che Shyra teneva in una mano. Doveva trattarsi di un manufatto magico.

«Andiamo» disse, e il gruppo si mise in marcia.

Adhara si liberò rapidamente della veste sacerdotale ed estrasse il pugnale. Dopo un primo corridoio, sbucarono in una seconda stanza. Di fronte a loro si alzava una parete sulla quale si aprivano due passaggi.

«Adhara, dove dobbiamo andare?» la sollecitò Shyra.

Lei fece un passo avanti. Guardò le due aperture. Ai suoi occhi erano assolutamente identiche, due porte intagliate nel legno. Serrò le palpebre, cercò quella voce interiore che l'aveva guidata fino a quel momento. *Sentì* qualcosa.

«A destra.»

«Ne sei sicura?»

No, non ne era affatto sicura. Il suo percorso fino alla statua era stato guidato da visioni, sogni e flebili sensazioni.

«Sì» mentì, e avanzò per prima. Proseguirono per un altro corridoio, che sbucò brevemente in una nuova stanza, da cui si poteva accedere a tre percorsi. Quel posto era un labirinto: avevano preso mille precauzioni per proteggere la prigione in cui era rinchiusa Lhyr. Adhara dovette fare di nuovo appello al proprio istinto. Scelse d'impulso, sperando che le gambe la guidassero ancora verso la giusta direzione. Dietro di loro, all'improvviso, percepirono un rumore allarmante.

«Va' avanti» le intimò Shyra.

Il percorso si faceva sempre più complesso. Ogni corridoio sbucava in una stanza, e le stanze divennero presto identiche le une alle altre: circolari, di legno, con cinque porte che conducevano ad altrettanti corridoi. Il tempo perse rapidamente di significato: sembrava di compiere sempre e sempre lo stesso percorso, all'infinito.

«Stiamo girando in tondo» disse Khara, una delle elfe. «Abbiamo già percorso questo tratto.»

«E come fai a dirlo? È tutto identico» replicò l'altra compagna, Thjsh.

«Appunto. Questi corridoi procedono in circolo, abbiamo sbagliato la prima svolta.»

Le due elfe si misero a discutere su quale fosse la strada giusta, ma Shyra le interruppe. «Smettetela» disse secca. «Lhyr ha parlato a Adhara, solo lei sa dove stiamo andando.»

La sua voce non tradiva alcuna incertezza, anzi, esprimeva una fede incrollabile. Adhara avrebbe voluto averne altrettanta. Poi, una vibrazione nel pavimento, un rumore stridulo.

Shyra si bloccò e prese Adhara per un braccio. «Zitte.» Smisero persino di respirare.

Nel silenzio che seguì, andarono a disegnarsi suoni inequivocabili e minacciosi: scalpiccio di piedi, voci soffocate che sussurravano ordini, rumore di spade.

«Corri!» ordinò Shyra, e Adhara si gettò di stanza in stanza, senza riflettere, pregando che anche nella fretta il suo cuore non sbagliasse, che Lhyr non recidesse proprio ora il sottile filo che le avrebbe condotte a lei.

Quando vide una luce alla fine del tunnel, si bloccò. Ancora rumore di passi, ancora rumore di armi.

«Dannazione, ci hanno scoperte» disse Shyra. Evidentemente le guardie avevano già vinto la resistenza di Thara e avevano fatto irruzione nel labirinto. Per un tempo interminabile rimasero immobili, incapaci di decidere cosa fare.

Fu Khara a rompere gli indugi. «Noi andiamo di qua. Buona fortuna» disse, poi strinse la mano di Thjsh e prese un corridoio a caso. «Ci hanno trovate, di qua!» urlò con tutto il fiato che aveva in gola.

Shyra capì al volo. Afferrò la mano di Adhara e la trascinò nel corridoio opposto, quindi nascose il manufatto luminoso sotto la tunica. Rimasero acquattate in un angolo, respirando piano, senza parlare.

Pochi minuti, e le guardie passarono. L'oscurità si accese dei riflessi delle loro lance, il silenzio si popolò dei loro respiri affannosi. Dal rumore dovevano essere quattro, forse cinque. La mano di Shyra, stretta attorno al polso di Adhara, fremette.

Quando il buio tornò perfetto e il silenzio completo, spinse Adhara in avanti, mettendole in mano il piccolo vetro luminoso. Fu con lo sguardo che le disse di andare. C'era un dolore nuovo in quegli occhi, ma anche una nuova determinazione. Perché ora erano sole, perché quella missione che era fin troppo personale – Shyra lo sapeva – era costata la vita a tre sue compagne. Adhara pose la luce davanti a sé. E questa volta lo sentì. Un debole richiamo, un lamento straziato. Si infilò nel passaggio con decisione.

Avanzarono ancora, lasciandosi guidare dalla voce, finché finalmente quella processione di tunnel si interruppe. Finirono in una stanza diversa dalle altre, esagonale, che dava su una minuscola porta, chiusa da un pesante chiavistello. In cima, una finestrella sbarrata da una fitta grata di ferro. Adhara si sentì invadere da un'acuta sensazione di dolore.

«È lì, vero?» disse piano Shyra, la voce che le tremava.

Adhara annuì. L'elfa non riuscì a trattenersi e scattò in avanti. Tutto avvenne all'improvviso. Un rumore quasi impercettibile, qualcosa che sibilava. Adhara lo avvertì con un istante di anticipo, forse fu Lhyr a metterla in guardia... Una trappola! Una freccia pronta a scoccare non appena un intruso si fosse avvicinato a quella porta. Si lanciò su Shyra e la gettò a terra. Non abbastanza rapidamente. Sentì il suo corpo contrarsi sotto la presa.

La freccia le aveva colpito di striscio la spalla. Era poco più di un graffio, eppure l'elfa impallidì all'istante. Adhara si costrinse a mantenersi fredda, mentre le sue conoscenze si attivavano. Esaminò la ferita, quindi ne assaggiò il sangue. Lo sputò.

«È avvelenata.»

Shyra imprecò, una parola gracchiante che Adhara non comprese.

«Ti ha colpita di striscio, non credo sia mortale. Se incido, andrà tutto bene.»

Istintivamente passò il pugnale nella mano metallica, mentre con l'altra pizzicava la carne ferita. La calamita fece sì che le dita si stringessero sull'elsa, e il braccio guidò il colpo. Un taglio incredibilmente preciso, considerando che Adhara non aveva mai usato la sua mano artificiale prima di allora. Fu lei la prima a stupirsi della naturalezza con cui tutto accadde, come se da sempre avesse avuto quelle dita d'acciaio.

Lasciò che il sangue scorresse, quindi strappò un lembo di stoffa dalla casacca e lo usò per fasciare la ferita.

«Grazie» disse Shyra. Fece per alzarsi, ma cadde quasi immediatamente.

«Non credo tu possa continuare.»

«Non dire sciocchezze.»

«Shyra, è un veleno potente, se non ti avessi spostato dalla traiettoria del dardo ora saresti morta.»

«Bene, non lo sono. E adesso andiamo avanti.»

Le gambe non le obbedirono e si piegarono sotto il peso del suo corpo massiccio. Tremava, i muscoli coperti da un velo di sudore gelido.

«Shyra...»

«Non ora, maledizione, non ora! Non ora che sono a un passo da lei, non ora che posso prenderla tra le mie braccia e portarla via!»

Adhara le mise le mani sulle spalle. «Lo farai quando usciremo di qui. Ormai ci siamo. Ma lascia che sia io ad aprire quella porta, fidati di me. Poi ce ne andremo tutte e tre assieme.»

Shyra a malincuore fu costretta ad annuire e a mettersi in un angolo, la schiena appoggiata al muro.

«Come ce ne andremo?» bisbigliò.

«Conosco un po' di magia, c'è un incantesimo che fa al caso nostro.» Poi Adhara si mise di fronte alla porta. La fissò per un istante, infine seppe cosa fare.

Si avvicinò a Shyra e le staccò la spilla che teneva chiuso il cappuccio intorno alla gola.

«Ne ho bisogno» disse, mostrando la parte acuminata. Tornò alla porta e si chinò, infilando la punta nella serratura. Si concentrò con tutta se stessa, finché la spilla non si accese di un bagliore dorato. Un istante, e la serratura scattò. Adhara tirò il chiavistello, e l'uscio si socchiuse cigolando sui cardini.

«Salvala» disse piano Shyra. «Ti prego, salvala per me.»

Adhara strinse il pugnale tra le dita della mano destra e con la sinistra aprì la porta. Entrò piano in un buio pastoso.

La luce che filtrava era in grado di illuminare solo una striscia del pavimento, che sprofondava nell'oscurità dopo un paio di braccia.

Avanzò piano, i sensi all'erta. Percepì un vago rumore sulla destra. Si voltò, mise i piedi l'uno avanti all'altro con estrema cautela, cercando di fare il minor rumore possibile. A un tratto, un respiro sottile, irregolare. Adhara sporse in avanti il vetro luminoso. Troppo tardi. Qualcosa lo colpì facendolo cadere. Si infranse a terra, e dai frammenti esalò un specie di tenue fumo luminoso, che si dissolse nell'aria: la magia che lo faceva splendere. Poi un tonfo, e Adhara capì che la porta era stata chiusa da qualcosa, o qualcuno. Ora il buio era impenetrabile.

Saggiò lo spazio innanzi a sé col pugnale, mentre retrocedeva, cercando di non lasciare le spalle scoperte. Le dimensioni del luogo in cui si trovava le sembrarono dilatarsi a dismisura, tanto che faticava a capire dove fossero il soffitto e le pareti.

Aguzzò l'udito, e avvertì una presenza. Era nulla più che un rantolo confuso, appena percettibile. Pregò fosse un animale, ma sapeva che non era così. Quel luogo doveva essere per forza sorvegliato da un guardiano. E avrebbe dovuto battersi con lui, per arrivare alla meta.

Percepì lo spostamento d'aria e si gettò rapidamente contro una parete. Sentì l'altro imprecare. Era senza dubbio un elfo. Un elfo allenato, perché scartò di lato e cercò di colpirla ancora. Adhara parò con il pugnale. Il contatto tra la lama del guardiano e la sua generò scintille che accesero per un istante il buio. Fu allora che lo vide. I suoi occhi bianchi, il suo volto determinato e pallido, senza età.

Si staccarono di nuovo, e Adhara ebbe il tempo di preparare un attacco magico.

Si concentrò, mormorò le parole dell'incantesimo, e un fuoco si accese, galleggiando a mezz'aria. Ma il sorriso sghembo dell'elfo fu l'unica cosa che riuscì a illuminare prima di spegnersi dentro una specie di sacco, nel quale il guardiano soffocò la luce. Fu di nuovo buio.

«Non sperare di cavartela con magie a buon mercato» sibilò. La sua voce era roca e metallica, come un meccanismo da troppo tempo a riposo. Evidentemente quel sacco era un manufatto in grado di neutralizzare la magia.

Adhara indietreggiò ancora.

«Questo è il mio regno. Il buio è la mia casa. Tu sei cieca, ma io... io... posso vedere tutto!»

L'elfo tentò un affondo che Adhara non si aspettava. Si abbassò, e sentì la lama avversaria reciderle una ciocca di capelli.

Accese un nuovo fuoco magico, e vide l'elfo chino al centro della stanza girarsi rapido verso di lei. Un istante, e anche quello fu spento, ma non prima di aver rivelato a Adhara la posizione delle pareti.

«Cosa credi di fare? Non puoi competere con me» disse il guardiano. «Io vivo da sempre qua sotto.»

Adhara tentò di localizzarlo dal suono della voce. Si spostava molto rapidamente. Scattò in avanti, cercando di andare là dove le sembrava di averlo sentito parlare. Il suo pugnale incontrò solo l'aria.

Poi un colpo tra le scapole l'atterrò. Rotolò su se stessa, ma la lama affondò sulla carne della spalla. Urlò. Rotolò ancora, si mise in piedi, la lama dritta davanti a sé.

Silenzio.

«Il tuo sangue sa di elfo» disse il guardiano dopo un istante. «Chi sei?»

Adhara retrocesse, e il suo calcagno schiacciò qualcosa che produsse un sinistro scricchiolio.

«Qui sotto sono custoditi da sempre segreti inconfessabili. Ne ho uccisi altri come te, le loro ossa mi fanno compagnia. Quello che hai appena calpestato venne qui a liberare un ribelle. Gli ho tagliato la testa.»

L'elfo attaccò rapidissimo, lei rimase immobile fino all'ultimo istante. Quando avvertì il sibilo strisciante nell'aria, alzò la mano metallica. La calamita attrasse l'acciaio, le dita si strinsero sulla lama e Adhara la tirò a sé. Sentì il fiato dell'elfo sul collo, percepì il calore del suo corpo. Gli strinse il braccio armato intorno alla gola, girandolo di schiena.

«Che cosa...?»

La sua domanda si spense in un cupo gorgoglio. Adhara chiuse gli occhi, mentre sentiva il corpo dell'elfo prima irrigidirsi sotto la sua presa, poi afflosciarsi. Provò ribrezzo per tutto quel sangue versato, e per quello che avrebbe dovuto versare ancora. Poi fu silenzio. Stretto tra le dita metalliche c'era ancora il pugnale nemico.

Cercò di calmarsi, di non pensare al corpo ai suoi piedi, e accese di nuovo un fuoco magico.

Davanti a lei si disegnò una stanza circolare. Sul pavimento, quattro o cinque scheletri scomposti. In un canto un secchio, e ovunque resti di pasti. Ai suoi piedi, l'elfo, gli occhi bianchi sbarrati e la gola recisa. Davvero quell'essere viveva lì sotto, con l'unica compagnia delle sue vittime.

In fondo, vide una porta. L'ultima, sperò. Scorse un

mazzo di chiavi brillare al fianco del corpo del guardiano e, vincendo il senso di nausea che provava a toccare ancora quell'essere, lo afferrò. Conteneva tre chiavi: prese quella che le suggeriva l'istinto, e ancora una volta non fu tradita.

La porta si aprì piano, e finalmente Adhara entrò.

11

La creatura che si cela nel buio

C'era una puzza che prendeva alla gola, in quel loculo, odore di morte e putrefazione. L'ambiente era asfittico, proprio come l'aveva visto in sogno: nient'altro che un cilindro di legno, appena più grande del corpo che conteneva. Sul soffitto si apriva una grata dalla quale probabilmente entrava l'aria.

Non c'era luce, fatta eccezione per quella rossa, intensa e sanguigna, che promanava da un medaglione.

I suoi occhi dovettero abituarsi a quella luce innaturale, e così dapprima non riuscirono a distinguere l'aspetto della creatura che dimorava in quella stanza. Ma quando cominciò a intravederne i contorni, Adhara cercò disperatamente di far coincidere la figura che andava pian piano disegnandosi in quella luce rossa con i ricordi del sogno. Si aspettava di incontrare una ragazza giovane e bella, con il volto fresco e gli occhi pieni di dolcezza.

E invece al centro del cilindro c'era qualcosa di difficile da definire. Sembrava un fiore avvizzito, una creatura rosa da una tremenda malattia che la divorava dall'interno. Adhara rimase inchiodata dall'orrore, mentre l'immagine andava gradatamente chiarendosi.

Il vestito era identico a quello delle sacerdotesse del tempio di Phenor, ma era lacero e macchiato di sangue, che continuava a colare dal medaglione, scuro e denso. Dentro quell'abito troppo grande si intuiva un corpo rinsecchito, con le braccia aperte a croce. Si potevano contare le ossa a una a una, dalle clavicole che si innestavano sulle spalle aguzze, ai seni flaccidi e cadenti, a malapena celati dalla scollatura dell'abito, alle braccia di una magrezza spaventosa.

La pelle era segnata da macchie nerastre e in alcuni punti sembrava squarciata, in suppurazione.

Adhara cercò traccia della ragazza del sogno nei lineamenti di quella figura, ma gli zigomi quasi bucavano la pelle del viso, tesa e scura come quella delle mummie. La bocca era aperta in una specie di grido muto, e ne colava una bava densa e lattescente. I denti, quasi tutti cariati, erano scoperti, e così le gengive esangui. Sul cranio non era rimasto neppure un capello.

Non può essere lei, non può, pensò Adhara, e stava per uscire, per scappare da quell'incubo e andare a cercare la vera Lhyr. Ma una voce la bloccò.

Sono io.

La percepì nella propria mente, perché il corpo davanti a lei rimase muto.

Era la voce del sogno. La voce di Lhyr.

«È un inganno.»

Non lo è.

«La ragazza che ho visto è bellissima, è giovane, è...»

Questo mi ha fatto Kryss, questo mi ha fatto la magia che tengo in vita.

Adhara non riusciva a staccare gli occhi da quell'essere e, guardandolo, capì che diceva la verità. Perché nello strazio delle sue carni riconosceva l'opera di Kryss e dei suoi, la stessa che aveva visto in Amhal e che lo aveva condotto alla perdizione.

«È il medaglione, vero?» disse quando riuscì a parlare di nuovo.

È il medaglione. Kryss me lo mise al collo il giorno in cui venne a prendermi con la forza al tempio. Da allora, il mio corpo non mi appartiene più, né la mia volontà. Per lunghi mesi sono rimasta qui, priva di coscienza, capace solo di mantenere in vita notte e giorno il sigillo che ha causato la morte di così tanti tuoi simili.

«Tua sorella è qui fuori. E ha giurato di combattere contro Kryss.»

Lo so. Sono lieta che la mia sofferenza, e quella del tuo popolo, siano almeno servite a questo.

L'ombra di una triste soddisfazione attraversò il suo volto.

«Ma come hai fatto a trovarmi e guidarmi fino a te, se mi dici che il medaglione ti ha tolto ogni volontà?»

È tutto merito tuo.

Il volto della creatura rimase immobile, ma Adhara percepì che sorrideva.

Tu sei la Consacrata, tu sei la Sheireen, e dal momento in cui hai messo piede nel Mherar Thar io ti ho sentito. È stato come se la mia coscienza pian piano si svegliasse. Ho iniziato a chiamarti, a chiederti aiuto, perché sapevo che gli dei non ti avevano mandata da me senza una ragione. È un miracolo, Adhara, un miracolo.

Adhara tacque.

Io so cosa pensi, proseguì Lhyr. *C'è un piano in tutto questo, un piano che guida i tuoi passi, i passi di chiunque.*

«Se è così, dov'è la nostra libertà?»

Nell'accettare il nostro destino.

«Non mi basta. Ci sono cose che semplicemente non si possono accettare.»

Tutto si può accettare, proprio perché sappiamo che il nostro peregrinare e il nostro soffrire non sono senza senso.

«Basta. Non c'è tempo per questo. Dimmi che devo fare.»

Accettare l'inevitabile.

Adhara avanzò vincendo il ribrezzo, e si chinò verso quell'essere straziato. Le risultava impossibile collegare quella voce fresca e chiara col corpo che aveva davanti. Sembrava già un cadavere, non fosse stato per un rantolo sottile e sibilante che percepì non appena si avvicinò. Il petto si alzava e si abbassava lievemente al ritmo del respiro morente.

Adhara osservò il medaglione. Si trovava al centro del petto di Lhyr, sopra la tunica, ma in qualche modo pareva aderire alla pelle. La stoffa era infatti stracciata, lungo i contorni, e dal medaglione sembravano dipanarsi sottili tentacoli che si innestavano nella carne.

Sfiorò quell'oggetto, e ne sentì promanare un'aura malefica che quasi la stordì. Resistette al desiderio folle di staccare le dita e scappare, e prese il medaglione per i bordi, cercando di tirarlo a sé. Lhyr produsse un mugolio cupo e rantolante, e si piegò appena in avanti. Sangue sgorgò dal medaglione, intridendo la tunica già lorda.

Quel medaglione ormai è parte di me. Quando Kryss me lo mise al petto, ne percepii la forza, ma non credevo fosse un manufatto così potente. All'inizio sembrava succhiarmi via soltanto la coscienza, e mi aiutava a tenere attivo il sigillo. Poi, piano piano, cominciò a penetrarmi nel petto. Fu quasi impercettibile. Giorno dopo giorno spingeva più a fondo le sue propaggini, avvelenandomi il cuore. Ora è parte di me.

«Ma è questo che soggioga la tua volontà, vero? È questo che ti impedisce di andartene, o anche solo di smettere di evocare il sigillo.»

Sì, è così.

«E allora per salvarti devo trovare il modo di togliertelo.»

Non sei qui per salvarmi.

Adhara alzò su Lhyr uno sguardo incredulo. Le rispose il bianco lattiginoso di due occhi ciechi.

«Mi hai chiamato per giorni, mi hai fatto percorrere miglia e miglia fino a trovare tua sorella... per cosa, se non per salvarti?»

Per porre fine a tutto questo. Sei qui per salvare il Mondo Emerso, per fermare Kryss.

«Non posso farlo senza salvare te. E per farlo devo toglierti quella cosa dal petto.»

Il medaglione ha propaggini di metallo che circondano il mio cuore. Se tu lo togliessi, io morirei.

«Dev'esserci un modo per farlo; l'hai detto anche tu, esiste un piano, un destino per ciascuno di noi... Se non posso salvarti, che senso ha avuto tutto questo?»

Guardami. Guardami davvero.

Adhara fu costretta a ripercorrere il profilo di quel corpo martoriato.

Questo non è più il corpo di un vivo. Non farti ingannare dalla mia voce. Io sono un'anima imprigionata qui per sbaglio, non appartengo più a questo mondo. Ho fatto quel che dovevo, ho concluso la mia parabola terrena e ho salvato mia sorella. Desidero solo essere libera, ora, e disfare ciò che ho fatto.

«Questo non è vero. Shyra ti aspetta, non se andrà senza di te, ha bisogno di te!»

Forse. Ma presto capirà che anche senza di me ha ancora molto da fare in questo mondo.

«Ti stai arrendendo, e io non te lo permetterò!»

Adhara strinse le dita attorno al medaglione, represse l'orrenda sensazione di gelo che le percorse il braccio e tirò. Lhyr di nuovo mugolò, il suo corpo fu scosso da singulti. Soffriva atrocemente, Adhara lo sentiva nella sua stessa carne. Mollò la presa. Lhyr gemeva davanti a lei.

È troppo tardi per me, ma mi resta un'ultima cosa da fare. C'è una ragione per cui Kryss mi ha segregato qua sotto invece di uccidermi dopo aver evocato il sigillo. E la ragione è che questa magia va tenuta in vita dal mago che l'ha creata; le spore che propagano la malattia, e sulle quali ho imposto il sigillo, si distruggono di continuo, e io devo generarne di nuove giorno e notte. È questo il senso della mia presenza, il motivo per cui sono ancora viva. Nel momento in cui morirò, le spore smetteranno di riprodursi. Nessuno si ammalerà più e il morbo abbandonerà il Mondo Emerso.

«Lo stesso accadrà quando ti avrò liberata.»

Devi rassegnarti all'inevitabile.

«Non voglio!» urlò Adhara. «Non riesco a credere che sia impossibile rimediare al male compiuto, non riesco a rassegnarmi al fatto che ci siano persone che semplicemente non possono essere salvate, che razza di dei possono volere una cosa del genere?»

Il corpo di Lhyr rimase immobile, ma Adhara avvertì una profonda tristezza spirare da quelle membra.

Non gli dei. Gli elfi, e gli uomini, e tutti coloro che per millenni hanno insanguinato il Mondo Emerso, facendo di un paradiso una terra maledetta.

«E allora perché gli dei non hanno fermato il primo Marvash? Perché non hanno fatto morire Kryss prima che tutto questo accadesse, perché non hanno mosso un dito di fronte al dolore di Amhal?»

Quella parola le era infine salita alle labbra, materializzando la presenza oscura che aveva aleggiato fin dal principio sui loro discorsi. Perché salvare Lhyr voleva dire salvare Amhal, e non farlo significava accettare che uno solo era il destino della Sheireen, uno e immutabile.

Perché questo è il nostro mondo, perché questa è la prova che ci viene chiesta in questa vita.

Adhara percepì ancora quel dolore, commosso e sentito, ma stavolta se ne sentì quasi irritata.

«Però tu dici che sono stati gli dei a portarmi fin qui, quindi per il diletto di vedere il Marvash e la Sheireen che si ammazzano l'un l'altra si degnano di intervenire!»

Il tuo destino è molto più di questo. Tu sei la Speranza, l'ultimo legame tra gli dei e gli uomini, la promessa di un mondo a venire in cui l'unità perfetta di un tempo sarà ricomposta. A questo non puoi sottrarti. Può sembrarti crudele, ma è così. Per le colpe di uno, tutti soffrono, e per i meriti di una sola, tutti troveranno la pace. Tu sei quella creatura.

«E allora cosa dovrei fare?» mormorò Adhara.

Uccidermi.

«Sai che non posso.»

Puoi, invece. Sei l'unica a poterlo fare.

Adhara urlò disperata, non voleva arrendersi: doveva provare che c'era ancora speranza per quella carne martoriata, che Lhyr poteva ricongiungersi a sua sorella.

«Deve esserci un modo per strapparti quel medaglione.»

Non esiste. Liberami, Sheireen.

Adhara fissò gli occhi in quelli di Lhyr.

È per questo che ti ho condotto fin qui. Liberami da questa prigione, liberami da questo dolore, e fammi tornare da dove vengo. La morte è la mia unica salvezza, e con la mia quella di migliaia di persone.

Adhara strinse i pugni, le lacrime che scendevano contro la sua volontà. «Io non ti voglio uccidere...»

Sono io che te lo sto chiedendo. Fallo, ti scongiuro.

Il silenzio scese denso e compatto. Adhara percepiva solo i propri singhiozzi, e il respiro affannoso di Lhyr, davanti a lei.

Lentamente, le dita scesero verso il pugnale. Pensò che sarebbe stata la prima e l'ultima volta, che nessuno l'avrebbe mai più costretta a compiere un atto simile. Che d'ora in avanti non avrebbe mai più chinato il capo né davanti agli uomini né davanti agli dei. Strinse gli occhi, mentre la mano afferrava l'elsa del pugnale. Fu con rabbia infinita che percepì come quel sangue fosse necessario, e come solo lei potesse spillarlo.

«Dimmi solo un'ultima cosa. Amhal è soggiogato da un medaglione come questo?» chiese con la voce che le tremava. Le parve che la risposta non arrivasse mai.

Sì.

Adhara chiuse gli occhi, la sua mente vacillò. «E se non fosse troppo tardi, se il medaglione ancora non avesse preso possesso del suo cuore, se...» Non fu in grado di finire.

Lui è il Marvash, Adhara. Ciò che è non dipende dal medaglione. Il medaglione ha il solo scopo di convogliare la sua forza oscura in una direzione, ponendola al servizio di Kryss. Ma il male è profondamente radicato nel suo animo. E infatti su di lui il medaglione ha un effetto diverso, privandolo solo del senso di colpa e di ogni sentimento, e lasciando quasi intatta la sua coscienza.

«Tu non lo conosci.»

Devi capire qual è il tuo destino. Forse gli dei non vogliono che tu lo salvi.

«So di doverlo salvare. Non ho altra certezza al mondo che questa.»

Adhara stavolta sentì che Lhyr sorrideva con tristezza.

Ti auguro di poterlo fare, allora.

Adhara prese un grosso respiro. «Grazie» mormorò.

Le dita strinsero il pugnale, la mano caricò il colpo. Chiuse gli occhi. Sul nero delle palpebre, la vide: Lhyr com'era stata, bella e fresca, un fiore nato e cresciuto nell'ombra, ma non per questo spento. La vide brillare di un sorriso pieno di speranza nel futuro, un futuro che non avrebbe mai visto.

Urlò, e affondò la lama. Lhyr ebbe un unico sussulto, la sua bocca si aprì appena. Quindi si accasciò su se stessa, mentre il medaglione piano piano si spegneva sul suo petto.

La luce rossa pulsò ancora qualche istante, poi il corpo cadde a terra, piano, come un sacco vuoto che si affloscia. Il medaglione tintinnò toccando il pavimento. E l'ultimo riflesso svanì.

Nessuno si accorse con chiarezza di quello che stava accadendo. Ma i malati, nei loro letti, si sentirono d'improvviso meglio. I respiri si fecero meno affannosi, e il cielo sembrò meno plumbeo, come se qualcuno avesse sollevato un pesante coperchio. L'aria aveva un nuovo profumo, come se ci fosse ancora posto per la speranza.

E Shyra, appoggiata alla parete, intontita dal veleno e divorata dalla febbre, vide il proprio delirio rischiarato da una luce.

«Sei tu?» mormorò.

Sì.

Il suono di quella voce le fece esplodere il cuore in petto. «Perdonami...» disse, mentre le lacrime le bruciavano le guance.

Non ho niente da perdonarti, perché non c'è niente che avresti potuto fare.

«Avrei dovuto cercare di salvarti, avrei dovuto nasconderti non appena ho capito che Kryss ti aveva messo gli occhi addosso.»

Kryss non è uno che si lasci fermare quando desidera qualcosa. No, non avresti potuto fare nulla. Almeno sono contenta che tu sia riuscita a salvarti. Adesso siamo davvero un'anima sola, Shyra.

«Lo siamo sempre state.»

Lhyr sorrise. Era bella come sempre, e serena come non lo era da tempo. Ma i contorni lentamente si fecero più sfumati.

«Non mi abbandonare!» urlò Shyra, allungando le dita verso la visione.

Io sono con te, e lo sarò per sempre. Per questo devi vivere.

«Senza di te non esisto!»

E io senza di te. Per questo, anche se sarà difficile, non lasciarti andare alla disperazione. Vivi, Shyra, vivi per tutte e due, perché se tu vivrai, io non morirò mai davvero.

Le loro dita si sfiorarono, e Shyra godette di quel breve contatto. Poi tutto fu luce, una luce crudele che dissolse l'immagine di Lhyr.

12

L'ultima missione

Dubhe si preparò con cura. Le armi erano disposte con ordine davanti a lei, sul tavolo adibito alle riunioni con i generali: coltelli da lancio, una cerbottana con un sacchetto per gli aghi avvelenati, un laccio per strangolare, tre pugnali. Brillavano alla luce della candela, li aveva lucidati alla perfezione.

Si vestì lentamente, le giunture che le dolevano. Il bastone non l'abbandonava più, e quando non era sotto l'effetto della pozione, non era in grado di combattere. Presenziava alle battaglie dalle retrovie, impartendo ordini, ma sempre protetta dal suo attendente, che ormai era la sua ombra.

Infilò i coltelli in un cinturone di cuoio che portava sul petto. Assicurò la cerbottana alla cintura e legò il sacchetto con gli aghi. Appese il laccio per strangolare, posizionò i pugnali: uno nello stivale, gli altri due sui fianchi, alla cintola. I suoi gesti lenti e pacati avevano una solennità sacerdotale. Stava officiando un rito, per l'ultima volta. Non ricordava neppure più quando aveva cominciato. Ma tutto si chiudeva là dove aveva avuto origine, in una circolarità perfetta. Prima aveva cercato di diventare un abile sicario, poi per una vita intera aveva negato ciò che era stata. Ora tutto si riduceva di nuovo a quella vestizione solenne, all'acciaio, alla corda, al bambù. Inizio e fine erano identici, e questo cancellava tutto quello che era accaduto nel frattempo. Non fosse stato per le ferite, il dolore, gli affetti. Non fosse stato per Neor, per Learco, per Amina e Kalth, per la rete sottile e tenace di affetti che aveva tessuto negli anni della sua vita, tutto sarebbe stato identico ad allora. Ma aveva ragione Sennar: la vita procede a spirale, ci illude fino all'ultimo che le cose siano cambiate, per poi riportarci al punto di partenza.

Il tavolo fu infine sgombro, e Dubhe pronta. Le armi erano al loro posto. Restava una cosa soltanto, l'ultima. L'ampolla era davanti a lei. Dentro, poche gocce di un liquido ambrato.

Dubhe indugiò. Poteva ancora scegliere. Poteva attendere che la propria esistenza seguisse il suo corso naturale, che gli anni e la vecchiaia la consumassero fino a condurla alla morte. Oppure bere quel filtro e avvicinare la tomba di un ultimo, fatale passo. Aspettare ancora, o agire.

Prese l'ampolla tra le dita, la bevve d'un sorso.

Sentì la pelle tendersi, i muscoli guizzare, il corpo rifiorire. Ancora. Per un'ultima volta.

Era successo una settimana prima. L'elfo aveva chiesto di conferire con la massima autorità dell'esercito del Mondo Emerso, perché le notizie che portava erano di estrema importanza. Era poco più di un ragazzo, e i suoi occhi erano colmi di rimorso e paura.

«Mi hanno detto che vuoi parlarmi» gli disse Dubhe. «Non avere paura. Ti ascolto.»

L'elfo era vestito da soldato. «Io non sono un traditore» esordì. «E non ho neppure paura. Né di te, né della morte.»

«Non ti devi giustificare. Non con me.»

«Devo, invece.» Parlava concitato, sudava. «Lui è il mio re, lo so. Lui ha fatto molto per gli elfi, la gente lo ama. Lo amavo anch'io. Ma niente, davvero, niente merita questo sacrificio.»

«Dimmi quello che devi dire e sbrigati.»

Dubhe provava uno strano ribrezzo per quell'elfo. Si chiese quanti come lui si nascondessero tra le sue fila, quanti giovani soldati imberbi l'avrebbero venduta come stava facendo lui con il suo sovrano.

«Ho visto morire tutti i compagni che si erano arruolati con me. La mia famiglia soffre la fame, e so che è colpa di questa maledetta guerra. Lo capisci?»

Dubhe lo afferrò per il bavero e lo sollevò da terra. «Vuoi deciderti a parlare? Hai paura della guerra, ma al tempo stesso hai paura di diventare un traditore. Allora, da che parte stai?»

Il silenzio che seguì parve eterno, e Dubhe si chiese se non avesse esagerato. Da quando aveva smesso di interrogare gli elfi catturati, quella era l'unica occasione vera di arrivare a Kryss.

«Sarà nell'accampamento di Lenar tra due giorni. Ci andrà per completare la conquista della Terra del Vento.»

«È già sua.»

«Non del tutto. Gli serve ogni singolo villaggio. Ci ha dato ordine di conquistarli dal primo all'ultimo, e in tutti posizionare degli ashkar.»

«Perché?»

«Non lo so. Nessuno lo sa. Noi eseguiamo solo gli ordini.»

Dubhe lo guardò a lungo negli occhi. Non sembrava mentire. «Continua.»

«Il mattino presto, prima che chiunque altro sia sveglio, fa sempre un bagno, se c'è un corso d'acqua nei pressi del villaggio o dell'accampamento. E a Lenar c'è un ruscello. In genere lo seguono due guardie che perlustrano i dintorni, ma che si mantengono a rispettosa distanza. Non ama sentirsi spiato, e vuole dimostrare che non teme nessuno.»

Dubhe lasciò la presa sul bavero. L'elfo per un istante parve sollevato, ma poi nei suoi occhi tornò lo sguardo colpevole e terrorizzato di prima.

«Giurami che lo ucciderai. Giurami che porrai fine a questo incubo, perché se non ce la farai, sarà stato tutto inutile, e io sarò morto.»

Dubhe strinse i pugni. «Vattene» sibilò. «Hai fatto quel che dovevi. Adesso tocca a me.»

Il cielo, a est, pian piano si schiariva in un'alba acida. Il mondo era ancora immerso nelle tenebre, forse anche a causa delle nuvole, basse e imponenti, che gravavano su quella mattina gelida. Le dita le dolevano. Ogni tanto correvano all'elsa del pugnale, e allora era anche peggio. L'acciaio era così freddo che sembrava bruciare.

Dubhe era appostata da parecchio. Arrivare fin lì non era stato facile. Aveva dovuto percorrere un buon tragitto in territorio nemico. Varcare il fronte era stata la parte più dura. Aveva strisciato silenziosa come un gatto, aveva forzato il blocco là dove sapeva che non c'erano nemici di guardia. Aveva attraversato la pianura lentamente, l'erba alta che si apriva appena al passaggio del suo corpo minuto.

Soffiò aria calda sulle mani, ma non servì a molto. La luminosità stava cambiando rapida. Ora tutto era viola, e l'accampamento nemico era immerso in un'atmosfera sospesa. O forse era solo effetto dell'agitazione. Sebbene fosse vecchia, e di guerre ne avesse viste più di una, quella mattina il cuore non smetteva di martellarle il petto.

Un fruscio.

Dubhe si acquattò. Scorse per prime le guardie, proprio come le aveva detto l'elfo una settimana prima. Erano due, un maschio e una femmina. Le faceva sempre una certa impressione vedere soldatesse; nel Mondo Emerso c'era un unico corpo militare al quale fosse consentito l'accesso ad ambo i sessi, ed era quello che aveva creato lei. Per questo combattere era ancora visto dalle donne come una conquista.

Ma del resto sapeva che nel lavoro di spia il sesso non contava affatto. Anzi, un sicario donna a volte era avvantaggiato dalla corporatura minuta e dall'idea di innocenza che trasmetteva agli sprovveduti. Tra gli elfi invece le guerriere rappresentavano la norma.

Le due guardie erano giovani, ma sembravano esperte. Si misero a frugare intorno al ruscello nel quale presto il re si sarebbe immerso. Distava dall'accampamento circa mezzo miglio, una distanza sufficiente a darle un margine di garanzia per agire. Kryss doveva essere molto sicuro di sé per rischiare tanto in campo nemico.

Dubhe rimase immobile. Si era appostata su un albero che dava direttamente sull'acqua. La posizione non era comoda, ma lo sciabordio del ruscello avrebbe coperto qualsiasi rumore.

I due soldati perlustrarono la zona, quindi tornarono dal re per avvertirlo che tutto era a posto.

Dubhe attese. Sarebbero tornati e si sarebbero messi di guardia, lo sapeva. D'improvviso, percepì qualcosa. Un battito del cuore appena diverso dal solito, un sussulto nel proprio respiro, l'ombra di un presentimento.

Si guardò una mano. Tremava.

È l'emozione, nient'altro. È la missione più importante della mia vita, provò a dirsi, ma sapeva che non era così. Conosceva bene i termini del patto che aveva stipulato con il tempo, il giorno in cui aveva deciso di prendere la pozione di Tori. Ma voleva ancora un'ora, un'ora soltanto per fare quel che doveva. Strinse la mano sulla corteccia.

Nuovi fruscii sotto di lei. Il re comparve sulla sponda. Indossava una semplice casacca, stretta in vita da una cintura di cuoio, e calzoni aderenti. Era bellissimo. Alto, slanciato, avanzava tra i suoi con un incedere elegante, ma privo di qualsiasi affettazione: era un dio che scendeva tra i mortali, una visione in quel mondo ancora addormentato.

Era la prima volta che Dubhe lo vedeva, e ne fu catturata. Capì in un istante come quell'elfo avesse potuto raccogliere attorno a sé proseliti, come avesse potuto smuovere gli animi del suo popolo e condurlo a morire così lontano da casa. E per un battito di ciglia, si domandò come tanto male potesse spirare da una creatura così nobile, il cui volto sembrava atteggiato a una quieta sofferenza, quasi raccogliesse su di sé il dolore del mondo. Ma fu appunto solo un istante. Poi l'odio ebbe la meglio.

Il re andò verso il ruscello, si spogliò. Dubhe guardò le spalle magre, le gambe tornite, percorse la superficie di quel corpo per cercare il punto dove la via della lama sarebbe stata più facile, e al contempo la morte più dolorosa.

Se muore lui, sarà tutto finito; se lo uccido, avrò posto fine a questa guerra, si disse col cuore in gola. La mano continuava a tremare. Vide la pelle raggrinzirsi piano.

Non ancora, dannazione!

Si distrasse un attimo, e perse di vista le due guardie.

Si erano appostate di certo, e sapeva dove. Perché anche lei aveva fatto il loro stesso mestiere, perché aveva organizzato la protezione della sua famiglia per anni, quando nessuna protezione era ancora necessaria.

Si mosse. Scivolò rapida lungo il ramo, strisciò nel sottobosco. Il gorgoglio dell'acqua copriva qualsiasi altro suono. La guardia era lì, in piedi su una piccola radura. Attenta, ma non abbastanza.

Dubhe le piombò alle spalle, le ruppe l'osso del collo con un solo gesto. Il corpo si accasciò ai suoi piedi con un lieve tonfo.

Trovò l'altra in posizione speculare rispetto alla prima. Era più massiccia, non avrebbe potuto spezzarle il collo così facilmente.

Un colpo al costato, poi le tagliò la gola.

Non si soffermò a guardare il cadavere. Ogni suo sguardo era per lui, l'essere divino che si stava bagnando nel ruscello.

Chissà perché, fu allora che all'improvviso le tornò in mente l'ultimo incontro con Amina.

Avevano trascorso tutto il pomeriggio assieme.

La ragazzina era andata a trovarla al campo, e Dubhe si era presa una pausa dalla guerra.

Avevano pranzato assieme, e avevano condiviso una quotidianità fatta di piccole cose. Una giornata tranquilla con la nipote. L'ultima.

«Ti trovi bene con i Guerrieri Ombra?» le chiese.

Amina annuì. «Lavoro sodo. Forse mi faranno partecipare alla prossima missione.»

Dubhe sorrise. Il sole stava tramontando, e presto Amina avrebbe ripreso la via del ritorno. Aveva stabilito lei le regole: i Guerrieri Ombra dormivano assieme in caserma, sempre, a meno ovviamente di missioni che li costringessero ad assentarsi. Le licenze erano concesse, ma non in tempo di guerra.

Sospirò e le cinse le spalle. Amina appoggiò la testa al suo petto, e Dubhe pensò che era tutto perfetto. Godette appieno di quel momento di dolcezza in cui non sembravano esserci né passato né futuro. La vita le aveva donato tanti attimi indimenticabili, ma lei aveva imparato ad assaporarli solo in vecchiaia. Era contenta di averne ricevuto uno proprio quel giorno.

«So che ami molto ciò che fai, ma vorrei che tu non dimenticassi mai di essere una creatura di pace» disse, e seppe che quelle parole avrebbero rotto la perfezione di quel momento.

Amina infatti si staccò da lei e la guardò con un'espressione interrogativa. «Che vuoi dire?»

«Che la guerra è un mezzo, e mai un fine. Un mezzo tremendo.»

«Questo lo so, me l'hai insegnato proprio tu» sorrise sua nipote.

Dubhe sentì il cuore tremarle nel petto. «Davvero?»

«Davvero.» Amina si appoggiò di nuovo al suo seno. «Non sai quanto mi hai dato in quest'ultimo periodo. Tu mi hai salvata. Senza di te non so che fine avrei fatto, e questo lo ricorderò per sempre.»

«Se è così, allora dovrai lottare per la pace. Me lo prometti?»

«Certo.»

Stettero in silenzio ancora qualche istante, poi fu Amina a parlare.

«Perché mi dici questo, e perché me lo dici adesso?» La sua voce era venata da una nota di preoccupazione.

«Perché sono vecchia, e sai... non sono eterna.»

Amina scosse la testa, proprio come faceva Dubhe quando un cattivo presagio le balenava alla mente. «Adesso non ci voglio pensare. Manca tanto a quel giorno, se gli dei vorranno, e io ho bisogno di te.»

Dubhe non rispose, ma la strinse a sé con più forza.

Dubhe si riscosse, di nuovo si consacrò tutta alla missione. Tornò là dove si era appostata prima. La mano che stringeva il pugnale era agitata da un tremito convulso. Il tempo stava scadendo.

Kryss si lavava piano, l'acqua disegnava i suoi muscoli definiti, la magrezza del suo giovane corpo.

Dubhe salì sul ramo, si preparò. Cambiò mano. La destra era inutilizzabile, così, e anche le gambe sembravano non sostenerla più come prima.

Non attese oltre, giocò il tutto per tutto. Si gettò su di lui dall'alto, il pugnale stretto nella sinistra, una mano che raramente aveva usato in combattimento.

Forse non fu rapida come aveva sperato, forse fu uno scricchiolio di troppo, o forse semplicemente un destino crudele. Kryss si girò, e i suoi occhi incrociarono quelli di Dubhe, che stava precipitando su di lui. Si allontanò fulmineo dalla traiettoria del suo corpo, e lei cadde in acqua. Il freddo le tagliò il respiro in gola, le bloccò le giunture.

Kryss corse alla sponda e impugnò la lancia. «Sei tu il sicario che uccide i miei uomini, vero?» disse con un sorriso sprezzante.

Dubhe si tirò su gocciolante, cercando di riprendere fiato. Fissò l'elfo negli occhi con uno sguardo infuocato.

Il re le si avventò contro, e Dubhe si preparò alla lotta. Sapeva di non avere molte speranze con un pugnale contro una lancia, ma sperava di avere dalla sua l'agilità.

La lancia sibilò sopra di lei, che fu lesta a piegarsi. Puntò alle caviglie. Se fosse riuscita a recidergli i tendini, avrebbe vinto. Il suo colpo fu intercettato e parato.

Dubhe sentì il fiato mancarle, le ginocchia cedere.

Kryss la guardò. «Io ti conosco...»

«Sono Dubhe, maledetto. E sono qui per vendicare mio marito e mio figlio.»

Gli occhi dell'elfo si accesero di una scintilla malvagia. «A tanto arriva il tuo odio?» disse, quasi divertito.

«Non ti permettere di ridere!» gridò Dubhe. Dimenticando ogni prudenza, si lanciò contro Kryss con tutta la forza che le restava e combatté con foga, oltre le possibilità del suo corpo. Tirò con la sinistra, ma lui si scansò. La mano destra corse rapidissima al pugnale, lo sguainò, lo affondò. Kryss intuì per una frazione di secondo e scartò di lato. Non abbastanza in fretta. La lama lo colse di striscio al costato.

«È avvelenata» sogghignò Dubhe feroce.

«Davvero?» replicò lui con sarcasmo.

Dubhe vide il colpo, lo sentì arrivare. Nella sua mente si disegnò con precisione il movimento che avrebbe dovuto compiere per salvarsi. Ma il corpo non le obbedì. Un ginocchio cedette, e bastò quell'attimo di esitazione per perdere tutto. Sentì la lama penetrarle nel fianco, a fondo. Si stupì di non provare dolore. Forse era questo il segno che era davvero finita. Era stata ferita molte volte, ma adesso tutto era diverso. Si sentì cadere, e neppure percepì di toccare l'acqua. Vide solo un cielo livido sopra di sé. Tra le fronde degli alberi che stormivano, andò a disegnarsi l'immagine di Kryss. Il sangue colava lento dal suo fianco.

La lama è avvelenata. Morirà. Sarà lento e doloroso. Non potrà salvarsi.

Il respiro si era fatto rantolante, l'aria non voleva saperne di gonfiare i polmoni. Era finita.

«Ti sei battuta con coraggio» disse Kryss. «Ma hai perso.»

Alzò la lancia, e Dubhe chiuse gli occhi.

Morirà, si disse, ma a un tratto, in quell'ultimo interminabile secondo, questo non aveva più alcuna importanza. Importava solo che fosse finita, importava che adesso avrebbe raggiunto per sempre la quiete, che sarebbe andata là dove altri l'avevano preceduta, che fosse un aldilà in cui mai aveva creduto o il nulla. Sarebbe stata come coloro che aveva amato, come Learco, come Neor.

Kryss calò la lancia in un colpo secco, a suo modo pietoso.

Dubhe sorrise.

13

Al di là del portale

Adhara tastò il pavimento al buio e afferrò il medaglione. Lo mise nella bisaccia e si soffermò ancora una volta davanti al corpo della creatura stesa a terra. Allungò le dita fino a lei e le strinse una mano. La sentì gelida e scheletrica.

Se avesse creduto in un dio, avrebbe pregato per Lhyr, ma le parole che pronunciò furono altrettanto sacre per lei: «Grazie. Il Mondo Emerso non ti dimenticherà mai.»

Per uscire dalla minuscola stanza rischiarò il buio con un altro fuoco magico, ma cercò di non sprecare troppa energia. Le sarebbe servita tutta per andarsene da quel dedalo sotterraneo.

Varcò infine la porta e ritrovò Shyra. L'elfa era ancora là dove l'aveva lasciata, con la schiena appoggiata alla parete di legno. Il suo volto era imperlato di sudore.

«Come stai?» le chiese Adhara chinandosi su di lei.

Shyra sembrò non averla neppure udita. Mormorava qualcosa, e solo aguzzando le orecchie Adhara capì che si trattava del nome di sua sorella. Ebbe una stretta al cuore. Non sarebbe stato facile spiegarle.

«Forza, dobbiamo andarcene» disse, cercando di ignorare il nodo che sentiva in gola. Prese Shyra per un braccio e se la caricò in spalla. L'operazione le fece capire quanto la sua mano metallica fosse utile in battaglia, ma le risultasse quasi un intralcio in ogni altra situazione.

Per quanto Khara e Thjsh fossero riuscite a sviare l'attenzione delle guardie, era necessario uscire di lì prima possibile. La morte di Lhyr non sarebbe passata a lungo inosservata.

Si mise in ginocchio, chiuse gli occhi. Non aveva mai provato l'incantesimo del volo, ma il modo in cui si evocava faceva parte delle sue conoscenze. Ora le era tornato in mente all'improvviso, come le succedeva sempre quando si trovava in difficoltà. Ma sapeva che ci voleva molta forza magica, e non era certa di possederne a sufficienza dopo le ultime fatiche.

Recitò le parole della formula. E per un attimo parve non accadere niente.

Poi fu presa dal panico. Percepì come una forza che la svuotava di ogni energia. Lo spazio intorno a lei e a Shyra parve deformarsi, e quindi dissolversi. Per qualche secondo si trovarono immerse nel bianco, quindi tutto virò in un blu tenue. Infine Adhara avvertì sotto le ginocchia la durezza della roccia e intorno a sé voci concitate. Sentì che qualcuno le sfilava via Shyra, che qualcun altro si occupava di farla stendere e le chiedeva come stava. Era troppo stanca persino per rispondere. Neppure il tempo di toccare con la nuca la roccia, e già tutto era diventato nero.

Adhara si svegliò nella piccola stanza disadorna che le avevano assegnato alla grotta degli elfi, avvolta in quella luce azzurra che a un tratto le sembrò così rassicurante. Era stata dura: dopo aver pronunciato l'incantesimo del volo, che le aveva permesso di smaterializzarsi e rimaterializzarsi in un altro posto, aveva dormito per un giorno intero.

Si alzò ed estrasse il medaglione dalla bisaccia. Se lo rigirò nella mano, ora completamente spento e inerte. Si chiese se fosse uno stato permanente, o se bastasse rimetterselo al collo per riattivarlo e cadere preda dello stesso incantesimo che aveva divorato Lhyr.

La marea si era abbassata, e poté scendere alla piccola spiaggia. Prese il medaglione e lo immerse nel mare. Il sangue tinse l'acqua intorno alla sua mano solo per pochi istanti, poi si disperse nella vastità dell'oceano. Lo stesso era successo a Lhyr, qualche ora prima, pensò Adhara con una nota di malinconia. E ora di lei non restava che una traccia invisibile, persa nell'immensità.

Tornò nella propria stanza, colta da una stanchezza improvvisa. Si sdraiò sul sacco di paglia e si portò il medaglione davanti al volto. Per lei significava molte cose. Era l'eredità che le aveva lasciato Lhyr, e al tempo stesso l'immagine del futuro che l'attendeva. Il medaglione era una traccia. Sapeva già quale sarebbe stata la prima cosa chc avrebbe fatto una volta arrivata nel Mondo Emerso.

Venne a sapere che il rogo al tempio aveva fatto scoppiare la ribellione.

Il dolore raccolto in quel luogo di culto, la sofferenza troppo a lungo sopita di un popolo stanco di pagare il prezzo della guerra, l'avevano fatta esplodere. Si era diffusa la voce che fosse stato Larshar a incendiare l'altare, si disse che c'erano dei ribelli in mezzo alla folla, e che per ucciderli il reggente era stato pronto a sacrificare tutti i fedeli giunti al tempio per il Pesharjai. La rivolta si propagò rapidamente a tutta la città di Orva. Furono giorni di fuoco e fiamme, di combattimenti strada per strada, di sangue fraterno sparso per le vie della città.

Ma Shyra non vi prese parte. Giacque a letto tra la vita e la morte per sei giorni. Adhara stessa si prodigò insieme agli altri per cercare di salvarla. Non avrebbe mai immaginato di essere così esperta di pratiche sacerdotali. Un altro dono prezioso di Adrass.

Quando infine si riprese, Shyra chiese subito di sua sorella. Non aveva fatto che invocarla durante la malattia, quando ancora bruciava di febbre.

«Le parlo io» disse Adhara. Sentiva di doverlo fare, era il prezzo da pagare per avere ucciso Lhyr. Perché per quanto si ripetesse che era stata lei a chiederglielo, che il suo era stato un atto di pietà, non riusciva a pensare a quel colpo di pugnale se non come a un omicidio. Ogni morte che aveva causato le pesava come un macigno, ma quella di Lhyr le risultava la più intollerabile di tutte.

Shyra gridò, la minacciò, provò a saltarle al collo sebbene fosse debole e convalescente. Adhara non si era aspettata nulla di diverso.

«Dovevi salvarla! Ti avevo portato da lei per salvarla, e tu l'hai uccisa!»

Gli occhi di Shyra erano infiammati di un'ira inestinguibile, verso di lei, ma anche verso se stessa. Era così che rispondeva al dolore.

E poi i giorni passarono lenti, nell'atmosfera sospesa di quel luogo fuori dal mondo. Il tempo era scandito dalla marea, che si alzava e si abbassava, chiudendo l'ingresso della grotta e poi aprendolo, ancora e ancora, in un ciclo inarrestabile.

Alla fine Shyra uscì dall'isolamento. Aprì la porta della sua stanza, gli occhi cerchiati, il volto scavato. La sua figura aveva acquisito qualcosa di Lhyr; forse una vaga dolcezza nei lineamenti, un qualcosa di femminile che all'improvviso appariva nel suo sguardo, o nei suoi gesti. Lhyr ora sembrava davvero dentro di lei, per sempre.

«Il mio posto non è qui. Il mio posto è in battaglia» disse con una nuova determinazione. «Si parte domani stesso. Il responsabile di questa guerra deve pagare per quello che ha fatto.»

Il portale che avrebbe condotto Adhara sulle rive del Saar si trovava a Orva.

La città era in preda al caos. Le aree periferiche erano in mano ai ribelli, mentre la zona vecchia, stretta intorno al palazzo reale, era la roccaforte di Larshar. Si combatteva ogni giorno, si conquistava la città braccio a braccio. La guerra era appena iniziata.

Adhara e Shyra si infilarono in una locanda angusta, nulla più di un largo salone rettangolare, con un bancone deserto in un angolo e un'unica grossa tavolata al centro. Gli avventori erano pochissimi, e tutti armati fino ai denti. Ribelli di certo. Salutarono con deferenza Shyra, poi gli sguardi si appuntarono su Adhara. Anche gli elfi più illuminati non avevano una gran simpatia per gli umani.

«È con me» si limitò a dire Shyra, e a quelle parole nessuno aggiunse altro.

Shyra prese posto a un angolo del tavolo, e invitò la compagna a fare altrettanto. Poco dopo servirono loro due ciotole di minestra fumante. Aveva un odore del tutto nuovo per Adhara.

«Cos'è?» chiese curiosa.

«Zuppa di veridonia» rispose l'elfa.

Adhara affondò il cucchiaio nella ciotola e lo portò alla bocca. Era buona.

«Sei sicura di volertene andare?» le chiese Shyra. «C'è

ancora molto da fare per prendere Orva, e anche quando ci saremo riusciti, saremo solo al principio. Kryss è il nostro obiettivo, ma dobbiamo approfittare della sua assenza per sottrarre la nostra terra al dominio di quel tiranno.»

«Tu sai qual è la mia missione.»

Shyra la fissò a lungo.

«Devo tornare nel Mondo Emerso. Quella terra è la mia casa, non posso abbandonarla. E poi... non posso abbandonare Amhal.»

Shyra sorrise. Conosceva bene la forza di quel desiderio.

«Nonostante tu non creda molto al mio dio, ho l'impressione che tu abbia più fede di me.» Shyra appoggiò i gomiti al tavolo. «Il portale per tornare nella tua terra si trova nella parte di città controllata da Kryss. Ma è accessibile da qui tramite un passaggio che ci ha indicato un nostro infiltrato. Ovviamente, è un posto molto sorvegliato.»

«Non avevo alcun dubbio. E ti capirò se non vorrai venire con me.»

«Per chi mi hai preso?» Il suo tono si era fatto a un tratto gelido. «Ti porterò laggiù, e ti farò passare attraverso quel portale, ma voglio ti sia chiaro che dovrai rischiare la vita per farlo. Sei sicura che ne valga la pena, anziché rimanere qui nel Mherar Thar e combattere per una causa in cui hai qualche possibilità di vittoria?»

«Mi spiace, Shyra. È tempo per me di tornare.»

L'elfa si tirò su e annuì seccamente. «Mangia, partiamo appena hai finito.»

«Questo vecchio condotto è stato usato per la costruzione della città» disse il ragazzino davanti a loro. Era un tipo vivace, non doveva avere più di tredici anni. Adhara si stupì che anche un adolescente partecipasse alla ribellione, peraltro con un ruolo rischioso come quello dell'infiltrato. A quanto sembrava, Larshar non aveva mai disdegnato di arruolare ragazzi molto giovani, a volte veri e propri bambini. Del resto, gli abili al combattimento erano tutti nel Mondo Emerso.

«Poi è stato ostruito, ma non appena abbiamo conquistato parte della città, abbiamo pensato di liberarlo e ne abbiamo ricavato un passaggio segreto.»

Il condotto era scavato nella roccia: una novità a Orva, dove tutto era di legno. Era un passaggio angusto, e Adhara, il ragazzino e Shyra erano costretti a procedere carponi.

Dovettero avanzare ancora solo per poche braccia, poi lo spazio si allargò e sbucarono in un condotto più ampio, con travature in legno che sorreggevano il basso soffitto. Davanti a loro, il condotto si biforcava in una deviazione buia, velata da grosse ragnatele, e una più agevole, con torce disposte a intervalli regolari.

«La strada che dovete prendere è quella. Vi porterà nel corridoio principale che conduce al portale. Purtroppo finirete praticamente in bocca alle guardie, ma sapevate che non sarebbe stato facile» disse il ragazzino indicando il condotto più angusto.

«Lo sapevamo, sì» rispose aspra Shyra. «Come sappiamo che è ora che tu te ne vada.»

Il ragazzino si congedò un po' deluso, quindi prese il corridoio da cui erano appena sbucati.

«Andiamo?» fece Shyra, e Adhara annuì.

Si infilarono nel condotto e procedettero in silenzio.

Dopo un po' videro una luce fioca in fondo al tunnel.

«Preparati» disse Shyra.

Adhara si calò il cappuccio sul volto, quindi estrasse il pugnale. Entrambe si appostarono appena prima di sbucare nel condotto principale, quello che le avrebbe guidate verso il portale. Là, davanti a una porta di legno, c'erano due guardie che parlottavano fitto tra loro.

Shyra scattò in avanti, rapidissima. Adhara non l'aveva mai vista combattere, e ne rimase impressionata. I suoi movimenti erano rigorosi, impeccabili. Saltò nel mezzo del corridoio, non diede tempo ai due neppure di accorgersi di cosa stava accadendo. Ruotò l'ascia con precisione assoluta, e l'unico suono che si percepì fu il sibilo della lama nell'aria. Poi silenzio, e due tonfi. La teste di entrambe le guardie caddero a terra, seguite a breve dai loro corpi. Shyra si appoggiò su un ginocchio e bagnò le dita nel sangue, quindi le portò alle labbra, pronunciando una frase incomprensibile. Infine pulì la sua arma dal sangue.

«Via libera» disse.

Adhara frugò i corpi, prese un mazzo di chiavi e iniziò a provarle freneticamente nella porta di legno. Nessuna sembrava andare bene, finché non si udì uno scatto.

Si gettarono nel condotto oltre la porta, corsero a perdifiato e alla fine arrivarono in un'ampia caverna.

Proprio mentre credevano di aver raggiunto la meta, un'altra guardia sbucò inaspettatamente dal nulla. La mano di Adhara corse al pugnale ed eseguì un tondo, ma la guardia non si fece trovare impreparata e lo schivò.

«Intrusi, intrusi!» cominciò a urlare a squarciagola. Adhara provò a colpire ancora, senza esito. L'elfo combatteva con una lancia, e riusciva a parare ogni colpo.

Non era un nemico difficile da battere, ma qualcosa la bloccava. Il peso delle morti che le avevano permesso di giungere fin lì, non ultime le due guardie che Shyra aveva appena ammazzato, il disgusto per tutto quel sangue versato, appesantivano il suo corpo e il suo braccio.

Shyra si interpose tra lei e il soldato.

«Vattene!» urlò. Poi lasciò che la sua lama danzasse

ancora. Pochi colpi, e infine un affondo letale. La guardia cadde a terra. Shyra ripeté lo stesso rito che aveva compiuto prima, il rito che i sacerdoti guerrieri come lei eseguivano ogni volta che uccidevano fuori dal campo di battaglia.

«Se resterai qui morirai» la incalzò Adhara.

«Vuoi raggiungere quel maledetto portale?» le intimò Shyra. «Non appena te ne sarai andata me ne andrò anch'io, per cui sbrigati se non mi vuoi sulla coscienza.»

Rumore di passi, sempre più vicini. Adhara si ferì la mano destra con il pugnale, spremette alcune gocce di sangue e le lanciò contro il portale. La superficie si fece azzurrina.

«Addio, Shyra! Cerca di non farti prendere!» le urlò salendo gli ultimi scalini.

Le prime guardie fecero irruzione nella caverna proprio mentre Shyra si preparava a evocare l'incantesimo del volo. «Ormai non sono più sola, c'è mia sorella con me» disse.

Furono le ultime parole che Adhara le sentì pronunciare. Poi passò attraverso il velo azzurro, e fu dall'altra parte.

14

Prima dell'Apocalisse

Quando il Cavaliere di Drago vide arrivare il Supremo Officiante, capì che qualcosa di grave stava per accadere. Conosceva bene quella donna. La scortava per il Mondo Emerso da quando era comparso il morbo. Così gli aveva dato ordine la regina, e in seguito il re. In tutti quei mesi, l'aveva sempre vista seria, posata, compresa nel suo ruolo. Ma non quella mattina. La vide arrivare correndo, un libro sotto il braccio, il volto stravolto.

«Mia signora, che succede?»

«Devi portarmi nella Terra del Vento, subito!» disse Theana trafelata.

«Signora, anche spronando i draghi alla massima velocità, ci vorranno almeno dieci giorni di viaggio per raggiungere il fronte, e...»

«Non mi interessa il fronte. Voglio arrivare al più vicino villaggio della Terra del Vento.»

Il cavaliere la guardò sbalordito. «Ma è territorio nemico.»

«Non mi interessa! Dobbiamo arrivare prima possibile.»

La sua voce tremava, e il cavaliere capì. Non si trattava di follia: quella donna era semplicemente *terrorizzata*. Aveva imparato a fidarsi di lei, della sua capacità di mantenere la calma anche nelle situazioni più difficili. Se l'aveva persa, la situazione doveva essere gravissima.

«Cos'è successo?»

Lei lo guardò stravolta. «Sta per accadere qualcosa di tremendo nella Terra del Vento, qualcosa di inimmaginabile. Ho scoperto una magia, nei miei libri, qualcosa... Quell'elfo è un folle, e noi dobbiamo fermarlo!»

Gli mise le mani sulle spalle. Tremava tutta.

«Partiremo immediatamente» disse il cavaliere. «Volete che mandi qualche messaggero?»

«No, no» rispose Theana. «Informerò chi di dovere con la mia magia. Ma intanto partiamo. Ora, subito!»

«Datemi il tempo di preparare Thala e mettere insieme un po' di scorte per il viaggio.»

Theana gli afferrò le mani. «Non più di un'ora: è questione di vita o di morte.» I suoi occhi lo fissarono imploranti.

L'uomo annuì, poi si allontanò in fretta dalla sala del Palazzo dell'Esercito in cui il Supremo Officiante era andato a cercarlo.

Theana rimase immobile qualche istante. A un tratto le parve che il Mondo Emerso si restringesse su di lei, fino a trasformarsi in una trappola senza via d'uscita. Si portò una mano tra i capelli e strinse spasmodicamente i riccioli candidi tra le dita.

Cosa posso fare ora? Cosa?

Non sapeva quanto tempo restasse. Forse neppure un giorno. E Kalth non era con lei; si era trasferito di nuovo a Makrat, una Makrat da poco riconquistata alla legalità.

Era sola, e assolutamente ignara della situazione militare. Quanto era avanzato il fronte? Quanta terra era riuscito a conquistare Kryss, e quanta ne aveva perduta? Non aveva più sentito Dubhe dal loro ultimo incontro, quasi due settimane prima, e lei di certo queste cose le sapeva.

Dubhe, Dubhe è l'unica. Lei e i miei uomini nella Terra del Vento. Forse loro possono fare qualcosa.

Doveva evocare un incantesimo di comunicazione, e approntò il necessario lì, sui bastioni del Palazzo dell'Esercito a Nuova Enawar. Tirò fuori la pergamena e l'inchiostro. Cercò di scrivere un messaggio chiaro, ma la mano le tremava, e dovette ricominciare da capo per rendere intelligibile la sua calligrafia. Evocò il fuoco magico, bruciò la pergamena e pregò: che il messaggio arrivasse in tempo, e che Dubhe si mettesse subito all'opera. Perché le speranze di salvarsi, stavolta, erano davvero minime.

Poi prese un'altra pergamena e scrisse un messaggio per i suoi uomini sparsi nella Terra del Vento.

Sopra di lei, il fumo violaceo della magia pian piano si dissolse nell'aria. L'incantesimo fece il suo effetto, le parole che Theana aveva vergato attraversarono in un istante lo spazio che la separava dall'amica. Sorvolarono la Grande Terra, oltrepassarono il confine, aleggiarono sul territorio nemico fino a raggiungere il fronte, e da lì mossero sull'accampamento, quello in cui Theana sapeva che si trovava Dubhe.

Una compatta nuvoletta di fumo si addensò nella tenda della regina. Ma non c'era nessuno che potesse tradurre in parole quel fumo, che con la magia potesse imprimere su carta le frasi disperate del Supremo Officiante. Perché l'accampamento era in subbuglio: Baol aveva appena dato la notizia che la sovrana non si trovava nella sua branda.

L'ultimo obelisco venne eretto quella stessa mattina in cui Theana inviò il suo messaggio. Il villaggio era nient'altro che un gruppo di capanne sparute, perduto nel mezzo della vasta prateria che segnava il confine tra la Terra del Vento e quella dell'Acqua. I soldati di Kryss si erano chiesti a lungo perché morire per quel luogo. Era uno dei tanti misteri di quella guerra infinita. Ma seguire Kryss significava non farsi domande, affidarsi a lui completamente e obbedire. Così avevano dato il sangue anche per quell'ultimo pezzo di terra. Benché il suo significato strategico fosse difficile da capire, gli uomini del Mondo Emerso avevano combattuto strenuamente per difenderlo. Forse non volevano cedere l'ultimo brandello di terra e illudersi di non aver subito una disfatta epocale. Soltanto l'intervento del re aveva deciso le sorti della battaglia a favore degli elfi.

Era da un po' che Kryss non combatteva in prima persona. Il suo arrivo era stato salutato come una benedizione: la sua sola presenza era in grado di risollevare il morale. Perché vederlo ricordava agli elfi le ragioni della loro lotta, perché con lui si sentivano invincibili. I suoi gesti misurati ed eleganti convincevano tutti che non c'era obiettivo fuori della sua portata, e quella sanguinosa avventura che stava fiaccando i loro spiriti non poteva che concludersi con una schiacciante vittoria. E con lui quel villaggio di cui non conoscevano neppure il nome aveva capitolato in due giorni, dopo aver resistito per settimane intere.

Ci fu una grande festa, e lì, tra i soldati ubriachi, e con al fianco l'inseparabile San, Kryss diede l'annuncio: «Domani ci sarà una cerimonia per l'erezione dell'ultimo obelisco. Siete tutti invitati.»

La cerimonia si svolse in un'atmosfera di grande solennità. Due soldati scavarono una buca in cui infissero l'obelisco metallico. Era alto poco più di un braccio, sottile e cavo, tanto che bastava un solo uomo per trasportarlo. Un sacerdote recitò la preghiera di consacrazione. Tutti si domandavano che senso avesse quella scena. Eppure, in cuor loro percepivano che si stava compiendo qualcosa di grande. C'era come una vibrazione nell'aria, un senso di irreparabile. Non avrebbero saputo dire di cosa si trattasse, ma faceva tremare il cuore. Soprattutto, c'era lo sguardo di Kryss. Stava seduto su un semplice sgabello, indossava la consueta armatura e, non fosse stato per il suo aspetto nobile e per la sua bellezza soprannaturale, si sarebbe potuto dire un soldato qualunque. Mentre l'obelisco si levava verso l'alto, brillando alla tenue luce di quella giornata grigia, i suoi occhi si accesero di una luce intima, di una commozione che lo faceva fremere. Qualcuno giurò persino di aver visto luccicare una lacrima all'angolo dei suoi occhi, e tutti capirono che, di qualsiasi cosa si trattasse, avrebbe cambiato il loro destino per sempre.

Quando la cerimonia fu conclusa, Kryss si alzò in piedi e rimase qualche istante immobile, a contemplare il piccolo obelisco che adesso troneggiava al centro del villaggio. Poi, glaciale come sempre, prese la via della tenda.

San lo attendeva alle porte del villaggio. Amhal ricordava bene quel posto. Era sulla strada che aveva percorso con Adhara quando erano andati assieme nella Terra dell'Acqua. Quei giorni gli sembravano lontani come un sogno; del resto, appartenevano a un'altra vita. Tutto di quel viaggio gli appariva confuso. Tutto tranne lei. Della Sheireen – si ostinava a chiamarla così quando la pensava, come se quel nome potesse mettere tra loro la giusta distanza – rammentava ogni cosa: il profumo della sua pelle e dei suoi capelli quando si era stretta a lui, in groppa a Jamila, e la profondità del suo sguardo. Quel ricordo gli infliggeva stilettate di un dolore vivo, pulsante, un dolore che non doveva provare.

Ma era certo che non appena si fosse riunito a San avrebbe smesso di sognare. Era sicuro che il solo tornare a casa, dal suo maestro e fratello, avrebbe sopito ogni inquietudine. E invece non fu così. Aveva continuato a sognare per tutta la durata del viaggio che lo aveva condotto in quel villaggio sperduto. Il sogno era sempre lo stesso. Lei, bella e terribile, e sui suoi capelli portava in dono tutti i sentimenti del mondo: l'odio, l'amore, la paura... Il solo guardarla lo riempiva di terrore. Ma al tempo stesso la desiderava in modo folle e irrazionale. Si svegliava sudato, urlando. La cosa strana era che ogni sogno era accompagnato da una sensazione di dolore fisico. Era il medaglione che gli bruciava in petto. Aveva notato che pulsava in modo anomalo, e la sua luce era più flebile del solito. La cosa l'aveva gettato nel panico. Ciò che gli rendeva la vita tollerabile, quell'insensibilità benedetta che sperava al più presto di recuperare, era tutto merito di quell'oggetto. Se gli fosse accaduto qualcosa, lui sarebbe tornato l'Amhal spaventato di un tempo, e non avrebbe potuto vivere così, non più.

Una cosa però lo aveva aiutato a recuperare l'usuale freddezza. Si era accorto che dal medaglione, dal suo bordo in particolare, erano spuntati piccoli ganci metallici, simili a minuscole e contorte radici che si insinuavano nella pelle del petto.

Quella vista lo aveva turbato, ma al tempo stesso rassicurato. Il medaglione era ancora vivo, dunque, e agiva su di lui. Anzi, stava diventando una parte del suo corpo, e se era così, lui non aveva più nulla da temere. Forse quei sogni, l'inquietudine che gli trasmettevano, erano tutto ciò che restava della sua umanità, il disperato tentativo della sua anima di resistere. Forse presto sarebbero scomparsi del tutto, lasciandogli in dono la libertà della schiavitù da Kryss, quella libertà che l'aveva sgravato dal peso di dover decidere per sé e, decidendo, di soffrire.

In ogni caso, adesso era a casa. Adesso San era lì, davanti a lui, e tutto sarebbe finito.

Gli andò incontro, lo abbracciò con foga.

San ne parve stupito. «È successo qualcosa mentre eri lontano da me?» chiese dubbioso.

Amhal sospirò.

Kryss si portò una mano al petto. Il fiato gli mancò all'improvviso, un'ondata di panico lo invase. Durò un istante, poi svanì e il cuore tornò a battere normalmente. La mano corse al graffio sul fianco. Gli bruciava appena. Il sacerdote l'aveva analizzato con attenzione, quando glielo aveva mostrato, dopo l'attacco di Dubhe. Kryss aveva provato a protestare, ma non c'era stato verso di convincerlo.

«È un veleno molto potente» aveva sentenziato il sacerdote.

«Sono immune dai veleni, dovresti saperlo meglio di chiunque altro» aveva risposto il re infastidito.

«Vostra Altezza, voi non siete immune. Semplicemente siete stato esposto a lungo a piccole dosi di veleno che vi hanno reso resistente a molti filtri mortali, ma questo non vuol dire...»

Kryss l'aveva fermato con un gesto secco della mano. «Io mi sento bene.»

«Potrebbe essere dovuto alla vostra eccezionale resistenza. Ma questa sostanza è particolarmente insidiosa. Permettetemi quanto meno di somministrarvi un filtro che vi aiuti a espellere le tossine.»

Kryss aveva rifiutato, ma il sacerdote aveva ugualmente lasciato la boccetta sul tavolo.

È stata solo l'emozione, o forse la stanchezza. Sto per

fare qualcosa di grande, di unico, e non mi sono risparmiato per portarlo a compimento, si disse.

Ricordò le ultime parole della regina. La mano continuava a indugiare sul graffio. Si alzò di scatto, prese la boccetta e ne bevve il contenuto in un sorso. Meglio premunirsi, in ogni caso.

«Maestà?»

Kryss si girò di scatto, nascondendo l'ampolla vuota. Era stato un momento di debolezza, e non amava mostrarsi vulnerabile con la sua gente, e men che meno con l'uomo cui apparteneva quella voce.

«Che c'è?» chiese brusco.

San fece un breve inchino. «Porto buone nuove.»

Scostò la tenda e svelò la figura di Amhal.

Il re sorrise.

Kryss accolse Amhal come un figlio tornato da un lungo viaggio. Lo abbracciò calorosamente, ascoltò il racconto del medaglione e dei sogni. Il suo volto non tradì preoccupazione, ma mantenne uno sguardo sereno e limpido.

«Non hai di che angustiarti. Il fatto che il medaglione abbia cominciato a penetrare nel tuo petto è la dimostrazione che tutto sta andando come previsto. È nella sua natura: inizialmente la sua azione, più debole, avviene senza alcuna simbiosi con l'ospite. Poi, man mano che il suo potere si rafforza, si apre una via nel corpo di colui che lo indossa. Quell'oggetto presto prenderà possesso del tuo cuore, diventerà parte di te, e perderai ogni coscienza e volontà. Sarà come morire» sorrise benevolo.

«E perché ho fatto quei sogni?» chiese Amhal.

«Non hanno alcuna importanza. Il potere del medaglione è ancora imperfetto, ma presto ogni tormento sarà un lontano ricordo. Vedrai.»

Il giovane parve rasserenarsi.

Il re si sporse verso di lui e gli sorrise con dolcezza. «I doni che faccio non mentono mai, e io mantengo sempre la parola data. Devi aver fiducia in me.»

Lo guardò con intensità. Al loro fianco, San sedeva pensoso.

«Ma ora dobbiamo parlare di un problema della massima importanza» disse a un tratto Kryss, assicurandosi che nessun altro potesse sentirli. «È cruciale cercare di accelerare i tempi. Abbiamo notizie poco confortanti. Larshar mi ha mandato un messaggio confuso da Orva, dicendomi che la sacerdotessa che evocava il sigillo all'origine del morbo è stata... liberata.» Kryss fece una smorfia, quindi strinse i pugni per reprimere un moto di collera. «E questo significa che il morbo ha smesso di propagarsi, e che gli umani saranno di nuovo in grado di battersi.»

«Un bel problema» osservò San, sarcastico.

Kryss lo fulminò con lo sguardo. «Questa notizia non deve uscire da qui, sono stato chiaro? E in ogni caso, non credere che mi sia lasciato cogliere impreparato» minimizzò con un gesto di noncuranza, mentre prendeva a misurare a passi nervosi lo spazio angusto della tenda. «Gli umani sono ormai decimati, fiaccati, e ci metteranno una vita a riorganizzarsi. Ma io non voglio correre alcun rischio» aggiunse voltandosi di scatto. «Non voglio che recuperino il morale, voglio che continuino a temermi, che il mio solo nome li faccia tremare. Per questo vi ho convocati e vi ho chiesto di evocare l'incantesimo, qui e ora.»

Riprese a camminare piano, pensoso.

«Una sola cosa però voglio che sia chiara» proseguì. «Certo, voi sarete gli esecutori materiali, ma sarò *io* a guidarvi, e mio sarà il merito di quanto accadrà. Domani farò la storia, domani cancellerò in un istante gli ultimi mille anni del Mondo Emerso. E sarò io l'unico, *vero* artefice di tutto ciò.»

San sorrideva. «Come vuoi» tagliò corto. «Però ricorda quel che hai promesso *a me*» aggiunse, e la sua voce si fece tagliente.

Kryss si girò verso Amhal. «Puoi lasciarci soli?»

Il ragazzo si alzò senza una parola. Un silenzio gravido di minaccia scese nella tenda, non appena se ne fu andato.

«Sono stanco dei tuoi atteggiamenti» disse Kryss, la voce bassa e controllata.

Forse fu proprio quell'assenza di emozioni a irritare San. Scattò in piedi rovesciando la sedia su cui era seduto. «Io, *io* sono stanco!» urlò.

Una guardia irruppe nella tenda, la lancia in pugno.

Kryss fece un gesto. «Va tutto bene, ritirati pure.»

La guardia rimase sull'uscio qualche istante, dubbiosa, prima di congedarsi.

«Non è da te uno scoppio d'ira del genere» disse il re.

San lo fissò con uno sguardo rovente. «Il tuo trionfo lo devi a me, sono stato un servitore più che fedele, eppure non vedo la mia ricompensa. Ogni volta che te ne parlo, ricevo da te solo vaghe promesse.»

«Credi davvero che questa sia la fine? Questo è solo il principio, San, quello che farai tra breve nella Terra del Vento lo farai a tutto il Mondo Emerso. Non è ancora giunto il tempo di avere ciò che desideri.»

«Sono stanco, Kryss. Chi mi garantisce che quando il Mondo Emerso sarà restituito alla tua gente, anch'io otterrò qualcosa? Chi mi garantisce che manterrai la promessa? Voglio una garanzia, o non avrai più i miei servigi.»

Finalmente quelle parole incrinarono il sorriso di Kryss.

«Lo vedrai» disse. «Tu fa' quel che devi e io ti darò una dimostrazione, così ti convincerai che non sto mentendo.»

San si trasfigurò improvvisamente. Al posto del guerriero freddo e tracotante che era sempre stato, apparve un essere tremante, quasi commosso. Guardava Kryss senza riuscire a trovare le parole. «Stasera» disse piano, la voce che tremava. «Voglio vederlo stasera.»

«Credi che sia una cosa facile? In questo momento non ci sono maghi in grado di compiere la magia. Ma li farò chiamare.»

Scosse un piccolo campanello, e la guardia che era accorsa poco prima apparve oltre l'apertura della tenda.

«Vostra Altezza.»

«Manda un messaggio a Zenthrar. Voglio che venga qui al più presto.»

La guardia si limitò ad annuire, poi tornò da dove era venuta.

«Visto?» disse Kryss, un sorriso trionfante sul volto.

San lo guardò grato. «Perché?» disse soltanto. «Perché ora e non prima?»

«Perché io sono il re, San, e non sono tenuto a dimostrarti alcunché. Perché sta a me decidere *se* e *quando*. Per ricordarti che tu sei la mia arma, e nient'altro. E perché così ho deciso, e le mie decisioni devono essere per te poco meno che un atto di fede. Ti ricordi quando ci incontrammo? Ti ricordi com'eri disperato? Tu sei ancora così, San, tu sarai *sempre* così senza di me, e non devi dimenticarlo. Solo io posso darti ciò che cerchi da una vita intera.»

San digrignò i denti, ma tacque. Perché era vero, perché non c'era niente che non avrebbe fatto per avere ciò che desiderava, perché non c'era bassezza cui non si sarebbe piegato per quell'unico scopo. Per questo non poteva che chinare il capo davanti all'elfo, e percorrere con lui tutte le tappe di quel viaggio sanguinoso.

15
Il giorno in cui accadde

Un passo, e Adhara fu sulle rive del Saar. Nel vederlo, ebbe quasi paura. Era sconfinato. Assomigliava al mare, però non c'erano onde, solo un'immensa distesa d'acqua apparentemente immobile. Ma al di là l'aspettava il Mondo Emerso, e la sua missione.

Amhal. Doveva assolutamente trovarlo, prima che il medaglione lo possedesse come aveva fatto con Lhyr. La prima tappa del viaggio sarebbe stata Salazar. Nella capitale della terra in cui Kryss si stava espandendo, forse avrebbe avuto più probabilità di incontrare Amhal e sottrarlo a quella condanna.

Ma intanto doveva attraversare il Saar. Sapeva che sarebbe stato troppo rischioso utilizzare un'imbarcazione in quelle acque infide, e poi avrebbe impiegato troppo tempo. No, quello che le serviva era un drago. E subito il pensiero andò a Jamila, il drago di Amhal, quello che lui aveva abbandonato per sostituirlo con una delle viverne che gli elfi cavalcavano in battaglia.

Era stato con Jamila che, assieme a Adrass, era andata fino a Makrat per accedere alla biblioteca perduta. Sapeva che un drago poteva essere chiamato solo dal suo padrone, ma contò sulla propria natura di Sheireen e sulle conoscenze pregresse che Adrass le aveva inculcato. Si concentrò, sperando che le sue forze magiche bastassero a evocare il drago, e che Jamila non fosse così lontana da non poter essere raggiunta dal suo richiamo. Quindi modulò un fischio particolare, e si predispose all'attesa, che fu lunga, ma tutto sommato meno di quanto avrebbe creduto.

Al tramonto si profilò all'orizzonte una figura maestosa e aggraziata, dal corpo rosso rubino, che sembrava sfidare il vento con le enormi ali spiegate.

Disegnò tre ampi cerchi nel cielo prima di planare a terra, con un verso che sembrava quasi esprimere gioia.

Adhara si avvicinò piano, tendendo la mano. Jamila, le ali nere spalancate nell'aria umida, accostò al suo palmo il muso freddo e squamoso.

La ragazza l'accarezzò e vi appoggiò la fronte. In qualche modo, sentì che in quel momento condividevano le stesse memorie.

«Te lo riporterò. Se mi aiuterai, riavrai il tuo cavaliere» disse piano.

Jamila, per tutta risposta, abbassò il collo, porgendole la groppa.

Adhara montò in sella, guardò il cielo e spiccò il volo.

Il cappuccio le copriva il viso, e il mantello celava il resto del suo corpo. Da sotto quella corazza di stoffa Adhara osservava la città, mentre ne percorreva stanca le vie. Aveva dovuto abbandonare Jamila molto prima di raggiungere la capitale della Terra del Vento, altrimenti avrebbero corso il rischio di essere scoperte. Il viaggio era stato lungo e sfibrante, aveva bisogno di mangiare e di riposarsi.

Era cominciato tutto lì, a Salazar, neppure un anno prima. Allora Adhara non sapeva chi fosse, e tutti i suoi sforzi erano mirati a cercare di scoprire la propria identità. Ora che conosceva la verità, avrebbe dato tutto per tornare all'incoscienza di quei giorni. Allora Amhal era solo un ragazzo dagli occhi tristi e lei stessa, per quanto ne sapeva, poteva essere chiunque: una contadina rapita dai briganti o una principessa in fuga.

Si accarezzò la mano sinistra, e i polpastrelli incontrarono la freddezza del metallo. Quante cose erano cambiate da allora. La città, invece, sembrava la stessa di sempre.

Nell'orto centrale, sul quale si aprivano a intervalli regolari delle finestre, i contadini guardavano speranzosi il cielo. Era livido e gonfio di pioggia, e perciò carico di promesse. Come se non fosse bastata l'occupazione da parte degli elfi, quella stagione era stata devastata dalla siccità. Qualche goccia non poteva che far bene alla campagna riarsa.

Una madre si sporse da una finestra. «Jorel, a casa!» urlò.

«Un attimo!» strillò di rimando la voce di un ragazzino.

«Tra un'ora c'è il coprifuoco, e sta per venire giù il diluvio!» insistette la donna.

Il coprifuoco. Vigeva da quando gli elfi avevano iniziato la conquista della Terra del Vento. Adhara si tirò ancora un po' il cappuccio sul volto. A sera quel posto avrebbe pullulato di guardie.

Avanzò a capo chino, lasciando che la confusione della città la distogliesse dai pensieri angosciosi.

La città-torre era stata ricostruita, dopo la guerra voluta da Aster il Tiranno, sconvolgendo la sua fisionomia originaria. Era stato sotto il governo di Learco che Salazar era tornata ai suoi fasti: un'unica, enorme torre in cui vivevano tutti gli abitanti. C'erano case, botteghe, palazzi del potere: tutto ciò di cui una città aveva bisogno era stipato in quei cinquanta piani di mattoni. Al centro, un largo pozzo attrezzato con grossi specchi che convogliavano la luce verso il fondo, dove c'era un piccolo orto. Adhara l'aveva sempre trovato un prodigio di ingegnosità.

Nonostante la guerra e l'occupazione, Salazar sapeva ancora essere un posto allegro. C'era un via vai di gente, e per le strade risuonavano le voci dei ragazzini e gli strilli dei mercanti che decantavano le loro merci.

E intanto qualcuno esalava l'ultimo respiro, qualcun altro il primo, e la vita procedeva come sempre. Centinaia di piccole esistenze si incrociavano lì, quel pomeriggio.

Fu proprio allora che accadde.

Theana e il suo attendente erano in viaggio da tre giorni, senza mai fermarsi. Erano esausti quando finalmente giunsero in vista della tanto agognata Terra del Vento.

Theana sapeva che non c'era più speranza. Dubhe non le aveva risposto, e sentiva che quella regione del Mondo Emerso era ormai in mano a Kryss.

Eppure non poteva fermarsi, non dopo quello che aveva scoperto. Durante il viaggio aveva vagliato ogni possibilità per cercare di contrastare quanto stava per accadere. Forse le restava ancora una possibilità.

Varcarono il fronte senza che nessuno li ostacolasse. Atterrarono nel mezzo di un piccolo villaggio, una ventina di case raccolte intorno a una piazza. Al centro troneggiava un piccolo obelisco metallico a base triangolare. La gente, incuriosita, si affacciò sugli usci non appena li vide.

«Elfi, ci sono elfi?» chiese Theana a uno di loro.

Quello, un vecchio dall'aria stolida, scosse il capo. «Se ne sono andati dopo aver piantato quello strano oggetto, due giorni fa... Abbiamo provato a tirarlo giù, ma è inavvicinabile, è come se ci fosse una specie di muro invisibile intorno. Alcuni di noi sono rimasti feriti quando hanno tentato di forzarlo.»

Fu l'attendente, i pugni stretti e la mascella serrata, a farsi avanti. «Thala!» urlò.

Theana provò a fermarlo, ma non fece in tempo.

Il drago obbedì al richiamo e tentò di colpire l'obelisco con le zampe anteriori, ma fu scaraventato lontano e cominciò a perdere sangue dal petto, là dove il suo corpo era entrato in contatto con il manufatto.

Theana avanzò, le mani protese e gli occhi chiusi. Mormorava parole che nessuno riusciva a cogliere. Rapidamente, intorno all'obelisco andò disegnandosi un'aura violacea.

«Gli elfi hanno eretto una barriera potentissima per proteggere questi obelischi... È impossibile toccarli senza rischiare la vita» spiegò aprendo gli occhi e guardando la gente che si era raccolta intorno. «Bisogna allertare tutti i superstiti della Terra del Vento: devono fuggire immediatamente, abbandonare le case in questo istante!»

«Avete sentito il Supremo Officiante?» disse l'attendente. «Andate ad avvertire gli altri, avanti!»

Qualcuno iniziò a muoversi, qualcun altro a parlare.

E fu allora che il sole si oscurò, e l'aria vibrò di una nota che Theana conosceva bene.

«Che nessuno si muova!» urlò levando le mani al cielo, gli occhi chiusi. Gridò la formula con tutta se stessa, e dalle sue dita partirono raggi argentei, che andarono a disegnare una cupola amplissima e diafana.

Proprio in quel momento, immensi lampi viola squarciarono il cielo prima di abbattersi in un istante su tutti gli obelischi.

La folla, sotto quel cielo color dell'acciaio, era un misero spettacolo. Kryss era abituato ai raduni oceanici a Orva, ai tempi della sua ascesa al potere, e quelle poche centinaia di persone radunate nel mezzo della prateria, poco lontano da Salazar, gli sembravano un gruppo sparuto. Ma non aveva importanza. L'indomani quella gente avrebbe narrato quel che stava per accadere, e la voce di quanto lui aveva compiuto avrebbe percorso l'Erak Maar da un capo all'altro. Non contava quante persone stessero assistendo all'evento. Ciò che lui avrebbe fatto sarebbe stato scritto a lettere d'oro negli annali della storia.

San e Amhal erano in piedi, sotto il palco improvvisato su cui si trovava Kryss, pronti. Bastava un suo cenno. Quel potere per un istante gli diede le vertigini.

«Un giorno sarete chiamati beati» esordì. «I nostri figli, i nostri nipoti, coloro che ci succederanno nei secoli a venire parleranno di voi invidiandovi: perché voi c'eravate, mentre si riscriveva la storia. Oggi è l'inizio della fine, per i vermi che mille e più anni fa ci cacciarono dalla nostra terra. Oggi cominciamo davvero a riprenderci ciò che ci è sempre appartenuto. Oggi, per la prima volta da secoli, questa terra potrà a buon diritto ricominciare a chiamarsi Erak Maar. È la realizzazione di un sogno, la fine dell'esilio».

Si interruppe, commosso, e percorse con lo sguardo gli elfi radunati per ascoltarlo, i loro occhi estasiati. Poi, lentamente, con la solennità con cui si officiano i riti, alzò la mano, guardò San e Amhal, e diede l'ordine.

I due Marvash aprirono le braccia. Perfettamente all'unisono, iniziarono a recitare una preghiera in una lingua che nessuno aveva mai udito. Era elfico, perché di quella lingua condivideva suoni e cadenze, ma le parole, minacciose e sibilanti, erano incomprensibili. A tutti parve che il cielo d'improvviso si scurisse, che la luce in quella piana calasse visibilmente, e che la temperatura scendesse. I bambini si misero a piangere. San e Amhal continuarono imperterriti. Kryss chiuse gli occhi.

Le mani dei Marvash si fecero luminose, mentre lampi di un viola cupo prorompevano dalle loro dita. L'aria si caricò di elettricità, e Kryss assaporò quegli attimi prima della tempesta, quella quiete che presto si sarebbe infranta.

La preghiera salì di tono, si fece urlo sgraziato, canto dissonante. Qualcuno si coprì le orecchie, mentre l'aria sembrava vibrare. Kryss sorrise, il viso rivolto al cielo.

Infine, un'ultima parola, urlata all'unisono dai Marvash, e dalle loro mani partirono lampi violenti, che tagliarono l'aria lanciandosi contro il cielo. Guizzarono in alto, rapidissimi, e si diffusero nell'aria ricadendo sulla terra in ogni direzione. Ciascuno di essi venne raccolto da uno dei catalizzatori. Una vibrazione sorda e insopportabile squassò la terra. Kryss aprì le mani e pianse lacrime di gioia, levando al cielo un riso folle.

Spesso si pensa che i grandi accadimenti debbano preannunciarsi in qualche modo. Che quando qualcosa cambia o svanisce, il mondo debba piangerne la perdita.

Forse fu una vibrazione sorda nel terreno, o forse quell'ultimo tuono che squarciò il silenzio. Ma più probabilmente non accadde niente, prima. Solo una quiete innocente, l'incoscienza di chi non sa cosa lo attende, di lì a qualche istante. Perché il cielo non piange quando qualcuno muore, il sole non si ferma quando la guerra spazza via interi villaggi.

Così Adhara sentì solo un lieve ronzio alle orecchie. Il mondo intorno parve mettersi all'improvviso a vorticare, e lei si ritrovò con i palmi delle mani a terra, a guardare i pietroni del lastricato col fiato mozzo.

I passanti che un attimo prima camminavano per la strada erano inchiodati al proprio posto, come pietrificati da un incantesimo. I loro corpi sembravano contratti in una sofferenza senza voce, che non riuscivano a esprimere. Qualcuno era caduto a terra, come lei, e si rannicchiava in posizione fetale. Qualcun altro si era accasciato contro il muro, gli occhi sbarrati, le mani premute sulle orecchie. Su Salazar scese un silenzio innaturale. Le bocche spalancate erano mute, ma Adhara non riusciva a capire se fosse lei ad aver perso l'udito o davvero qualcosa, quella cosa che stava accadendo, qualunque essa fosse, avesse spento ogni suono.

Per un istante ogni cosa rimase immobile. Il vento sui contrafforti della torre, gli uomini, bloccati nella loro indicibile sofferenza. Donne, vecchi, bambini, tutti immobili in attesa di qualcosa che li liberasse dal dolore.

Poi, l'eco lontana di un tuono squarciò il silenzio, e accadde.

I corpi degli abitanti di Salazar all'improvviso si sciolsero.

Fu come se fossero fatti di sabbia. I volti collassarono su se stessi, le membra si disfecero. I colori colarono, le figure persero consistenza, i lineamenti si deformarono. Gli occhi di Adhara si fecero grandi di paura.

Sto impazzendo. Sto morendo, si disse, fuori di sé.

Una folata di vento spazzò la torre di Salazar con violenza. Ciò che restava della gente intorno a lei fu trascinato via, e non ne rimase niente.

Non c'era traccia dei bambini, dei mercanti fuori dalle botteghe, della donna che fino a un minuto prima si sporgeva dalla finestra e chiamava suo figlio.

Non c'era più nessuno.

Come se nessuno di loro fosse mai esistito.

I suoni erano tornati, ora. Adhara era a terra, senza fiato. Non sentiva più quel senso di pressione alle orecchie, ma il ticchettio della pioggia sui contrafforti della torre.

È un incubo, pensò, ma i secondi passarono, si fecero minuti e la visione non si dissolse. Adhara finalmente tirò il fiato, a fondo, come fosse il suo primo respiro. Si tirò su barcollante, si guardò attorno. Deserto. Si sporse verso il pozzo centrale della torre. Vide solo le poche piante giallastre dell'orto, quelle sopravvissute alla siccità. Sulla terra polverosa, gli attrezzi dei contadini, abbandonati.

«C'è nessuno?» chiese piano.

La sua voce si infranse contro le pareti, moltiplicata più e più volte dall'eco.

Avanzò piano lungo il corridoio che stava percorrendo.

«C'è nessuno?» urlò.

Ancora le rispose solo l'eco.

Allora corse, si gettò nei negozi, percorse uno a uno i piani di Salazar. Non c'era nessuno. La più viva delle città del Mondo Emerso in un attimo si era trasformata in una città di morti. Di chi lì aveva vissuto, amato e sofferto non era rimasta alcuna traccia.

Adhara continuò la sua corsa, urlando sempre la stessa domanda senza risposta, finché non si ritrovò fuori, sul tetto della città, sotto una pioggia battente. E allora capì. Che qualcosa di terribile era successo. Qualcosa di innominabile. Qualcosa che, cieco come tutte le sciagure, aveva salvato lei, senza alcuna ragione.

Fu allora che gridò tutto il proprio terrore.

Durò qualche secondo, poi tutto si spense. San e Amhal caddero a terra, ma nessuno ebbe il coraggio di andare da loro. La barriera si dissolse, e tutto parve tornare identico a prima. Solo Kryss continuava a ridere follemente, il volto rigato dalle lacrime.

«Gioite!» urlò. «Gioite, perché gli umani che abitavano questi luoghi sono stati annientati! Questa terra è di nuovo nostra, nostra!»

Seconda parte

L'arma

16
La ricompensa di Kryss

Amhal lanciò un grido disperato. Si dibatté, coperto da un sudore gelido, le mani contratte sulle lenzuola.

San accorse, cercò di bloccarlo. «Va tutto bene, è tutto a posto!» disse, ma gli ci volle parecchio per calmarlo.

Amhal pian piano sembrò prendere coscienza di dove si trovava. La tenda in cui dormiva assieme a San, nelle pause tra una battaglia e l'altra, le braci morenti del fuoco, a terra, la sua armatura, che luccicava in un angolo.

Portò immediatamente la mano al petto, e sentì il calore rassicurante del medaglione. Strinse le dita sul cristallo nero, cercò di riprendere fiato.

«È tutto a posto, siamo a casa, nell'accampamento di Kryss» gli ripeté San accarezzandogli le spalle.

Quando lo vide abbastanza tranquillo, si staccò da lui, si accomodò su una sedia e raccolse da terra la coppa di vino che stava bevendo. Era quasi vuota. L'aveva rovesciata nella foga di soccorrere Amhal. La gettò in un canto, stizzito.

«Come ti senti?» chiese.

Il giovane lo guardò sperduto. «Io...»

«Qual è l'ultima cosa che ti ricordi?»

Amhal corrugò la fronte. «L'incantesimo. L'incantesimo che mi succhia via ogni energia attraverso le dita, e poi il buio, e...» Si portò una mano alla fronte.

«È stata dura anche per me» ammise San. «Non pensavo che sarebbe stata un'impresa così faticosa; in fin dei conti, l'incantesimo che abbiamo evocato è scritto nella nostra natura di Marvash. Il primo di noi cercò di usarlo quando gli dei lo imprigionarono. Da allora generazioni di Distruttori l'hanno migliorato, fino a renderlo assolutamente letale.»

Amhal lo guardò smarrito. Sembrava non avere ancora capito completamente. «Sono morti tutti?» chiese, e la sua voce tremava.

«Fino all'ultimo» fu la secca risposta.

Amhal sentì qualcosa muoversi nello stomaco e risalire verso la gola. Un conato di vomito lo costrinse a scendere dalla branda e precipitarsi fuori dalla tenda.

Vomitò finché la nausea non gli diede tregua, mentre un sentimento oscuro gli lacerava il petto.

Cosa ho fatto... pensò una parte di lui, un pensiero che lo lasciò atterrito.

San continuava a starsene seduto con le gambe incrociate, tranquillo. «A me non ha fatto questo effetto. E sì che sono più vecchio di te. Ho semplicemente dormito un giorno intero» disse. «Tu invece sei in quel letto da due giorni.»

Amhal rientrò, le gambe che lo reggevano a stento.

Cosa sei diventato? Hai sterminato migliaia di persone in un soffio. Era questo che volevi, quando sei andato da Kryss?

Scosse la testa, cercando di scacciare quel pensiero.

«Ho sognato di nuovo» mormorò, rimettendosi a letto. Si sentiva senza forze, ma qualcosa gli diceva che non era un effetto della magia che aveva evocato. C'era dell'altro, qualcosa che non aveva il coraggio di confessare neppure a se stesso.

«Kryss ti ha già spiegato che è solo la tua umanità che resiste. Ma finirà presto.»

«Li ho sognati tutti» continuò Amhal, come se San neppure avesse parlato. «Gli abitanti di Salazar. Vecchi, bambini. Si dissolvevano sotto i miei occhi, diventavano cenere.»

«Già. È più o meno quel che è successo» affermò San.

«E poi ritornavano, ma erano diventati spiriti, e volevano la mia testa. Sentivo la loro sete di sangue, mi circondavano da ogni lato, mi soffocavano, e...» Si portò le mani al volto, affondò le dita tra i capelli. Non ebbe il coraggio di andare oltre, di dirgli che fra tutti c'era lei, pallida e bellissima, come la prima volta che l'aveva vista, con indosso quella semplice tunica di lino e i segni dei lacci ai polsi e alle caviglie. E lo guardava con un'espressione che non avrebbe mai potuto dimenticare, colma di un muto rimprovero, e di un dolore senza pari. Era stato quello sguardo a fargli male più di tutto il resto, a scavare in lui voragini di colpa e a farlo svegliare urlando.

San si alzò, gli andò vicino, gli tolse le mani dal viso. «*Questo* siamo noi, Amhal. Noi distruggiamo per ricreare. Questo mondo merita il fuoco purificatore della nostra magia, perché da esso nascerà qualcosa di migliore e di più grande.»

Il ragazzo annuì, e piano piano sentì la calma scendere nel suo cuore. La voce che lo tormentava si ridusse a un sommesso mormorio che lo pungolava da un recesso recondito del suo essere, ma era un rumore lontano rispetto alla vastità del nulla che tornava a permeargli lo spirito.

«Non hai nulla da temere» lo rassicurò San.

«No, nulla...» ripeté Amhal chiudendo gli occhi. Tutto stava tornando alla normalità. I volti dei morti che aveva sognato svanirono, e quel che aveva fatto gli sembrò naturale, come era naturale l'avvicendarsi della vita e della morte.

«Va meglio?» gli chiese San.

«Sono solo stanco» rispose lui.

«Riposati pure. Oggi e domani è festa, i combattimenti riprenderanno dopodomani. Adesso meritiamo di festeggiare, ma presto dovremo preparare altre conquiste...»

La città-torre di Salazar echeggiava di canti, risa, balli. I bambini si rincorrevano lungo i corridoi, i soldati saccheggiavano le botteghe, le famiglie prendevano possesso delle case. I civili che avevano scelto di seguire i soldati fin da principio, e che avevano assistito a quella guerra, finalmente venivano ricompensati. Kryss si muoveva tra loro come in un sogno. Spesso aveva immaginato quel giorno. Lo faceva fin da bambino, quando aveva ascoltato le prime favole sull'Erak Maar, sulla possibilità di farvi ritorno.

E adesso quel sogno si era realizzato.

Kryss era entrato per primo a Salazar. Quell'immensa torre gli era sembrata il posto ideale da cui reggere le sorti del nuovo regno. Aveva varcato la soglia, e il suo sguardo si era perso lungo il labirinto di corridoi. Quindi si era voltato verso i suoi soldati. «Adesso questo posto è vostro. Entrate e fatelo tornare a nuova vita» aveva sentenziato.

E ora li vedeva, felici, ebbri di gioia e vittoria, che si impossessavano delle cose degli usurpatori, che si prendevano ciò che spettava loro di diritto. E ogni volta che lo scorgevano passare, si inchinavano, e lo guardavano con occhi colmi di riconoscenza. Un'elfa anziana gli si fece da presso, gli si gettò ai piedi e gli baciò i calzari.

«Grazie, mio signore, grazie. La carestia mi aveva tolto la casa, tutto, e voi me l'avete ridata. Grazie!»

Kryss le accarezzò il volto rugoso, si commosse con lei.

E ovunque andasse, di piano in piano, era sempre così. Le urla dei bambini, la festa della sua gente. Il sogno, dopo anni, era diventato realtà. Si sarebbero ricordati di lui in eterno, tutto ciò che era venuto prima, e persino tutto quello che sarebbe venuto dopo, era destinato a impallidire a fronte di ciò che aveva realizzato.

Si sentiva ebbro.

Percorse ogni piano, osservando come quell'immensa torre fosse fin troppo grande per ospitare i suoi, e lo stesso poteva dirsi dell'intera Terra del Vento. Tutti gli elfi del Mherar Thar non sarebbero riusciti a riempire i villaggi che lui aveva spopolato in un istante, qualche giorno prima. Ma era giusto così. Si sarebbero moltiplicati, l'avrebbero ripopolata, quella terra.

Salì sulla terrazza più alta della città-torre. La vista gli tolse il fiato. Una sconfinata prateria battuta dal vento si estendeva a perdita d'occhio. A sud lo sguardo inciampava soltanto nel verde compatto di un'ampia foresta. Non sapeva come si chiamasse. Mancavano da così tanto da quelle terre che non c'erano neppure più racconti che le descrivessero. Ma non era un problema. Avrebbero dato nuovi nomi a quei luoghi, se ne sarebbero riappropriati completamente.

«Jirsch» chiamò.

Il soldato emerse dalla botola che conduceva all'interno della torre. «Vostra Altezza?»

«Credo che questo sia il luogo migliore per la nostra ospite.»

«Volete che la faccia portare qui?»

«Prima che puoi» disse Kryss tra i denti.

Subito dopo l'attacco al fiume gli elfi si erano fatti prendere dal panico, e il sacerdote era subito accorso a soccorrere Kryss.

Il corpo di Dubhe giaceva ancora nell'acqua, appena accarezzato dalla corrente del ruscello. I soldati avevano fatto capannello, qualcuno l'aveva preso a calci, uno si era spinto a trafiggerlo con la lancia.

Kryss li aveva fatti allontanare, e aveva contemplato il cadavere della sua nemica. Nella morte aveva recuperato i suoi anni. A terra, davanti a lui, non c'era più la scaltra ragazzina che l'aveva attaccato, ma una vecchia. Eppure quel corpo aveva una sua bellezza, qualcosa da cui si sentiva attirato. Il cadavere promanava ancora tutta la forza e la regalità dello spirito che l'aveva abitato.

Così Kryss aveva detto al sacerdote: «Voglio che preservi quel corpo affinché non si decomponga.»

«Vostra Altezza, ha subito lo scherno dei vostri soldati, e poi non è altro che un cadavere...»

«È il cadavere del più forte dei nostri nemici, è un *trofeo* e come tale lo voglio conservare.»

E così fu.

La botola si aprì, il corpo di Dubhe venne issato fino all'ultimo piano della torre. Il sacerdote aveva fatto un buon lavoro. Era il corpo di una regina e di una combattente, il corpo di un nemico valoroso.

«Appendetelo per i piedi, dalla balaustra» ordinò Kryss.

I soldati obbedirono, mentre lui scendeva lentamente le scale, percorrendo a uno a uno i piani della città e inebriandosi dei suoni e dei profumi della festa.

Il sole calava incendiando la pianura, e il corpo penzolava, scosso appena dal vento.

«Voglio che resti lì più a lungo possibile, e voglio che mandiate messi al nemico perché tutti sappiano che la loro regina è morta, e che pende dalle mura della mia città. Tutti i vermi, *tutti*, devono sapere che niente può fermarmi, neppure il loro combattente più valoroso» sentenziò. «La Terra del Vento è stata solo l'inizio» mormorò tra i denti. «Solo l'inizio.»

San si presentò da Kryss quella sera stessa.

Il re aveva preso alloggio nella casa dell'Anziano di Salazar. Era un'abitazione piuttosto grande, ma semplice e austera. C'erano cinque ampie stanze, più un paio di locali più piccoli per la servitù e una cucina. La mobilia era scarsa e frugale: qualche tavolo in legno, pesanti cassapanche piene di suppellettili e vestiti. La sala di rappresentanza aveva un grosso camino annerito dall'uso. Kryss aveva fatto portare via tutti i mobili, e in particolare il grosso letto in mogano intagliato. Al suo posto aveva fatto mettere la brandina sulla quale dormiva nel campo di battaglia.

San si domandò dove finisse la spontaneità di quell'atteggiamento sempre dimesso e iniziasse il calcolo. Non aveva mai conosciuto nessuno abile quanto Kryss a farsi benvolere dalla gente. E la sua non sembrava neppure una posa: le lacrime che versava sui destini del suo popolo erano sincere, il modo in cui rifuggiva il lusso rispecchiava davvero la sua filosofia di vita. Ma era anche un individuo consapevole del proprio carisma. Del resto, aveva trascinato il suo popolo in una guerra di cui San stentava ancora a comprendere il senso. Gli elfi non avevano bisogno di tutta quella terra, vivevano più che dignitosamente nelle Terre Ignote. Non erano stati in grado di fronteggiare la carestia degli ultimi anni per cause di natura politica più che per una carenza legata alle risorse del territorio.

Ma ormai conosceva Kryss. Rifuggiva l'apparenza perché una cosa sola gli interessava: il potere nella sua essenza più pura. Quel viaggio, quell'opera di conquista non erano altro che un sublime esercizio di potere. Tutto nella sua esistenza si riduceva a questo, dalla morte di suo padre all'ultimo gesto, quello di far appendere alle mura della città la regina morta.

San l'aveva guardata per qualche minuto, prima di salire nella torre. Aveva scoperto di non provare alcuna pietà per lei. Quello era soltanto uno degli innumerevoli sacrifici che l'avrebbero condotto finalmente a ciò che bramava.

Kryss emerse dalla penombra della sua stanza. Si stupì nel vederlo lì. «Non sei con gli altri a festeggiare?» gli chiese.

«Non ho nulla da festeggiare. Non ancora.»

Il re attraversò la stanza, si versò una coppa d'acqua da una brocca appoggiata a una cassapanca. Bevve piano, guardando fuori. C'era una luna splendida, dai contorni intagliati con precisione dal gelo della sera.

«Sai, ho immaginato a lungo questo posto, fin da bambino. Ora mi sembra ancora più bello di quanto non dicessero le leggende.»

«È solo la luna. Ho visto sere così belle anche nella Terra delle Lacrime.»

«Già, ma questa è la luna della nostra patria, la nostra vera casa.»

«Sai perché sono qui» tagliò corto San.

Kryss bevve un ultimo sorso, poi lo guardò.

«Non ho intenzione di servirti oltre se non mi darai

quanto mi hai promesso. Se stasera non c'è il mago, se non hai preparato tutto, me ne andrò, e porterò Amhal con me. Non ti resterà nulla.»

Kryss posò la coppa e lo fissò con un sorriso. «Da dove ti viene questa scarsa fiducia in me?»

«Dall'esperienza. Ho vissuto a lungo, e molto ho visto.»

L'elfo prese il mantello, che pendeva da un chiodo appeso alla parete. Lo indossò con un unico, elegante gesto. «Seguimi» gli disse.

La città era ancora in festa. Quella torre era così vasta che le grida degli ubriachi, i canti e i motteggi si perdevano fra i corridoi.

«Che te ne farai di tutto questo spazio vuoto?» domandò San.

«Abbiamo secoli davanti a noi per riempirlo con le generazioni future» rispose Kryss.

Erano ormai al livello più basso della torre, quello dell'ingresso alla città. Il re si diresse deciso alla base della scala. C'era una porta, nel muro. L'aprì, infilandosi nel buio. Dopo un primo tratto immerso nell'oscurità, si ritrovarono in un ambiente che San riconobbe immediatamente: erano le carceri. Lungo le pareti, una serie di grate di ferro racchiudevano asfittici bugigattoli dotati di minuscole prese d'aria, un letto in pietra e una serie di vasi per i bisogni dei prigionieri. Tirarono dritto per il corridoio, finché non sbucarono in una sala più ampia. Da un lato c'era un largo tavolo di legno, e su quello opposto una serie di attrezzi inequivocabili: al muro erano appese delle catene, e tutta una serie di coltelli di forme e dimensioni diverse. A terra c'erano alcuni ferri utili a imprimere marchi, appoggiati alla parete una sedia con dei ceppi in metallo e una panca di legno con delle carrucole. Quell'armamentario doveva giacere lì sotto inutilizzato da molto tempo, perché il ferro era arrugginito, e tutto era coperto da uno spesso strato di polvere e ragnatele.

Kryss ridacchiò. «Ecco a chi era in mano l'Erak Maar, a gente che aveva applicato il suo ingegno a creare strumenti di tortura.»

«Anche tu sei crudele con i tuoi nemici.»

Kryss si girò di scatto. «Con i miei nemici, hai detto bene. Ma non farei mai nulla di male alla mia gente.»

San non replicò. La sua attenzione si concentrò su un elfo al centro della sala. Indossava una lunga tunica da mago. Il cuore prese a battergli all'impazzata. Erano anni che non si sentiva così. Il tempo, la vita che aveva condotto, le guerre che aveva combattuto, lentamente avevano spento in lui ogni sentimento. Non c'era nulla che potesse stupirlo, nulla che fosse in grado di farlo inorridire o tremare di gioia. Nulla, tranne *quello*.

Kryss lo guardò con atteggiamento di superiorità. «Come vedi, io mantengo sempre la mia parola. Questo è il mago di cui ti parlavo, Zenthrar.»

L'elfo fece un lieve inchino. La sua testa era completamente glabra e ricoperta da un complesso intreccio di tatuaggi. Quando sollevò il viso, San vide che aveva occhi chiarissimi, le iridi di un viola talmente pallido da sembrare quasi bianco.

«Conosci le condizioni» disse Kryss «ma te le ripeto a ogni buon conto. Stasera potrai soltanto vederlo, nient'altro. Lo riavrai con te quando tutto l'Erak Maar sarà stato liberato dai parassiti che lo popolano. Ma non otterrai nulla se non porterai a termine il tuo compito. Sono stato chiaro?»

San annuì.

«Perfetto» disse il re. «Zenthrar, procedi pure.»

Kryss mosse un passo indietro e lasciò campo libero al mago, che iniziò a prepararsi per l'incantesimo. San seguì i suoi movimenti rapito. Lo vide mettere diverse erbe ad ardere in un braciere, sul pavimento, e gettarvi dentro un po' di quella terra che lui stesso, quasi una vita prima, aveva dato a Kryss. Vide la sua bocca recitare la formula, ascoltò le sue parole. Era un incantesimo proibito, ne distingueva gli accenti, sentiva la sua forza scuotergli le ossa, ed era una sensazione che conosceva, perché era la magia che anche lui praticava.

Vide il buio inghiottire ogni cosa: gli strumenti di tortura, le pareti, Kryss e il suo folle sogno. Persino il mago parve scomparire ai suoi occhi.

La figura andò chiarendosi lentamente, sfocata. Già la riconosceva. Le lacrime gli salirono immediate agli occhi. Le asciugò furiosamente col braccio perché non gli offuscassero la vista. Non voleva perdere niente di quel momento, sapeva che sarebbe durato poco.

Nel buio si disegnò la sua figura tozza: il corpo tarchiato, i capelli legati in miriadi di treccine, la barba, persino la pipa. Era esattamente come il giorno in cui era morto. Al posto dell'occhio sinistro, una lunga cicatrice biancastra.

Per cinquant'anni non aveva fatto altro che pensare a lui, costringendosi a rammentare ogni particolare del suo volto, della sua voce, terrorizzato dall'idea di poterlo dimenticare. La sua assenza gli aveva bruciato il petto giorno dopo giorno, e col tempo quel dolore, invece di diminuire, era aumentato. Finché aveva sentito di non poter vivere senza di lui, di dover fare qualunque cosa per farlo tornare.

San allungò la mano, ma Ido non si mosse. La sua figura tremolava indistinta nell'aria, il suo volto era impassibile.

«Perdonami, Ido!» urlò con tutto il fiato che aveva in corpo. «Perdonami!»

Il volto dello gnomo parve tremare impercettibilmente. «San?» mormorò appena. La sua voce sembrava giungere da una distanza incommensurabile.

«Sì, Ido, sì!» disse San, protendendosi in avanti.

In un lampo l'immagine dello gnomo svanì, il buio si dissolse e la luce della sala delle torture gli ferì gli occhi.

«No, dannazione, no! Ancora un istante!» Cadde a terra, le mani sul volto, singhiozzando senza ritegno, come un bambino. «Io non volevo che morissi... Io non volevo ucciderti...» ripeteva in una lugubre cantilena.

Kryss lo guardò con un sorriso di trionfo sulle labbra. «Hai avuto ciò che volevi. Adesso farai quanto ti ho chiesto? Mi sarai fedele?»

San continuava a piangere, ripetendo sempre le stesse parole.

«Rispondimi» gli intimò Kryss chinandosi verso di lui.

San annuì, le mani ancora sul volto.

Il re allora prese la via del ritorno, e con lui il mago. San rimase solo, in lacrime, al centro della stanza.

17
Il ritorno della Sheireen

Dopo aver recuperato Jamila, Adhara attraversò miglia e miglia di territorio desolatamente vuoto. Aveva lasciato Salazar convinta di essere finita in una realtà parallela, come quando era esploso il portale. Tutto le sembrava più plausibile del fatto che all'improvviso, senza ragione, gli abitanti di Salazar si fossero semplicemente dissolti.

Andò verso est, costeggiando i margini della Foresta della Terra del Vento. Trascorse la prima notte in una fattoria che trovò poco fuori Salazar. Dentro, nei locali semplici ma accoglienti, c'era odore di casa. Sul tavolo tutto era pronto per un pasto frugale. Su una tovaglia erano disposti cinque piatti e altrettanti cucchiai, mentre sul focolare c'era una grossa pentola il cui contenuto si era bruciato, attaccandosi alle pareti con una spessa crosta nerastra.

C'era stata gente lì, fino a poche ore prima. Adhara poteva sentirne l'odore, percepirne la presenza. Che fine avevano fatto gli abitanti? Le immagini che aveva visto nella torre le tornarono alla mente vive e insopportabili. Rivide quell'ultimo alito di vento che si portava via la vita, senza lasciare alcuna traccia della gente che fino a un istante prima la circondava.

Cadde stremata su una sedia e si prese la testa fra le mani. Percepì il freddo delle dita di metallo appoggiate alla tempia sinistra e si ritrovò a singhiozzare, un pianto disperato e inconsolabile, tra stoviglie immacolate e bicchieri di coccio che nessuna bocca avrebbe più sfiorato.

Continuò ad avanzare nel nulla, cercando qualche traccia che le facesse comprendere quanto era accaduto. Nei villaggi si imbatteva di continuo nello stesso inquietante oggetto: un obelisco di metallo annerito piantato al centro di ogni agglomerato di case. Sembrava fosse stato bruciato da un fuoco potentissimo, il cui calore era arrivato a fondere il metallo. Alcuni di quegli insoliti manufatti avevano un aspetto grottesco, storti e deformi com'erano.

Ne toccò uno, e fu costretta a ritrarre subito le dita. Vi sentì scorrere un'energia che dai polpastrelli si diffuse al braccio e poi a tutto il corpo, percorrendolo dolorosamente. E allora capì.

C'era una sola creatura capace di compiere un massacro del genere.

Il Marvash.

Ne sentiva l'odore, ne percepiva la malvagità. Poteva solo essere opera sua, e dunque di Kryss.

Non era passato molto dall'ultima volta che aveva visto Amhal, e le era sembrato fuori di sé, confuso, ma non perduto. Non fino a quel punto. Davvero era stato lui? Davvero aveva potuto distruggere un popolo intero senza alcun rimorso? Non riusciva neppure a immaginarlo.

È sicuramente opera di San. Lui è stato in grado di uccidere Learco, l'uomo che gli aveva salvato la vita da bambino, e che l'aveva riaccolto come un eroe.

Vagò smarrita, incapace di accettare di essere l'unica sopravvissuta a una tragedia che non comprendeva, l'ultimo essere vivente in quella terra che aveva sempre fatto della convivenza di razze e genti diverse la sua caratteristica saliente. Perché lei e non altri? E perché solo lei? Perché quel vento era passato lasciandola in vita? Era per il suo maledetto destino? Per quel nome che si portava addosso come una condanna, per il suo essere la Sheireen?

Si era fermata in una radura per trascorrere la notte, quando lo sentì. Un ruggito, ne era certa.

Lo vide come un punto indistinto sul cielo grigio e lo spiò avvicinarsi. Un drago, era un drago!

Il cuore le esplose in petto. Non era sola, c'erano altri suoi simili, e se davvero era un drago, si trattava di amici!

Non seppe trattenersi. La solitudine era stata così tremenda e così desolante la sensazione di essere l'ultimo umano rimasto in vita, che non vedeva l'ora di poter condividere con altri la sua ansia, la sua disperazione.

Alzò le mani e si mise a urlare: «Sono qui, sono qui!»

Ma la figura in cielo aveva qualcosa di strano.

L'essere volante si produsse in un paio di ampi cerchi sopra di lei, finché non planò a poche braccia di distanza. E Adhara vide.

Non era un drago. Gli mancavano le zampe anteriori, il corpo era troppo lungo e sottile, e il colore un nero che virava al marrone sul ventre. Una viverna.

L'essere che lo cavalcava scese di sella e sollevò la celata dell'elmo, scoprendo un paio di liquidi occhi viola e lineamenti femminei. «Dovevate essere tutti morti...» sibilò in elfico.

Adhara tremò. Ma non c'era tempo per esitare, e il suo corpo fu pronto a rispondere. La mano corse al pugnale mentre lei si avventava contro il nemico. L'elfa fu rapida a reagire. Spianò la lancia in un affondo potente ma prevedibile. Adhara intercettò l'asta con la mano metallica, tirò a sé la lancia, quindi affondò il pugnale. Un colpo preciso al collo, nel minuscolo rettangolo di pelle tra la fine della corazza che proteggeva il petto e i lacci dell'elmo.

L'elfa emise un suono soffocato e si accasciò a terra.

Adhara si allontanò dalla viverna e con un fischio richiamò Jamila. Si guardò intorno. Ormai non c'era più nulla su cui interrogarsi. Kryss aveva compiuto quello scempio e l'aveva fatto per mano del Marvash.

Fu allora che comprese. Il tempo della paura, il tempo dei tentennamenti, era finito. Era arrivato il momento di decidere, di schierarsi e andare fino in fondo. Era il momento di essere Sheireen per davvero.

A Nuova Enawar, intorno al tavolo nella grande sala di pietra, non c'erano più generali, regnanti, maghi, ma solo volti spaventati, resi ancor più terrei dalla luce tenue delle fiaccole che bruciavano alle pareti. Kalth sembrava invecchiato all'improvviso, pur avendo solo tredici anni. Nei suoi lineamenti si scorgevano tracce di suo padre, cui assomigliava ogni giorno di più, ma anche di sua nonna. Ogni preoccupazione aveva lasciato un segno tra le rughe appena accennate sulla fronte, nella piega della bocca.

Theana sedeva accanto a lui, e appariva letteralmente schiacciata dai suoi anni. La schiena era come gravata da un peso insostenibile che la spingeva verso terra, le sue mani erano scosse da un tremito convulso.

Un ultimo convitato aprì piano la porta. Sembrava timoroso di rompere il silenzio, un silenzio da veglia funebre, assorto e gravido di dolore.

«Siamo al completo, dunque» disse Kalth con un sospiro. Tutti i volti si girarono verso di lui.

«Prima di cominciare a parlarvi di quello che è accaduto nella Terra del Vento, c'è qualcosa che debbo dirvi.

Non abbiamo alcuna notizia della regina. È scomparsa tre giorni prima della distruzione della Terra del Vento, e da allora nessuno l'ha più vista.»

Nonostante avesse provato a dare la notizia in tono neutro, la sua voce tremava. Un mormorio preoccupato scosse l'uditorio.

«Era nella Terra del Vento?» chiese un ufficiale.

«Le sue missioni erano dirette in quella zona. Ma non sappiamo dove fosse andata quel giorno. L'accampamento si era spostato per l'arretramento del fronte. Si trovava ai confini della Terra dell'Acqua.»

«Ci state dicendo che ora siamo anche senza regina?» disse un generale.

Kalth lo fulminò con lo sguardo. «Sono io il vostro re.»

«Era lei che guidava l'esercito, non voi.»

Kalth scattò in piedi e batté con violenza la mano aperta sul tavolo di pietra.

«Come osi parlarmi in questo modo? Dopo la morte di mio padre *io* sono diventato il re, *io* ero dietro ogni scelta di mia nonna!» Volse intorno lo sguardo e aggiunse: «E ora esigo che mi dimostriate il rispetto che mi dovete.»

Il generale tacque, pur provando a sostenere il suo sguardo.

Kalth fremette. «Credete che io sia ancora un bambino? Chi ha riconquistato Makrat? Chi vi ha riuniti qui pochi giorni dopo la distruzione della Terra del Vento, mentre eravate ancora a leccarvi le ferite, a domandarvi cosa fosse successo, a crogiolarvi nella disperazione?»

Rimase in piedi qualche istante, poi si sedette.

«Viviamo tempi atroci, lo so. Ma se dimentichiamo chi siamo, se ci lasciamo prendere dallo sconforto, è finita. L'intero Mondo Emerso sarà un unico cimitero, se non restiamo saldi e non cerchiamo una soluzione.»

Prese fiato, cercò di controllare il tremito delle mani, quindi si rivolse a Theana.

«Il Supremo Officiante ci dirà cosa è accaduto.»

Theana si alzò vacillando. Fino a quel momento aveva tenuto il capo chino. Sollevò il volto e piantò sugli astanti uno sguardo colmo di angoscia. «Quello che è accaduto, lo sapete tutti. Nella Terra del Vento non esiste più neppure un uomo, né una ninfa, né uno gnomo... nessuno che non sia elfo. Chiunque si trovasse lì si è semplicemente dissolto, come non fosse mai esistito.»

Deglutì, mentre i presenti rivivevano l'orrore del momento in cui avevano saputo, quando la notizia era giunta.

«I miei sacerdoti mi avevano parlato di questi obelischi eretti in ogni centro abitato della Terra del Vento, e le rivelazioni degli interrogatori della regina mi avevano indotta a credere che si trattasse di manufatti magici.»

«Se voi sapevate tutto questo, perché non ce l'avete riferito?» chiese Calipso. La regina delle ninfe era uno dei pochi regnanti lì presenti; la maggior parte degli altri se li era portati via la malattia o la guerra.

«Non sapevo *niente*, non prima del giorno in cui...» Si fermò, come cercando di mettere ordine nei propri pensieri. Quando alzò di nuovo gli occhi, sembrava più presente a se stessa. «Avevo intuito che quegli obelischi fossero catalizzatori, ma non avevo idea di quale magia dovessero amplificare. Cos'avrei dovuto riferirvi? Nessuno di noi poteva immaginare una simile ecatombe.»

Si fermò ancora, passandosi una mano sul volto.

«Ho consultato dei libri nella biblioteca di Nuova Enawar. In particolar modo, come saprete, lì sono conservati testi redatti da Aster in persona. Questi volumi sono stati recuperati dalla biblioteca della Setta degli Assassini. Purtroppo, non tutti i libri sono stati esaminati con la dovuta attenzione. È stato per puro caso che mi sono accorta che uno di essi aveva qualcosa di strano.» Di nuovo una pausa. Parlare sembrava pesarle molto. «Era uno dei diari di Yeshol, il capo della Gilda. L'avevo studiato a suo tempo, quando avevo catalogato per la biblioteca i libri ritrovati. Non gli avevo dato troppo peso, poiché conteneva solo indicazioni di omicidi compiuti, più una serie di annotazioni circa la vita della Gilda. Mentre analizzavo il libro, mi è arrivato un messaggio magico; spesso i miei sacerdoti me ne spediscono. L'aura di quella banale magia è entrata in risonanza con il libro, svelando che su di esso era stato compiuto un incantesimo di camuffamento. Mi ci è voluto un giorno intero per riuscire a romperlo. Davanti ai miei occhi le parole di Yeshol sono man mano scomparse, per lasciare il posto a frasi vergate in una calligrafia che conoscevo bene: quella di Aster.»

Theana trasse dal tascapane che aveva appoggiato a terra un piccolo libro dalla copertina consunta: era nero, di velluto, e le borchie sui bordi erano mangiate dalla ruggine. Lo gettò al centro del tavolo, aperto alla prima pagina.

«È un diario di Aster. Vi sono raccolte le sue riflessioni, i suoi pensieri e il frutto dei suoi studi approfonditi sugli elfi. Voi tutti sapete che il Tiranno desiderava la distruzione del Mondo Emerso. Disse a Nihal che era sua intenzione evocare una magia capace di sterminare tutte le creature di questo mondo. Intere generazioni di maghi si sono interrogate su questa magia. Oggi so che si tratta di un incantesimo assai simile a quello che ha spopolato la Terra del Vento. Credo anzi che questo sia una diretta evoluzione di quello che Aster aveva intenzione di evocare.»

Un silenzio lungo e costernato avvolse l'uditorio.

«Aster lo descrive nei minimi dettagli. Dice di averlo scoperto in un antico tomo elfico, ormai perduto. È una magia che può essere evocata solo da creature dotate di straordinari poteri, poteri di cui Aster, seppur inconsapevolmente, era dotato. E c'è una condizione imprescindibile per esercitare questo potere: bisogna possedere il territorio nel quale si vuole agire, perché è necessario impiantare un catalizzatore ovunque si voglia che l'incantesimo colpisca. La magia usata da Kryss, in particolare, agisce soltanto sui non elfi, perché evoca un potere cui gli elfi sono del tutto immuni, a causa della loro particolare comunione con la natura.»

«Perché non siamo stati avvisati di questa vostra scoperta?» domandò il re della Terra delle Rocce.

«Non avremmo potuto fare nulla. Abbiamo ricostruito il quadro solo tre giorni prima della tragedia. Impossibile riconquistare un intero territorio in tre giorni» rispose Kalth. «Ma, soprattutto, gli obelischi sono protetti da una barriera magica, che viene evocata durante la cerimonia preparatoria e respinge o annienta qualunque essere non elfico si azzardi a sfiorarne la superficie.»

Theana lo fermò toccandogli un braccio. «Ho cercato di contattare la regina, ma non mi ha risposto. Allora ho mandato messaggi ai miei uomini, e in seguito al re. Vengo dalla Terra del Vento. Sono andata là non appena ho capito, anche se non sapevo cosa fare. Io...» Tacque, confusa. Chinò la testa come per ritrovare il filo dei suoi pensieri, la risollevò. «Ho provato a distruggerne uno, ma sono stata scaraventata lontano da una forza che nessuna magia di mia conoscenza sarebbe in grado di spezzare. Sono riuscita a salvare gli abitanti del villaggio che si erano radunati intorno a me grazie a una barriera magica. Ma gli altri sono morti.»

«Non è colpa vostra» la interruppe Kalth. «In ogni caso,

la situazione al momento è questa: la Terra del Vento è definitivamente perduta. Dei nostri amici, dei nostri alleati, non è rimasto più nessuno. Kryss ha dunque in mano un'arma assolutamente letale; ancor più di prima, è tassativo non permettergli di riconquistare neppure un lembo di terra.»

«Arrendiamoci.»

L'intero uditorio si voltò verso colui che aveva parlato. Era lo stesso generale che poco prima si era rivolto con insolenza al re.

«È evidente, questa non è una guerra che possiamo vincere» disse in un soffio.

«Non è vero, non dobbiamo perdere la speranza. Non dimentichiamo gli eventi positivi delle ultime settimane. Il morbo seminato da Kryss sembra essersi indebolito, e l'efficacia dell'antidoto sta migliorando» intervenne Theana. «Da qualche giorno i miei sacerdoti hanno riscontrato un tasso di guarigioni insperabilmente alto.»

Il generale scosse la testa. «Sì, sembra che il morbo abbia smesso di propagarsi, ma ci ha fiaccati, ci ha decimati. La maggioranza della popolazione abile al combattimento ne è stata colpita; occorrerebbe più tempo per consentire ai nostri guerrieri di riprendersi e organizzare un'offensiva efficace. Dobbiamo arrenderci alla realtà dei fatti: in queste condizioni non possiamo nulla contro i poteri che Kryss ha messo in campo. Quell'elfo ha dedicato la vita a progettare questo attacco, ed è disposto a tutto per vincere. Non ci resta che la resa.»

«Sembrate non capire» protestò Theana con veemenza. «Arrenderci significa morire.»

«Non è detto. Perderemo forse la libertà, ma salveremo la vita di centinaia di migliaia di persone. Vogliamo che la Terra dell'Acqua, del Sole, che tutto il Mondo Emerso muoia? Perché così finirà, se non daremo a quell'elfo ciò che vuole!» Il tono del generale era lentamente salito, fino a riempire lo spazio della sala.

«Kryss non vuole il Mondo Emerso» ribatté Theana, stanca, la voce che le tremava. «Il suo obiettivo è sterminarci tutti.»

«Forse quello che è accaduto nella Terra del Vento serviva solo a intimidirci, forse...»

«La Terra del Vento è stata la prova generale. Non era un atto intimidatorio. Kryss ci ha mostrato cosa accadrà. L'ha fatto per convincerci che non si fermerà davanti a nulla, e che qualsiasi cosa facciamo, lui proseguirà nel suo progetto: annientarci.»

«E allora cosa dovremmo fare? Combattere una guerra che non possiamo vincere? Farci ammazzare l'uno dopo l'altro sul campo? Perché, qualsiasi decisione uscirà da questo consesso, è la morte che ci attende, alla fine del viaggio» obiettò il generale.

Theana stava per controbattere, quando voci concitate giunsero da oltre la porta. Nessuno riuscì a capire cosa dicessero, ma si colse distintamente il tono acuto di una voce femminile. Poi la porta cigolò ruotando sui cardini.

«Ti ripeto che devi aspettare qui fuori!» disse una guardia. «Ho provato a dirle di fermarsi, ma non c'è stato verso» protestò quindi rivolto al re.

Nessuno le diede retta, perché sull'uditorio era sceso un silenzio attonito. Theana fissava il rettangolo della porta, incredula. Scolpita dalla luce che ne filtrava, aveva appena visto una figura che conosceva fin troppo bene.

La Consacrata era tornata.

18

Un'arma

Adhara entrò nella sala con passo lento. Pallida, fissava negli occhi Theana. Le faceva uno strano effetto rivederla. L'ultima volta era stato quando l'aveva costretta a impugnare la Lancia di Dessar, e le aveva fornito la prova definitiva che lei era la Sheireen. Non era un bel ricordo. Aveva trascorso i mesi successivi cercando di fuggire da lei e dal destino che rappresentava. Ed ecco che ora di nuovo tornava indietro, e seguiva esattamente il cammino che gli dei, o chi per loro, sembravano aver tracciato.

Continuò a fissarla fino a quando non fu vicina al tavolo in pietra. Appariva molto invecchiata dal loro ultimo incontro. Nei suoi occhi, in particolare, lesse un orrore e una consapevolezza nuovi.

«Mi perdonerete se interrompo il vostro consesso, ma credo che senza di me vi mancherebbe un pezzo importante della storia» esordì. Non aveva mai parlato in pubblico. Fino a quel momento la sua vita si era consumata nell'ombra, prima come dama di compagnia, poi come fuggitiva. Entrare lì, pronunciare quelle poche parole, significava uscire dal nascondiglio in cui si era celata per tutto quel tempo, e accettare almeno in parte l'ineluttabile.

I presenti si guardarono l'un l'altro senza capire. Solo Kalth e Theana si scambiarono uno sguardo denso di sottintesi.

Fu il Supremo Officiante a prendere la parola. «Questa ragazza ha ragione: la sua presenza è assolutamente fondamentale. Forse è lei la nostra ultima speranza.» Poi la indicò con una mano. «Vi presento Adhara, la Sheireen.»

Theana dovette spiegare, col cuore in gola. Non aveva mai raccontato a nessuno quella storia. "Sheireen" e "Marvash" erano parole che aveva pronunciato solo con Dubhe. Parlarne significava attingere alle radici più profonde della sua fede, e consegnare a estranei segreti noti solo ai Fratelli della Folgore. Improvvisamente, di fronte all'enormità di quello che era accaduto, capì quanto folle fosse stata. Non aveva mai considerato i Marvash un pericolo immediato. Eppure c'era già stato Aster che, sebbene non consapevole della propria natura, aveva condotto il Mondo Emerso sull'orlo del baratro. Ora si rendeva conto di quanto poco avesse confidato in Thenaar, nelle sue leggi, nella sua Consacrata.

Non riuscì a nascondere la commozione mentre raccontava di come avesse permesso a Adhara di andarsene, ritenendola non indispensabile alla loro battaglia. E invece tutto era collegato, tutto faceva parte di un unico, immenso disegno che non aveva saputo cogliere.

«Sono venuta qui a riconoscere il mio errore» esordì Adhara stringendo la mano sull'elsa del pugnale; il contatto col metallo le dava forza. «Ora so di aver condannato la Terra del Vento a una fine atroce, quando ho deciso di non seguire il mio destino. Ma allora ero... confusa. Non sapevo chi fossi, non avevo il coraggio di accettare la realtà: che sono la Sheireen, che sono stata creata per questo, e che il senso della mia vita è racchiuso nel mio nome, Consacrata.»

Le parve che quelle parole le piombassero addosso a una a una, pesanti come macigni, dandole infine quell'identità che così a lungo aveva cercato. La risposta l'aveva avuta sotto gli occhi fin da subito, ma non aveva potuto accoglierla. Non poteva essere ciò che altri le imponevano: non l'Adhara di Amhal, debole e bisognosa di aiuto, né la Chandra di Adrass, senza cuore e senza anima. Aveva dovuto lottare per definirsi, fino a trovare in sé le ragioni del proprio essere. Sheireen, certo, ma a modo suo, e perché aveva compreso, da sola e fino in fondo, ciò che quella parola significava. E se adesso era lì, non era perché un dio l'avesse scelto per lei, ma perché così lei stessa aveva deciso, perché *sentiva* che quello era ciò che voleva.

«Sono qui per compiere il mio dovere» concluse.

«Io non capisco» intervenne il re della Terra delle Rocce. «All'improvviso mi raccontate storie di antiche alternanze tra bene e male, mi dite che Aster era destinato a distruggere il mondo, e che Nihal, la più grande degli eroi che hanno calcato questa terra, l'ha sconfitto semplicemente perché era destinata a farlo. Dal nulla vengo a scoprire che tutto quanto è accaduto è colpa di due figure... mitologiche, due miti incarnati, e che la ragazza che abbiamo davanti è la nostra unica salvezza. Perdonatemi se vi dico che mi sembrano tutte fantasie da sacerdoti. Abbiamo a che fare con problemi concreti, con tragedie reali: lo sterminio di un popolo, una malattia contro la quale siamo ancora inermi.»

«Il morbo non è più un problema» dichiarò Adhara. Raccontò del suo viaggio nelle Terre Ignote, e di Lhyr. Stavolta tutti parvero crederle, e lei sentì su di sé lo sguardo ammirato e intenerito di Theana.

«Può essere vero quel che dice questa giovane?» chiese Calipso.

Theana annuì debolmente. «Coincide con quello che avevamo scoperto sul morbo.»

«Ma perché non ci siamo accorti di niente?» intervenne un generale.

«Ve l'avevo detto, i miei sacerdoti mi avevano spedito messaggi sull'aumentata efficacia della pozione. Le comunicazioni sono difficili in tempo di guerra, evidentemente non abbiamo ancora avuto modo di renderci conto che l'epidemia è cessata.»

Un vociare che sapeva di timida speranza riempì la sala.

«E ora?» domandò Calipso rivolgendosi direttamente a Adhara. «Ora cosa intendi fare?»

Adhara prese fiato. «Il destino della Sheireen è combattere contro il Marvash.»

«Ma loro sono due, e tu sei sola.»

«È già accaduto in passato» spiegò Theana. «La cosa però non ha influito sull'esito dello scontro. Il potere di due Marvash equivale a quello di uno solo. Per quanto sono stata in grado di ricostruire, la magia che ha sterminato la gente della Terra del Vento è stata evocata dai due Marvash contemporaneamente. Uno solo non sarebbe stato in grado di portare a termine l'incantesimo.»

«Li ucciderai?» chiese uno degli astanti.

«Li fermerò» rispose Adhara decisa.

«E noi cosa dobbiamo fare? Stare qui ad aspettare che questa ragazzina *da sola* abbia ragione di due guerrieri ben addestrati?»

«Io sono stata creata per questo» ribatté Adhara. «I miei poteri sono molto più grandi di quanto possa sembrare. Con questa mano stavo per uccidere uno dei due Marvash, se non fossimo stati... interrotti.» Socchiuse appena gli occhi, e rischiò di perdersi nel ricordo.

«In ogni caso non possiamo stare a guardare» osservò il

re della Terra delle Rocce. «I Marvash sono solo una parte del problema. Kryss è un nemico da non sottovalutare.»

«Nessuno ci chiede di stare a guardare» intervenne Kalth. «Innanzitutto il morbo è sconfitto. Siamo stati decimati, certo, ma possiamo riprenderci. Basta con le quarantene, le comunicazioni interrotte, il sospetto. Bisogna unirsi di nuovo, far circolare genti e merci, mettere assieme le forze residue.»

«Come ci muoveremo?» chiese la regina delle ninfe.

«Dobbiamo mandare messaggeri e far confluire i soldati rimasti. Ci vuole un incontro di tutti i generali per stabilire una comune condotta per un nuovo attacco. Ci concentreremo su Kryss e il suo esercito, mentre la Sheireen combatterà i Marvash» stabilì Kalth, e guardò Adhara, sorridendole con sicurezza.

Lei rispose con un timido cenno del capo.

«Intanto propongo di pianificare la riorganizzazione delle truppe» aggiunse Kalth con determinazione. E finalmente il suo entusiasmo parve accendere una luce di speranza sui volti dei presenti.

Adhara aveva partecipato alla riunione fino alla fine. «Contiamo su di te» aveva concluso Kalth prima di sciogliere il consesso. Lei non aveva saputo bene che cosa dirgli. Se lo ricordava, ancora ragazzino sereno, quando l'aveva aiutata a trovare Amhal. Lui dunque in qualche modo sapeva. Chissà se ricordava, se aveva capito che quello che le veniva chiesto era uccidere l'uomo che amava. Si era limitata ad annuire brevemente. Poi tutti erano usciti, e anche lei si era accinta ad andarsene. Prima però c'era qualcosa che doveva fare, qualcosa di spiacevole, ma necessario.

Theana avanzava piano nel corridoio, al braccio di Kalth.

Adhara si fece coraggio e camminò verso di loro. «Vi devo parlare» disse. Sia il re che Theana si girarono. «Al Supremo Officiante» aggiunse.

Kalth guardò l'anziana sacerdotessa, che annuì. Le lasciò il braccio, e lei si avvicinò a Adhara.

«Anch'io devo parlarti. Sai dove trascorrere la notte?»

La ragazza scosse il capo.

«Ci penserò io, allora.»

Le trovò una piccola stanza che in precedenza doveva essere stata occupata da un generale. C'erano una brandina, un tavolo e una piccola finestra. Su una parete, una scaffalatura vuota. Un arredamento austero, adatto a un militare.

Adhara posò a terra il tascapane che costituiva il suo unico bagaglio e rimase in piedi al centro della camera, accarezzandosi la mano metallica. Non sapeva da dove iniziare. Eppure la sua domanda era semplice, chiara.

Ci pensò Theana a rompere gli indugi. «Io c'ero» disse sedendosi sul letto. «Quel giorno, nella Terra del Vento.»

Adhara sentì la gola seccarsi all'istante.

Il Supremo Officiante sorrise con tristezza. «Ce lo portiamo dentro quel che abbiamo visto, vero? Perché anche tu eri lì, se non mi sbaglio.»

«Salazar» disse soltanto lei, e poi cercò di evitare che i ricordi tornassero a tormentarla.

«È stato quel che hai visto a farti decidere?»

Adhara si sedette sul letto accanto a lei. Fece segno di no.

«Nonostante io sappia di aver sbagliato, quel giorno, a lasciarti andare, nonostante abbia sulla coscienza il peso di tutte quelle morti, non riesco a convincermi che avrei dovuto tenerti con me. E sento ancora di doverti delle scuse.»

Gli occhi che le puntò addosso avevano conservato una limpidezza nella quale Adhara riuscì quasi a specchiarsi.

«Non è stata colpa vostra» disse. «Se mi aveste tenuta con voi, comunque non avrei adempiuto il mio dovere. Questo è un compito che va... *accettato*. Riuscite a capirmi?»

Theana sospirò. «Meglio di quanto credi.» Guardò il muro davanti a sé, la candela che si consumava lenta. «Le Sheireen hanno sempre usato dei manufatti» le spiegò. «La Lancia di Dessar, il Talismano del Potere lo erano. Il manufatto è l'arma che devono usare contro i Marvash, senza non possono raggiungere il loro scopo e ucciderli. Devi trovare la tua.»

Adhara represse un fremito. Era impossibile spiegarle la verità, impossibile dirle che no, non avrebbe ucciso Amhal, ma l'avrebbe salvato. Avrebbe annientato il Marvash che viveva in lui, lasciando intatto tutto ciò che di Amhal aveva amato e continuava ad amare. Ma annuì. Per la stessa ragione, pensò fosse meglio non mostrare direttamente a lei il medaglione che aveva preso a Lhyr.

«Dove posso trovarla?» chiese.

«Non lo so. Sarà il destino a condurla a te. Dovrai solo riconoscerla. Io non so quali siano i tuoi piani, ma senza quest'arma non potrai batterti con i Marvash.»

Adhara annuì. «È quello che intendo fare» disse. «E per farlo ho bisogno di trovare un mago che conosca a fondo la magia elfica. È questo che volevo sapere da voi.»

Theana si concentrò, strinse gli occhi. «Dakara lo era. Fu lui a scoprire le leggende sui Distruttori e le Consacrate. Ma è morto poco dopo la fondazione dei Veglianti, almeno a quanto si dice nei documenti della setta che ho recuperato nei resti del loro covo.»

Il solo evocare il nome della setta che l'aveva creata

fece scendere lunghi brividi lungo la schiena di Adhara. Dovette farsi forza per chiedere: «E se ci fosse ancora in vita qualche Vegliante?»

Theana scosse la testa. «San li ha sterminati tutti.»

Non tutti, non fino a un mese fa, pensò Adhara, e percepì con violenza la mano che le mancava.

«Però...»

Adhara si fece attenta.

«Dakara non era il solo. C'era un altro grande mago, ma non era un sacerdote, a differenza di lui. Si diceva fosse stato nelle Terre Ignote, a contatto diretto con gli elfi, e che da allora vivesse in eremitaggio. Dakara l'aveva incontrato, aveva studiato con lui per un certo periodo.»

«Credete sia ancora vivo?»

«Non lo so. Se ne parlava come di una persona anziana già quando io ero nel fiore degli anni, potrebbe essere morto di morte naturale, o ucciso dal morbo, considerando i tempi che corrono.»

Era una speranza molto flebile, ma Adhara non aveva altro cui appigliarsi. «Ricordate il suo nome?»

Theana si accarezzò la fronte con le dita, in uno sforzo di memoria. «Meriph» disse infine. «Si chiamava Meriph.»

Quel nome accese una luce nella memoria di Adhara, niente più di un'intuizione che non sembrava tuttavia condurre a niente. Poi la folgorazione. Ricordò Adrass malato, nelle viscere della biblioteca di Makrat. Bruciante di febbre tra le sue braccia, convinto di essere in punto di morte, le aveva spiegato come fare per salvarsi senza di lui: "Va' da Meriph, l'eremita della Terra del Fuoco. Lui... lui ti salverà... al posto mio..."

La notte stessa Adhara si rinchiuse nella biblioteca di Nuova Enawar e setacciò gli scaffali colmi di libri, alla ricerca di qualunque informazione utile ad avvicinarla alla meta.

Non poteva aspettare. Ogni istante che passava il medaglione penetrava più in profondità nel petto di Amhal.

Il primo indizio per iniziare la sua ricerca già lo possedeva: Meriph viveva nella Terra del Fuoco. Si mise a consultare i libri che riguardavano quel paese.

Trovò gli elenchi dei maghi e dei sacerdoti che risiedevano in ciascuna terra. Era stato Learco, un tempo, a proporre un loro censimento. Da quando i maghi che accedevano al Consiglio venivano eletti dal popolo, si era reso necessario conoscere dove poter rintracciare tutti coloro che praticavano la magia.

All'inizio non trovò il suo nome da nessuna parte. Vide però citato spesso un "eremita del Thal", e si ricordò che Adrass aveva definito il suo antico maestro proprio un eremita.

Adhara trascorse tutta la notte tra elenchi, dispacci e documenti ufficiali sulle attività magiche del Mondo Emerso, finché non si convinse che l'eremita in questione era proprio la persona che cercava. I registri e i resoconti di chi si era rivolto a lui ne parlavano come di un mago incredibilmente dotato.

Andare da lui senza avere la certezza che fosse colui che cercava era un azzardo, ma Adhara doveva rischiare, se voleva salvare Amhal.

All'alba salì in sella a Jamila, guardò il cielo e spiccò il volo.

19

La dimora alle pendici del Thal

Adhara guardò il Thal. Era immenso. Con la sua forma perfettamente conica, le pendici levigate dal fuoco di migliaia di eruzioni, si stagliava nero nel cielo rosso del tramonto. La bocca era orlata da sbavature di cenere bianca e da una linea di un giallo baluginante. Rivoli di lava ne percorrevano il profilo, mentre dalla cima saliva un alto pennacchio di fumo. L'odore di zolfo era fortissimo, e le bruciava la gola. Non aveva mai visto un vulcano, e non immaginava potesse essere così grande e spaventoso. Ne percepiva la furia a stento trattenuta, la devastante potenza.

Faceva caldo, sebbene fosse inverno. Il fuoco che covava sotto quella Terra riscaldava il suolo, e comunicava il calore all'aria sovrastante.

Adhara si deterse la fronte e considerò la strada che doveva ancora percorrere. Si diceva che Meriph vivesse alle radici del vulcano, là dove la calura era più forte. Trasse dal tascapane la mappa, cercò di sovrapporla al panorama. Era esattamente di fronte a un'apertura nella roccia, quella che doveva essere l'ingresso del rifugio del mago.

Si voltò verso Jamila. «Mi aspetti qui?» disse con dolcezza.

Il drago, dietro di lei, emise un basso ruggito. Adhara

sorrise, quindi guardò l'apertura. Ne proveniva un'aria torrida e umida che toglieva il fiato. Si fece forza ed entrò.

Non appena ebbe varcato la soglia, si sentì quasi mancare. Si ritrovò in un tunnel dalle pareti nere e lisce. Sfiorò inavvertitamente la pietra con il gomito e si ritrasse urlando. Scottava.

Com'è possibile che qualcuno viva qua sotto? si domandò esterrefatta.

Il tunnel sbucò presto in una stretta gola. In alto, centinaia di braccia sopra la sua testa, Adhara riusciva a intravedere il cielo giallo della Terra del Fuoco, mentre sotto di lei, altrettanto distante, scorreva un fiume di lava. Davanti, il Thal, in tutta la sua imponenza. Si ritrovò su una stretta passerella di roccia che le lasciava giusto lo spazio per mettere un piede davanti all'altro. La parete, alla sua destra, bruciava, impedendo a Adhara di appoggiarsi. Procedette lenta, con il terrore di compiere un passo falso. Il caldo era insopportabile, e la pietra fumava in alcuni punti. Probabilmente nei pressi scorreva una vena d'acqua sotterranea che evaporava a causa del calore. Quando i fiotti di vapore uscivano dalle fenditure della roccia, Adhara non vedeva davanti a sé ed era costretta ad abbassare lo sguardo, fissandolo su quei pochi pollici di camminamento che riusciva a distinguere.

Si chiese perché Meriph fosse andato a infilarsi in un posto del genere, e chi mai potesse andare a cercarlo fin lì.

Nessuno. Probabilmente non tollera gli scocciatori, si rispose.

A poco a poco la gola si allargò, e così la passerella sulla quale camminava. Adhara tirò un po' il fiato e prese a procedere più speditamente. Era convinta che il peggio fosse passato, quando sentì un ruggito spezzare il monotono borbottio della lava.

La mano corse al pugnale, pronta all'attacco. Il drago le piombò davanti all'improvviso, le ali spalancate. Gli artigli sfioravano le pareti di roccia, le zampe posteriori erano tese verso di lei. Era rosso, di un colore vivissimo che sembrava bruciare in quel luogo d'inferno, e i suoi occhi sfolgoravano di un verde minaccioso. Ruggì ancora, la cresta irta sul collo e sulla schiena, e Adhara rimase paralizzata alla vista di quella chiostra di denti affilati così vicini alla sua testa. Sentì l'alito infuocato della bestia, e cercò di resistere alla paura che la attanagliava. Evocò istintivamente una barriera magica, ma il drago non le lanciò contro le sue fiamme. Continuava a emettere versi raccapriccianti e a tendere verso di lei le zampe posteriori, i cui artigli cozzavano sulla barriera provocando una pioggia di scintille d'argento. Tuttavia non sembrava volerla davvero attaccare, forse solo spaventarla. E stava riuscendo nel suo intento, costringendola gradatamente a retrocedere.

Non riuscirai a cacciarmi di qui dopo tutta la fatica che ho fatto, si disse Adhara, decisa a reagire.

Dissolse la barriera, lasciando l'animale interdetto, e si lanciò in avanti. L'ampiezza della passerella non era tale da permettere al drago di poggiare le zampe a terra, e per questo stava sollevato a mezz'aria: sotto di lui c'era un braccio scarso di spazio, sufficiente comunque a farla passare.

Finse un attacco, disegnando un tondo con il pugnale, quindi si abbassò più che poté sfruttando l'attimo d'incertezza della bestia. Non fu abbastanza rapida. Il drago riuscì a spostare una zampa, e tre artigli dalla presa ferrea si strinsero intorno alla sua vita.

Adhara fu sollevata in aria e sballottata con violenza. Poi sentì che il drago la stava riportando indietro.

Allora abbassò la lama e gli colpì una delle dita, vicino all'artiglio. La bestia urlò di dolore, senza mollare la presa.

Vedremo chi è più ostinato, pensò Adhara.

Abbassò ancora il pugnale e colpì di nuovo, stavolta vicino al tendine. La lama era troppo corta per poterlo tagliare, ma di sicuro riuscì a scalfire parte del tessuto, perché l'artiglio si contrasse in uno spasmo, e il drago scosse la zampa con forza. La lama si ruppe e rimase infissa nella carne, mentre la stretta della bestia si allentò di scatto e lasciò precipitare Adhara nel vuoto. L'incredulità fu più forte della paura, mentre sentiva il calore del fuoco farsi sempre più intenso. Non poteva finire così, quando meno se lo aspettava, e nel modo più sciocco.

Poi udì un fischio acuto, e qualcosa che l'afferrava, quando ormai la lava era così vicina che i capelli crepitavano, sul punto di prendere fuoco. Un attimo impercettibile e si ritrovò con quegli artigli stretti intorno ai fianchi, trascinata in volo nella direzione opposta a prima.

Dopo un po' il drago si impennò verso l'alto e si aggrappò alla parete di roccia, quindi la depose a terra con malagrazia. Adhara, in ginocchio sulla roccia, cercò di tornare presente a se stessa.

«Sei così ansiosa di disturbarmi da essere pronta a sacrificare la tua vita?» le chiese una voce roca.

Lei alzò lo sguardo e scorse davanti a sé un individuo basso e tarchiato, col petto nudo, villoso e lucido di sudore, i muscoli gonfi e ben definiti. I fianchi erano stretti da una cintura di stoffa e le gambe, tozze e corte, erano avvolte in un paio di ampie brache infilate in pesanti stivali di cuoio. Il volto sembrava scavato nella roccia: i lineamenti erano marcati, la pelle cotta dal sole e dal calore, le rughe incise come colpi di scalpello. Portava una barba che sfiorava le clavicole, bianchissima, decorata da treccine cui erano appese perline e gingilli di vario genere, e capelli lunghi stretti in una grossa treccia.

Adhara lo squadrò da capo a piedi. Non aveva mai visto un individuo così curioso. Ne riconobbe però le proporzioni. Era uno gnomo.

«Meriph?» chiese piano, incredula.

Lui fece una smorfia. «Dipende da chi lo cerca.»

Adhara deglutì. «La figlia di Adrass.»

Lo sguardo dello gnomo cambiò all'istante. Dal fastidio passò all'incredulità, quindi a una sorta d'ira repressa. Girò sui tacchi e si diresse verso la parete di roccia alle sue spalle. «Levati da lì, dobbiamo parlare.»

La sua casa non era che un buco scavato nella roccia, appeso alle pendici del Thal, lungo il costone occidentale. Dominava il canalone dal quale era arrivata Adhara, che era l'unica via tramite la quale si poteva accedervi.

«A saperlo, sarei venuta col mio drago» disse la ragazza gettando uno sguardo sulla pianura ai suoi piedi.

Poteva vedere Jamila, un punto rosso sul nero della terra consumata dal fuoco.

«Meglio a piedi, credimi. Keo non è molto amichevole con i suoi simili. Drago vuol dire nemico.»

Adhara si guardò attorno. In un angolo c'era una nicchia commisurata all'altezza del padrone di casa, coperta da un po' di paglia. Un letto, probabilmente. Un'altra nicchia era occupata da braci che bruciavano lente, sulle quali era appesa una pentola. Infine, su un lato, c'era un basso tavolaccio. Le pareti erano completamente ricoperte di scaffalature fino al soffitto. Erano colme di volumi, albarelli e barattoli. La collezione era piuttosto ordinata, ma la mole impressionante di materiale dava l'impressione di un caos estremo. Gli scaffali erano piegati dal peso di libri, pergamene e contenitori. Non c'era altra mobilia, nemmeno una sedia, per cui entrambi si sedettero a terra, a gambe incrociate. Meriph si accese la pipa, e Adhara ne sentì provenire un odore aromatico che le fece lievemente girare la testa.

«Ho troncato con Adrass parecchio tempo fa» esordì lo gnomo. «Ti ha mandato lui qui?»

«In un certo senso, sì.»

Dalla pipa iniziarono a levarsi nuvolette compatte di un fumo azzurrino.

«Non sapevo neppure che avesse una figlia...» borbottò Meriph. «Quando eravamo... compagni» e sputò a terra «non me ne aveva mai parlato.»

«Perché sono venuta dopo.»

Meriph la guardò incredulo, la pipa sul punto di cadergli di mano. «Quanti anni hai?» chiese.

Adhara sorrise sarcastica. «Potrei dire che non ho neppure un anno.»

Gli raccontò tutto con dovizia di particolari. Del suo rapporto con Adrass, delle difficoltà che insieme avevano dovuto superare, di quando lui le aveva parlato del suo maestro. Meriph stette ad ascoltare con un misto di curiosità e irritazione. Infine Adhara gli raccontò com'era morto. Lo gnomo non diede segno di commozione. Tacque, aspirando a fondo dalla pipa. Quindi andò a vuotarla sulle braci, con gesti lenti.

«Mi sembra di capire che sei viva, quindi non vedo quale ragione ti abbia condotto qui» commentò laconico.

«Mi hanno detto che siete un esperto di magia elfica.»

Meriph si sedette di nuovo. «E se anche fosse? La Sheireen ha bisogno di un vecchio mago per sconfiggere il Marvash?» Aveva pronunciato quell'ultima parola con sommo disprezzo, quasi sputandola.

«Io non voglio uccidere il Marvash.»

Meriph scoppiò in una grassa risata. «Interessante. Il mio stolto allievo sarebbe contento di sapere che è morto per niente. Ma, in fin dei conti, cosa poteva aspettarsi? Si è dato anima e corpo a un culto insensato, seguendo le parole di un folle, non poteva che finire così. È per questo che hai rischiato la vita là fuori?»

Adhara cominciava a innervosirsi. «So che avete aiutato il fondatore di quel culto, che ha studiato con voi.»

Gli occhi di Meriph lampeggiarono d'ira. «Non paragonarmi a quella gente! Quel demone di Dakara è venuto solo a spulciare i miei libri, nient'altro! Non ho niente a che spartire con loro, niente!»

«Sono tutti morti, il Marvash li ha sterminati.»

«Bene ha fatto! E adesso, se hai finito, vattene. Io pratico le mie arti magiche quando lo decido, e vado a portare i miei servigi di persona: non permetto a nessuno di venire fin qui a chiedermi favori.»

«E allora dovevate farmi uccidere dal vostro drago.»

Meriph scattò in piedi e le puntò la pipa al petto. «Di' un'altra parola e non esiterò a farlo.»

Adhara sostenne il suo sguardo, poi scostò la pipa con la mano metallica. «Uno dei due Marvash ha un medaglione sul petto, che gli è stato dato dal re degli elfi. So che è un manufatto in grado di soggiogare la volontà di chi lo indossa, e che piano piano prende possesso di lui diventando parte della sua carne. Io voglio sapere come posso staccarlo dal corpo del Marvash per farlo tornare in sé.»

Meriph sorrise con ferocia. «Thenaar vuole che lo ammazzi, il Marvash.»

«Io faccio quello che voglio, non quello che dice Thenaar. Me lo disse anche il vostro allievo. Furono le sue ultime parole prima di morire: "Sii libera. Da me, da Thenaar, da qualsiasi costrizione. Vivi libera e felice."»

Meriph si staccò da lei e fissò le braci. «Dannato, stupido allievo» mormorò piano. «Stupido Adrass.»

20

L'impresa di Amina

Amina era di stanza nella Grande Terra quando arrivò la notizia. All'inizio erano state voci confuse, ma tutti erano concordi nel dire che era successo qualcosa di tremendo.

Già la prima notte non aveva dormito. Aveva avuto un oscuro presentimento, aveva *sentito* che qualcosa di grave era successo a sua nonna.

Quell'ultimo giorno che erano state assieme, l'aveva stretta a sé e le era sembrato che le sfuggisse dalle dita, come se in qualche modo già non le appartenesse più.

Poi tutto era diventato chiaro: la Terra del Vento era stata distrutta, non c'era più gnomo, ninfa o uomo che la abitasse. Solo elfi. Amina aveva iniziato a pregare per ricevere qualche notizia. Sapeva che l'accampamento di sua nonna era retrocesso nella Terra dell'Acqua, poco prima della tragedia.

Vide arrivare Kalth, venuto appositamente da Makrat. Allora capì, e le si gelò il sangue.

Il fratello fece per abbracciarla, ma lei si ritrasse, gli occhi gonfi di lacrime. «Dillo! Voglio sentirtelo dire, o non potrò mai crederci!» urlò.

Non aveva mai visto Kalth piangere. Lui era sempre stato posato, controllato, razionale. Ma stavolta i suoi occhi si velarono.

«È morta, Amina.»

Gridò di dolore. L'aveva sempre saputo, dalla notte in cui l'aveva vista trasformata in una ragazzina poco più grande di lei. L'aveva saputo quel giorno, l'ultimo che avevano trascorso insieme. L'aveva sentito nelle sue parole e nei suoi gesti.

E non era stata in grado di fare niente.

Pianse fino a che gli occhi non le fecero male, e si addormentò stremata sul letto, con Kalth che vegliava al suo fianco.

Baol giunse a Nuova Enawar un paio di giorni dopo. Amina lo conosceva bene. Era l'ombra di sua nonna da molto tempo, prima ancora di diventare il suo attendente, ed era una figura che aveva incrociato spesso quando ancora vivevano tutti insieme a Makrat. Anche lui ora appariva diverso: era provato, pallido e dimagrito. Si chiuse nel Palazzo del Consiglio con i regnanti e Kalth, e ci rimasero parecchio. Quando ne uscirono, i loro volti erano lunghi e sfatti.

Lo avvicinò in mensa. Era pure lui un Guerriero Ombra, e mangiava con loro. Gli si sedette accanto, lo guardò a lungo. Aveva addosso qualcosa di sua nonna, qualcosa che le rendeva quella vicinanza penosissima. Era come averla ancora lì, eppure distante, irraggiungibile.

Voleva solo parlare. Parlare perché il dolore potesse trovare una via per fluire, per riportare sua nonna tra i vivi anche solo per un'ora. Ma Baol fu taciturno per tutta la cena: sorbì la sua zuppa quasi controvoglia, e ne lasciò metà nel piatto.

Amina lo seguì mentre l'uomo si avviava nella sua stanza, nel dormitorio.

Rimase immobile davanti a lui, a torturarsi le mani. Sentiva le lacrime salirle agli occhi, ma non voleva piangere, non ora. Cercò le parole. «Eri con lei, quando è successo?»

«Non c'era nessuno» rispose Baol distogliendo lo sguardo. «È andata da sola, di notte, e non è più tornata. Nella sua tenda abbiamo trovato solo una piccola ampolla di vetro, vuota.»

Amina sentì un colpo al cuore. Ricordò quella notte, e il volto di sua nonna, mentre la supplicava di non prendere più la pozione.

Strinse i pugni con violenza, ma stavolta non riuscì a fermarsi e si ritrovò a singhiozzare.

Baol la prese per le spalle, la strinse a sé con forza. Il suo calore fu in grado di confortarla.

«Io so cosa c'era in quell'ampolla» disse Amina sul suo petto. «Lo so.»

Parlò della pozione tutto d'un fiato, mentre un senso di colpa sordo la opprimeva sempre più, strozzandole la voce in gola.

Se avesse detto a qualcuno per tempo di quella follia, se avesse avvertito Baol, forse sarebbe finita in un altro modo. Quel pensiero la tormentava.

«Non avresti potuto fare niente» la consolò lui. «Tua nonna era cocciuta, lo sai. Io stavo con lei giorno e notte, e non mi sono mai accorto di nulla. Pensavo che il suo improvviso invecchiamento fosse una conseguenza del dolore.»

«Perché sei venuto qui a parlare in Consiglio?» gli chiese Amina.

«Questioni tattiche. Sono informazioni riservate.»

«Sono un Guerriero Ombra anch'io, non dovrebbero esserci segreti tra noi.»

Baol tacque.

«Mi stai mentendo» disse Amina. «Perché sei venuto in Consiglio?»

L'uomo ci mise un po' a trovare il coraggio di parlare. «Ero nella Terra del Vento, per indagare sulla morte di tua nonna. Sono stato catturato dai soldati di Kryss mentre dormivo in un villaggio deserto. Ho commesso un grave errore, ma ero stanco e avevo bisogno di riposo. Mi hanno portato a Salazar, e lì l'ho vista.»

Amina sentì una fitta d'angoscia salirle dalla punta delle dita. Baol fuggì il suo sguardo. «Continua» disse gelida.

«Pendeva dalle mura della città. Non so da quanto fosse lì... oscillava al vento, piano... E io... io ho sentito una furia cieca. Ma mi tenevano fermo, non potevo fare niente, neppure quando mi hanno portato davanti a lui, davanti a quel mostro...» Baol si interruppe. Amina era pietrificata. «È un essere bellissimo. Non ho mai visto tanto orrore racchiuso in un corpo così perfetto. Mi ha riso in faccia, mi ha chiesto: "Hai visto le mie mura? Ti piace il gingillo che le decora?" Ho cercato di saltargli al collo, ma mi tenevano in quattro, e allora gli ho urlato tutto il mio disgusto. Lui ha continuato a sorridere, un sorriso odioso. Ha lasciato che mi sfogassi, e quando non avevo più voce mi si è fatto vicino, tanto che sentivo il profumo del suo respiro. Avrei voluto stringergli quella gola di velluto e vedere quei suoi dannati occhi viola uscire dalle orbite. "Adesso sarai condotto fuori dal mio territorio" mi ha detto. "Perché non ti ammazzerò, no. Morirai, tu come tutti gli altri, ma a suo tempo. Adesso andrai dalla tua gente e racconterai quello che hai visto. La tua regina ha cercato di uccidermi, e ha fallito. Sono stato io a conficcarle la lama nel cuore. E rimarrà lassù finché io lo vorrò, finché non mi sarò stancato di vederla, e tutti voi non avrete capito che niente può fermarmi, che il mio obiettivo è uno solo, e io lo realizzerò." All'alba mi hanno abbandonato nella Foresta. È da lì che sono venuto.» Tacque, torturandosi le mani. «Questo sono venuto a fare, questo ho detto al Consiglio.»

Amina tremava. «E il Consiglio come si è pronunciato?» riuscì a chiedere.

«Ha preso atto di quanto è successo, e ha concordato nuovi piani per la guerra. Non è stata pronunciata parola sulla tragedia che ha colpito la nostra regina. Ma la voce si spargerà, lo so. Il morale delle truppe è già precipitato per la disfatta nella Terra del Vento, questo non migliorerà certo le cose.»

Amina guardò a terra. Sentiva una rabbia cieca e il disperato bisogno di mettere in moto il corpo, di fare qualcosa, qualsiasi cosa, pur di far tacere la voce che urlava in lei. Ma si controllò. Non era più quell'Amina. Sua nonna l'aveva cambiata, e per rispetto a lei doveva agire con calma.

«Mia nonna ha retto la Terra del Sole per cinquant'anni. Quando il suo popolo era terrorizzato dal morbo, ha preso in mano la situazione. Quando ha perso mio padre e mio nonno, non si è fatta sopraffare dal dolore, ma ha dato ogni goccia del suo sangue per il Mondo Emerso. E tutto quello che il Consiglio è in grado di fare è lasciare che il suo cadavere penzoli dalle mura di una città?»

Aveva iniziato fredda, pallidissima, ma pian piano il suo tono di voce era salito, fin quasi a diventare un grido.

«Zitta, o ti sentiranno» le disse Baol.

«Che mi sentano! Perché questo è un fatto inaccettabile, una vergogna!»

«Amina, ragiona. La Terra del Vento è completamente nelle mani di Kryss. Sì, il morbo si è fermato, ma ci ha decimati. Stiamo cercando di riorganizzare una difesa, e mandare un manipolo di soldati a recuperare un cadavere in territorio nemico è una follia, uno spreco di uomini e mezzi.»

«Non è "un cadavere", è la regina della Terra del Sole, la donna che ci ha guidati nell'ora più oscura del Mondo Emerso. Ed è mia nonna!»

Stavolta fu Baol a scattare. «Cosa credi, che non mi importi? Ho passato metà della mia esistenza con lei! Le ho salvato la vita, come lei l'ha salvata a me, l'ho amata con tutto me stesso! Ma per quanto quell'immagine mi perseguiti giorno e notte, per quanto solo l'idea del suo corpo oltraggiato mi faccia impazzire, so che tuo fratello ha ragione: non c'è nulla che possiamo fare. È crudele, Amina, ma il Mondo Emerso è un regno di vivi. I morti sono usciti di scena, e quel che si lasciano alle spalle non ha più nulla a che fare con le persone che sono state. Loro vivono in noi, in me e in te.» Le mise una mano sul petto, là dove c'erano i pugnali da lancio, ma Amina gli strinse il polso e l'allontanò.

«E invece ti sbagli. Quel corpo è mia nonna, e non merita quel che le è stato fatto.»

«Lo sapevo. Ho imparato a conoscerti, e tua nonna mi ha parlato così tanto di te che mi sembra di sapere tutto. Per questo non volevo raccontarti questa storia. E adesso, ti scongiuro, dimenticala. Il Mondo Emerso ha bisogno di tutti, anche di te. Hai fatto un giuramento, giorni fa, la tua vita e i tuoi pensieri devono essere tutti per la tua terra, cui va anche la tua fedeltà. Perciò torna nel tuo dormitorio, e pensa a ciò che puoi fare per il Mondo Emerso.»

Amina lo guardò con gli occhi pieni di lacrime, e Baol sentì una fitta di pietà per lei. Ricordò ciò che gli aveva detto una volta Dubhe. "Quel che mi spiace di più, in questa guerra assurda, è il destino dei miei nipoti. Sono molto fiera di loro, ma come me hanno dovuto dire addio alla loro infanzia troppo presto. Mi ero ripromessa che non sarebbe mai accaduto, che avrei potuto fallire in altro, ma non in questo. E invece guarda: Kalth guida il regno e Amina si avvia a diventare un guerriero. Neppure in questo sono riuscita."

«Amina...» le disse cercando di abbracciarla.

Lei lo fermò con una mano. «No. Mi spiace.»

Gli diede le spalle e si allontanò decisa.

Amina non riuscì a pensare ad altro nei giorni successivi. Aveva stampata in mente l'immagine del corpo di sua nonna come se l'avesse visto davvero. E ogni volta quel pensiero la faceva impazzire. Non era come diceva Baol, non era solo il suo cadavere. C'era qualcosa di lei, in quel corpo senza vita, qualcosa che meritava rispetto e che Kryss non era degno neppure di guardare.

Le ore si trascinavano lente, al Quartier Generale. Le notizie dal fronte erano sconfortanti, il morale bassissimo. C'era aria di tragedia incombente, il sentore della disfatta gravava ovunque.

Kryss non si era seduto sugli allori: neppure tre giorni dopo la distruzione della Terra del Vento era di nuovo all'opera, e puntava alla vicina Terra delle Rocce.

I suoi elfi erano implacabili, avanzavano senza sosta.

Era come aveva detto Baol: la notizia della morte di Dubhe e del suo destino si era diffusa, gettando nello sconforto non soltanto la gente comune, ma anche i soldati, i generali, i regnanti. E Amina respirava quell'aria, e più viveva immersa in quell'atmosfera, più la sua rabbia e il suo dolore aumentavano.

E infine l'idea di un'impresa, un'impresa ai limiti della follia, la condusse una notte alla porta di Baol.

«Voglio recuperare il corpo di mia nonna.»

Baol era assonnato, seduto sul letto. Sbarrò gli occhi non appena la sentì pronunciare quelle parole. «Ti ho detto di dimenticare questa storia.»

«Baol, la gente è disperata, e lo sai. I Guerrieri Ombra hanno perso il loro capo. Mio fratello ce la mette tutta, ma nessuno crede davvero nella vittoria. Sono tutti convinti che Kryss sia invincibile.»

«Questo non giustifica il tuo proposito sconsiderato» ribatté lui.

«Ma Kryss non è invincibile. Il morbo è stato annientato, e in fin dei conti lui stesso è solo un elfo, una creatura mortale. Lasciargli dissacrare il corpo di mia nonna vorrebbe dire alimentare il suo mito, la paura che la gente ha di lui.»

«Stai dicendo un mare di sciocchezze.»

«Dobbiamo dimostrare a tutti che non può fare quel che vuole.»

«No, Amina» la interruppe Baol. «Non ne hai la forza né le capacità. Sarebbe un suicidio.»

«Hai ragione. È per questo che sono qui.»

L'uomo rimase senza parole. La scrutò, ma nel suo sguardo trovò una determinazione fin troppo lucida. «Tu sei l'eredità di tua nonna. Sei tutto ciò che rimane di lei in questo mondo, lo vuoi capire? Non puoi morire.»

«Saremmo in due, e ci muoveremmo in una zona semideserta. Gli elfi sono tutti concentrati sulle nuove conquiste, e quelli che sono rimasti nella Terra del Vento sono pochi soldati e qualche civile. Ce la faremo.»

«Non posso, Amina... Per tua nonna, lei non vorrebbe.»

«Ci ho riflettuto. Tutto quel che mia nonna ha fatto da quando il Mondo Emerso è in pericolo è stato dimostrare che non dobbiamo abbatterci. Forse non vorrebbe che facessi una cosa del genere, ma se si fosse trovata nei miei panni sarebbe andata a far vedere che non tutto è permesso a Kryss.»

Baol continuò a scuotere la testa. «È una follia.»

Amina era già pronta, vestita di tutto punto. «Io ci andrò comunque, con o senza di te. Se davvero hai paura che possa succedermi qualcosa, seguimi, aiutami e proteggimi.»

Infilò la porta, e per un istante la sua figura sembrò avere qualcosa di Dubhe.

Baol rimase immobile sul letto qualche secondo, le mani nei capelli.

«Aspettami!» esclamò infine affacciandosi alla porta.

21
Meriph

«Sono un mago con molto talento. Lo sono sempre stato.»

Meriph aveva messo da parte la pipa. Sulle braci, la pentola borbottava piano.

«Da giovane ero affamato di conoscenza, volevo sapere tutto. Per questo me ne andai nelle Terre Ignote, dove all'epoca viveva Sennar. Fu un viaggio avventuroso, ma con Sennar non riuscii nemmeno a parlare. Credo che l'idea di farmi proteggere da un drago mi sia venuta vedendo lui. Sai, Oarf gli faceva la guardia.»

Le mostrò il braccio piegando il gomito. C'erano i segni di una grossa bruciatura.

Si alzò, andò a dare una controllata al cibo sul fuoco e rimestò la zuppa con un cucchiaio di legno. Poi si rimise a sedere.

«Riuscii invece a conoscere gli elfi. Mi introdussi a Shet, una delle loro città, sulla costa, mi camuffai e rimasi il tempo necessario a prendere in prestito un po' di libri.» Indicò parte delle scaffalature dietro la sua schiena.

«Li avete rubati tutti?» chiese Adhara incredula.

Meriph si grattò il naso. «Ero un ragazzo spregiudicato» si giustificò, non senza una punta di orgoglio. «In ogni caso mi beccarono, e anche quella non fu una bella esperienza.» Le diede la schiena, e Adhara poté vedere un intrico di cicatrici alla scarsa luce che illuminava l'ambiente.

«Tortura?» gli chiese.

«Sì. Per frollarmi bene prima della condanna a morte.»

«Come Sennar...»

«Più o meno. Solo che io non avevo Nihal a salvarmi la pelle. Me la dovetti cavare da solo. Credo di essere uno dei pochi maghi del Mondo Emerso che possa vantarsi di aver spezzato un sigillo elfico.»

Adhara notò che Meriph era molto teatrale nei suoi racconti. Stava sempre attento a dosare le pause, e ostentava una modestia e una noncuranza vagamente fasulle.

Si alzò di nuovo e assaggiò il contenuto della pentola con la punta del cucchiaio. Poi ne versò tre abbondanti mestoli in due piatti di coccio. Quando sentì il profumo di carne e spezie diffondersi nell'aria, Adhara si accorse di avere una fame tremenda, e non appena lo gnomo le porse il piatto e il cucchiaio divorò la zuppa.

«Dopo tutto quel viaggiare, decisi che poteva bastare» continuò Meriph tra un boccone e l'altro «e tornai qui. Ne avevo a sufficienza di avventure, e del resto avevo tutti quei libri da studiare... Mi misi a praticare la magia e mi ritirai a vita privata.»

Prese un altro po' di zuppa e l'assaporò trattenendola in bocca. Il volto, con le guance gonfie di cibo, aveva un aspetto quasi comico.

«Incontrai Adrass che era ancora un ragazzino. Ero andato a trovare sua sorella, una grandissima maga. Lui, per contro, era molto timido e apparentemente sprovvisto di qualsiasi tipo di talento. Non so dirti con esattezza cosa mi attirò in lui. Forse l'adorazione con cui mi guardava, forse il fatto che pendeva dalle mie labbra quando raccontavo le mie avventure con gli elfi. Comunque sia, la prima sera che dormii a casa sua, mentre me ne stavo a fumare la pipa sul parapetto, mi venne a cercare. "Ma è tutto vero?" mi chiese. Ecco, forse fu la sua insolenza. Nessuno aveva mai messo in dubbio la mia parola. E io gli risposi che sì, era tutto vero, che bastavano un po' di intraprendenza e una smisurata sete di conoscenza per fare grandi cose nella vita. "Io non ho niente di tutto questo" mi disse sconsolato. E cominciò a lamentarsi della sua inettitudine, raccontandomi che i suoi fratelli erano molto dotati, e lui invece non valeva niente. Gli spiegai che era colpa sua, che se passava la vita a commiserarsi era ovvio che non combinasse nulla.»

Fece una pausa, e ne approfittò per tagliare due fette di un pane nero e morbido. Ne allungò una a Adhara.

«Intingilo nella zuppa, vedrai com'è buono.»

Lei non poté che concordare: il sapore rustico e quasi dolciastro di quel pane ben si sposava a quello deciso e speziato della zuppa.

«Quando me ne andai, lui venne con me.» Meriph sospirò, guardando le braci. «Forse aveva ragione. Forse non era bravo in niente. Però, non so come spiegarti... fino a quel momento avevo sempre vissuto da solo. Avevo avuto un maestro, da bambino, ma l'avevo abbandonato presto. Non avevo legami. Era la condizione necessaria per perseguire il mio progetto. Se volevo essere il più grande mago del Mondo Emerso, vedere posti nuovi e vivere mille avventure, *dovevo* essere solo. Non saprei neppure dirti dove sia ora la mia famiglia. E sai una cosa? Non mi interessa. Non ne ho mai avuto bisogno. Ma con Adrass è stato diverso.»

Meriph abbassò il piatto, e finalmente Adhara lo vide

smettere le pose che aveva mantenuto fino a quel momento e parlare con sincerità.

«Mi stava alle calcagna, mi venerava. Mi aiutava, per quanto poteva. E io cercai di insegnargli questa nuova magia che avevo appreso, la magia elfica. Certo, uno gnomo, o un uomo, non potranno mai praticarla in modo perfetto: gli elfi posseggono una capacità di comunione con la natura che a noi è preclusa. Tuttavia un mago della mia potenza può in parte sopperire a questa mancanza, e riuscire a praticare alcuni incantesimi di medio livello. Ma Adrass... non poteva farcela. Così gli insegnai le arti erboristiche del popolo elfico. Ed era dotato, sai? C'era qualcosa di commovente nel suo entusiasmo, quando si rese conto che esisteva almeno una cosa al mondo che sapeva fare bene.»

Meriph si perse con lo sguardo nel vuoto. Adhara quasi riusciva a vederlo, quel giovane Adrass ingenuo e appassionato. Vi intuiva qualcosa dell'uomo che aveva conosciuto.

«Decise di diventare sacerdote. È una delle vie che un mago poco dotato può percorrere, soprattutto se conosce approfonditamente le erbe. In quel periodo si stava diffondendo il culto dei Fratelli della Folgore.» Si passò una mano sugli occhi, come fosse stanco. «Viveva con me, anche quando iniziò a far praticantato in un tempio. Avevamo stabilito un legame, mi sento un po' ridicolo a dirtelo ma... era come un figlio per me» mormorò. «Gli volevo bene.»

Si riprese quasi subito da quell'attimo di commozione.

«Un giorno Dakara venne a farci visita. Era passato dal tempio di Adrass e gli aveva chiesto di me. Mi si presentò come un giovane sacerdote che stava conducendo delle ricerche sulle origine elfiche del culto di Thenaar. Io lo accolsi. Era uno studioso come lo ero stato io, ed ero felice di averlo ospite. Riconoscevo in lui qualcosa che mi era appartenuto: era arso da un fuoco interiore, lo stesso che in gioventù mi aveva spinto a rischiare la vita nelle Terre Ignote. E Adrass ne era attratto come una falena dalla luce. Ma Dakara non era solo uno spirito inquieto, era anche pericoloso.»

Avevano finito di mangiare, e Meriph prese i piatti. Da sotto una stuoia, in un angolo, tirò fuori due mele, e ne lanciò una a Adhara.

«Passò circa un anno. Adrass continuava col suo lavoro, ma io sentivo che non era felice, e sapevo anche il perché. Non era più soddisfatto di quello che sapeva fare, si sentiva inutile. Era sprofondato di nuovo in quello stato d'apatia in cui l'avevo trovato da ragazzino.»

Meriph addentò la mela.

«Dakara tornò da noi una sera d'inverno. Era in fuga. Ci fece un lungo resoconto di quello che aveva scoperto. Erano cose che in buona parte già sapevo, ma non me n'ero mai dato pena. Se anche l'alternanza tra Marvash e Sheireen fosse stata vera, e non una semplice leggenda elfica, era qualcosa sulla quale noi poveri mortali non potevamo intervenire.»

Un nuovo morso.

«Dakara non era d'accordo. Ci raccontò tutto. Dei Veglianti, del loro progetto. Io lo stetti a sentire, e lo stesso fece Adrass, con gli occhi che gli brillavano. Cercai di spiegargli che la sua era una follia. Sheireen e Marvash non potevano essere creati dal nulla, il suo proposito si chiamava omicidio, e tortura. Lui insorse, cercò di convincermi con i suoi deliri da fanatico. Ma io ne avevo viste molte, e non ci cascai. Lo stesso non può dirsi di Adrass.»

Gettò via il torsolo e si accarezzò la barba nervosamente.

«Litigammo, quella sera. Mi disse che sbagliavo: quel che Dakara stava facendo non solo era giusto, ma necessario. Gli spiegai una volta di più che diffidavo di chi si sentiva investito dal destino di missioni divine, perché finiva quasi sempre in un bagno di sangue. Lui mi accusò di aver perduto lo spirito della mia gioventù, di essere diventato vecchio e rassegnato. Fu lì che non ci vidi più, e gli dissi che era un inetto, incapace di pensare con la propria testa.»

Meriph tacque a lungo. Adhara si sentiva stranamente coinvolta da quella lunga storia. Era come se dalle parole dello gnomo emergesse pian piano davanti ai suoi occhi la figura di Adrass, era come riaverlo, per il tempo di quel racconto, ancora vicino.

«Lui non replicò» riprese all'improvviso Meriph. «Se ne andò nella sua stanza e non ne parlammo più. Ma cominciò ad allontanarsi spesso, a volte stava via per giorni interi. Era distratto, assente. Alla fine lo seguii, e scoprii che aveva aderito alla setta dei Veglianti che, come ben sai, rapivano ragazze per cercare di trasformarle in Sheireen.»

Adhara chiuse gli occhi. Eccolo, suo padre. Se Adrass non avesse partecipato a quelle cacce notturne, e ai riti sanguinosi che ne seguirono, lei non sarebbe mai esistita.

«Litigammo furiosamente, gli scaraventai addosso il mio disprezzo, lo minacciai di cacciarlo se non la smetteva. E lui scelse.»

Un silenzio denso scese nella piccola caverna.

«Lo cancellai dalla mia mente per anni» aggiunse Meriph piano. «Ogni volta che sentivo qualcosa circa le gesta sempre più efferate dei Veglianti sputavo a terra pensando a lui. Provai a estirparmelo dal cuore, e far finta che non fosse mai esistito. Tornai alla solitudine dei miei primi anni, e mi rinchiusi qui.»

La guardò con intensità.

«E oggi arrivi tu. A ricordarmi una storia che volevo dimenticare. A dirmi che Adrass è morto rinnegando quel che ha commesso. Ma cosa vuoi che faccia? Che lo perdoni, che dimentichi il suo tradimento?»

«Lui non vi ha tradito. Lui mi ha dato la vita.»

Meriph rivolse il volto al soffitto. Rise piano.

«Mi ha parlato di voi» continuò Adhara. «Mi ha affidata a voi prima di morire, e per lui ero quanto di più prezioso ci fosse al mondo.»

Meriph si sporse in avanti. «Hai detto che sei qui perché vuoi liberare il Marvash dal medaglione che lo tiene prigioniero, che non intendi ucciderlo. Perché lo vuoi salvare?»

Adhara cercò di sostenere il suo sguardo. «Perché lo amo» disse in un soffio.

Meriph sorrise sarcastico. «Sai cos'ho pensato in tutti questi anni? Che facevo bene a starmene per i fatti miei. Una vita senza legami è migliore. Adrass non mi ha procurato che dolore e solitudine. Gli affetti ci ingannano, Sheireen: è meglio non avere nulla da perdere piuttosto che vederci strappare chi amiamo.»

«Io sono Adhara, è questo il mio nome» disse lei, cercando di controllare il tremito nella voce. «Senza gli affetti che tanto disprezzate, io non esisterei neppure. È stato il Marvash a darmi un nome, è stato Adrass a infondermi la vita. Ho scoperto mio padre pochi giorni prima di perderlo. È morto tra le mie braccia, il vostro allievo è morto per salvarmi.»

Gli occhi di Meriph furono attraversati da un lampo di dolore, il primo da quando lei gli aveva riferito della sua morte.

«Ma io sono grata per quei pochi giorni che siamo riusciti a trascorrere assieme, sono grata per aver imparato ad amarlo prima che mi venisse strappato. E anche se fa male da morire, sono lieta di questo sentimento che mi impedisce di uccidere il Marvash. Senza l'amore e il dolore, senza l'odio, l'affetto, persino la disperazione, non sarei niente.»

Meriph non sorrideva più. La guardava ammutolito, incapace di controbattere.

«Mi aiuterete ad andare fino in fondo?» chiese infine Adhara.

Meriph si limitò a fissarla, senza una parola.

Adhara tirò fuori il medaglione. Era di forma allungata, in cristallo nero, decorato da fitte incisioni che sembravano tracciare il profilo di oscure parole. Al centro, la pietra rossa non gettava più bagliori di sangue, ma era quasi opaca.

Meriph lo prese in mano, lo analizzò a lungo alla luce della torcia che rischiarava la grotta. Poi andò con decisione alla libreria e prese un tomo voluminoso. Non dovette neppure sfogliarlo, trovò immediatamente la pagina che gli interessava. La girò verso Adhara. C'era disegnato il medaglione di Lhyr, identico in tutti i dettagli.

«Qui sotto c'è scritto che si tratta del Talismano di Ghour» spiegò. «Ghour fu uno dei primi seguaci di Freithar, l'unica divinità maligna del pantheon elfico: fu lui il primo Marvash.»

C'era qualcosa di blasfemo nel modo in cui quel nome risuonava, pensò Adhara.

«Potremmo definire Ghour il secondo Marvash. Continuò l'opera del suo padrone quando Freithar fu imprigionato. Ebbene, Ghour inventò una serie di magie che erano in grado di produrre manufatti capaci di soggiogare la volontà. Questo talismano era il suo preferito.» Meriph lo accostò al disegno. «Era un sanguinario, ossessionato dalla fusione tra carne e materia inanimata. Nel caso del medaglione, alla fine del processo il cristallo fagocita chi lo indossa. Non prima che abbia compiuto il proprio dovere, ovviamente.»

«Una ragione in più per staccarlo prima possibile dal petto di Amhal.»

«Sottovaluti la potenza di Freithar» la ammonì lo gnomo. «Due sono le condizioni per strappare il medaglione di Ghour dal petto di qualcuno.» Sollevò l'indice. «Uno, che la possessione non sia troppo avanzata, ossia che le propaggini del talismano non abbiano raggiunto il cuore della vittima. In questo caso, non potrai toglierlo senza uccidere il Marvash... o Amhal, come lo chiami tu.» Tirò su il medio. «La seconda è avere lo strumento giusto per togliere il medaglione.»

Meriph sfogliò il libro e aprì una pagina dominata da un altro disegno. Era la splendida miniatura a colori di un pugnale. L'elsa era di un rosso vivissimo, incisa da un motivo di steli di rose intrecciati come tralci di vite. Il pomolo era sostituito da una decorazione di boccioli così perfetti da sembrare veri. La lama, nera, era ondulata, lunga e sottile. Lungo la scanalatura c'era un inserto bianco, che rappresentava una fiamma. Adhara ne rimase incantata.

«Questo è il Pugnale di Phenor. L'elsa è fatta di diaspro, bagnato nel sangue della stessa Phenor. La lama è di cristallo nero, e l'inserto bianco è una Lacrima.»

Le ricordava molto la spada di Nihal. «Questo potrà sconfiggere il talismano?» chiese Adhara.

Meriph annuì. «È l'unica arma di tutto il Mondo Emerso in grado di farlo. Ma c'è un grosso problema. È andata perduta.»

Adhara non aveva alcuna intenzione di intraprendere

un'altra ricerca che avrebbe sottratto tempo ed energie alla salvezza di Amhal, ma ascoltò con attenzione.

«O meglio...» disse Meriph, ritrovando quel gusto per la teatralità di cui aveva fatto sfoggio poco prima «si trova in un posto semplice da raggiungere, in verità, ma ben protetto. Immagino tu sappia che ogni Terra ospita un santuario elfico, ciascuno dei quali è dedicato allo spirito protettore di quella specifica zona.»

«Certo.»

«Quello che forse non sai è che i Guardiani dei santuari sono spiriti naturali devoti a ciascuna delle otto maggiori divinità elfiche. Flar, lo spirito del santuario della Terra del Fuoco, è un servitore di Shevraar. Ael invece serve Phenor.»

«Ael è lo spirito dell'acqua... Phenor non dovrebbe essere una sorta di Shevraar al femminile?»

«Non è esattamente così. Phenor e Shevraar sono la stessa entità, ma rappresentano al contempo l'uno la negazione dell'altro. Sono rispettivamente maschio e femmina, eppure si completano a vicenda, presiedendo alle stesse forze. Quando Shevraar distrugge, Phenor ricostruisce, e viceversa. Per questo il fuoco serve Shevraar, e l'acqua Phenor.»

«E cosa c'entra tutto questo col pugnale?»

«Il pugnale è dentro Aelon, nel santuario di Ael. Si trova nella Terra dell'Acqua, ma non è semplice raggiungerlo. Le pietre custodite nei santuari sono finite nel Talismano del Potere, il manufatto usato da Nihal per sconfiggere il Tiranno, e dato che il talismano è andato distrutto, anche i santuari hanno fatto la stessa fine.»

Adhara non capiva, e cominciò a irritarsi. «Volete dire che il pugnale è perduto per sempre?»

Meriph sembrava quasi divertito. «Il pugnale c'è ancora. E ci sono ancora i santuari, e i Guardiani.»

«Mi state prendendo in giro? Per voi forse è un gioco, ma per me è questione di vita o di morte!» replicò lei, dura.

«I santuari hanno perso la loro consistenza fisica nel Mondo Emerso, perché ciò che dava loro forma in questa realtà era il talismano. Ma esistono tuttora, solo su un differente piano di esistenza. E lì Ael veglia ancora sul Pugnale di Phenor.»

«E quindi?»

«E quindi tu devi raggiungere quel piano di realtà.»

Adhara era esausta. Istintivamente la mano destra giocherellò con l'elsa del pugnale. «Voglio sperare che gli enigmi siano finiti.»

Meriph si concesse una risata liberatoria. «I giovani mi divertono sempre molto, con la loro serietà, compresi come sono nella propria missione. Quando sarai vecchia anche tu capirai che la vita è uno scherzo, e che a prenderla troppo sul serio non ci si guadagna niente.»

Si tirò su e prese un albarello dagli scaffali assieme a un'ampolla vuota.

«Innanzitutto dovrai trovare il luogo in cui sorgeva il santuario. Giunta lì, prenderai questa droga.» Versò lentamente nell'ampolla un liquido arancione screziato di riflessi gialli. «Sarà un po' come morire, e una parte di te dovrà in effetti farlo. Hai attraversato un portale, e quindi lo sai: certi viaggi richiedono un prezzo. Accederai all'altra realtà, e a quel punto starà a te trovare il santuario, e soprattutto convincere Ael a darti il pugnale. L'ultima volta ha concesso a Nihal la sua pietra, e il suo santuario è scomparso da questa realtà per finire nell'altra. Non credo le sia piaciuto granché.»

Ridacchiò, quindi porse a Adhara l'ampolla.

La ragazza la prese con cautela e la guardò in controluce. Sembrava contenere miriadi di minuscole creature gialle che si agitavano senza sosta, vorticando nel liquido. Poteva fidarsi?

«D'accordo» disse infine.

Meriph non rideva più. La guardava con un misto di ammirazione e compassione.

«Sai, hai qualcosa di Adrass. La tua tenacia nel perseguire obiettivi impossibili, la dedizione totale a una causa... Credi davvero che valga la pena sacrificare ogni cosa per un essere votato al male, che ha perduto tutto ciò che lo rendeva degno del tuo amore?»

Era vero. Adhara si era appena ritrovata, e finalmente poteva definirsi una creatura completa, con un passato, un'identità e un futuro. Ma non le bastava, se Amhal non era al suo fianco.

«Sì, ne vale la pena» disse semplicemente.

Meriph sorrise, il primo sorriso autentico, quasi intenerito, di quella lunga conversazione.

22
Il cammino di San

San tagliò lo spazio attorno a sé con la spada di Nihal, che emise uno scintillio sinistro alla luce del sole. I nemici sembravano sbucare da ogni dove. Urlò, lasciò che la furia fluisse, mentre dietro di sé percepiva la schiena di Amhal.

«Sei pronto?» gli chiese ansimando.

«Sì» rispose lui.

San chiuse gli occhi un istante, raccolse le forze e si preparò a sferrare l'attacco magico.

«Ora!» gridò.

La sfera argentea si allargò intorno a loro, espandendosi lentamente, mentre i nemici indietreggiavano. Ma all'improvviso si bloccò, tremò nell'aria. Un'esitazione di Amhal, e la sfera subito rimpicciolì. Quando San la lasciò finalmente libera, era meno potente di quanto avessero sperato. Abbatté tre nemici, ma gli altri li stordì soltanto.

San imprecò, quindi si lanciò sui superstiti con tutta la propria furia. Doveva uccidere, uccidere e uccidere ancora, perché solo quando quel posto maledetto fosse stato in mano a Kryss avrebbe finalmente riavuto Ido.

Non appena furono di ritorno al campo, al confine tra la Terra del Vento e la Grande Terra, aggredì Amhal.

«Si può sapere che ti è successo?» tuonò.

Il ragazzo si lasciò cadere sul giaciglio nella tenda. Scosse il capo, e i capelli sudati gli oscillarono sulla fronte.

«Non puoi permetterti simili esitazioni! Sei un Marvash, non dimenticarlo!»

Amhal sollevò su di lui uno sguardo disperato. San lo conosceva bene. Era lo stesso che aveva negli occhi quando si erano incontrati.

Lo afferrò per il bavero. «Incidenti come quello di oggi non devono più accadere, sono stato chiaro? Dobbiamo conquistare questo villaggio prima possibile. Mi sono stancato di dare in pasto alla mia lama nemici così miserabili.»

«Anche tu hai esitato» mormorò Amhal.

San avvampò in viso e gli puntò un dito contro il petto. «La prossima volta che fai una cosa del genere, giuro che ti ammazzo.»

Uscì in preda a una furia incontenibile, e quando fu nella sua tenda si strappò di dosso l'armatura, senza dare tempo al suo attendente di sfilargliela.

Rimasto solo, scaraventò la spada in un angolo, poi afferrò un fiasco di vino. Ci incollò le labbra e bevve con avidità, lasciando che il liquido gli scorresse in rivoli copiosi lungo le guance. Voleva perdersi fino all'incoscienza, dimenticare. Perché da quando aveva visto Ido non riusciva più a toglierselo dalla testa. Il suo sguardo, la sua voce, il modo in cui l'aveva chiamato. Aveva bisogno di lui, ora più che mai.

Si gettò sulla branda, il fiasco ancora attaccato alle labbra. E mentre beveva, mormorava piano il suo nome, come una cantilena.

Il giorno in cui era salito in groppa a Oarf ed era volato via, il giorno in cui Ido era morto, non aveva alcuna idea di dove andare. Voleva solo fuggire. Nel Mondo Emerso non gli rimaneva più nulla, e l'immagine della devastazione che per colpa sua si era compiuta lo perseguitava. Era stato lui a consegnarsi ai nemici, convinto di poterli battere con la forza della sua magia. Ma si era sbagliato. L'avevano messo subito fuori combattimento, e per venirlo a salvare, per scongiurare il pericolo che incombeva sul Mondo Emerso, Ido aveva dato la vita.

Passò i primi mesi nei boschi della Terra del Sole. Lì era più facile nascondersi. Forse già allora avrebbe dovuto accorgersi di essere diverso. Provava un insolito piacere nella caccia. Non era tanto la ricerca, l'appostamento e tutte quelle pratiche che metteva in atto per procacciarsi il cibo che gli ricordavano i suoi giochi, quando ancora aveva un padre e una madre ed era un semplice ragazzino. No, era uccidere che gli piaceva. Era avere tra le mani la vita di quegli animali, e toglierla, così, con un colpo. Il calore del sangue sulle sue mani aveva qualcosa di consolatorio. Ma allora non ci pensava. Allora Ido riempiva del tutto i suoi pensieri.

Andava sulla sua tomba una volta al mese, lo fece per tutti i dieci anni che trascorse da vagabondo nel Mondo Emerso. Con l'andare del tempo imparò a muoversi. In un paese in pace nessuno faceva caso a un drago che solcava i cieli, e dunque si sentiva libero di visitare tutti quei posti di cui aveva solo sentito favoleggiare. In ciascuno coglieva un fiore, e poi lo portava a Ido.

Andava sempre di notte. Non voleva che qualcuno lo vedesse. Learco di sicuro avrebbe cercato di adottarlo, l'avrebbe portato a corte, e lui non voleva. Voleva stare da solo, e in solitudine soffrire.

Aveva letto da qualche parte che il tempo addolcisce i dolori. Ma con lui sembrava non funzionare. Ogni giorno, ogni minuto, l'assenza di Ido si faceva più intollerabile. Era come se una parte di sé, la più importante, fosse rimasta accanto al suo corpo, quando l'aveva trovato esanime appoggiato a Oarf. E ogni giorno di più sentiva che era stata solo colpa sua. Era stata la spada di Dohor a ucciderlo, ma all'origine di tutto c'erano lui e la sua avventatezza.

Iniziò a fare il cacciatore di taglie a sedici anni. Era bravo. Con la magia si destreggiava sempre meglio, e anche con la spada era diventato abile. Nessuno gli aveva insegnato a combattere, imparava con l'esperienza, esercitandosi con i briganti che si rifugiavano nel cuore della foresta.

Se la cavò bene per molto tempo. Catturava i ricercati, li portava alle autorità, prendeva la sua ricompensa. Ma gli mancava qualcosa. Ricordava spesso l'unica volta in cui aveva ucciso degli esseri umani. Si era trattato di due sicari che erano andati a rapirlo mentre si nascondeva a Zalenia con Ido. Era un ricordo sul quale indugiava con piacere. Si era sentito forte, allora, ma non era solo questo. Togliere quelle vite gli era piaciuto. E, sebbene non riuscisse a confessarselo, a mancargli erano proprio il sangue, la morte, l'omicidio.

Fu sei anni dopo la scomparsa di Ido che la sua natura esplose in tutta la sua virulenza. Era sulle tracce di due banditi. Si erano rifugiati nella fattoria di un contadino, in cui c'erano solo una donna con il figlio.

San si era appostato nei pressi della casa, e dopo vane ed estenuanti trattative, i due all'improvviso erano usciti tenendo in ostaggio la donna e il bambino. La frustrazione salì forte a occludergli la gola. Accadde quasi senza che lo volesse. Scattò in avanti, e fu con la magia che uccise gli ostaggi. Lo fece d'impeto, a sangue freddo. I due banditi rimasero gelati al loro posto. San li trafisse con la spada. Provò un'oscura soddisfazione, come se finalmente fosse riuscito a soddisfare un desiderio antico, come se quel semplice gesto, quell'affondare la lama nella carne, lo avesse messo in contatto con la sua parte più autentica. Rise tra i cadaveri, rise a lungo.

L'orrore venne dopo. Seppellì la donna e il bambino vicino alla loro casa, occultò i corpi dei due banditi nel bosco. Piangeva, ricordando il momento in cui aveva ucciso. Senza pietà, senza esitazione. Ma soprattutto, con un misto di eccitazione e piacere.

Prese la via del Saar il giorno seguente. Sentì di non poter più vivere in quelle terre. Andò per l'ultima volta sulla tomba di Ido. Pianse tutte le sue lacrime.

Quindi si girò verso Oarf, e lesse nei suoi occhi un'ostilità infinita.

«Portami al di là del Saar. Poi ti lascerò libero, e se vorrai abbandonarmi, potrai farlo.»

Prese con sé un pugno di terra dalla tomba di Ido. Aveva bisogno di qualcosa che gli ricordasse da dove veniva.

Il drago lo condusse al di là del Saar, poi rimase a fissarlo immobile dalla riva. Gli anni che avevano condiviso li avevano uniti oltre ogni dire, e San lo capiva, capiva quale domanda si celava negli occhi fiammeggianti del drago.

Poi Oarf spiegò le ali in tutta la loro ampiezza e si alzò sulle zampe posteriori. Ruggì verso il cielo, e San si portò una mano al cuore. Qualsiasi cosa fosse successa, Oarf sarebbe rimasto il suo drago, per sempre. L'animale gli volse le spalle e spiccò il volo. Non si sarebbero rivisti mai più.

Nelle Terre Ignote, San riprese quella vita di vagabondaggi che aveva condotto a lungo nel Mondo Emerso. Era affamato di nuovi luoghi, desideroso di mettere più strada possibile tra sé e il suo passato. Le Terre Ignote soddisfacevano appieno questo suo bisogno. Con i loro boschi selvaggi e traboccanti di vita, con i loro animali dalle forme curiose e grottesche, gli davano la dimensione di quanto lontano fosse dalla sua patria, e l'illusione di aver posto sufficiente distanza anche tra sé e l'oscurità nel suo cuore. Ma a se stessi non si sfugge, mai, e presto riprese le abitudini sanguinarie degli ultimi anni trascorsi nel Mondo Emerso.

La morte lo chiamava, il sangue era come un nettare dal quale era dipendente. Uccideva brutalmente le bestie, raccontandosi che era per fame o per bisogno, ma sapendo in cuor suo che era ben altra la fame che estingueva con quei gesti.

Si stabilì nella casa di Sennar, suo nonno. Era poco più di una catapecchia, le finestre sbarrate e le mura quasi del tutto coperte da una vegetazione infestante. Per qualche tempo, il lavoro per risistemarla placò le sue inquietudini. Cominciò persino a coltivare i campi, vagheggiando di condurre una vita ritirata.

Fu lì che cominciò a capire. La casa era piena di libri. San si mise a studiarli tutti, divorato da una sete sempre crescente di conoscenza. Praticava già bene la magia, ma voleva saperne di più.

Furono soprattutto i tomi elfici ad attirare la sua curiosità. Lesse con passione la biografia di Aster, e trovò numerosi punti di contatto tra sé e il più terribile dei nemici del Mondo Emerso di cui si avesse memoria. La cosa lo inquietò; quando era bambino, la Setta degli Assassini, che riteneva Aster un profeta di Thenaar, aveva scelto proprio lui per ospitare nel suo corpo lo spirito redivivo del Tiranno. Era stato per impedire quell'abominio che Ido l'aveva portato con sé e l'aveva protetto fino alla morte. Forse c'era una ragione più profonda per quella scelta, oltre al fatto che entrambi avevano sangue elfico?

Per dieci anni rimase in quella casa. Aveva sporadici contatti con gli Huyé, il popolo a metà tra gli elfi e gli gnomi, che viveva in quelle terre. Scambiava i frutti del suo orto con i loro manufatti, ed essi gli insegnavano le proprie conoscenze sacerdotali.

Ma, in segreto, San continuava a sfamare il mostro che sentiva dentro. Presto uccidere animali non gli bastò più, e allora cominciò ad ammazzare qualche Huyé che vagava da solo nel bosco. Ogni volta riusciva a mascherare le proprie tracce, e a far passare l'assassinio per l'attacco di qualche animale selvaggio.

Ormai si era rassegnato ad assecondare la propria natura. E Ido cominciò a dominare sempre più i suoi pensieri.

Era certo che se fosse rimasto con lui, tutto sarebbe stato diverso. Forse gli avrebbe insegnato a incanalare altrove la sua sete di morte, e magari ne avrebbe fatto un eroe, e non un reietto costretto a nascondersi nell'ombra.

Aveva iniziato a cercare di far tornare Ido molto presto, quando ancora era nel Mondo Emerso. In fin dei conti, la Gilda pensava fosse possibile. Ma per quanto avesse tentato, non era mai stato in grado di trovare spiegazioni sul tipo di magia che la Setta degli Assassini voleva applicare per trasfondere lo spirito di Aster nel suo corpo. Quando fu a casa di suo nonno, però, le cose cambiarono.

Anche Sennar aveva avuto a che fare col mondo dei morti. Leggendo alcuni suoi diari, San aveva scoperto che aveva provato a rivedere sua moglie Nihal. Era riuscito a evocarla, a incontrarla a metà fra i due mondi. L'idea cominciò a ossessionarlo. Se avesse potuto vedere Ido anche solo per pochi istanti, se avesse potuto fargli tutte le domande che gli premevano dentro, forse quella tortura sarebbe finita. Si gettò nello studio con tutto se stesso, e provò e riprovò, all'infinito. Perse il sonno, la ragione e la salute in una sequela di tentativi sempre più fallimentari.

Seguiva alla lettera gli appunti che Sennar aveva lasciato circa quella magia, ma non otteneva alcun risultato, e non capiva il perché. Riusciva a immergersi fino alle bocche dell'aldilà, appena prima di quella barriera che lo divideva da Ido, di quel confine incerto, nebuloso. Ma non riusciva mai a varcarlo.

Si fermò quando rischiò di morire. Giacque a terra incosciente per tre giorni, circondato da tutto il necessario per l'evocazione, tra candele, bracieri in cui le erbe avevano smesso da un pezzo di ardere e pergamene. E quando si riebbe, una collera divorante gli attanagliava il petto.

Lasciò che bruciasse e distruggesse ogni cosa. Pregò di consumarsi in quel rogo in cui avvolse la casa di suo nonno, i suoi libri, tutto quello che restava della sua esistenza. E decise. Non c'era più nulla per cui valesse la pena lottare. Meglio allora assecondare la propria furia. Tutto quel che restava di Ido era nella sua bisaccia: un semplice pugno di terra.

San riprese a errare e si spinse fino alle terre degli elfi. Si confuse tra loro. Pensò che fossero un buon obiettivo per la sua furia. Avevano ucciso sua nonna e distrutto la vita a suo nonno.

Affinò le proprie tecniche di combattimento, studiò la Magia Proibita, venne a conoscenza della storia del Marvash e della Sheireen, e una luce si accese in lui. Ma non era pronto, e forse per questo non volle fare l'ultimo passo, quello che gli avrebbe permesso di specchiarsi in quella descrizione e accettare la verità.

Quando le sue gesta divennero troppo efferate, e il numero delle vittime troppo elevato, venne un intero esercito a catturarlo. Lo trassero in catene fino a Orva, dove lo rinchiusero in carcere.

Al processo neppure si difese, schernendo il re e gli elfi. Tra la folla che imprecava contro di lui, lo colpì un giovane bellissimo, che lo guardava serio, senza insultarlo né osannarlo.

Quello stesso giovane andò a trovarlo in cella la sera prima dell'esecuzione. Entrò da lui senza scorta, aprendo da solo la pesante porta di ferro. Davanti alla sua pelle liscia, alla sua carne giovane, San pensò che sarebbe stato bello ucciderlo.

«Sei il figlio del re, vero?» lo apostrofò.

«Il mio nome è Kryss» disse l'altro, imperturbabile.

«E non hai paura a venire fin qui da solo, senza difesa?»

«No» rispose lui, senza ombra di timore nella voce. «Perché un glorioso destino attende me e il mio popolo. Non posso morire qui.»

San rimase impressionato. Si sporse verso di lui quanto gli permettevano le catene. «Sei qui per vedere il mostro? Per il brivido di un'ultima chiacchierata con l'assassino?»

«Ti sbagli ancora. Sono qui per farti una proposta.»

Fu quel giovane a svelarlo a se stesso, fu lui a dirgli che era un Marvash, che la sua sete di sangue e la sua abilità in combattimento e con la magia erano entrambe figlie della sua natura. San non provò neppure a negarsi la verità. In cuor suo, l'aveva sempre saputo.

«Sei venuto fin qui solo per dirmi questo? Domani morirò, non mi interessa sapere chi sono davvero.»

Kryss gli si fece più da presso. «Ho un progetto: la mia gente vive in esilio, un esilio lungo e terribile che ci ha logorati. Io voglio ridare loro l'Erak Maar.»

«E con quale esercito? Siete in schiacciante minoranza. Il tuo è il sogno sciocco di un principe viziato.»

«Ho un esercito pronto a dare la vita per me, ma soprattutto ho te» replicò il principe, toccandogli il petto. «I Marvash sono in grado di evocare magie straordinarie, magie capaci di distruggere, annientare, sterminare. Anche interi popoli.»

«Follie.»

«È scritto nei nostri testi sacri. Ho trovato la formula.»

San si fece serio.

«Quanti uomini hai ucciso, quando vivevi tra loro?» continuò Kryss. «Quanti vorresti ancora ammazzarne, se potessi ritornare? Lo sterminio è nella tua natura, lo sai.»

San tacque qualche istante, ponderando la verità di quelle parole. «In ogni caso non mi interessa. Preferisco morire. Almeno, da morto, potrò incontrare di nuovo chi amo.»

Kryss lo guardò intensamente. «Qualcuno che ami è morto?»

Le labbra di San si strinsero. «La persona a cui ho voluto più bene nella mia vita.»

Kryss indugiò qualche istante, prima di dirlo. «Io potrei farla tornare.»

San sentì il cuore fermarsi. «Non è possibile» mormorò.

«Per i maghi di mio padre nulla è impossibile, soprattutto con le Formule Proibite.»

«Ho già provato io stesso, e non ci sono riuscito» obiettò ancora San.

«La tua magia è votata alla distruzione, non alla creazione. La resurrezione dei morti è una Formula Proibita aliena alla tua natura.»

San tacque. Guardò le catene, si fissò le mani. Poteva essere la fine di tutto, poteva essere l'inizio di una nuova vita, migliore, in cui cancellare gli errori del passato.

«Giuramelo» disse in un soffio.

«Se tu farai quanto ti ordinerò» rispose Kryss, impassibile.

«Qualsiasi cosa» sussurrò San.

«E allora riavrai indietro la persona che ami.» Il principe gli mostrò un'ampolla. «Appena uscirò, berrai questa. Ti farà sembrare morto. Ti porteranno fuori di qui, nella fossa comune. Io verrò a prenderti, e da allora tu sarai mio, corpo e spirito. D'accordo?» Allungò il braccio verso di lui.

San lo guardò, incredulo. Afferrò il braccio di Kryss al di sotto del gomito, nel gesto che presso gli elfi suggellava gli accordi. «E sia» disse.

23

Prima di andare

Meriph preparò tutto l'occorrente. Mescolò il contenuto di alcune piccole ampolle e allineò sul tavolo una varietà di strumenti.

Quando afferrò con decisione le dita metalliche di Adhara, lei tremò lievemente.

«È tutto come allora» spiegò. «È stato Adrass ad amputarmi la mano, quando si stava decomponendo.»

Meriph osservò con attenzione il moncherino. «Un discreto lavoro... Il mio allievo alla fine aveva pur imparato qualcosa.»

Si mise quindi ad agire sul braccio di Adhara. Prese un sottile stiletto e iniziò a pungere ripetutamente la pelle. Fu una procedura dolorosa. Ogni volta che ritirava lo stilo, appariva una piccola goccia di sangue, perfettamente tonda. Assieme, queste gocce andarono a intessere sul braccio un complesso fregio. Meriph vi versò un liquido dorato e viscoso, che seguì perfettamente la strada tracciata dal sangue, e quando cessò di scorrere, si illuminò come fosse di fuoco vivo. Infine si spense, e con esso svanirono i segni delle punture.

Meriph prese la mano di metallo e armeggiò su di essa,

a lungo. Era di schiena, e Adhara non riusciva a capire cosa stesse facendo.

Dopo un tempo che le parve infinito, lo gnomo assicurò di nuovo la mano al polso. «Come la senti?»

Adhara la guardò. «Identica a prima. Dovrei sentire qualcosa di diverso?»

«Prova a muoverla.»

«Non è possibile.»

«Prova a muoverla, avanti» la incitò Meriph.

Erano passati poco meno di due mesi da quando aveva perso la sua vera mano, e a volte ancora la percepiva come se non le fosse mai stata spiccata dal braccio. Eppure, all'improvviso, non ricordava più come si facesse a muoverla. Dovette concentrarsi al massimo, poi lentamente, a partire dal mignolo, le dita si contrassero a una a una.

«Non riesco a crederci...» sussurrò, muovendole sempre più rapidamente.

«Conosci un tale che si chiamava Deinoforo?» disse Meriph alzandosi e ostentando noncuranza.

«Sì, apparteneva agli uomini dell'esercito del Tiranno.»

«Be', lui aveva una mano così.»

Le dita di Adhara si bloccarono di colpo. «È una Formula Proibita?» chiese in tono sospettoso.

Meriph si girò lentamente. «Io non pratico la Magia Proibita, e mai lo farò. Però l'ho studiata. E alcune Formule Proibite, quelle i cui esiti non pervertono l'ordine naturale, possono essere replicate con la magia ordinaria. Quello che hai sulle dita è un incantesimo di mia invenzione. Sono bravo in queste cose.»

Rimise a posto gli strumenti, mentre Adhara era incantata dal movimento delle dita. Non avevano sensibilità, ma poteva muoverle a proprio piacimento. Provò a stringerle sull'elsa del pugnale, quello che Meriph le aveva dato per sostituire il vecchio, rotto nello scontro con Keo: funzionavano alla perfezione.

«Se ti giri verso la porta ti faccio vedere un'altra cosa» disse infine lo gnomo.

Adhara obbedì.

«Stendi il palmo e pensa un incantesimo.»

Adhara provò con un semplice incantesimo di pietrificazione. Un raggio viola partì dalla sua mano e si perse fuori dall'uscio.

«Fantastico...» mormorò incredula.

«Ho inserito nella mano un piccolo catalizzatore. Ti aiuterà a evocare la magia più rapidamente, e senza bisogno di pronunciare la formula.»

Adhara lo guardò con riconoscenza. «Grazie» disse.

Meriph distolse lo sguardo. «È stato un divertimento per me» si schermì. «E adesso vattene» tagliò corto, con un gesto di fastidio. «Mi hai già seccato abbastanza!»

Adhara raccolse le sue cose, provando un'insolita ebbrezza nel constatare che anche la mano sinistra le obbediva.

«Prendi la roba sul tavolo» disse lo gnomo senza neppure girarsi. C'erano carne secca, formaggio, qualche mela e pane nero.

«Grazie di tutto» disse ancora Adhara, infilando le provviste nel tascapane.

Ma Meriph non rispose, restando curvo ad attizzare il fuoco.

Solo un istante prima che la ragazza fosse fuori aggiunse: «Cerca di arrivare al santuario in forze. Raggiungerlo richiede molta energia magica, che andrà a influire sul tuo stato di salute. Per questo dovrai riposarti qualche giorno, prima di partire per andare a salvare Amhal, o rischierai di morire.»

Adhara annuì. «Cercherò di ricordarmelo.» Rimase immobile a guardarlo per un istante.

«Buona fortuna» disse infine il mago. «La tua è una missione folle. Ma, se proprio sei convinta... buona fortuna» ripeté.

Adhara sorrise. Poi si voltò e riprese il cammino.

Aveva poco tempo, e la strada da percorrere era molta, per cui forzò Jamila ai limiti delle sue capacità. Ma non fu solo il drago a risentire di quel viaggio estenuante.

Era un inverno terribilmente gelido. Adhara aveva deciso di tagliare per i Monti del Sole, e salendo in quota incontrò presto la neve. Non aveva pensato alla possibilità di imbattersi in un simile freddo, e fu presa alla sprovvista.

Si arrangiò a dormire dove capitava: sugli alberi, quando la vegetazione era troppo fitta e il drago faticava a planare al suolo, e in qualche radura quando era fortunata. Ma in ogni caso, per scaldarsi aveva al massimo un fuoco magico e il mantello.

Cominciò a sentirsi la febbre quando entrò nella Terra dell'Acqua. Era furiosa per quell'imprevisto, ma del resto non poteva far finta di nulla. Meriph era stato molto chiaro sulle condizioni di salute necessarie per accedere al santuario. Fu allora che le venne un'idea.

Conosceva a memoria la storia di Nihal. Nessuno gliel'aveva mai raccontata, ma in qualche modo faceva parte di lei, come i ricordi che Adrass le aveva trasmesso quando l'aveva creata. Anche Nihal era stata una Sheireen, e quindi condividevano un unico destino.

Fu un misterioso istinto che la condusse senza esitazioni alle cascate di Naël. Quando le vide, le sembrò di esserci già stata. Immense, impetuose, il loro scroscio era assordante. Era uno spettacolo che toglieva il fiato, e

Adhara si sentì minuscola di fronte alla sterminata massa d'acqua. Quel posto doveva aver visto innumerevoli ere del Mondo Emerso: c'era quando gli elfi erano ancora padroni dell'Erak Maar, aveva visto le razze avvicendarsi, le guerre succedersi una dopo l'altra. Ed era ancora lì, imponente, identico a se stesso attraverso i secoli. Provò una strana sensazione di vacuità. Erano ben poca cosa, lei e i suoi simili, di fronte alla bellezza del Mondo Emerso. Più viaggiava, più si rendeva conto che ovunque c'erano posti straordinari che semplicemente esistevano nonostante le miserie dei loro abitanti. C'erano e ci sarebbero sempre stati. Alcuni luoghi non avevano bisogno degli uomini.

«Dobbiamo volare dentro la cascata» sussurrò all'orecchio di Jamila, quindi la spronò.

L'acqua scrosciò su di loro con inaudita potenza, e Adhara finì schiacciata sul dorso del drago, mentre le ali membranose di Jamila fremevano sotto quella forza dirompente. La meta era al di là della cascata, su uno spuntone di roccia. Lassù, si ergeva una casetta diroccata. Il tetto era sfondato, le imposte pendevano mezzo divelte, e tra le pietre proliferava un muschio rigoglioso, che ne aveva fatto crollare alcune. Quel luogo doveva essere disabitato da molti, moltissimi anni.

Almeno un secolo, pensò Adhara. Reis, la maga proprietaria di quella casupola, era morta appunto quasi cento anni prima.

Jamila si posò nello stretto spazio tra la cascata e la casetta, e Adhara smontò adagio, le ossa doloranti e la pelle che bruciava di febbre.

Entrò in quel tugurio come se stesse mettendo piede in un santuario. Forse da qualche parte c'erano ancora le tracce di Nihal. Era la prima volta che visitava un luogo in cui anche lei era stata, e le faceva uno strano effetto. Le sembrava di percepirla aleggiare nell'aria, come una presenza lieve e impalpabile. A volte pensava che le sarebbe piaciuto poterle parlare, condividere con una sua simile il peso di quel destino, chiederle se anche lei avesse avuto paura, se si sentisse in trappola, se fosse ancora possibile essere libere, nonostante tutto.

Dentro c'era odore di muffa e putrefazione. Tutto era in disfacimento, dai libri alla mobilia, tarlata e sfondata. Le pergamene a terra, gonfie e piene di scritte incomprensibili, formavano una specie di viscido tappeto sul quale i piedi scivolavano. Appesi al soffitto, c'erano cespi rinsecchiti di quelle che un tempo dovevano essere state erbe ora dissolte. A terra ne rimanevano mucchietti dal colore indefinibile.

Adhara si mosse piano in quella devastazione. I segni che il tempo aveva lasciato nella casa la inquietavano. Perché il suo corpo era stato salvato da quella stessa consunzione, e ad essa sarebbe andato incontro, un giorno. Avvertiva un presagio di fine imminente.

Andò diretta verso gli albarelli e le anfore. I cartigli erano pressoché illeggibili, disfatti dall'umidità. Per fortuna alcuni contenitori recavano delle iscrizioni dipinte, che meglio avevano resistito agli anni, così come il loro contenuto sigillato. Adhara trovò rapidamente quel che le serviva.

Si preparò un impacco per la febbre, accese il fuoco e mangiò un po' delle provviste che aveva nella bisaccia: strisce di carne secca salata e una fetta di pane nero.

Infine si coricò a terra, in una piccola stanza adiacente a quella della libreria. Prese un paio di coperte consunte che trovò in una cassapanca e un cuscino. Il tessuto era sottile e polveroso, e quasi si disfaceva tra le mani, eppure, non appena si distese, si sentì subito meglio. Il fuoco boccheggiava morente in un braciere e la casa si era riscaldata un po'.

Si addormentò subito, la mente finalmente vuota di qualsiasi pensiero. Di lì a pochi giorni avrebbe dovuto fronteggiare la prova del santuario, e tutto sarebbe volto al termine. Ma adesso c'era spazio solo per quel tepore che le riscaldava le giunture, per quelle coperte lise che sapevano di chiuso e per il cuscino morbido sotto la sua testa.

Il giorno seguente stava già meglio. Jamila la salutò con un ruggito, occhieggiando dai buchi sul tetto.

Adhara trascorse la giornata cercando di riposare il più possibile. Frugando qua e là nella casa, trovò una mappa dettagliata della Terra dell'Acqua. Ricordava quasi a memoria il racconto delle gesta di Nihal. Sapeva che si trattava del libro che Sennar aveva scritto al riguardo. Confrontò i ricordi con quel che vedeva sulla mappa, e non le fu difficile identificare l'ubicazione del santuario. Doveva essere a circa sei giorni di viaggio.

Devo impiegarne quattro al massimo, si disse, mentre si apprestava a un'ultima nottata di riposo.

L'indomani aprì gli occhi che l'alba non era ancora sorta. Jamila dormiva quieta.

Andò a svegliarla delicatamente. «Siamo quasi arrivate. Ho bisogno di un tuo ultimo sforzo. Quattro giorni, quattro giorni per arrivare alla meta. Ce la farai?»

Jamila la fissò con i suoi occhi verdi, e Adhara seppe che non l'avrebbe tradita.

«E allora andiamo» disse saltandole in groppa. Un ultimo ruggito, e furono alte nel cielo.

Sotto di loro, pian piano andò dipanandosi un intrico di ruscelli e fiumi. La fioca luce di quelle gelide giornate invernali li faceva brillare come nastri d'argento. Quel panorama le riportò alla mente il suo primo viaggio con Jamila. Tutto si avvolgeva su stesso, ma sebbene stesse ritornando all'origine, tutto era diverso. Diverso il Mondo Emerso, diversa la ragione del viaggio.

Al quarto giorno si ritrovò a volare sulle paludi.

Ogni cosa era avvolta da una nebbia bassa e impenetrabile, e da un pungente odore di marcio. Il suolo, visibile là dove i banchi si diradavano, era intriso d'acqua putrida. Dal compatto strato di foschia spuntavano di tanto in tanto alberi scheletrici, neri, come tratti di matita tracciati fra terra e cielo. Era lì che Nihal aveva iniziato il suo viaggio, era lì che lei avrebbe concluso il proprio.

«Fammi scendere» disse piano al drago. Stava sorvolando le paludi in ampi cerchi, le ali che sfioravano la nebbia compatta, alzandola in riccioli e volute.

Jamila si immerse nella foschia. Il suolo era a malapena visibile, ma Adhara saltò comunque giù dalla sella. Gli stivali si immersero nella mota fino al polpaccio. Cadde in avanti, e le mani affondarono fino al polso. Strisciò nel fango, mentre una forza sconosciuta sembrava risucchiarla verso la terra, finché non trovò un albero. Ci si aggrappò con tutte le forze e riuscì a liberarsi dal pantano. Rimase ferma qualche istante, cercando di recuperare il fiato.

Si sciacquò le mani con l'acqua della borraccia, quindi estrasse dal tascapane la mappa che aveva preso a casa di Reis: aveva fatto una grossa croce per indicare la zona in cui doveva trovarsi il tempio. Si guardò attorno. Orientarsi era impossibile. Le paludi si stendevano fino al mare per miglia e miglia, senza alcun cambiamento percettibile nel paesaggio.

Adhara appoggiò la schiena al tronco e chiuse gli occhi cercando di regolarizzare il respiro. Era una Sheireen, esattamente come Nihal, e il Talismano del Potere in qualche modo faceva parte del suo essere. E poi era una creatura di Shevraar, doveva percepire il santuario.

Si sforzò al massimo, e infine sentì qualcosa. L'ombra di un richiamo, come il profumo di un mazzo di fiori, che persiste in una stanza anche quando i fiori sono appassiti. Così era quel posto. Vibrava di una magia sopita, eppure non completamente dissolta.

Adhara avanzò, gli occhi chiusi, le mani tese in avanti, guidata solo da quella vaga sensazione. Non dovette camminare a lungo.

Nella mente lo vide, così come l'aveva visto Nihal, quasi cento anni prima. Un palazzo meraviglioso, fatto d'acqua pura: i fregi erano vortici, i pinnacoli zampilli, le mura cascate. Era l'immagine di qualcosa di splendido e perfetto, un tocco di vita e di speranza in mezzo a quella piatta distesa di morte. Aprì gli occhi, ma davanti a sé vedeva solo altra nebbia, altro fango. Però era là, lo sapeva.

Ora la aspettava una prova da superare.

Frugò nel tascapane, le dita che tremavano, ed estrasse l'ampolla.

In mezzo a quel grigio opaco, anche il liquido che conteneva aveva perso lucentezza e sembrava quasi opalescente. Le parve di intravedere riflessi rossastri, sanguigni, ed ebbe paura.

Non devo. Meriph mi ha dimostrato di essere degno di fiducia, si disse per farsi coraggio.

Stappò la boccetta. Il silenzio era totale, tanto che il rumore del sughero che veniva estratto parve un suono assordante. Ingollò il liquido in un unico sorso, senza esitare. Era dolce in modo quasi intollerabile. Poi gettò l'ampolla e rimase immobile, in attesa.

Tutto era come prima.

Non sentiva nulla di anormale, il suo corpo le rispondeva come sempre.

Non funziona. Oppure è meno terribile di come me l'aspettavo.

Non fece in tempo a concludere il pensiero. Il dolore venne tutto assieme, soverchiante. Le esplose nel petto, costringendola a piegarsi, la mano destra che artigliava il cuore. Spalancò la bocca in cerca d'aria, cadde a terra annientata. Sentì il fango accogliere le sue membra, stringerle in un abbraccio gelido e viscoso. Non riuscì a sottrarsi. Il corpo non le rispondeva più.

Finirà. Starò meglio. Finirà. Finirà e raggiungerò il santuario.

Non riusciva a pensare ad altro, ma la sua agonia era infinita. Rimase con gli occhi sbarrati a guardare il cielo, mentre il dolore disfaceva pian piano la consapevolezza di sé. Percepì la coscienza svanire, si sentì precipitare verso il basso.

Volse la testa all'indietro in un ultimo spasmo: era finita, e dovette arrendersi all'evidenza.

Muoio. Meriph mi ha ingannata. Non c'è nessun santuario ad attendermi, di là.

Una rabbia sconfinata le riempì il petto per un ultimo, interminabile istante. Poi il grigio della nebbia divenne buio, e non fu più nulla.

24

Salazar, ancora

Amina guardò le Montagne Nere profilarsi all'orizzonte, in lontananza. Nella fioca luce del tramonto sembravano pozzi oscuri, non fosse stato per i riflessi del cristallo che le venava. Sembrava di scorgere le luci di tante piccole città arroccate lungo i fianchi, anche se nessuno abitava quelle pendici scoscese.

Ricordò che Nihal aveva una spada di cristallo nero, un materiale che forse proveniva proprio dalle miniere scavate in quelle montagne. Non ricordava esattamente la storia, ma buona parte del cristallo nero del Mondo Emerso veniva estratto da lì. Pensò che anche lei avrebbe voluto una spada imbattibile, che le sarebbe piaciuto essere un'eroina, salvare il mondo e avere un grande amore ad attenderla al ritorno dalla battaglia. Ma aveva smesso da tempo di credere alle favole. Nonostante tutto restava una spaurita ragazzina di tredici anni, frettolosamente addestrata alle arti degli assassini e delle spie. Una Guerriera Ombra che non aveva mai combattuto, una principessa senza regno.

Non l'aspettava nessuna battaglia campale per le sorti del Mondo Emerso, ma c'era qualcosa di eroico anche in quello che avrebbe fatto di lì a breve, qualcosa che forse avrebbe scosso gli animi del suo popolo. Perché adesso c'era bisogno di speranza, più che di guerrieri, e di coraggio, più che di armi.

Mia nonna avrebbe detto che sono una pazza, e avrebbe cercato di dissuadermi, pensò con un sorriso triste. Ma a volte c'era anche bisogno di follia, si disse.

Si avvolse nel mantello, appoggiò la testa alle ginocchia. Baol, poco distante da lei, vegliava appoggiato a un drago.

Amina l'aveva costretto a raccontarle di come il corpo di sua nonna oscillasse a ogni refolo di vento. Nessun dettaglio doveva esserle risparmiato, a costo di farla impazzire di dolore. Si era fatta descrivere la desolazione che regnava in ciò che restava della torre di Salazar, le sue mille finestre nere come orbite vuote di un cranio. Aveva passato ogni giorno del viaggio a immaginare quella scena, per farsi crescere dentro la rabbia di cui aveva bisogno per arrivare fino in fondo. Ma vederla con i propri occhi fu tutta un'altra cosa.

Lei e Baol si erano nascosti in una piccola radura in mezzo alla foresta appena sufficiente per far planare il drago che li aveva condotti fino a Salazar. Era stato prestato loro da un Cavaliere di Drago ferito, che al momento non poteva combattere. Era stato lui a convincere l'animale a compiere quella missione da solo, e a portare in groppa il peso di quei due estranei. Raggiungere la cima della torre a dorso di drago li avrebbe però resi troppo visibili, e le sentinelle li avrebbero raggiunti in un istante cavalcando le loro viverne. Dovevano muoversi con la massima cautela: la loro unica speranza di non essere intercettati dalle guardie era lasciare il drago nella foresta e proseguire poi a piedi, avvolti nell'oscurità della notte.

Da quella distanza il corpo di Dubhe non era altro che un puntino nero sulla sommità della torre. Eppure Amina la riconobbe all'istante. E sebbene non ne potesse vedere il volto, o distinguere i lineamenti, sapeva esattamente come doveva apparire ora il suo viso, e riconobbe i suoi vestiti da Guerriero Ombra. Il dondolio lento delle sue membra, le sue braccia tese verso il vuoto avevano qualcosa di osceno, sacrilego. Fu costretta a chinarsi e vomitare sul ciglio del sentiero. Baol accorse in suo aiuto.

«Possiamo andarcene quando vuoi» le sussurrò con dolcezza.

Amina si voltò di scatto. «No, non adesso che ho visto.» Afferrò la borraccia, se la portò alle labbra e bevve, sciacquandosi la bocca. «Il piano resta quello che abbiamo concordato. Attenderemo la notte, quindi agiremo.»

Baol sospirò. Amina tenne puntato su di lui uno sguardo fiero, privo di esitazione.

«Come vuoi» le disse.

Il sole tinse di rosso la pianura, un rosso che sapeva di sangue e morte. Amina e Baol, in silenzio, lo guardarono tuffarsi nel mare d'erba. Forse era l'ultimo tramonto della loro vita. Amina sentì un brivido d'eccitazione solleticarle la schiena. Non poteva sottrarsi alla sottile ansia degli ultimi attimi prima della battaglia, quegli istanti in cui ogni cosa d'un tratto sembra più vera e intensa. Gli ultimi bocconi di carne secca, consumati in silenzio, il rituale della preparazione delle armi, e infine l'attesa. Del tramonto, della notte, forse della morte. Tutto acquisiva uno strano senso, prima di una sfida mortale. Si chiese se anche sua nonna l'avesse provato, se nonostante gli innumerevoli campi di battaglia che aveva calcato e le missioni che aveva portato a termine ogni volta fosse stato così.

Ce la farò, si disse con decisione.

Il cielo stinse piano, in una straziante sequela di colori sempre più scuri. Amina si sentiva come una corda troppo tesa che da un momento all'altro fosse sul punto di spezzarsi. Ma si affidava all'esperienza di Baol, a tutte le azioni militari che aveva portato a termine.

«Poco rumore e pochissime vittime: sono i due imperativi di questa missione» le disse. «Passare inosservati è la nostra unica speranza.»

Estrasse il pugnale, e così fece Amina. La mano le tremava leggermente.

«Cerca di stare calma. Chiudi gli occhi e respira.» Amina obbedì. «Pensa che non appena avrai fatto il primo passo, nulla avrà più importanza. Sarà troppo tardi per tirarsi indietro, conterà solo andare avanti. Da quel momento, sarai viva e morta assieme, perché vita e morte si equivarranno.»

Amina respirò a fondo, come le avevano insegnato durante l'addestramento. Una calma glaciale le scese nel petto: non aveva più paura, persino l'eccitazione era scomparsa. Sentiva la mente affilata come una lama, i sensi all'erta, il corpo al massimo dell'efficienza.

«Sono pronta» disse.

Le porte della città erano sbarrate, entrare da lì sarebbe stata pura follia. Ma Baol era stato spesso a Salazar, più di una volta aveva condotto missioni nella città-torre, e conosceva quel posto come le sue tasche.

Costeggiarono le mura finché non si ritrovarono dal lato opposto rispetto alla porta. Baol tastò il muro, sondandone la superficie. La luna era ridotta a una minuscola falce, il buio era quasi totale. Non per loro. Da tempo i Guerrieri Ombra facevano uso di un filtro che permetteva di acuire la capacità visiva notturna. Le dita dell'uomo si fermarono di colpo in un punto. Fece pressione su una fenditura quasi invisibile, fino a estrarre una pietra. Altre caddero sull'erba con un tonfo sordo. Si bloccarono entrambi, sperando che nessuno avesse sentito. Non percepirono rumore né di passi né di voci.

«La sorveglianza è scarsa» confermò Baol in un sussurro. «Oltre metà della torre è vuota, e anche le sentinelle non sono molte.»

Davanti a loro si aprì un passaggio angusto. Baol fece segno ad Amina di andare per prima. Lei si infilò nell'apertura senza problemi, mentre lui, che aveva un torace più largo, faticò a passare.

Si mossero nell'ombra, rapidi, perché Baol sapeva esattamente dove si trovavano: in un vecchio deposito di stoffe abbandonato in cui, aveva pensato, nessuno sarebbe andato a vivere, dato che la città era piena di case arredate.

Era stato un azzardo, ma aveva vinto la scommessa.

Trovò la porta al primo colpo. In pochi istanti la serratura scattò docile sotto i suoi strumenti. Dischiuse appena l'uscio e attese: nessun rumore. La via era libera.

Uscirono guardinghi, camminando rasente il muro. Dopo un paio di svolte, sbucarono in un ampio corridoio su cui si aprivano alcune finestre affacciate su un cortile interno. Erano indubbiamente finiti in una delle vie principali che si avvolgevano sui fianchi della torre, conducendo da un piano all'altro.

Salazar sembrava una città morta. Le vie erano deserte, le case silenziose, le botteghe abbandonate. Eppure qualcuno abitava quel luogo, Amina lo sapeva: riusciva quasi a percepire i respiri quieti degli elfi dietro le pareti, ne sentiva la ripugnante presenza.

Dopo essersi infilati in un dedalo di corridoi, sbucarono in una grande stanza. C'era una porta, sul fondo. Baol si avvicinò e appoggiò l'orecchio al legno. Frugò quindi nel suo tascapane. Il cuore di Amina fece una capriola. Dentro, dunque, c'era qualcuno.

Il compagno le porse una mascherina simile a quella usata dai Pietosi per proteggere naso e bocca, ma meno ingombrante, e ne indossò anche lui una uguale. Prese una fialetta dalla borsa, la mise davanti al buco della serratura e la ruppe. Ne emerse un fumo azzurrognolo che cercò di far penetrare all'interno. Attese un istante, quindi forzò la porta. Furono dentro.

Era la fucina di Livon, il padre di Nihal, spiegò Baol. Da parecchi anni era stata ricostruita com'era in origine, quasi una specie di museo. C'era gente che andava a visitarla e vi depositava dei fiori. Il ricordo di Nihal era ancora vivissimo nel Mondo Emerso.

«Durante la guerra è stata distrutta: ora assomiglia solo vagamente a come doveva essere un tempo» aggiunse.

«È il posto in cui Nihal è cresciuta, vero? È il pavimento che i suoi piedi hanno calcato» chiese Amina.

«Sì, queste mura hanno visto Nihal crescere, tanto tempo fa.»

Dentro regnava il caos più totale. Tutti gli attrezzi erano stati gettati a terra, e le riproduzioni delle spade rotte. Un gesto di sfregio alla memoria di un'eroina che gli elfi disprezzavano. Amina pensò che Nihal era poco più grande di lei quando lì dentro aveva ucciso due fammin che le avevano ammazzato il padre. Guardò a terra, come a cercare le tracce di quel sangue. Baol la riscosse indicandole qualcosa.

Nell'altra stanza, sul letto, giaceva un elfo. Sembrava profondamente addormentato, segno che il filtro aveva funzionato. Baol si mise ad armeggiare con la porta e la chiuse con un grosso lucchetto d'acciaio per impedire alle guardie di inseguirli. Quindi andò diretto verso il fondo della stanza. Prese un mazzuolo da terra e diede un solo colpo, secco: si aprì uno spiraglio che lui allargò delicatamente con le mani, cercando di fare meno rumore possibile. Sentirono dei passi, fuori dalla porta. Dovevano affrettarsi.

Baol si infilò nell'apertura e Amina lo seguì. Si ritrovarono in un passaggio segreto che correva tutt'intorno il lato esterno delle mura, e sgattaiolarono veloci verso l'alto. Sapevano di avere poco tempo. Se avessero tardato, ad attenderli ci sarebbe stata solo la morte per mano degli uomini di Kryss.

Il passaggio li condusse in un locale dal tetto basso, con una piccola scala a chiocciola in un angolo.

«Vado avanti io» disse Baol estraendo il pugnale.

Salì la scala guardingo, e Amina si accodò, l'arma che le tremava tra le dita.

Dopo pochi gradini trovarono sopra di loro una botola di legno chiusa da un chiavistello arrugginito. Baol estrasse gli attrezzi e iniziò ad armeggiare con nervosismo crescente. La cosa sembrava prendere più tempo del previsto.

«Dannazione» si lasciò sfuggire infine. «È arrugginito, non funziona.»

Il passaggio che avevano appena percorso veniva usato dagli Anziani della città come via di fuga in caso di pericolo, e per questo era adiacente alle loro abitazioni. Lì dormiva il luogotenente incaricato da Kryss quando lui aveva deciso di tornare al fronte. Doveva essere pieno di sentinelle.

Baol la guardò, e Amina sentì il sangue rallentare nelle vene. Per la prima volta capì che quella missione non riguardava solo lei, come aveva creduto fino a quel momento. C'era un'altra persona che stava rischiando la vita per causa sua. Fu allora che la sicurezza vacillò, e comprese le parole di Baol, poco prima della partenza per la missione. Adesso era davvero troppo tardi.

Fu il rumore del chiavistello che saltava e della botola che si apriva di scatto a interrompere il filo dei suoi pensieri. Baol balzò dentro l'apertura, e lei fece altrettanto.

All'iniziò sembrò non ci fosse nessuno. Erano in una specie di piazza circolare, sulla quale si aprivano diverse porte identiche. Da un lato, una scala: l'accesso alla terrazza.

Mia nonna è lassù, pensò Amina con un fremito.

Le prime due guardie accorsero dal basso, le lance strette in pugno. Baol agì d'impulso. Tagliò la gola alla prima, impugnò la sua lancia e trafisse la seconda. Quindi si preparò all'attacco, l'arma nemica in pugno.

«Sali!» gridò. Amina rimase pietrificata. Altre volte si era trovata in battaglia, ma era stato con Adhara, in quel periodo confuso e disperato subito dopo la morte di suo padre. Allora tutto era diverso, e non aveva la reale percezione di cosa stesse accadendo.

I ricordi dell'addestramento la investirono, insieme alla consapevolezza che adesso si trattava di uccidere davvero. Sarebbe stata in grado di farlo?

«Sali o sarà tutto inutile!» urlò Baol. Ancora due guardie. La prima lo ferì a un braccio, strappandogli un mugolio di dolore. Amina soffocò a stento un grido. Avrebbe voluto dirgli che non poteva andare senza di lui, che da sola non sarebbe mai stata in grado di portare a termine la missione, e soprattutto che non poteva lasciarlo morire per lei.

E invece in qualche modo capì che Baol sapeva fin da principio quale sarebbe stato il suo ruolo in quella storia, e che solo per quell'attimo che stava vivendo ora l'aveva accompagnata in quell'impresa pazzesca.

Amina saltò su per le scale, balzò sulla terrazza, corse verso il parapetto. Sentì un rumore di passi sui gradini. L'avevano raggiunta. Percepì lo spostamento d'aria, si abbassò. La lama le passò sopra, tranciandole una ciocca di capelli. Ruotò su se stessa, colpì col pugnale all'altezza delle ginocchia. La guardia cadde a terra urlando. La colpì di slancio dietro al fianco, quindi si gettò verso due pali di legno assicurati a terra. Le cinghie che sostenevano sua nonna erano là. Afferrò uno dei suoi stivali per avvicinarla a sé, tranciò la prima cinghia. Sentì il piede sfuggire alla presa, verso il basso. Altre guardie, troppe per lei.

Si sporse oltre il parapetto, una mano stretta intorno all'altro stivale. Il suo corpo aderiva a quello di Dubhe, una sensazione tremenda perché percepiva che non c'era più vita in quella carne, che tutto quanto aveva amato di quella persona non abitava più quei muscoli e quelle ossa. Era proprio come aveva detto Baol: quel corpo non aveva più nulla a che fare con sua nonna.

Ma ora doveva agire. Tranciò di netto l'ultima cinghia ed estrasse dalla bisaccia uno strumento simile a un corno. Posò le labbra sull'imboccatura e soffiò, più forte che poté. Il drago rispose al richiamo e in un attimo si levò dalla radura nella foresta, saettando verso di lei. Amina si aggrappò al suo dorso con tutte le forze, e la bestia ruggì librandosi in alto nel cielo.

Amina chiuse per un attimo gli occhi. Solo quando li riaprì si rese conto che accanto a lei, riverso sul collo del drago, c'era il corpo di sua nonna. Salazar, invece, era già lontana.

25
Jhar Aelon

Adhara prese fiato come se fosse il suo primo respiro. Spalancò gli occhi, in bilico tra il terrore e lo stupore. Ricordava ancora le ultime sensazioni che aveva provato, la consapevolezza di essere sul punto di morire, e di essere stata tradita. Si toccò il corpo con la mano buona. Sentire la consistenza della carne la rassicurò.

Si tirò su piano e si guardò attorno. Era ancora nella palude, la mano metallica affondava nel fango fino al polso, le gambe erano per metà nella mota. Eppure, tutto era diverso. Il terreno era rosso sangue, un colore così acceso da sembrare irreale. Il cielo, che si intravedeva appena tra i banchi di nebbia, era di un viola slavato, e la stessa foschia non era bianca, ma di un verde acido e malato.

Il cuore prese a batterle all'impazzata. Si strofinò gli occhi, impastandoli di fango, tanto che dovette usare il dorso della mano per pulirli. Si mise in piedi. Era finita in un luogo d'incubo. Le giunsero versi di animali che non aveva mai sentito. Un ruggito lontano, un suono tubante più vicino. Eppure non si vedeva anima viva.

Cominciò ad avanzare. I piedi faticavano a sollevarsi dal fango, e quella nebbia rendeva tutto confuso.

Poi le apparve.

All'inizio solo i contorni sfumati emersero dalla foschia, ma man mano che si avvicinava i particolari andarono chiarendosi. Era una costruzione squadrata e imponente, circondata da pinnacoli che si alzavano verso il cielo. La superficie era percorsa da un brulichio di vortici che si creavano e si estinguevano di continuo, andando a disegnare il profilo mobile di complessi fregi. Sull'imponente facciata si apriva una grande ogiva, stretta e altissima, buia come la notte.

Fu allora che capì: la pozione di Meriph aveva funzionato. Perché in un angolo riposto della sua memoria, quel luogo esisteva già. Adrass doveva averle inculcato i ricordi della descrizione che ne aveva fatto Sennar nel suo libro, e soprattutto quel luogo era retaggio delle Sheireen come lei. Era Aelon, il santuario della Terra dell'Acqua. Si avvicinò, e ne ebbe la conferma. Sull'architrave della porta c'era una scritta in caratteri austeri: JHAR AELON.

L'Altra Aelon, tradusse mentalmente.

Eppure, quel luogo era molto diverso da quello che ricordava. L'Aelon che Nihal e Sennar avevano visitato era un posto meraviglioso, intriso di una magia benefica e pura. Ricordava che era fatto interamente d'acqua, e quando la Sheireen aveva provato a toccarne le pareti, le sue dita erano affondate in quel liquido cristallino.

Il materiale di cui era composto Jhar Aelon, invece, sembrava condividere con l'acqua la sostanza, ma era di un rosso vivo, intenso. Si sarebbe detto sangue, non fosse stato per l'estrema trasparenza. Sebbene la forma del santuario fosse la stessa di quello visitato dalla precedente Sheireen, questo aveva qualcosa di inquietante.

Adhara si avvicinò circospetta. Meriph non era stato chiaro su cosa l'avrebbe attesa nell'altra realtà. Ora si chiedeva che senso avessero le strane caratteristiche di quel luogo e il nome, Jhar Aelon, che sembravano alludere a un'entità che al contempo era e non era Aelon.

Si trovò infine sotto l'entrata. Benché fosse a un passo dalla soglia, oltre riusciva a intravedere solo oscurità. Il liquido di cui era composto l'edificio, scorrendo lungo le pareti, ribolliva in un chioccolare sinistro. Adhara strinse la mano sull'elsa del pugnale, poi si fece coraggio ed entrò.

L'interno era diviso in tre navate da due ordini di colonne che si avvolgevano verso l'alto in torciglioni vorticosi. Brillavano di riflessi giallastri, come ci fosse del fuoco ad animarli. Tutto era composto dello stesso liquido che formava le pareti, persino il pavimento. Da esso Adhara sentiva comunicarsi ai suoi piedi, anche attraverso la spessa suola degli stivali, un calore quasi insopportabile.

L'ambiente non era particolarmente largo, ma lunghissimo, tanto che non si riusciva nemmeno a intravedere l'estremità della navata. Eppure, Adhara lo sentiva, era là in fondo che si trovava il pugnale, così come là in fondo Nihal aveva incontrato Ael e la pietra.

Avanzò con decisione ma anche con cautela, la lama sguainata e stretta saldamente in pugno. I suoi passi stranamente rimbombavano, nonostante il pavimento non fosse solido.

Dapprima l'accompagnò solo quel rumore, assieme al gorgoglio del liquido che non cessava mai di scorrere. Poi iniziò a percepire risate sommesse. Erano sghignazzi di scherno, feroci, striduli. Adhara si mise in posizione di attacco. Le fu però impossibile indovinare da dove il nemico sarebbe giunto: intorno a lei divenne ben presto un fiorire di voci, sussurri e grida che l'avvolgevano completamente. Era come se le pareti stesse parlassero. E fu dalle pareti che emersero volti demoniaci, grotteschi, deformati in ghigni che non avevano nulla di umano. C'erano creature con denti enormi, altre con chiostre di zanne che spuntavano da bocche smisurate, esseri con lunghe corna sulla fronte, occhi immensi e accesi di più pupille.

Il primo mostro si staccò dalla parete. Adhara fendette lo spazio davanti a sé con il pugnale, tranciandolo in due. Quello si dissolse nel liquido di cui era composto, che in parte scrosciò a terra, in parte le schizzò addosso. Ovunque toccò la sua carne, Adhara provò fitte di dolore: bruciava come fosse fuoco. Altri mostri le vennero incontro da ogni lato. Lei si mise a roteare su se stessa con foga, cercando di colpire le creature che l'assediavano, mentre l'acqua continuava a ribollire tutt'intorno. Riuscì a tenerle a distanza per un po', ma quelle si riformavano di continuo. Strisciavano da terra verso le pareti, dove si arrampicavano per gettarsi di nuovo su di lei, in un ciclo senza fine.

Poi una spalancò la bocca e la fagocitò. Adhara si ritrovò completamente immersa in quel fluido demoniaco. Sentiva la carne bruciarle, corrosa dalla sostanza acida. Il liquido cercava di forzarle la bocca, e seppe che se le fosse sceso giù per la gola sarebbe morta. Cercò di dimenticare il dolore, si concentrò con tutta se stessa. La mano metallica si illuminò di una luce bianca e abbacinante. Non dovette pronunciare l'incantesimo, e mantenne le labbra serrate: la sfera bianca l'avvolse, e il fluido venne respinto dal suo corpo. Adhara riprese fiato. La barriera rimaneva eretta tra lei e le creature che continuavano ad attaccarla, gettandosi contro la sfera. Ma non riuscivano a forzarla, e il liquido rosso colava lungo le pareti evocate dalla magia. Questo le diede il tempo di riprendersi: non appena il dolore scemò, si rimise in piedi e lanciò un nuovo incantesimo con la mano metallica, avvolgendo il pugnale di vampe infuocate.

Con un grido, riprese a combattere con rinnovata foga. La sua idea funzionava: la lama bucava la barriera protettiva che aveva eretto intorno a sé, e il calore della fiamma riusciva a dissolvere i mostri in una nuvola di fumo giallastro. Ben presto gli attacchi si fecero meno furiosi, finché una voce non ruppe il silenzio.

«Come osi portare il fuoco nel regno dell'acqua?»

Adhara si voltò di scatto. Dietro di lei si ergeva una figura gigantesca: era una donna bellissima, fatta di quello stesso liquido di cui erano composti il palazzo e le sue creature. I capelli si avvolgevano nell'aria in volute sempre più sottili, fino a toccare le pareti e il tetto del santuario come lingue di fuoco. Indossava una lunga tunica, larga sui polsi e stretta in vita da un legaccio che sembrava fatto di rovi. Il volto era perfetto, eppure terribile. I lineamenti erano contratti dall'ira, le sopracciglia aggrottate. Le mancava un occhio, e al suo posto c'era un buco nero.

«Ael...» sussurrò Adhara.

La donna rise, un risata così potente che parve scuotere quel luogo dalle fondamenta. «Jhar Ael» precisò. «Un tempo ero Ael, poi vennero buio e distruzione. Da allora sono altro.»

Adhara si inginocchiò, chinando il capo. «Io sono Adhara, l'ultima Sheireen.»

Il volto di Ael parve accendersi di un'ira ancora più profonda. «Sheireen? La Sheireen consacrata a Shevraar?»

«Come tutte le Consacrate» rispose Adhara in elfico.

La donna crebbe ancor più in statura, i suoi capelli si saldarono al soffitto, la sua fronte quasi lo sfiorò. Ben presto divenne una sorta di muro che si frapponeva tra lei e il fondo del santuario, sul quale si apriva, immenso, il suo volto animato da un'espressione folle.

«La Consacrata a Shevraar, come Nihal, colei che distrusse il tempio e sperperò il potere del talismano, condannandomi a questo tremendo esilio!»

La sua voce era ormai un tuono, e Adhara fu costretta a coprirsi le orecchie. Il pavimento divenne improvvisamente liquido, e vi sprofondò. Di nuovo dolore, dilaniante, mentre onde gigantesche la scagliavano contro le pareti.

Durò un'infinità, e lei sentì fortissima la tentazione di lasciarsi andare. Il liquido bruciava, le onde quasi non le lasciavano spazio per respirare, e ogni volta che urtava le pareti, il corpo esplodeva in miriadi di fitte strazianti. Ma non era arrivata fin lì per questo, non si era avventurata oltre la morte per fare quella fine.

Con uno sforzo supremo si aggrappò a una delle colonne, poi iniziò ad arrampicarsi, fino a sottrarsi al contatto con l'acqua. Durò poco. La colonna si disfece in liquido sotto le sue mani, facendola rovinare a terra.

«Non sono stata io a prenderti la pietra, né a distruggere il talismano!» urlò.

«Ma appartieni alla stessa razza di chi lo fece. Cosa sei venuta a cercare? Un'altra pietra? Oppure è la mia vita che vuoi, adesso?»

La figura femminile ora aveva dimensioni normali e le stava davanti, parlandole con una voce disperata, che sapeva di pianto.

«Cerco il Pugnale di Phenor.»

Il volto della donna si rasserenò un istante non appena udì quel nome.

Adhara cercò di approfittarne. «Devo sconfiggere il Marvash e salvare un amico. Senza quell'arma, il Mondo Emerso è perduto.»

«Il destino del Mondo Emerso non è cosa che mi riguardi» disse Ael in tono improvvisamente ragionevole. «Ormai non appartengo più a quel luogo, la distruzione della pietra di Aelon mi ha strappata alla mia casa: ora questa è la mia dimora, questo luogo sperduto che solo i disperati riescono a raggiungere.»

«E io lo sono. Ho affrontato la morte per arrivare fin qui.»

Ael sorrise con malignità. «No, tu non conosci la morte. Hai solo varcato la soglia, però non sei ancora entrata nelle tenebre. Ma a questo porrò rimedio io.»

Una propaggine della sua veste si allungò fino a raggiungere la ragazza, quindi le strinse le caviglie in una morsa. Adhara evocò di nuovo il fuoco sulla sua lama, e tentò di fendere il liquido che le attanagliava la carne.

«Il fuoco non mi spaventa! Può avere ragione dei miei servi, ma non di me!» urlò Ael.

Il pugnale riusciva a far evaporare parte del liquido, ma non bastava: rivoli brucianti le avvolsero le gambe, avviluppandola sempre di più. Adhara provò a divincolarsi, ma il dolore la paralizzava. Infine, la stretta si chiuse sulla sua gola. Spalancò la bocca, ma le mancava l'aria. Ogni suono si attutì, tranne quello glaciale e tintinnante di una risata inesorabile. Nonostante ai suoi occhi tutto fosse avvolto da una nebbia rossastra, riuscì a intravedere Ael, il pugno serrato teso verso di lei, che rideva.

Perché, perché se serve Phenor mi sta facendo questo?

Dovette far di nuovo appello a quella tenacia, quel cieco desiderio di vivere che l'aveva accompagnata fin dai primi passi del suo viaggio. La mano metallica divenne incandescente e propagò il fuoco a tutto il corpo. Per un istante, il liquido che lo avvolgeva evaporò. Durò poco, ma le bastò.

Adhara rotolò su se stessa, si mise in piedi, quindi evocò un muro di fiamme che avvolse Ael. La sentì urlare, mentre lei correva verso il fondo del santuario, disperata. Davanti, solo buio.

Quel combattimento le aveva tolto qualsiasi energia. Ogni movimento era un inferno di sofferenza e fatica. Alle sue spalle, le urla si spensero, assieme ai riflessi gialli delle fiamme.

Finalmente scorse il fondo di quell'immenso edificio. La parete era traforata da un ampio rosone decorato da uno splendido fregio. Al centro c'era una figura femminile, tutto intorno un decoro di rovi, boccioli di rosa e fulmini. Adhara riconobbe l'immagine: era la stessa che vegliava il nascondiglio di Lhyr, Phenor. Solo che a differenza di quella statua, questa volta la dea in mano aveva qualcos'altro. La forma era inequivocabile: il pugnale, l'oggetto della sua ricerca. La luce proiettava a terra l'effigie disegnata dal rosone, e là dove andava a delinearsi l'immagine del pugnale, sospesa a mezz'aria c'era proprio l'arma che stava cercando.

Le sembrò di essere ormai arrivata, era certa che le sarebbe bastato allungare le dita e finalmente il pugnale sarebbe stato suo. Provò a tendere il braccio. Davanti a lei si materializzò un muro liquido. Adhara vi finì dentro, per poi venirne respinta a terra.

Ael apparve di nuovo davanti a lei. «Non è un'arma che tutti possono toccare» disse guardandola di sottecchi.

«Io posso, sono la Consacrata.»

«Nihal fu l'ultima, se gli dei vorranno.»

«Non è così. Sono io, l'ultima.»

«Non intendo più cedere ai ricatti degli dei: quel che è mio è mio.»

«Sei ancora un Guardiano!» urlò Adhara. «Per quanto

male ti abbiano potuto fare, e per quanto tremendo possa essere vivere qui, sei ancora un servitore di Phenor, e io sono stata consacrata a Shevraar: perché ti rifiuti di aiutarmi?»

Ael tacque. Adhara fissò lo sguardo sul pugnale. Poteva vederlo, attraverso la superficie tremolante del muro frapposto: era ancora più stupefacente dell'immagine che aveva visto sul libro di Meriph. Brillava come una gemma, il contrasto tra il bianco della Lacrima e il nero del cristallo era nettissimo, impressionante.

«Averlo ha un prezzo» disse infine Ael.

«Tutto quello che desideri» rispose pronta Adhara.

«Davvero? Potrei chiederti qualsiasi cosa?»

«Per la persona che devo salvare sarei disposta a qualsiasi sacrificio.»

Un lampo di perfidia illuminò l'occhio di Ael. «Voglio il tuo sangue elfico.»

Adhara rimase interdetta. Non aveva idea di che senso avesse quella richiesta, né di come potesse esaudirla.

«Vuoi il mio sangue? Vuoi la mia morte?»

«Voglio quanto di elfico c'è in te. Sono stati gli elfi a costruire il talismano che ha imprigionato le pietre, e un mezzelfo mi ha costretta in questo luogo da incubo. Tu pagherai per le loro colpe.»

«Questa tua richiesta equivale a una condanna a morte.»

Ael sorrise. «Oh, no. Ti toglierò solo quanto in te c'è di elfico. Non ci saranno grosse conseguenze.»

Prese a camminare avanti e indietro per la navata. Sembrava divertita. Adhara ne seguì la figura. Sentiva una sottile inquietudine salirle al cuore.

«Tranne una» aggiunse Ael girandosi di scatto. «Il Pugnale di Phenor, così come la pietra che custodivo, sono manufatti che solo gli elfi possono usare.»

Una morsa di paura strinse lo stomaco di Adhara. «Io

devo usare quel pugnale, per salvare Amhal e per evitare la distruzione del Mondo Emerso.»

«E lo userai, allora.» Ael le si avvicinò e si chinò fino a sfiorarle il volto con il suo: da vicino era ancora più bella, bella e crudele in modo intollerabile. «A patto di soffrire un dolore indicibile.»

Si sollevò, allontanandosi da lei.

«Il pugnale si alimenterà della tua carne, e nell'usarlo tu soffrirai, soffrirai più di quanto puoi immaginare. La persona che dici vale questo sacrificio?»

Adhara sostenne la malizia del suo sguardo. «Funzionerà ugualmente?»

«Se davvero sei la Sheireen come dici, sì.»

Adhara strinse i denti, le labbra divennero sottili. «E sia. Prendi di me quel che vuoi.»

Ael batté la mani. Lingue liquide conversero verso Adhara, insinuandosi nelle sue narici, riempiendole la bocca, scorrendole sotto la pelle. Si sentì morire, mentre il liquido frugava in lei. Le parve che qualcosa le venisse strappato via a forza.

Poi il liquido si ritirò, e lei giacque a terra senza fiato. Ael le andò vicino fino a sovrastarla. Mosse un dito, e il pugnale volò fino alle sue mani. Lo mostrò a Adhara, quindi lo lasciò cadere a terra, accanto a lei. La ragazza lo sentì tintinnare. Allungò la mano, la strinse sull'elsa.

«Ora dovrai andartene» disse Ael. «Il tuo corpo giace nella palude, come addormentato. Devi risvegliarlo. Esci fuori di qui e ferisciti con il pugnale. Il tuo stesso sangue ti mostrerà la via.»

Detto questo, scomparve. Il santuario tornò silenzioso. Adhara si tirò su lentamente e uscì. Appena varcò l'uscio, guardò il pugnale. Lo strinse nella mano metallica, stese il palmo di quella sana. Bastò l'intenzione, la sola idea di ferirsi. Dall'elsa i boccioli si allungarono fino ad artigliarle la carne del polso. A stento soffocò un grido. Faceva male, terribilmente, un dolore che le paralizzava il braccio dal gomito in giù. Con un supremo sforzo di volontà appoggiò la lama alla carne: poche gocce di sangue caddero a terra. Tutto si dissolse in quella stessa nebbia verdastra che avvolgeva il tempio. Adhara cadde a terra, risucchiata verso un baratro senza fondo.

Si ritrovò con la faccia per metà immersa nel fango. Si alzò dolorante. Era di nuovo nella palude, e non sembrava passato neppure un istante. Guardò la mano metallica, ancora stretta intorno al pugnale. Ce l'aveva fatta. A metà del braccio notò due segni rossi, circolari, dove i boccioli dell'elsa l'avevano punta. Quindi funzionava così: il pugnale le succhiava il sangue per poter colpire, e nel farlo le procurava dolore. Questo era il prezzo da pagare per poter salvare Amhal.

Si assicurò l'arma alla cintura. Non l'avrebbe usata se non fosse stato strettamente necessario: non aveva alcuna intenzione di ripetere la terribile esperienza di poco prima.

Prese dell'acqua dalla borraccia, se la versò sul volto. Aveva i capelli impiastricciati di fango, e se li pettinò con le dita. Fu nel compiere quell'operazione che vide alcune ciocche bianche. Rimase stupita. Non aveva mai avuto capelli bianchi. Li guardò con più attenzione: non solo erano pieni di ciocche bianche, ma non ce n'erano più di blu.

Si sollevò da terra, cercò una pozza d'acqua in cui specchiarsi. Ne trovò una putrida, ma il fondo melmoso le permetteva di guardarsi.

Anche il suo occhio viola aveva cambiato colore. Ora era appannato, di un bianco slavato, quasi fosse cieco.

Lo toccò con una mano, e all'improvviso si sentì infinitamente triste. Aveva perduto ciò che le aveva donato Adrass. Era stato lui a forgiare il suo corpo, a infondervi nuova vita: modificarlo significava corrompere l'opera delle sue mani. Qualcos'altro di suo padre era andato perduto.

Adhara si allontanò dalla pozza, amareggiata da quella vista. Si sciacquò ancora la testa, quindi mise a tracolla il tascapane. Basta con i rimpianti. Era ora di dedicarsi all'ultima parte del suo lungo viaggio.

26
L'eredità di Dubhe

Amina giunse alle porte di Nuova Enawar quasi all'alba. Aveva compiuto il viaggio più rapidamente possibile, facendo volare il drago al massimo delle sue capacità.

Gli elfi erano stati colti alla sprovvista, evidentemente non preparati a una simile mossa: dopo la distruzione della Terra del Vento e le miriadi di piccole vittorie che stavano ottenendo sul campo, forse li immaginavano già rassegnati. Amina aveva quindi potuto sfruttare quel vantaggio e si era gettata a rotta di collo verso il confine con la Terra delle Rocce, di nuovo in territorio amico. Aveva seminato gli elfi sui Monti della Daress grazie a una tormenta. Stremata, finalmente aveva toccato terra. Il freddo era pungente.

Aveva dormito tutta la notte appoggiata al caldo ventre del drago, cullata dal suo cuore possente. L'ultimo pensiero era stato per Baol. Nelle prime ore della sua fuga, aveva meditato se tornare indietro. Non poteva lasciarlo al suo destino, era solo grazie a lui che era riuscita ad arrivare fino in fondo. Ma aveva dovuto desistere. Farlo avrebbe significato morte sicura, e allora a cosa sarebbe servito il suo sacrificio? Aveva ragione lui: lei era tutto quel che rimaneva di Dubhe, lei doveva vivere per coloro che erano morti. Finché lei ci fosse stata, nessuno di loro sarebbe stato dimenticato.

Pensò a quanto tremenda fosse quella nuova consapevolezza che le aveva donato sua nonna: se fosse stata ancora la vecchia Amina, sarebbe morta a Salazar nel tentativo di salvare Baol. E invece Dubhe le aveva insegnato che bisogna vivere, anche quando fa male. E Baol le aveva impresso a fuoco nella mente quell'insegnamento.

Non ti dimenticherò mai, fu l'ultimo pensiero per lui prima di addormentarsi. Poco sopra di lei, il corpo di sua nonna giaceva abbandonato sul dorso del drago.

La mattina dopo, l'aveva trovato coperto da uno spesso strato di neve. L'aveva liberato piano da quel sudario, accarezzando le forme tanto amate. Era stato come riscoprirla, come dirle finalmente addio. Tutti i giorni che aveva trascorso appesa alla terrazza di Salazar non avevano intaccato il suo aspetto: opera della magia, con ogni probabilità, e per quanto di certo non fosse stata la pietà a muovere la mano del mago che aveva evocato l'incantesimo, Amina in cuor suo lo ringraziò. Non avrebbe potuto tollerare l'immagine di quel cadavere in decomposizione, non avrebbe sopportato quell'ultimo insulto che le avrebbe svelato come ogni cosa, alla fine, muore e marcisce, e ne resta solo polvere e un tenue ricordo.

Il resto del viaggio era stato più tranquillo, ma dall'alto Amina aveva avuto modo di osservare le proporzioni della loro disfatta. Era stata lontana poco tempo, ma la situazione già era cambiata. Dovette fare un giro più lungo del previsto, perché gli elfi avevano conquistato buona parte della Grande Terra, e a Nuova Enawar mancavano poche miglia. Del resto, suo fratello non risiedeva più in quella città, ma si era spostato a Makrat. La sua partenza aveva probabilmente indebolito quell'area.

Volò in grandi cerchi sulla città, affinché tutti vedessero. Immaginò gli ufficiali affacciarsi dal Palazzo dell'Esercito, e la gente sporgersi sull'uscio per ammirare quel grande drago che ruggiva nel vento. Li voleva tutti fuori dalle loro case, all'aria aperta. Cominciava da quel piccolo, insignificante gesto, la riscossa.

Atterrò sul parapetto del Palazzo del Consiglio. Lasciò che il suo drago ruggisse, ancora e ancora. Gli abitanti della città si radunarono prima timidi, poi sempre più numerosi. Amina li guardò fiera, sebbene i suoi occhi fossero ancora rossi di pianto. Aspettò che si fosse raccolta una discreta folla, e che arrivassero anche i soldati, i generali e i suoi compagni, i Guerrieri Ombra. Solo allora scese dalla schiena del drago e con fatica tirò giù il corpo di sua nonna. La gente dovette riconoscerlo, perché prima si sentì un mormorio stupito, poi, quando la ragazzina alzò gli occhi, un silenzio stupefatto.

Amina poggiò il cadavere a terra, delicatamente, con amore. Lo compose con le braccia incrociate sul petto. Non aveva paura, sebbene intorno a loro ci fosse quella moltitudine, e lei non avesse mai parlato in pubblico. Indicò il corpo a terra.

«Quasi un mese fa, la nostra regina, da sola, andò a sfidare il nemico.» Tacque, attese che le sue parole venissero ben comprese dalla folla. «Per una vita intera ci aveva difesi, governati, amati: l'aveva fatto come sovrana e come capo dell'ordine combattente cui io stessa appartengo, i Guerrieri Ombra. Da tempo lo faceva anche in incognito. Tutti voi avrete sentito parlare dell'assassino misterioso che falcidiava i nostri nemici. Era lei.»

La folla taceva, e Amina assaporò quel silenzio.

«Aveva deciso di prendere un filtro che la rendeva di nuovo giovane per il tempo dell'azione, e così continuava a proteggerci, in una lotta disperata e solitaria.» La sua voce tremò. «Sapeva che quel filtro l'avrebbe condotta alla tomba, ma non le interessava: eravamo il suo popolo, per noi avrebbe sacrificato qualsiasi cosa. E così quella sera prese l'ultimo sorso di pozione, certa che non sarebbe mai più tornata. Avrebbe ucciso Kryss, e ci avrebbe liberati tutti: morire in quel tentativo era un giusto prezzo da pagare.»

Guardò di sfuggita il cadavere ai suoi piedi. Quella carne non era più sua nonna. Ora che poteva riposare in pace, era soltanto un corpo freddo; lei era altrove, finalmente libera.

«Quasi un mese fa, la regina è morta per noi» disse a gran voce. «Non è riuscita nel suo intento, e l'elfo che doveva uccidere l'ha fatta appendere alle mura di Salazar e ha inviato messaggeri ovunque, perché tutti noi sapessimo che la nostra sovrana era morta per mano sua, e che lui poteva disporre del suo corpo a proprio piacimento. E quel corpo è rimasto in suo possesso fino a oggi.»

La gola iniziava a dolerle, ma il silenzio dell'uditorio la spingeva a parlare ancora.

«Nessuno ha avuto il coraggio di andare a prenderla. Dopo tutto quello che era successo, a lei, alla Terra del Vento, ci siamo sentiti deboli, incapaci di reagire. Abbiamo pensato che la guerra fosse ormai finita, e non ci fosse che da aspettare la morte. Ci siamo chiusi nelle nostre case, in attesa della fine. Intanto, la regina ha continuato a pendere dalle mura nemiche.»

Prese fiato. Ora veniva il momento più difficile.

«Ma io non voglio arrendermi. Perché è questo che mi ha insegnato mia nonna quella sera, quando è andata a sfidare il nemico da sola. Ha voluto provarci che Kryss è solo un elfo, e come tale può essere sconfitto. E io ci ho creduto assieme a lei.»

Si fece più avanti.

«Io ci sono andata, a Salazar, con un eroe che si chiama Baol: abbiamo raggiunto il tetto della città e tenuto testa ai nemici. Perché qualcuno doveva farlo, perché abbiamo sofferto troppo a lungo. Il morbo ci ha messi l'uno contro l'altro, ci ha resi timorosi e diffidenti, ma la malattia è finita! E non c'è *niente* di inesorabile in quello che sta succedendo! Kryss sembra imbattibile perché abbiamo smesso di lottare! Ognuno di noi! Io ho fatto la mia parte, e sono solo una ragazzina. Sono riuscita a sottrarre al nemico la sua preda più preziosa. E se ce l'ho fatta io, allora vincere è possibile!»

L'eco delle sue parole rimbombò sui tetti della città.

«In questa guerra siamo tutti importanti, perché tutti siamo minacciati. E non aver paura è la mossa che ciascuno di noi può fare, è lo straordinario compito che ci viene richiesto in questi tempi. Daremo sepoltura alla regina perché noi siamo ancora il suo popolo, e seguiremo il suo esempio. Gli dei forse non sono con noi, ma non sono neppure con Kryss: gli dei sono con chi impugna la spada e la brandisce fino alla morte per difendere se stesso e la sua gente.»

Sguainò piano il pugnale. Era ancora sporco di sangue. Provata dalla fatica e dal dolore, aveva dimenticato una delle lezioni più importanti che le avevano insegnato da quando era un Guerriero Ombra: aver cura delle proprie armi, sempre. Ma adesso non aveva importanza, adesso persino quel sangue rappreso aveva un senso.

«Io sono con la regina!» urlò.

Le prime voci risuonarono flebili, sommesse. Forse fu qualche bambino, eccitato dall'atmosfera strana che percepiva nell'aria e dalle grida di quella ragazzina. Ma altre voci, adulte, si unirono piano, prima sussurrate, poi sempre più convinte.

«Io sono con la regina!»

A poco a poco divenne un grido, sempre più forte, sempre più tonante, fino a esplodere con potenza. Tutti si misero a urlare a una sola voce, con una forza disperata.

«Io sono con la regina!»

Amina levò il pugnale al cielo, mentre la sua voce si mescolava a quella di centinaia di persone che non avevano più paura.

Kryss cadde a terra, con le ginocchia e le palme premute contro il terreno. La tosse gli squassava il petto violenta, impedendogli di respirare. Accanto a lui, un sacerdote cercava delicatamente di sollevarlo.

«Maestà, se voleste coricarvi...»

Kryss ebbe la forza di scacciarlo con una mano. Rimase a terra, cercando disperatamente di controllare gli spasmi. Sotto di lui andava allargandosi una piccola macchia di sangue.

L'aria era spessa, densa di profumi inebrianti: i fumi delle erbe del sacerdote, quelle che accendeva ogni sera, cercando di dare sollievo ai sintomi del re, sempre più furiosi, sempre più incalzanti. A volte un dolore improvviso, a volte l'incapacità di respirare. Ora quella tosse secca e insidiosa che lo faceva sanguinare.

Kryss riuscì infine ad alzarsi incerto sulle gambe. Un ultimo colpo di tosse e fu dritto, lo sguardo fiero puntato sul sacerdote. Si pulì le labbra dal sangue.

«Perché non funziona?» chiese.

Il sacerdote lo guardò spaventato. «Vostra Maestà, siete stato esposto a un veleno di cui io non conosco l'esatta natura, e...»

«Ancora con questo dannato veleno? Non si tratta di quello!»

Il grido gli tagliò il fiato in gola, facendolo tossire con violenza. Non gli interessava sanguinare, non gli interessava il dolore né quella sensazione di morte imminente che a volte lo attanagliava quando di notte, all'improvviso, non era più in grado di respirare. Quello che lo faceva impazzire di rabbia era che la malattia lo rendeva debole agli occhi dei suoi, e gli impediva di essere efficiente come al solito in battaglia e nella pianificazione della strategia di conquista. Quello era il suo momento, sognato da anni. Era a un passo dalla vittoria, e non riusciva a godersela appieno a causa della misteriosa malattia che da giorni lo aveva colpito. Ma peggio ancora erano i balbettii confusi di quei sacerdoti che non capivano niente e avanzavano le ipotesi più incredibili.

«Non può essere il veleno» disse di nuovo il sacerdote, ma con una nota di dubbio.

No, non poteva essere il veleno che gli aveva inoculato quella maledetta durante lo scontro al ruscello. Già era abbastanza irritante sapere che avevano rubato il suo cadavere dalla città, non poteva accettare che quella donna fosse riuscita anche solo a intaccare il suo magnifico corpo. Aveva forgiato quel fisico per anni affinché fosse un'arma perfetta in battaglia. Fin da bambino aveva assunto minuscole dosi dei più potenti veleni, riuscendo a immunizzarsi dalla maggior parte di essi. L'idea che Dubhe potesse essere stata più furba di lui era inaccettabile.

«Mio signore, ho analizzato un po' del vostro sangue, e ci sono tracce...»

Kryss mandò all'aria il tavolo al centro della stanza. I piccoli bracieri con le erbe caddero a terra, e scintille dei fuochi che vi covavano esplosero al contatto col pavimento.

«Non è il veleno!» urlò.

«Come volete, come volete» mormorò il sacerdote, terrorizzato.

«Le tue stupide erbe non sono servite a niente, finora: sto peggio di prima, e il mio stato si aggrava di giorno in giorno. Presto non potrò più evitare che il popolo mi veda così, e questo non deve accadere, a ogni costo!»

Kryss si avvicinò al sacerdote, chinandosi fino alla sua altezza, e lo fissò negli occhi con uno sguardo di fuoco.

«Alla prima crisi che mi coglie in pubblico, ti faccio tagliare la testa.» Lo disse sottovoce, quasi senza ira, come un dato di fatto.

Il sacerdote, il volto pallido e madido di sudore, annuì freneticamente e si mise a frugare nelle tasche della sua ampia veste. Ne tirò fuori una boccetta con alcune erbe secche. «Queste, intanto, calmeranno la tosse, e...» balbettò.

Il re prese l'ampolla, la stappò e divorò le erbe all'istante, masticandole con furia. «E adesso fila via, ho da fare.»

Il sacerdote uscì dalla stanza camminando a ritroso e profondendosi in inchini.

Subito dopo Kryss fu raggiunto da un'elfa in assetto marziale, vestita con un'agile armatura che le copriva il petto, le spalle e le gambe.

Fece un rapido inchino. «Vostra Maestà.»

Kryss era tornato padrone di sé e sedeva sulla branda da campo, eretto e fiero. «Siediti e dimmi.»

L'elfa obbedì. Prese uno sgabello e si sistemò davanti a lui. «Ho ricevuto un messaggio da Orva» disse guardandolo negli occhi. «Da parte di Larshar, per la precisione.»

«E chi se non lui? Non ho autorizzato altri a mandarmi informazioni» replicò il re con sufficienza. «Spero si tratti di qualcosa degno della mia attenzione, Maghera.»

L'elfa si limitò ad allungargli una pergamena. Kryss

lesse. Gli bastarono poche righe, e i suoi occhi fiammeggiarono d'ira.

«Dev'essere successo qualcosa di grave, molto grave» osservò l'elfa.

Kryss si alzò, camminando avanti e indietro nella tenda da campo. «Siamo a un passo dalla vittoria» disse.

«Altezza, a dire il vero abbiamo riportato una vittoria significativa, ma solo nella prima battaglia.»

«La conquista della Grande Terra, come la chiamano quei vermi, è prossima.»

«Di certo è un obiettivo alla nostra portata. Ma i nemici ormai sanno cosa li aspetta se li sconfiggiamo, e la resistenza sarà assai più strenua di quella nella Terra del Vento. Senza contare che la Grande Terra ha un significato diverso, per loro e per noi, e dunque gli uomini non cederanno facilmente. Se a questo aggiungiamo che il morbo ha perso forza...»

Kryss batté il pugno sul tavolo, facendo trasalire Maghera. La morte di Lhyr era un segreto di cui aveva parlato solo con San e Amhal. Sarebbe stata un'onta insopportabile se la sua gente avesse saputo che un gruppo di ribelli qualsiasi era riuscito a eludere la sorveglianza. «Si va avanti come previsto» disse lapidario.

«Maestà, se è successo qualcosa in patria...»

«Quella non è la nostra patria. *Questa* lo è!» ribatté Kryss pestando un piede al suolo. «Posso perdere una, due, tutte le città del Mherar Thar, ma non rinuncerò neppure a un granello di questa terra.»

«Altezza, tagliare i ponti con la patria vuol dire rinunciare a un serbatoio di forze prezioso.»

«Basta!» l'interruppe Kryss con un gesto imperioso. «La conquista dell'Erak Maar è la nostra priorità, ad essa possiamo sacrificare qualsiasi altra cosa.»

Maghera lo guardò a lungo, poi trovò il coraggio di dire quanto le urgeva in gola. «Se proseguiamo, forse non avremo più una casa a cui tornare.»

Kryss sorrise maligno. «Non ho mai pensato di tornare. La nostra casa è l'Erak Maar.»

Emersero piano dal portale. Apparivano dal nulla, a piccoli gruppi, confusi e disorientati. Si guardavano attorno per capire dove si trovassero, poi tutti finivano a fissare la stessa cosa.

Lei fu l'ultima. Un lampo bianco, e poi figure note che andavano definendosi in quel biancore accecante. Gli alberi contorti, le liane, il sottobosco traboccante di vita, i fiori carnosi. Forse non aveva funzionato?

Poi si voltò a destra e la vide. Acqua a perdita d'occhio. Piatta, chiara, scorreva pigra. Il Saar. Erano arrivati. Al di là li attendeva l'Erak Maar.

Il Mondo Emerso, si corresse Shyra.

Si chinò, trasse dalla bisaccia che aveva a tracolla un pezzo di pergamena consunta e un piccolo calamaio. Il messaggio fu breve, lapidario. Non c'era molto da dire, e non aveva tempo da perdere in convenevoli.

"Ho bisogno di incontrarti. Io e i miei siamo nel Mondo Emerso."

Bruciò piano la pergamena, pronunciando a bassa voce l'incantesimo, mormorando il nome del destinatario: Adhara.

Quando ebbe finito, si alzò.

«E adesso?» le chiese uno dei suoi.

«Adesso prendiamo le viverne e andiamo dall'altra parte. Adesso chiudiamo una volta per tutte i conti con Kryss» rispose lei guardando già oltre, al di là di quel fiume sconfinato.

Terza parte

Marvash e Sheireen

27

Pedine in movimento

Quando arrivò nel piccolo villaggio di Ferjan, il primo della Terra dell'Acqua che si incontrava venendo dalla Terra del Vento, Adhara si accorse che gli abitanti la osservavano in modo strano. C'erano sospetto e paura nei loro occhi, e lei si chiese per quali delle sue innumerevoli caratteristiche: perché, pur così giovane, aveva la testa piena di ciocche candide? Per via del suo occhio mezzo bianco? Oppure avevano sentito parlare della sua storia, e avevano riconosciuto in lei la Sheireen?

Nonostante quell'atmosfera di diffidenza, percepì una nota nuova nell'aria. Sembrava che una tenue speranza si fosse accesa nei volti della gente, ora che il morbo aveva smesso di diffondersi. La vita aveva ripreso timidamente a scorrere e le persone, sebbene preferissero ancora restare chiuse nell'intimità delle proprie case, riprendevano a poco a poco ad animare le strade, affamate di contatto umano.

La locanda infatti era piena di avventori e c'era persino un cantore, in fondo alla sala, che raccontava una storia nota a tutti: quella di Nihal. Adhara soffocò un sorriso amaro. Chissà se quella gente sapeva che tutto stava per ripetersi, che una nuova Sheireen era tra loro, e che i Marvash non erano lontani. La fine del mondo forse era prossima, eppure là dentro si narravano ancora storie e leggende, e ci si intratteneva con canti e banchetti.

Il silenzio scese minaccioso quando si avvicinò al bancone. Decine di occhi sospettosi si appuntarono su di lei.

«Una zuppa e del pane nero» ordinò quasi con timore. L'oste si limitò a bofonchiare qualcosa, mentre la ragazza addetta ai tavoli, una giovane dalle guance rubiconde e i capelli dorati, fu più gentile. La prese per un braccio e la condusse verso un posto libero, a un tavolo con quattro sedie.

«Ti porto subito da mangiare» aggiunse con un sorriso, e se ne andò verso la cucina.

Adhara ispezionò la sala con lo sguardo. Erano quasi tutti uomini. C'erano due ninfe a un tavolo, ma non sembravano molto a loro agio, e gli altri avventori se ne tenevano a distanza. Eppure nessuno si lamentava, né le guardava con ostilità.

Pensò che tutto sommato i tempi erano davvero migliorati: neppure un mese prima una scena del genere sarebbe stata impensabile.

La zuppa le fu servita assieme a un tozzo di pane di segale. Adhara mangiò in fretta, pagò e poi si avviò verso la porta. La giovane serva l'accompagnò con il consueto sorriso sulle labbra, e Adhara se ne sentì riscaldata. Provava un bisogno disperato di fare quattro chiacchiere con qualcuno; Amina le mancava, lei e le confidenze che si scambiavano, ed era da tempo che parlava solo per raccogliere informazioni pratiche.

«La zuppa era ottima» esordì allora rivolta alla ragazza.

«Da quando non c'è più il morbo, anche il nostro cuoco ha ricominciato a preparare piatti prelibati» si entusiasmò la ragazza. Spiegò che la gente finalmente aveva ripreso a uscire di casa, che non aveva più paura come prima. «Siamo rimasti in pochi, e dobbiamo farci compagnia per non deprimerci troppo» disse, scoppiando in una risata che a Adhara parve splendida, piena. «Anche se con la morte della regina l'umore è un po' sceso... ma Amina, sua nipote, è riuscita a risollevarlo.»

Adhara sentì il cuore perdere un battito. Amina. La sua Amina, che a quanto pareva aveva trovato la propria strada e aveva compiuto un'impresa eroica. La giovane serva ne parlò con trasporto, ricordando il discorso con cui aveva infiammato la folla.

«Le sue parole hanno fatto il giro del Mondo Emerso, e il suo gesto è stato d'esempio per tutti noi» concluse.

Adhara sorrise intenerita. Chissà se lei, quando fosse venuto il suo momento, sarebbe riuscita a essere coraggiosa come Amina.

«E mi dicevi che il fronte è avanzato verso Nuova Enawar?» chiese.

La ragazza annuì. «In ogni caso, noi qui non ci sentiamo molto al sicuro.»

Adhara la guardò interrogativa.

«Avrai visto anche tu che la gente ti fissava in modo ostile. Be', da qualche giorno gira voce che quegli strani draghi cavalcati dagli elfi volteggiano sopra la parte occidentale del nostro paese. E sai, tu sei arrivata con un drago mezzo nero, proprio come quei mostri alati...»

Ecco dunque spiegato tutto quel sospetto.

Adhara sorrise. «Non preoccuparti, sono dei vostri. Il mio drago è così perché è stato creato con la magia, ma ti assicuro che è un animale docilissimo.»

«Non lo metto in dubbio, ma quelli che volano qui sopra non sono certo amici...» soggiunse piano la servetta. Qualcuno la chiamò dalla cucina. «Vengo!» urlò. «Si dice siano truppe capitanate da una donna» si affrettò a concludere.

Una luce si accese nella testa di Adhara. Shyra doveva avere già varcato il confine del Saar. «Dove sono?» chiese d'un fiato.

«Non lo so, ma pare volassero verso il villaggio di Jarea.»

Adhara frugò nel tascapane, ne trasse fuori una moneta d'argento e la mise nel palmo della ragazza. «Grazie e buona fortuna» le disse. Poi corse via per raggiungere Jamila.

Kryss spalancò gli occhi. La tenda era soffusa di una luce tenue. Era giunta l'alba, e nemmeno quella notte era riuscito a dormire. Respirava affannosamente, era sempre così da qualche mattina a quella parte. Con fatica allungò la mano verso un campanello che aveva accanto, lo scosse con vigore e si lasciò di nuovo cadere sul suo giaciglio. Era inchiodato al letto da una collera cieca, e più il suo respiro si faceva corto, più l'ira aumentava. Perché proprio ora? Perché il suo corpo lo tradiva a un passo dalla meta?

Morire non lo spaventava. Era l'oblio, piuttosto, a terrorizzarlo, fin da bambino.

Il primo contatto con la morte lo aveva avuto assai giovane, quando la malattia gli aveva portato via sua madre. Ricordava i drappi neri alle finestre, l'odore della stanza in cui giaceva il suo corpo, composto nella sua eterea bellezza. Era lei, eppure non lo era. E davanti a quel cadavere, che non poteva più accarezzarlo, baciarlo, consolarlo, aveva sentito un vuoto incommensurabile aprirsi nel petto.

Suo padre si era trovato una nuova moglie pochi anni dopo, un'elfa cui lui non era mai riuscito ad affezionarsi e che vedeva come un'usurpatrice. E intanto il ricordo della madre sbiadiva sempre più. A palazzo tutti sembravano averla dimenticata, troppo impegnati a lodare la bellezza della nuova regina, e anche in lui, di mese in mese, qualcosa di lei scompariva.

Ne fece un disegno, prima che fosse troppo tardi, e fu mentre ne tracciava i contorni con le lacrime agli occhi che comprese l'essenza della morte: una distanza infinita che solo la memoria poteva colmare.

Allora capì. Se non voleva scomparire anche lui come sua madre, se voleva l'immortalità del ricordo, l'unica permessa su questa terra, doveva fare qualcosa di grandioso. Voleva il suo nome scritto al fianco di quelli degli eroi di cui leggeva nei miti, il suo ritratto a campeggiare, immenso, nella sala degli antenati, per i secoli a venire. Tutti, guardando la sua effigie, avrebbero dovuto rimpiangerlo, e ricordarlo come il più grande dei re.

Ma se la malattia l'avesse sconfitto, tutto sarebbe stato inutile. Il fallimento era l'antidoto più potente all'eternità del ricordo. Per questo si convinse che sì, poteva morire anche nel fiore degli anni, ma non prima di aver concluso quanto doveva.

Il sacerdote entrò trafelato. «Mio signore» disse con un inchino. Poi osservò il suo volto pallido e scavato, le labbra violacee, e si affrettò a trarre dalla tunica un'ampolla. Gli versò in bocca poche gocce, e il corpo di Kryss fu scosso dai singulti. Era un liquido amaro, doloroso. Dopo, giacque esausto, ma il suo viso riprese colore.

Il sacerdote mise a bruciare in un incensiere alcune erbe. L'odore fresco e pungente riempì la tenda. Kryss respirò a pieni polmoni. «Mio signore, dovete arrendervi all'evidenza: il veleno ha aggredito il vostro corpo.» Kryss sentì una stilettata di rabbia trafiggergli la gola. I suoi occhi fiammeggiarono mentre fissava il sacerdote, ma quello continuò: «Io non credo che tutto sia perduto, però dovete riguardarvi. Questo inverno gelido non giova al vostro fisico provato, né lo fanno le privazioni del campo di battaglia. Perché non tornate a casa? O quanto meno non interrompete la campagna, almeno fino a primavera, quando il tempo sarà più clemente? Sarebbe meglio anche per i nostri soldati, e io nel frattempo potrei prendermi cura di voi...»

Kryss lo afferrò per la gola. Aveva ritrovato le forze. «Mi chiedi di arrendermi, verme? Mi stai dicendo di fermarmi? Quello che sto facendo non può essere fermato, da nessuno! Non dagli uomini, non dai loro draghi né dai loro maghi, neppure da questo dannato corpo! Io arriverò fino in fondo, e solo allora mi concederò il lusso del riposo!»

Lo allontanò da sé con furia, facendolo cadere a terra.

«Rischiate la vita, mio signore...» mormorò il sacerdote.

«Non mi interessa. Conta solo arrivare fino in fondo, e se non lo faccio ora, ora che gli uomini sono ancora disorganizzati e divisi, non lo farò più. Il tuo compito è uno solo: rimettermi in piedi. Nient'altro.»

Il sacerdote distolse lo sguardo mordendosi le labbra.

«Vai a chiamare San» disse il re tirandosi su a sedere sulla branda.

Il sacerdote obbedì in silenzio.

Il tempo di vestirsi, e San si presentò. Entrò a passo spedito, a malapena chinò il capo in segno di saluto. Aveva il volto tirato, gli occhi cerchiati, sembrava dimagrito. Kryss aveva creduto che fargli intravedere Ido gli avrebbe dato nuova energia, e invece la cosa sembrava quasi roderlo dall'interno. La promessa che gli aveva fatto era parsa all'inizio un'arma straordinaria per avere in pugno il potere del Marvash. Ma ora si stava rivelando una lama a doppio taglio. L'ossessione che leggeva nei suoi occhi in quegli ultimi giorni non gli piaceva, e poteva diventare pericolosa.

«Non dormi?» gli chiese. Sentì un accesso di tosse salirgli alla gola, ma riuscì a trattenerlo, non senza fatica.

«Non dormo perché combatto. Per te» rispose brusco San.

«Bisogna riposarsi perché il corpo funzioni al meglio.»

«Non venirmelo a dire proprio tu» replicò San con un ghigno. «Credi che non sappia in che condizioni sei?»

Kryss contrasse la mascella. «Ti ho chiamato per dirti che ho ancora bisogno di te e Amhal.»

«Sai che sono a tua disposizione.»

«Sto concentrando gli sforzi nella conquista di Nuova Enawar.»

«Me ne sono accorto.»

«Ma non hai fatto domande.»

«Non mi hai preso con te per discutere le tue strategie. Io obbedisco e basta, il patto era chiaro.»

Kryss sorrise con ferocia. «In ogni caso, voglio spiegarti: mi serve la Grande Terra. Nuova Enawar ha un enorme significato per il nemico, è la capitale morale del Mondo Emerso. Per questo conto che i nemici metteranno in campo buona parte delle loro forze per difenderla.»

«Concordo» disse secco San.

«La battaglia sarà lunga e sanguinosa, e vedrà i nemici totalmente concentrati nello sforzo.»

«Stai dicendo ovvietà.»

I denti di Kryss scricchiolarono tanto li aveva serrati, ma ancora una volta si trattenne. «Voglio che, assieme a me e ai miei soldati migliori, tu e Amhal penetriate oltre le mura. Conosci la città, magari sai indicarmi qualche passaggio segreto.»

San sorrise. «Ci sopravvaluti: da soli non saremo certo in grado di conquistare una città intera.»

«Non è quello che ti sto chiedendo» replicò Kryss, poi tacque un istante per dare maggior peso alle proprie parole. «Una volta dentro, erigeremo un ashkar. A quel punto, tu e Amhal evocherete l'incantesimo.»

Il sorriso si spense sul volto di San.

Kryss avanzò di un passo. «Pensaci. Saranno tutti lì schierati, impegnati a combattere per la vita o la morte. Ci saranno i generali, ci sarà forse persino qualche re. E basterà una tua parola per spazzarli via dal primo all'ultimo.»

San chinò appena il capo, quindi alzò gli occhi. «Ho calpestato tutto ciò che di più caro esiste al mondo; ho tradito chi mi aveva accolto, ho rinnegato me stesso e il mio sangue, e tutto per Ido. Sai che non mi fermerò neppure adesso. Farò ciò che vuoi.»

Kryss sorrise soddisfatto. «Mi fa piacere che tu finalmente abbia capito di poterti fidare di me.» Poi si incupì un istante. «Ma non sono altrettanto ottimista per quanto riguarda Amhal. Lo vedo assente negli ultimi tempi. Che mi dici di lui?»

«Che il suo tempo sta per scadere. Il talismano non funziona più come prima, è prossimo al punto di rottura.»

«Arriverà fino in fondo?»

San scrollò le spalle. «Bisogna fare in fretta.»

«Se tutto andrà come previsto, dopo aver conquistato la Grande Terra sarà un gioco da ragazzi. E poi tu lo hai in pugno. Non mi deluderai, lo so.»

«È la memoria del mio maestro, che non deluderò» ribatté San brusco. Quindi fece un cenno del capo, e fu fuori.

28
Alleanze

Theana si svegliò alle prime luci dell'alba. Le mani, legate dietro la schiena, le dolevano da impazzire, e così le caviglie, segnate da una larga striscia rossa là dove la corda le aveva segato la carne. Provò a sollevarsi, ma le risultò impossibile. Poi si sentì tirare su bruscamente per una spalla, e la schiena sbatté contro il tronco di un albero. San le infilò a violenza una ciotola tra le labbra, tirandole i capelli e costringendola a bere. Acqua, che le scendeva amara giù per la gola, e in rivoli lungo il mento.

Quando ebbe finito, guardò con odio il suo carceriere.

Era stata catturata un giorno prima, mentre era in viaggio per Laodamea, dove si sarebbe tenuto il Consiglio.

Lei e la sua scorta erano stati attaccati di notte, mentre riposavano. Il grido delle viverne aveva squarciato il cielo, poi le fiamme avevano incendiato la notte. Gli elfi di pattuglia in quella zona erano piombati su di loro fugaci come ombre. Al bagliore del fuoco, Theana li aveva visti muoversi come furie e uccidere rapidamente i due soldati. Ma prima che potesse evocare un incantesimo di difesa, era stata tramortita con un colpo di lancia. Il capomanipolo aveva riconosciuto in lei il Supremo Officiante e aveva deciso di risparmiarle la vita, portandola come prigioniera all'accampamento di Kryss.

Ma qui si erano imbattuti in San, che aveva costretto i due elfi a lasciarla a lui anziché consegnarla al re.

E ora Theana era lì, impotente. Avesse avuto ancora accesso alla magia, forse le sarebbe rimasta una possibilità, anche se ricordava quanto grande fosse il potere di San. Ma le corde con cui era legata erano pregne di un incantesimo che annullava la sua forza magica.

«Perché non mi ammazzi e non la fai finita?» sibilò.

«E a che scopo? Se ti ammazzassi qui, e ti gettassi in pasto alle fiere della foresta, nessuno lo verrebbe a sapere. Invece tu sei come Dubhe: rappresenti un simbolo per il tuo popolo. Lo sai cos'ha fatto il re degli elfi al suo corpo...» Theana sentì un'ondata di collera investirla al solo ricordo. «È proprio da Kryss che ti porterò; sarà lui a decidere che cosa fare di te. Ma prima voglio concedermi il privilegio di vedere l'ultimo dei grandi del Mondo Emerso umiliato e offeso dalle mie stesse mani.»

Theana fu soffocata dall'ira. Il volto di San aveva ancora molto del bambino che era stato; poteva intravederlo tra le pieghe della sua espressione, in fondo ai suoi occhi, quel bambino spaurito e tenace che aveva incontrato tanti anni prima, che aveva persino protetto, nonostante già allora avesse percepito in lui l'oscurità.

«Come hai potuto...» sussurrò. «Dubhe, Learco... Ti hanno salvato la vita. Non saresti nemmeno qui, se non fosse stato per loro. E che dire della tua gente, per la quale Ido ha dato tutto se stesso?»

San si volse con impeto. «Non osare nemmeno pronunciare il suo nome!»

«Lo pronuncio eccome. Sei tu a non essere degno neppure di pensare a lui. L'hai tradito, e nel peggiore dei modi.»

San sguainò la spada, gliela puntò alla gola. Una goccia di sangue bagnò la lama. «Tu non sai niente. Non sai cosa ho attraversato in questi anni, che deserto sia stato la mia vita. E soprattutto non sai niente di Ido, di quel che ha rappresentato per me.»

Theana non si lasciò spaventare. Ciò che aveva visto nella Terra del Vento aveva spento in lei ogni paura: era già morta lì, quel giorno in cui non era stata in grado di salvare la sua gente.

«Non è stato poi così importante, se hai avuto il coraggio di vendere anche lui e la sua memoria. Qual è stato il prezzo, dimmi: potere? Gloria?»

San sorrise sarcastico e rinfoderò adagio la spada. «Mi fai pena. Non sei cambiata poi tanto, sei rimasta la stessa stupida ragazzina di allora. È per lui che lo faccio, tutto. E presto, ogni passo acquisterà un senso. Presto, lui sarà di nuovo con me.»

Theana lo guardò con un'espressione interrogativa, poi la luce di un'oscura consapevolezza si fece strada in lei. «Non può averti promesso...» mormorò.

San sorrise. «La tua stupida magia non concepisce una cosa del genere, vero? Le dannate regole che vi siete dati, e che seguite ottusamente – non violare l'ordine naturale, non pervertire le leggi dell'universo – sono inutili briglie che imprigionano il potere. Kryss riesce dove voi non osate neppure cimentarvi.»

«Non è possibile, San. I morti non possono tornare.»

«Questo lo dici tu. Kryss la pensa diversamente.»

«Non è una questione di Formule Proibite. Neppure il Tiranno riuscì a riportare in vita i morti: ne evocò solo le ombre, prive di volontà, e le arruolò nel proprio esercito, e lui usava la Magia Proibita. E così Yeshol, che ha dedicato la vita alla Setta degli Assassini e al sogno folle di riportare in vita Aster, ha fallito.»

«Io l'ho *visto*!» ruggì San. «Me l'ha mostrato, in bilico tra i due mondi, e lui mi ha chiamato a sé, mi ha riconosciuto!»

Theana scosse la testa. Stavolta fu lei a sorridere. «Per questo ti sei dannato? Per questo ci hai sterminati? San, tra questo mondo e l'altro c'è una barriera che neppure la più potente delle magie può infrangere. Solo i morti conoscono i morti. Quel che ti ha dato Kryss è stata mera illusione: tuo nonno fece lo stesso per rivedere la donna che amava. Si spinse fino al baratro che ci separa dall'aldilà, incontrò Nihal tra i due mondi. Ma non poté chiamarla a sé, né riuscire a raggiungerla.»

San scattò in avanti, l'afferrò per la gola e le sbatté la testa contro l'albero. «Lui *può*! Me l'ha promesso! E io riavrò Ido, lo riavrò!»

Tutto divenne nero intorno a Theana, e più sbarrava gli occhi, più ogni cosa si faceva indistinta, confusa. Fu quando credette che fosse finita che San mollò la presa. In piedi davanti a lei, ansimava, stringendo e rilasciando i pugni.

Poi le puntò un dito contro. «Non mi costringerai a ucciderti, non ci riuscirai. Kryss ti farà rimangiare le tue menzogne.» Si staccò da lei e cominciò a preparare le sue cose per partire.

Theana si massaggiò la gola, respirando forte. «Sei tu che vedrai andare in frantumi il tuo sogno impossibile» disse piano. «E allora ti accorgerai a un tratto di quanto inutile sia stato tutto quello che hai fatto in questi anni.»

Era la prima volta che un Consiglio si teneva al di fuori di Nuova Enawar. Persino nei momenti peggiori del morbo, maghi, regnanti e generali avevano continuato a riunirsi nella capitale. Ora però che la Grande Terra era cinta d'assedio, era sembrato più prudente incontrarsi a Laodamea.

Tra i convenuti c'erano la regina Calipso, il re della Terra delle Rocce e Kalth. Nei loro occhi si leggeva un'espressione cupa e preoccupata, non solo perché Theana non si era ancora presentata, e di lei non si avevano notizie. Tutti gli sguardi erano puntati su un'elfa alta e muscolosa, con i capelli rasati e una lancia in mano. Shyra. Non era stato facile per Adhara farla entrare. Alla fine era stato Kalth ad approvare la sua partecipazione alla riunione.

«Tu conosci il rischio a cui ci stai esponendo, Adhara. Sei pronta a giurare sulla tua vita che possiamo fidarci di quest'elfa? Che non si tratta di una seguace di Kryss?»

«Abbiamo lottato fianco a fianco a Orva, il suo odio nei confronti del re degli elfi è più profondo di quello di chiunque io abbia mai conosciuto» rispose Adhara.

Nonostante la diffidenza dei presenti, Kalth decise di crederle. «E allora sia. Abbiamo bisogno di qualcuno che conosce bene il nemico.»

La prima parte della riunione fu un lungo interrogatorio. L'ostilità era palpabile, e in fondo Adhara non riusciva a dar torto alla gente lì convenuta: erano mesi che gli elfi lottavano con l'unico scopo di sterminare ogni razza senziente del Mondo Emerso, ed ecco che ora una di loro chiedeva di sedere in mezzo ai maggiorenti di quello stesso popolo, pronta a offrire collaborazione. Ma Shyra era stata abile. Era partita raccontando la sua storia, un resoconto secco e tagliente che, Adhara lo sapeva, le era costato molto. Poi aveva semplicemente descritto la nascita della resistenza, le sue ragioni e la lotta contro Larshar a Orva.

«Sicché la città sarebbe in mano vostra.»

«Larshar pende dalle mura di Orva» rispose Shyra.

«Mi spieghi come avrebbe fatto Kryss ad arrivare fin qui,

se non ha l'appoggio del suo popolo?» chiese un generale.

«Lo aveva quando è partito, ma ormai si tratta di molto tempo fa. Da allora i contatti con la madrepatria si sono diradati. C'è carestia nel Mherar Thar, e molti pensano che il posto del re in simili frangenti dovrebbe essere con il popolo, non lontano da casa a sperperare risorse in una guerra inutile.»

«Ci stai dicendo che ha perso l'appoggio della sua stessa città natale?»

Shyra annuì. «Il popolo è con noi. Kryss non ha più un posto in cui tornare.»

Seguì un silenzio ostile. Adhara aveva già fatto quanto in proprio potere. Aveva raccontato la parte di storia che la riguardava, aveva parlato della battaglia che avevano combattuto insieme, aveva spiegato più chiaramente che poteva che era merito di Shyra se il morbo non c'era più.

«Sentite, so che elfi e umani non sono in contatto da molti, troppi secoli» intervenne Shyra all'improvviso. «E so altrettanto bene quali dissensi ci dividono, e cosa c'è nel nostro passato. Credete che per me sia stato facile fidarmi di Adhara? O, peggio ancora, attraversare il portale e poi il Saar per arrivare fin qui? Sarò onesta: a me non interessa il vostro destino. Siamo razze diverse, e viviamo in luoghi lontani. Ma adesso abbiamo un avversario comune. Kryss non è soltanto nemico di tutte le razze del Mondo Emerso, è più ancora nemico degli elfi. Ha causato una guerra fratricida, ci ha messi gli uni contro gli altri, a combatterci casa per casa, strada per strada. Per colpa sua è stato versato sangue di fratelli, capite cosa significa? Vi ho raccontato la mia storia, ma come me molte altre persone hanno perso tutto ciò che amavano. È in nome di questa comunanza nel dolore che vi chiedo di unire le forze. Io posso aiutarvi a sconfiggere Kryss, posso mettere al vostro servizio i miei soldati, nonché le conoscenze sul mio popolo. E voi potete aiutarmi a batterlo qui, ora, prima che torni a Orva forte della conquista di un mondo che non ci appartiene più da troppo tempo, che da troppo tempo è ormai vostro.» Tacque un istante. «Ci uniremo a questo scopo, e quando sarà finita, ognuno tornerà da dove è venuto. A me l'Erak Maar, anzi, il Mondo Emerso, non interessa, e lo stesso vale per la maggioranza di noi. È stata la follia a spingerci a credere alle parole di Kryss. Sembrava nobile, bello e giusto quel che diceva, e ci faceva sentire importanti. Soprattutto ci dava speranza in un'epoca buia, di decadenza. Ma il sogno è diventato un incubo: noi questa terra non la vogliamo più, non a questo prezzo. Noi amiamo l'odore di Orva, amiamo le sue costruzioni in legno, non c'è altro posto che potremmo sentire nostro. Il Mherar Thar non è una terra di lacrime, è la nostra casa, lo è da lunghissimo tempo. Ma sebbene ci divida un mondo, credo che sarebbe da folli non unirci ora. Assieme possiamo farcela.»

Tacque. Il silenzio era denso, pensoso.

Fu Calipso a prendere la parola. «Poco tempo fa, uomini e ninfe erano nemici. Ci ammazzavate per il nostro sangue, e noi avevamo imparato a temervi, a odiarvi. Ma una donna ci ha insegnato a unire le nostre forze, a superare l'odio e cercare assieme una soluzione a ciò che ci stava uccidendo. E ci siamo riusciti, abbiamo trovato un nuovo inizio per ninfe e uomini. Per questo io credo che sia giunto il momento, di nuovo, di mettere da parte i pregiudizi. Se avesse voluto farci del male, Shyra l'avrebbe già fatto.» Indicò gli astanti. «Qui riuniti ci sono gli uomini che guidano ora il Mondo Emerso. Le sarebbe bastato poco per decapitare la resistenza agli elfi. Eppure lei è venuta qui disarmata, ci ha aperto il suo cuore, è stata onesta con noi. Per questo io dico di fidarci di lei. Il Mondo Emerso sta morendo, non abbiamo più molto da perdere.» Si fermò un attimo, quindi levò una mano. «Io mi fido» affermò decisa.

Una seconda mano seguì immediatamente la sua. Era quella di Kalth. «Calipso ha detto bene» concordò. «Shyra ha dato prova di fiducia, e io percepisco la verità nelle sue parole. Anch'io mi fido.»

Per qualche istante parve che nessun'altra mano si sarebbe unita a quelle due. Poi, timidamente, se ne alzarono un altro paio, finché quelle tese non superarono in numero quelle abbassate.

«Il Consiglio delibera: Shyra combatterà al nostro fianco» decretò Kalth. Poi guardò l'uditorio. «Dobbiamo pianificare la strategia.»

La discussione non fu troppo lunga né animata: era ormai noto a tutti che Kryss stava cercando di conquistare la Grande Terra. Altrettanto evidente era che Nuova Enawar non poteva cadere, per nessuna ragione.

«È tutto ciò che resta di noi, è la città che ha resistito persino al morbo, l'ultimo baluardo della nostra civiltà» disse Kalth. «Perderla vorrebbe dire perdere se stessi. Per questo concentreremo lì ogni nostro sforzo bellico, ovviamente senza lasciare sguarniti i confini sensibili con la Terra del Vento.»

Shyra si limitò ad annuire.

Poi, inaspettatamente, Kalth si girò verso Adhara. «Nell'ultimo Consiglio ci avevi detto che ti saresti occupata dei Marvash, e invece eccoti qui. Con un dono, certo, e prezioso» aggiunse con un sorriso. «Ma che ne è della tua missione?»

Adhara sapeva che non erano in molti a credere davvero in quella storia della Sheireen. Per tutti, la Consacrata era una sola, Nihal; il resto erano solo leggende buone per il Supremo Officiante. Ma non aveva importanza. Lei conosceva il ruolo che doveva giocare in quella partita, e si rendeva conto che era di capitale importanza. Prese coraggio, e parlò della missione che aveva intrapreso per ottenere il Pugnale di Phenor. Ma tacque di ciò che realmente voleva fare con quel talismano.

«Io credo che questo pugnale sia l'arma di cui avevo bisogno per sconfiggere i Marvash, l'arma che mi è propria in quanto Sheireen.»

«E ora?» chiese Kalth.

Adhara deglutì. «Ora ho intenzione di andare da Amhal e San e fare quel che devo.»

«Da sola?» chiese Calipso.

«Sono l'unica che possa sconfiggerli.»

«Se è così, a maggior ragione non puoi andare da sola: e se ti succedesse qualcosa prima di incontrarli? Se morissi?»

«Questo è il mio destino: Thenaar mi proteggerà fino a quando non mi troverò di fronte ai Marvash. A quel punto o li ucciderò, oppure saranno loro a uccidere me.» Si odiò per quelle parole in cui non credeva, ma doveva andare da sola perché solo lei poteva salvare Amhal. Chiunque altro avrebbe provato soltanto a eliminarlo.

La seduta si sciolse, e pian piano tutti presero la strada dei dormitori. L'indomani ognuno sarebbe tornato al proprio posto. Anche Adhara si avviò verso i dormitori, ma lei, l'indomani, sarebbe andata verso il fronte. Sentì una mano stringerle il braccio. Accanto a lei c'era Shyra, il volto tirato.

«Lo sai che ti aspetta morte certa, vero?» le disse diretta. «Perché hai mentito, in assemblea?»

Adhara l'afferrò per una mano, la trasse verso l'esterno. Si ritrovarono sui bastioni, esposte al vento freddo che sferzava l'aria secca di quella sera. Non c'era luna, solo un manto compatto di nubi dense.

«Ho le mie ragioni per non aver rivelato tutta la verità» disse, guardandosi intorno. «Ma tu sai, e credevo avessi capito.»

Shyra la guardò. «Come la penso te l'ho già detto» replicò.

«Appunto. E come te la pensano in molti, tutti gli altri. Ma la Sheireen sono io: farò quel che devo, salverò questo mondo, ma a modo mio.»

«Non sono certo qui per impedirti di farlo.»

Adhara rimase interdetta. «E allora perché?» chiese stupita.

«Perché verrò con te.»

29
L'inizio

L'assedio iniziò all'improvviso.

Nuova Enawar se l'aspettava. Dal giorno in cui Amina era tornata con il corpo di Dubhe e aveva tenuto il suo discorso, tutti non avevano fatto altro che prepararsi a una nuova battaglia.

Dai bastioni della città era già possibile scorgerlo, l'esercito nemico, una linea nera all'orizzonte, prima sottile, poi sempre più spessa. Incombeva come un'ineluttabile minaccia, ma non incuteva più il terrore di un tempo negli abitanti della città. Dopo quanto accaduto nella Terra del Vento, dopo il morbo, e soprattutto dopo l'impresa di Amina, era come se non ci fosse più spazio per la paura. Avevano visto l'abisso, e questo li aveva resi liberi: la morte era diventata una presenza quotidiana e quindi meno spaventosa di quando era una prospettiva lontana.

Eppure, accadde troppo in fretta. La sera prima tutti si addormentarono che Kryss era ancora distante. I fumi del suo accampamento si intravedevano appena, sulla linea dell'orizzonte.

La mattina dopo, fu un rombo a svegliare gli abitanti. L'ariete aveva iniziato a forzare il portone, gli elfi erano sotto le mura. Ma nelle terre ancora libere, gli uomini erano pronti a riceverli.

Amhal guardò la propria immagine riflessa in uno specchio. Non lo faceva da tantissimo tempo. Con la sua umanità se n'era andata anche quella forma di consapevolezza di sé; guardarsi non aveva senso, perché quel corpo adesso era solo un involucro vuoto.

Quella mattina invece si osservò. Sentiva il cuore pesante, come a ogni risveglio da diversi giorni a quella parte. L'insensibilità non arrivava subito, non si destava con lui. La notte si portava dietro uno strascico di dolori e passioni, e il ricordo bruciante di lei. Aveva smesso di mentire a se stesso. Il ricordo della Sheireen era al tempo stesso tremendo e dolcissimo. Dal buco nero del suo petto pian piano erano emersi sprazzi di memorie. La morbidezza delle sue labbra, la sensazione dei suoi capelli sotto le dita, il tumulto dei sensi quando l'aveva toccata, quella sera di tanto tempo fa, in cui aveva dovuto fermarsi o la passione l'avrebbe annientata.

La rivoleva.

La desiderava disperatamente.

Era questa l'ultima verità che gli era rimasta. E per quanto avesse provato a negarla, ora gli appariva in tutta la sua schiacciante concretezza.

Si guardò, e lo specchio gli restituì un volto scavato, dagli occhi velati e sofferenti. Si ricordava diverso. I lunghi mesi di battaglie l'avevano cambiato, avevano impresso un marchio nella sua carne. Al centro del suo petto nudo il medaglione brillava, la sua luce pulsava lenta allo stesso ritmo del cuore. Un cuore che continuava a battere sospinto da passioni che non gli riusciva di sopire, e continuava a sanguinare, notte dopo notte.

Strinse i bordi del medaglione con le dita, e sentì che non si muoveva. Era tenacemente aggrappato al suo petto, i sottili tentacoli di metallo immersi nella carne.

Non è bastato neppure questo, non è bastata la magia di un re a togliermi dalla mente lei e il mio senso di colpa.

Sapeva che di lì a poco avrebbe dimenticato ogni cosa, di nuovo. L'insensibilità sarebbe calata su di lui come un balsamo, e avrebbe potuto essere il Marvash ancora per un giorno. Ma spesso iniziava a sentirlo anche in battaglia, o peggio, dopo. L'orrore per quel che faceva, lo stesso che aveva accompagnato tutti gli anni della sua infanzia, fino al giorno in cui aveva ucciso Neor, e aveva segnato la distanza tra ciò che era stato fin lì e quello che sarebbe presto diventato.

Non poteva più uccidere senza pensarci, non poteva continuare a sterminare nella più totale indifferenza. Il ricordo di quanto accaduto quel giorno nella Terra del Vento si insinuava tra le pieghe della sua insensibilità, scavando solchi sempre più profondi, spalancando voragini di terrore. Poteva ancora tenere a bada quelle sensazioni, ma quanto a lungo?

E, quel che era peggio, iniziava a desiderare di *sentire* ancora. Sentire lei e quel che per lui aveva significato, sentire persino il dolore e il senso di colpa. Tornare a vivere, per quanto straziante fosse.

San gli aveva detto che quella era la sua strada. Che col tempo si sarebbe arreso alla sua vera natura e avrebbe cominciato a distruggere, uccidere e massacrare senza più dolore, anzi, con piacere. E allora perché a un tratto il frutto più dolce che aveva assaporato in quei diciotto anni di vita, quell'insensibilità che gli aveva regalato Kryss, gli sembrava amaro come fiele?

La tenda si aprì. San.

«Fuori hanno iniziato. Presto Kryss partirà per la città, e noi dovremo essere con lui.»

Amhal annuì. «Mi preparo e vi raggiungo.»

San uscì.

Eccolo. Lo sentiva arrivare. Ogni sentimento evaporava, la coscienza di sé si affievoliva per lasciare posto solo al desiderio di obbedire. Il Marvash stava tornando, e Amhal, l'Amhal di un tempo, batteva in ritirata. Restava solo un vago ricordo, come un dolce profumo che, pur svanito, lascia qualcosa della propria essenza nell'aria.

Adhara.

Si tirò su di scatto, prese la spada a due mani. La strinse, e l'incertezza scomparve.

Era ora di andare in battaglia.

Adhara indossò i vestiti di sempre. Non era abituata all'armatura, era convinta che le avrebbe rallentato i movimenti. Prese con sé una spada per le prime fasi del combattimento, quando avrebbe dovuto farsi largo tra i nemici e cercare Amhal. Ma quel che davvero contava era il pugnale. Lo sollevò lentamente, come una reliquia, e con cura se lo sistemò al fianco.

La terra tremava, l'aria vibrava di grida. C'era un odore dolciastro e nauseabondo, di morte. Eccola dunque, la guerra.

Uscì per raggiungere Shyra. Erano partite assieme, di notte, in groppa a Jamila. I compagni di Shyra sarebbero venuti dopo, assieme alle truppe del Mondo Emerso.

Erano arrivate a Nuova Enawar, presso l'esercito lì schierato. I soldati di stanza nella città non erano molti, sebbene parecchi vi fossero confluiti non appena era stato chiaro che la città era il prossimo obiettivo di Kryss.

Adhara e Shyra si erano confuse con loro, e avevano atteso. Fino a quella mattina.

Quando entrò nella tenda, quasi non riconobbe Shyra. Indossava l'armatura degli elfi: una corazza leggera, con ampi spallacci, due bracciali che arrivavano al gomito e lunghi stivali di cuoio, alti fino alla coscia. Il pettorale però era stato dipinto; c'era un cerchio, con dentro otto cerchi più piccoli, ognuno di un colore diverso: blu, nero, grigio, marrone, bianco, azzurro, rosso e oro. I colori delle pietre del Talismano del Potere, il simbolo che le truppe del Mondo Emerso avevano deciso di esibire in quella guerra. Sulla testa portava un elmo decorato da un motivo di fulmini intrecciati. Era imponente, terribile, e bellissima. Un essere nato per la battaglia.

«Sei pronta?» le chiese.

Adhara sentì il cuore tremarle nel petto. Annuì. «È l'ora, dunque.»

Kryss osservò il campo di battaglia da un piccola collina a ridosso della città. Il cielo era plumbeo, il freddo tagliente. Minacciava neve. Sullo sfondo delle nubi gravide, viverne e draghi si intrecciavano nell'aria, lanciandosi strali di fuoco. A terra, un brulichio di esseri viventi che si gettavano gli uni contro gli altri. La scena da quel punto di osservazione era insolitamente silenziosa. C'era qualcosa di splendido in quello spettacolo, la perfezione estrema della morte.

Combattono per me, solo per me, si disse il re, e sentì una commozione profonda salirgli dal petto.

Aveva avuto un altro accesso di tosse, quella mattina, e stavolta gli erano parsi interminabili i secondi in cui l'aria gli era mancata. Nonostante le proteste del sacerdote, aveva preso tutte assieme le erbe che gli aveva prescritto: oggi era il suo giorno, oggi tutto doveva essere perfetto. Era a un nulla dalla meta. Ancora qualche pennellata, e il quadro sarebbe stato completo, la sua gloria eterna. E non contava che il corpo lo stesse tradendo, non aveva alcuna importanza quello che poteva essere accaduto a Orva. Il futuro era lì, ora. Nient'altro gli interessava.

Il suo sguardo venne catturato da un movimento sulla destra. Vide una carica di uomini giungere verso i suoi, stringerli alle spalle; in testa, quattro draghi immensi. Le file dei suoi soldati, presi alla sprovvista, si scompaginarono. Osservò gli uomini attaccare con rinnovato vigore. Sorrise. Poteva immaginare i pensieri che passavano per la testa di quegli illusi. Di certo credevano di essere riusciti a coglierlo di sorpresa, e che l'esercito degli elfi non avrebbe avuto alcuna speranza.

Ma lui *sapeva*. Tutto. Anzi, contava su quella mossa. Voleva che le truppe del Mondo Emerso prendessero i suoi alle spalle, voleva che quegli sciocchi sentissero la vittoria in pugno. Li voleva là, tutti assieme, perché insieme potessero morire, come già i loro simili nella Terra del Vento. Un nuovo olocausto purificatore. Ma mentre il primo era stato essenzialmente una dimostrazione di forza, questo avrebbe rovesciato le sorti della guerra.

Tra poco di voi non resterà neppure la polvere, pensò.

San e Amhal lo affiancarono. Kryss li guardò. Erano entrambi provati, divorati ognuno dal proprio demone. Ma non aveva importanza neppure questo. Bastava che arrivassero vivi alla fine di quella guerra. Poi avrebbe trovato il modo di sbarazzarsene.

«Mio signore, ci siamo tutti» disse il mago. Kryss sorrise. Si calò sul volto il cappuccio del mantello e gli altri lo imitarono, un gruppo di una trentina di figure ammantate sotto quell'alba di sangue.

«Andiamo, allora» ordinò.
Spronarono i cavalli e si lanciarono verso la città.

Morte e sangue, sangue e morte. E neve. Iniziò a scendere piano, a fiocchi minuscoli. A terra, affondava nel pantano, e spariva così.

Adhara perse quasi subito la cognizione del tempo. Tutto si riduceva alla sua lama che fendeva l'aria, e portava via con sé arti e sangue. L'odore era intollerabile.

Eccola, la guerra. Quella cantata nei miti, la guerra cui si era consacrata Nihal, che i ragazzini simulavano rincorrendosi per le vie delle città quando ancora c'era la pace. Invece non c'era nulla di eroico, nulla di sacro in quelle grida strazianti, in quei corpi smembrati, ridotti a grumi di sofferenza.

Adhara si muoveva come un automa, cercando di pensare solo a quanto avrebbe fatto di lì a poco. Ma l'orrore la sopraffaceva. Eppure il suo corpo non smetteva di compiere il proprio dovere. Aveva percorso tanta strada, finalmente poteva definirsi una persona vera, tuttavia lì in mezzo tornava a essere solo un'arma. In fin dei conti, non poteva sottrarsi alla sua natura: i Veglianti l'avevano creata perché fosse a suo agio in guerra, e lei si piegava a quell'ordine impresso nella sua carne dal momento in cui era nata.

Shyra, al suo fianco, era una furia. La sua era una danza mortale, l'ascia non smetteva un attimo di descrivere archi di morte nell'aria gelida, spazzando la neve che scendeva piano. Ma sebbene entrambe fossero prese dal combattimento, non dimenticavano l'obiettivo finale. Tuttavia non c'era traccia né di Amhal né di San. «È impossibile che non siano sul campo, sono le armi di Kryss» disse Shyra ansimante, in un attimo di pausa.

«Che vuoi dire?»

«Che qualcosa non torna» rispose l'elfa con stizza.

Gli incappucciati giunsero sotto le mura. L'ordine era stato chiaro: tenere sgombra una porzione dei bastioni di Nuova Enawar a tutti i costi.

«È qui?» chiese Kryss.

San tastò il muro con le dita. «È qui» confermò, poi si fece da parte.

Amhal avanzò titubante. Era stato lui la fonte dell'informazione. "C'è un passaggio di cui si servono spesso le reclute per uscire ed entrare nella città a piacimento. Niente più di un corridoio usato da soldati giovani e indisciplinati, che sgattaiolano fuori per andare a trovare la propria bella, magari, e rientrano che è già buio." Così aveva detto, quando avevano pianificato l'incursione. Ora qualcosa lo frenava, qualcosa di oscuro che gli agitava il petto. Mise le mani sulla pietra, ma esitò.

San lo scostò con malagrazia. «Non abbiamo tutto questo tempo» ringhiò.

Gli bastò spingere. Una porta segreta ruotò su se stessa, rivelando un passaggio buio e stretto.

Kryss ridacchiò. «Dopo di voi» disse.

Shyra correva lungo le mura, abbattendo i nemici che si trovava di fronte. Sembrava inarrestabile, come se in lei ardesse un fuoco mistico, qualcosa che le dava una forza sovrumana. Adhara riusciva a starle dietro a stento.

«Non ho ben capito cosa stiamo cercando» disse, quando si fermarono per un solo istante.

«Kryss combatte sempre. Lui è fatto così, non è di quelli che seguono la battaglia da lontano, gli piace stare al fianco dei suoi e, mi duole dirlo, è anche uno straordinario combattente. Ma oggi non c'è, e non ci sono neppure San e Amhal, che sono i guerrieri più potenti del suo esercito. Inoltre ha permesso che i suoi venissero presi alle spalle, tra due fuochi, e ti assicuro che una tale leggerezza non è da lui. No, c'è un proposito dietro tutto questo: è una trappola, o almeno un diversivo.»

Adhara sentì un brivido scenderle giù per la schiena. «Credi siano altrove?»

«Credo abbiano un piano, un piano per entrare. Ricordati: lui può distruggere in un solo colpo tutti i non elfi nelle terre che possiede.»

«Ma lui non possiede la Grande Terra» ribatté Adhara.

«Per ora» mormorò Shyra, lanciandole uno sguardo significativo.

Non di nuovo. Non come allora. Adhara non avrebbe potuto tollerare di vedere di nuovo la gente dissolversi, scomparire come non fosse mai esistita.

«Andiamo» disse scattando in testa.

La porta segreta era accostata. Shyra lo spalancò con una spallata. Oltre, il buio più fitto. «Ne sapevi qualcosa?»

Adhara scosse la testa.

«Credi siano entrati?» chiese la ragazza all'elfa, ma già conosceva la risposta.

Shyra si immerse nell'oscurità, e Adhara fece altrettanto. Non appena furono dentro, i rumori della battaglia scemarono. La guerra che si combatteva là fuori non era più affar loro, così come non era mai stato affare né di San, né di Amhal né di Kryss. Fin dal principio, era un'altra la battaglia che si stava giocando tra loro.

Shyra la prese per le spalle. «Separati sono più deboli.»

Adhara sembrò non capire.

«I Marvash. Possono tenerti testa solo assieme, per

questo sono in due. Da soli, non hanno la tua forza. Perciò, qualsiasi cosa accada a me, tu ti occuperai di Amhal. Lo condurrai dove vorrai, lontano dall'altro Marvash, e te la vedrai solo con lui. D'accordo?»

«Shyra, questa è la mia missione, mio è il modo con cui ho deciso di portarla a termine, e non voglio...»

«Smettila» la interruppe l'altra. «Hai fatto una scelta, l'hai fatta quando hai deciso di amare il tuo nemico. Ormai non conta più quanta gente dovrà morire, mi hai capito? Conta soltanto la decisione che hai preso. Siete solo tu e lui, chiaro?»

Adhara annuì piano. Percepì con chiarezza che tutto stava per finire, e con orrore sentì che non avrebbe più rivisto Shyra. «Non morire» mormorò.

«Non ci penso nemmeno» sorrise lei con ferocia. «Almeno non prima di aver vendicato mia sorella.» Poi la guardò seria. «Ti auguro davvero di cambiare la storia.»

Quindi ripresero il loro inseguimento.

30
Presagio

Si mossero per le vie della città quasi inosservati. Gli abili al combattimento erano sugli spalti, donne e bambini erano stati fatti riparare altrove, in un luogo sicuro.

Non ha importanza, moriranno tutti tra poco, pensò Kryss mentre avanzava lungo le strade assieme ai suoi. Di nuovo la tosse l'aveva prostrato, mentre erano nel passaggio segreto. L'aria continuava a bruciargli la gola, bisognava sbrigarsi. Il tempo a sua disposizione stava per scadere.

Ma se oggi tutto andrà come deve, e andrà *come deve, la vittoria sarà a portata di mano*, si disse con decisione.

Ripararono in un palazzo deserto. Tre soldati rimasero di guardia, sbarrando le porte; gli altri entrarono con Kryss e si fermarono in un ampio salone al pian terreno.

«Qui va bene» sentenziò il re.

Due soldati avanzarono e posarono a terra una cassa. Fu il mago ad aprirla, e ne trasse un piccolo obelisco di metallo a base triangolare.

Kryss sentì il cuore esultare. «Muovetevi!» disse. L'ansia lo divorava.

Eressero l'obelisco al centro della stanza. Il mago tirò

fuori dalla tunica un'ampolla, versò il liquido alla base e iniziò il rito. Il re seguiva ogni singolo gesto, rapito e al tempo stesso dilaniato da un'impazienza che gli mozzava il fiato. Gli parve che il tempo scorresse più lento, e che quel mago avesse disimparato i gesti e li compisse tutti con estenuante pacatezza. Fu una mano posata sulla sua spalla a farlo trasalire. San.

«Che vuoi?» disse con malagrazia.

«Prima dobbiamo parlare.»

Non riuscì a continuare. Urla soffocate giunsero dalla porta.

«Dannazione!» imprecò Kryss. «Andate a vedere chi è!» ordinò ai suoi soldati.

«Non si tratta di un nemico per loro» disse San sguainando la spada. «È lei» aggiunse, e guardò Amhal, le cui mani, strette sullo spadone, tremavano leggermente.

«Voi mi servite qui» insistette Kryss.

San lo guardò quasi con disprezzo. «È la Sheireen. Vuoi che mandi tutto all'aria?»

Kryss si morse le labbra. «Fate presto, allora.»

San e Amhal si avviarono di corsa, Amhal appena più avanti. Imboccò il corridoio che l'avrebbe condotto alla porta, e San si apprestò a seguirlo. Fu allora che sentì lo spostamento d'aria. Riuscì ad abbassarsi appena in tempo. L'ascia descrisse un ampio tondo sulla sua testa. Lui ruotò sui talloni e fendette lo spazio attorno a sé con la spada, ma morse solo il vuoto. Si tirò su in posizione d'attacco, e lo vide. L'aggressore era un elfo, bardato in un'armatura in tutto e per tutto identica a quella dei soldati di Kryss. Solo il simbolo sul petto era diverso: senza ombra di dubbio il Talismano del Potere, l'emblema del nemico.

San squadrò il suo sfidante. Aveva braccia e gambe muscolose, imponenti, fin troppo per un elfo; le proporzioni però erano tipiche di quella razza, e anzi c'era qualcosa di aggraziato nella sua figura, quasi di femmineo.

«Chi sei?» chiese.

L'avversario si tolse l'elmo e lo gettò lontano.

San ci mise un po' a riconoscerla: era incredibilmente cambiata. «Ma guarda un po' chi si vede... la traditrice.»

«Vorrai dire piuttosto che sono rinsavita» replicò Shyra. «Qui il traditore è uno solo, e sei tu.»

«E sia» ammise San. «Ma a quanto pare anche tu hai deciso di rinnegare il tuo popolo, proprio come me.»

«Io il mio popolo lo sto salvando» ribatté lei.

«Ti pensavo rintanata come un topo insieme ai tuoi degni compari; non hai fatto altro da quando hai smesso di combattere con me.»

«I topi si sono ripresi Orva.» Adesso il volto di Shyra trasudava sdegno, e San riusciva a riconoscere sotto il suo aspetto truce la giovane sacerdotessa di Shevraar che si era battuta al suo fianco. L'aveva sempre considerata un'ottima combattente: forte, decisa, spietata. Ma aveva scoperto fin da subito il suo unico punto debole, quello che l'avrebbe perduta. Come lui non riusciva a staccarsi dal ricordo del suo maestro, così Shyra era morbosamente attaccata alla sorella. E infatti era stata proprio Lhyr a perderla per sempre.

«Non mi importa niente delle questioni di voi elfi.»

«Già, tu combatti solo per il tuo tornaconto.»

«Esattamente.»

Shyra abbassò l'ascia, sorrise. «Bene, vedo che i nostri interessi convergono. Fammi passare. Non sei tu che cerco.»

«Mi chiedi l'unica cosa che non posso fare.»

Shyra impugnò di nuovo l'ascia, il volto deformato da una ferocia senza scampo. «Di quel bastardo non ti importa né ti è mai importato niente, lo so. Lascia che lo ammazzi, poi potrai fare quello che vuoi.»

«Quel bastardo è la chiave per avere ciò che voglio. Mi spiace, ma non posso permettere che tu lo uccida, ammesso che tu ne sia capace.»

Shyra roteò lentamente l'ascia. «Mi stai dicendo che prima devo spiccare la tua testa?»

San si lasciò scappare una risatina. «Ecco, questa è una cosa che di sicuro non ti riuscirà mai.»

«Lo vedremo...» disse Shyra.

Si gettò contro di lui con un urlo, l'ascia sollevata a caricare il colpo. San attese immobile, e solo all'ultimo parò con la spada. Scintille sprizzarono dal contatto tra le due lame.

Shyra conosceva la sua forza, e sapeva che per batterlo avrebbe dovuto fare appello a tutte le proprie capacità. Il suo corpo danzava nell'aria, e così la sua ascia. Il suo modo elegante di combattere, fluido e continuo, si scontrava contro la forza bruta di San, che ribatteva colpo su colpo senza scomporsi. Era sempre stato un combattente istintivo, uno cui nessuno aveva insegnato e che aveva imparato da solo sugli innumerevoli campi di battaglia che aveva calcato. La sua era la spada di un massacratore, quella di Shyra era l'ascia di un'esteta, di una sacerdotessa per la quale l'omicidio non era mai un fine, ma sempre un mezzo.

L'ascia si infrangeva sulla barriera della spada nera, e per quanto Shyra cercasse di variare l'angolo dei propri attacchi e di essere meno prevedibile, San riusciva a parare ogni colpo e non indietreggiava di un pollice.

Sorrideva, sicuro di sé.

Cosa gli dà tutta questa sicurezza? Perché non ha paura di me? si chiese Shyra.

Un ultimo attacco, poi si separarono. Shyra ansimava, il respiro di San era regolare.

«Ti conosco bene, sei cresciuta sotto il mio comando» disse lui. «Puoi impressionare i soldati semplici e la gentaglia che si è unita a te nella ribellione, ma io calco la polvere del campo di battaglia da molti, molti più anni di te. Adesso tocca a me.»

E subito passò all'attacco. Il primo fendente venne dall'alto, potente. Shyra riuscì a pararlo, quindi colpì la spada nemica per aprirsi un varco. Provò a sfruttarlo con un colpo di punta, ma San richiuse immediatamente la guardia, respingendo l'ascia. Sfruttò il tondo, girò su se stesso e mirò al fianco. Shyra si sottrasse per un pelo, ma ugualmente la spada nera segnò un lungo taglio rosso appena sotto il limite della sua armatura. Per fortuna una ferita superficiale.

«Non pensare che abbia sbagliato: è che mi piace giocare» disse San ridendo. Lasciò che la mano guantata scorresse sulla lama nera, poi portò le dita alle labbra, assaggiando il suo sangue.

Shyra scattò in avanti e fu di nuovo ascia contro spada. Stavolta l'elfa cercò di aumentare la velocità dell'attacco, e con un colpo dal basso all'alto riuscì a sbilanciare San. Fu un istante, ma sufficiente. Shyra puntò al ventre, San si scostò e la lama intaccò la carne della gamba.

Con una smorfia di dolore sul viso, il Marvash portò la mano alla ferita. «Adesso mi hai davvero fatto arrabbiare» sibilò.

Il combattimento riprese, più violento. Un taglio al braccio, uno a una coscia. Shyra si ritrovò di nuovo ferita. Solo graffi, ma erano la misura della voragine che li separava.

Costui è il Marvash, e io sono una semplice sacerdotessa, pensò con disperazione. Però scosse la testa, mentre ruotava su se stessa e fendeva l'aria intorno con la lama. Un nuovo taglio andò a segno sulla gamba di San.

Sarà anche il Marvash, ma è solo, il suo compare se la sta vedendo con Adhara, e in ogni caso sarà la forza del mio odio a darmi la vittoria.

L'immagine di sua sorella, così com'era quando Kryss ancora non era entrato nelle loro vite, le riempì la mente. Era la forza di cui aveva bisogno, l'unica con la quale poteva sperare di battere un nemico che le era tanto superiore.

Ancora attacchi serrati, ancora scintille che sprizzavano dallo scontro delle due lame. Eppure San restava di fronte a lei come un muro impenetrabile, una barriera eretta tra lei e l'urgenza della sua vendetta.

Poi lo vide. Appena oltre la porta, immobile nel fulgore della sua bellezza, splendido come il giorno sciagurato in cui aveva deciso di affidarsi alla forza delle sue parole. Kryss.

Lui la guardò, la riconobbe e non diede segno di essere preoccupato né spaventato. Nei suoi splendidi occhi si scorgeva solo fastidio.

Shyra urlò con tutto il fiato che aveva nei polmoni, i suoi colpi persero di coordinazione, ma acquisirono forza. San era sempre lì, una roccia invalicabile. Gli sferrò un colpo violentissimo, un colpo talmente prevedibile che non aveva speranza di andare a segno, ma che almeno lo sbilanciò. La via si liberò per un attimo, nessun ostacolo tra lei e l'elfo. Soldati dietro di lui, ma se fosse stata rapida – e aveva tutta la spinta dell'odio a metterle le ali ai piedi – nessuno avrebbe fatto in tempo a intervenire.

E dopo che mi uccidano pure, tornerò finalmente da te, Lhyr, ma lo farò con la testa del tuo assassino tra le mani.

Caricò il colpo, balzò in aria, e l'immagine dell'improvviso orrore che riempì gli occhi di Kryss fu dolcissima, nuovo nutrimento alla sua fame di vendetta.

L'arco del salto si interruppe però a metà, e l'aria le

mancò tutt'a un tratto. Non sentì la spada entrare, ma la sentì sfilarsi dal suo corpo e portarsi via ogni forza. Una spada di cristallo nero, la spada della Sheireen.

Shevraar, perché mi tradisci? pensò con disperazione e stupore, mentre crollava a terra.

Si ritrovò prona ai piedi di Kryss, le dita contratte sul marmo del pavimento. Nel suo campo visivo, solo gli stivali del nemico.

Faceva male, un male terribile, ma più della ferita le bruciava la sconfitta.

Non sono stata in grado nemmeno di vendicarti, Lhyr...

Le lacrime, sulle guance, erano ardenti.

Kryss la voltò con un piede, la guardò ansimare a terra, cercare l'aria. Il suo viso era sprezzante. Shyra strinse gli occhi.

«Che ci fai qui? Pensavo che tu e i tuoi vermi foste stati annientati da un pezzo da Larshar.»

Ogni cosa intorno a lei si faceva più indistinta, mentre un gelo mortale dalle dita le risaliva lungo le membra.

Perché deve finire così? pensò con rabbia infinita.

Kryss si chinò su di lei, le afferrò le guance tra le dita e strinse. «Rispondimi: che ci fai qui?»

E all'improvviso vide. Tra la vita e la morte, con quel po' di forza che le restava, vide. L'ultimo dono di Shevraar. Sorrise.

«Non resterà niente di quel che hai costruito» mormorò, guardandolo negli occhi. «Ti sei affannato per niente, perché presto tutto quel che hai avuto, o che hai creduto di avere, svanirà.»

«E tu che ne sai?» disse Kryss con una smorfia.

«Lo vedo con chiarezza, come vedo te ora» rispose Shyra senza smettere di sorridere. «Non si ricorderanno di te, Kryss, nessuno lo farà.»

Il re strinse la presa sul suo volto. Poi, con un unico, rapido gesto, estrasse il pugnale. «Taci!» urlò, e le affondò la lama nel petto. Neppure allora Shyra smise di sorridere, e fu con quel sorriso che diede l'addio al Mondo Emerso.

Kryss rimase a guardarla con rabbia per un istante. «Niente mi può fermare» le sputò in faccia. Poi si sollevò e si volse verso San. «Sei pronto, adesso?»

Adhara avanzò verso l'ampia stanza dell'imponente edificio. Non ricordava cosa fosse quel palazzo, non c'era mai stata. Forse semplicemente l'abitazione di qualche ricco signore ora morto.

Avverrà qui. Questo è il luogo in cui salverò Amhal, o morirò nel tentativo.

Il pavimento era di marmo; in fondo, la parete era traforata da sei archi, disposti su due ordini. Il secondo si apriva su un loggiato, cui si accedeva tramite un'ampia scala che si intravedeva dietro i tre archi inferiori. C'erano stucchi ovunque, fregi d'oro, un tripudio di opulenza che strideva con le condizioni attuali del Mondo Emerso. Era ricchezza che parlava di un'altra epoca, di un altro luogo. Sulle pareti, affreschi di vario genere. Corpi muscolosi, contratti in pose plastiche, eroi che si combattevano. Adhara intravide Nihal. Era sua la leggenda che quelle mura narravano. La storia stava per ripetersi, come accadeva da millenni. Un nuovo Marvash e una nuova Sheireen.

Lo spezzerò, quel ciclo. Nessuno avrà nulla da ricordare, perché questa guerra non finirà come le altre, si disse Adhara.

Strinse con più forza l'elsa della spada, la mano metallica, fredda, sotto quella di carne sudata, tremante.

Lo sentì.

Lontano, all'inizio, poi sempre più vicino.

Martellante eppure lieve, il ticchettio di passi frettolosi sul marmo. L'eco li moltiplicò a dismisura. Poi lo vide. Appena un'ombra nera che attraversò un angolo del loggiato e si gettò giù per le scale. Adhara aveva il cuore in gola.

Non lo incontrava dal giorno in cui Adrass era morto. Erano successe molte cose da allora, e lei non era più la stessa. Quando l'aveva conosciuto era una ragazzina ignara di sé e del mondo. Quando aveva combattuto con lui nelle Terre Ignote era ancora una ragazza inquieta, che aveva appena detto addio a suo padre. Adesso era una donna, una persona completa, definita.

Se non lo fossi non sarei qui, se non lo fossi non avrei mai trovato il coraggio di andare fino in fondo alla mia decisione.

Eppure, tutto quel che era stato scomparve nell'istante stesso in cui Amhal mise piede sulle scale. La sua storia era lì, era sempre stata lì, fin dal primo momento in cui si erano conosciuti. Tutta la sua vita si riduceva al loro incontrarsi, scontrarsi, fuggirsi. Era questo che significava essere una Sheireen? Era questo il modo che lei aveva *scelto* per esserlo?

Lo guardò scendere le scale, assaporò la sua figura che le si manifestava piano, tra le pieghe del mantello che svelava e celava il suo corpo sempre magro, sempre sofferente.

Si fermò a metà della sala, lo spadone a due mani stretto in una guardia mediana.

Era cambiato? C'era qualcosa nel suo aspetto, nel suo atteggiamento, che poteva dirle se era già troppo tardi, se tutta la strada compiuta era stata un'illusione? Spiò il suo volto ancora più affilato, le sue mani nervose, il suo sguardo come sempre spento. Non tradiva alcuna espressione.

Il talismano era invisibile. Probabilmente lo celava

sotto la corazza di cuoio. Sapeva che per salvarlo avrebbe dovuto atterrarlo, ridurlo all'immobilità e quindi agire sul medaglione.

Amhal la guardò, ma Adhara non ebbe l'impressione che l'avesse riconosciuta.

«Io non voglio combattere con te» disse con la voce che le tremava. «Arrenditi. Conosco il modo per toglierti il medaglione dal petto e farti tornare la persona che eri.»

Amhal la fissò con occhi vuoti. «Io sono il Marvash, tu la Sheireen. Tra me e te non può esserci altro che guerra.»

Adhara deglutì. «Tra me e te c'è stato altro, molto altro, e so che lo ricordi.»

Lui rimase immobile, in silenzio. Un bagliore lontano nei suoi occhi, l'eco smorzata di una consapevolezza.

Adhara sentì una debole speranza accenderle il petto. «Arrenditi e permettimi di salvarti!» urlò abbassando la spada.

Amhal fu fulmineo. La investì con un affondo, cui Adhara riuscì a rispondere immediatamente con una parata.

«Quello che sono ora è quello che ho sempre sognato di essere. Senza emozioni, senza sentimenti, sordo al dolore e alla gioia: nient'altro che un'arma» sussurrò Amhal. Lei sentì la carezza del suo fiato caldo sul collo. Erano intollerabilmente vicini. «Io non voglio essere salvato.»

Adhara chiuse gli occhi, cercò in sé la forza di cui aveva bisogno. Si staccò da lui balzando indietro, aggiustò la presa sulla spada. «E allora non mi lasci scelta» disse con dolore. Si mise in guardia, e fu pronta.

31

Il premio di San

San rimase immobile davanti a Kryss.

Il re ansimava, impossibile dire se per la rabbia o perché la malattia tornava a tormentarlo. «Ti ho chiesto se sei pronto» sibilò.

«Non farò nulla di quanto mi chiedi.»

Lo disse con una calma estrema. Era la quiete del condannato a morte, di chi sa di aver superato ogni limite.

Le pupille di Kryss si fecero grandi, due pozze colme d'ira. «Cosa hai detto?»

«Sono anni che ti seguo come un cane fedele, che obbedisco a ogni tuo comando. Tutto quello che ho ottenuto dalla mia abnegazione è stata un'ombra.»

«Sai quali sono i nostri patti» disse il re, gli occhi iniettati di sangue.

«Sei arrivato fin qui solo grazie a me, sono io che ti ho innalzato fino al trono, che ti ho regalato la vittoria. E cosa ho avuto in cambio? Pochi attimi di agonia.»

«Vai a chiamare il tuo compagno e fa' quanto ti ho ordinato!» esclamò il re.

«Io voglio Ido qui, adesso!» urlò San fuori di sé.

Kryss contrasse la mascella. Faticava a controllarsi.

Non hai nessun potere su di me, pensò San. *Stai morendo e non puoi più piegarmi alla tua volontà.*

«Lo avrai domani. Porta a termine questa maledetta magia, e io lo farò evocare qui, davanti ai tuoi occhi» disse Kryss.

«Io non voglio un'ombra. Io voglio Ido in carne e ossa, voglio quello che mi hai promesso.»

«Ti ho detto che lo avrai. Darò ordine a Tyrash di riportare in vita il tuo maestro. Lo farò tornare, ma non potrai ricongiungerti a lui finché non avrai terminato il tuo compito. Non dovranno restare nient'altro che elfi nel Mondo Emerso, è chiaro? Solo quando gli umani, le ninfe, gli gnomi saranno stati sterminati, Ido sarà libero.»

«E tornerà su questa terra uguale a com'era un tempo?» chiese San.

Anche se lui aveva finto di non dar peso alle sue parole, Theana aveva insinuato un dubbio lacerante nella sua mente: che Kryss gli avesse mentito da sempre, che davvero non esistesse modo di spezzare il confine tra la vita e la morte. E che, non appena il Mondo Emerso fosse stato completamente annientato, Kryss si sarebbe sbarazzato di lui senza dargli nulla di quanto aveva promesso.

«Certo. Ti ho dato la mia parola.»

«Non mentirmi.»

Kryss fece un gesto d'impazienza. «L'ho mai fatto?»

San lo guardò in silenzio. «Io voglio Ido adesso» sibilò. «Non mi fido più di te, maledetto elfo. Ho visto con i miei occhi la brama di potere che ti brucia, e credo che sia immensamente superiore al tuo senso dell'onore e alla sacralità della tua parola. Per questo ti propongo uno scambio equo. Fin qui ho speso tutto me stesso per servirti. Credo che dovresti ricambiare il favore: se non mi dai Ido, qui, ora, non evocherò la magia che ti serve per sterminare la popolazione della Grande Terra.»

«Non puoi chiedermi questo» obiettò Kryss, la fronte madida di sudore.

«E allora non mi avrai più al tuo fianco» lo minacciò San alzando la voce.

Kryss tremò. Quel bastardo l'aveva messo con le spalle al muro, non aveva scelta. Perderlo nel momento della battaglia finale avrebbe vanificato tutti i suoi sforzi.

«E sia» concesse infine. Si volse verso Tyrash. «Fa' quel che devi.»

«Mio signore, io ho tentato di spiegarvi che...»

«Fa' quel che devi!»

«Non c'è alcuna garanzia che...»

Il re lo afferrò per la gola, la spada puntata alla giugulare. «Hai portato a termine il tuo lavoro, qui, non ho più bisogno di te. Se non mi obbedisci, ti ammazzo.»

«Mio signore... Non ho mai provato davvero... È tutta teoria... Potrei morire...»

«Se non lo fai, morirai di sicuro» sibilò Kryss.

Lasciò il mago, che crollò a terra. Tyrash si tirò su, terrorizzato. San non riusciva a staccare gli occhi da lui.

L'hai sentito? Non è possibile, quel che Kryss ti ha promesso non è possibile. È proprio come ha detto la vecchia maga. La Gilda si sbagliava, Sennar si sbagliava, tutti si sbagliavano: dalla morte non si torna, gli sussurrò malevola una voce interiore.

San scosse con vigore la testa.

Si può tornare, invece. È possibile, perché ho attraversato l'inferno per arrivare fin qui, è possibile perché se non lo fosse nulla di questi cinquant'anni avrebbe alcun senso, perché se gli dei esistono, se c'è una giustizia, allora devo ottenere ciò che voglio!

Tyrash aprì la piccola sacca che racchiudeva la terra della tomba di Ido. Guardò con occhi supplici il re un'ultima volta, e nel suo sguardo gelido non scorse neppure l'ombra di una vaga compassione. Sospirò, quindi ne fece cadere il contenuto sul pavimento. Tutto quel che restava dello gnomo in questo mondo era lì, in quella polvere che ora descriveva un cerchio intorno al mago. San non riuscì a trattenere le lacrime. Abbassò la testa per nascondere la propria sofferenza agli occhi di quella gente che non avrebbe mai potuto capire.

Tyrash andò verso di lui. Prese dalla cintura uno stiletto, di quelli che i sacerdoti elfici avevano sempre al fianco. Sollevò una mano del mezzelfo, incise la carne del palmo; raccolse il sangue che ne uscì in un piattino dorato che aveva preso dal tascapane che portava a tracolla.

Tornò all'interno del cerchio. Aveva lo sguardo di chi si sente in trappola, di chi è disperato. Si chinò a terra, poggiando il piattino davanti a sé, quindi tagliò anche il proprio palmo. Mescolò il suo sangue a quello di San, recitando una formula.

Poi indugiò un attimo, il piattino stretto fra le dita.

«Ricordatevi della mia famiglia, a Orva; mi avevate promesso dei terreni, dateli a loro» disse.

Il re annuì, infastidito.

Quindi il mago chiuse gli occhi. Iniziò a pronunciare l'incantesimo, prima piano, poi a voce sempre più alta. Parole arcane, una Formula Proibita, San ne riconobbe la cadenza. Il mago versò il sangue sulla terra, da cui iniziò a sprigionarsi una luce nera.

San trattenne il fiato. Era iniziata. Dopo tanta attesa, tante peregrinazioni, tutto avrebbe acquisito un senso.

Non c'era posto per altro suono, lì dentro, tranne per

le parole che Tyrash recitava sempre più ispirato, sempre meno presente a se stesso. La luce nera si alzò in fiamme oscure che avvolsero il suo corpo. Iniziò a urlare, ma ormai era come posseduto dalla potenza della magia che aveva evocato, e le sue grida componevano le frasi dell'incantesimo in una lingua gutturale e disumana, una lingua di morte.

«Ido!» urlò San, sperando che la forza del suo sentimento illuminasse la via che dalle tenebre l'avrebbe riportato a lui.

Tra le fiamme oscure che sembravano divorare la carne di Tyrash andò pian piano disegnandosi una forma. La figura magra e slanciata del mago a poco a poco si dissolse, consumata da quel fuoco inestinguibile, e piano un'altra ne prese il posto. Gambe tozze, un busto muscoloso, lunghi capelli. San sentì il cuore esplodergli in petto.

«Ido!» urlò fino a farsi dolere la gola.

Il fuoco ne disegnò il contorno, i lineamenti, e San scoprì con gioia infinita che era esattamente come lo ricordava, che non aveva dimenticato neppure un particolare del suo volto tanto amato. L'espressione quasi beffarda, le rughe profonde sulla fronte, la cicatrice sull'occhio sinistro. Era lui, lui com'era quando era morto, lui com'era quando avevano vissuto assieme a Zalenia.

San tese la mano verso Ido cercando disperatamente di toccarlo.

«Perdonami! Ma io adesso sono qui, sono con te! Hai visto? Ho rimesso tutto a posto, ho dovuto vendere l'anima per riuscirci, ma ti ho riportato indietro!» disse, e mentre parlava piangeva. Piangeva come faceva da bambino, soffocando le lacrime sul petto della madre. E pregò di poter affondare stavolta il viso sul petto di Ido, e lasciare che fosse lui a consolarlo, a dirgli che era stato tutto un sogno, che nulla di quegli anni disperati era mai davvero accaduto.

Ido gli sorrise, un sorriso stanco e triste. Le sue labbra si mossero, ma non ne emerse alcun suono. San però capì ugualmente.

Perché...

Le fiamme nere divamparono altissime, lambirono il soffitto e parvero voler consumare ogni cosa. Il volto di Ido fu attraversato da una smorfia di dolore. Si trasfigurò in un istante in quello di Tyrash, devastato da una sofferenza che doveva essere lacerante. Le due figure si sovrapposero, le membra dell'uno si fusero con quelle dell'altro in un ibrido mostruoso, che tra le fiamme si contorceva e mugolava.

«No, no!» urlò San.

Ben presto non ci fu più nulla di umano nell'ammasso di carne che si agitava lì davanti a lui. Nelle membra deformi che pulsavano alla luce funebre di quella Magia Proibita era impossibile riconoscere sia la figura del mago sia quella di Ido. Il fuoco si spense, e rimase solo quell'essere deforme, che si dibatteva emettendo suoni raggelanti.

I soldati urlarono, Kryss rimase come paralizzato. San cadde a terra, lo sguardo fisso su quell'atrocità dolente. C'era ancora qualcosa di Ido là dentro? Sperò di no, pregò con tutto il cuore che quello non fosse il terribile destino cui lui – ancora una volta *lui*! – aveva condannato il suo maestro. Sentì l'orrore, per se stesso e per quel mostro, colmargli il cuore fino a farlo traboccare. Impugnò la spada, e con un grido gli si gettò sopra, rispondendo alla sua muta richiesta. Affondò la lama, ancora e ancora. Sangue scuro, putrido, corrose il cristallo nero, ma San non si fermò. Gemeva e colpiva, mentre una voce non smetteva di ripetergli il suo fallimento.

Non è possibile, non lo è mai stato. Il tuo era solo lo stupido sogno di un bambino mai cresciuto. Tutto quello che hai fatto per arrivare fin qui non ha avuto alcun senso.

Smise solo quando si accorse che l'essere non si muoveva più. Rimase un istante fermo, respirando forte, disperato. Era finita.

Poi alzò lo sguardo e lo puntò su Kryss. Era colpa sua. Solo colpa sua. L'aveva ingannato. L'aveva usato. Gli aveva promesso l'impossibile.

Il re era immobile. Dall'alto della sua perfetta bellezza, lo guardava con arroganza, compatendolo, mostrandogli quanto miserabile fosse.

San gli si gettò contro urlando.

«Prendetelo!» gridò il re.

Una moltitudine di mani gli si avventò contro, afferrandolo, trattenendolo, spingendolo a terra. San cercò di liberarsi, e ce l'avrebbe fatta se qualcuno non gli avesse messo qualcosa al collo, qualcosa che spense all'improvviso ogni luce, finché tutto non divenne rosso.

Kryss guardò il mezzelfo in ginocchio, immobile al centro della sala, il capo chino. Al collo, San ora portava un medaglione nero, di forma oblunga, con una pietra rossa al centro, pulsante di una luce sinistra.

«Cosa credevi, che non avessi un piano di riserva?» disse, chinandosi verso di lui con un risolino di sufficienza. Aveva corso un terribile rischio, ma la situazione era rientrata, proprio come aveva previsto. «Certo, sarebbe stato meglio se l'incantesimo avesse funzionato, e infatti ho voluto provarci. Se tu avessi avuto Ido mi avresti obbedito fino alla fine, e mi avresti dato ciò che chiedevo. Invece sono stato costretto a soggiogarti.» Sfiorò con la mano il medaglione. «Lo so, non riuscirò a tenerti sotto controllo a lungo. La tua è una tempra che non si piega, non come quella di Lhyr, non come quella di Amhal. Una settimana al massimo, così mi hanno detto i miei maghi. Me la farò bastare. Del resto, anche se non facessimo in tempo a sterminare tutti, vorrà dire che alla fine avrò il piacere di far passare a fil di spada i pochi sopravvissuti.»

Si piegò alla sua altezza, accovacciandosi.

«Impara. Una volontà ferrea vince sempre, e la mia volontà è stata più forte della tua. Nemmeno i Marvash possono fermarmi.» Sorrise di nuovo, trionfante. «E adesso alzati» ordinò tirandosi su. «Recupera il tuo degno compare e fa' quanto ti ho ordinato: stermina tutti i non elfi della Grande Terra.»

Camminò piano verso l'obelisco, là dove si sarebbe consumato il suo trionfo. Ne accarezzò la superficie metallica, aspettando di sentire gli stivali di San strisciare sul pavimento e i suoi passi avviarsi verso l'uscita, là dove Amhal era scomparso poco prima. Ma non avvertì alcun rumore.

Si girò. «Mi hai sentito o no?» urlò.

San era ancora a terra, il volto chino.

Kryss ritornò da lui, un tremendo, oscuro presentimento che coagulava piano nel suo petto. Solo quando fu a pochi passi, San sollevò la testa. Gli occhi erano rossi, come accadeva sempre nei primi istanti dopo che il medaglione veniva indossato. Ma la sua espressione non era quella di chi ha abdicato alla propria volontà: il volto era distorto da un ghigno crudele e disperato. Ansimava, la mano stretta sull'elsa della spada scossa da tremiti.

«Ci vuole... ben altro... che questo... per contenere... la mia ira...» scandì con fatica.

Le sue dita si strinsero sul medaglione, piano, come se il farlo gli costasse uno sforzo sovrumano. Kryss era paralizzato dallo stupore e dalla paura. Non era possibile. Non era *assolutamente* possibile che qualcuno resistesse a un incantesimo così potente.

San urlò, le dita ad artigliare il medaglione. Lo scosse con violenza, e riuscì a strapparselo dal petto.

«Attaccate, attaccate!» urlava intanto Kryss isterico, ma i suoi erano bloccati da un terrore cieco, e ci misero un po' a rendersi conto di quanto stava accadendo.

Fu San a prendere l'iniziativa. Scattò in piedi, stringendo la spada mezzo corrosa eppure ancora sufficientemente affilata. Si gettò con un urlo contro Kryss, ma uno dei suoi si frappose tra loro. San gli spiccò la testa con un colpo. Un altro elfo si fece avanti, e un altro, e un altro ancora. San li falcidiò con i fendenti della sua lama. Rise di un riso folle mentre massacrava i soldati del re.

«Non credere di sfuggirmi!» urlò fuori di sé verso Kryss. «La tua sarà l'ultima testa che mi prenderò!»

32
Adhara e Amhal

Amhal era profondamente cambiato dall'ultima volta che si erano incontrati. Chissà quanti campi di battaglia aveva calcato, quanti uomini la sua spada aveva trafitto. C'era una sicurezza nuova nei suoi movimenti, constatò Adhara. Non era frutto solo del medaglione; il suo volto rifletteva la calma di chi ha la situazione in pugno, di chi sa di non poter perdere.

Amhal si scagliò subito contro di lei con tutte le forze, la spada tesa in un affondo preciso e letale. Adhara scartò in tempo, ma lui fu rapido a modificare la traiettoria del colpo. Lei si rifugiò dietro una barriera magica costringendolo a desistere, dopo che aveva tentato di infrangerla con diversi fendenti.

Ora era davanti a lei e la studiava, la spada ancora in guardia mediana, il respiro regolare. Quel fraseggiare fitto delle loro lame non l'aveva affaticato. Adhara invece sentiva i muscoli dolerle. Sapeva perché. Calibrava ogni colpo, tratteneva la propria forza. C'era un abisso tra loro due: Amhal colpiva per uccidere, lei per disarmare.

Non potrò evitare di ferirlo, pensò serrando più forte le dita metalliche, che stridettero sull'acciaio.

Guardò le mani di Amhal, inguantate, strette sull'elsa. Nonostante la presa salda, erano scosse da un lieve tremito. Il guanto era floscio in corrispondenza delle ultime due dita di quella sinistra.

Lui c'è ancora, preme per uscire, lui è nell'esitazione delle sue mani, si disse Adhara.

Lanciò un urlo, si gettò in avanti mirando proprio alle mani. Amhal parò senza difficoltà, ruotò lo spadone, partì in affondo e la colpì.

Adhara sentì la lama inciderle la carne della spalla e riuscì a sottrarsi appena in tempo, prima che l'acciaio affondasse. Una scia di gocce di sangue tracciò la sua traiettoria. Riguadagnò la distanza di sicurezza stringendo i denti per il dolore.

«Ho passato gli ultimi mesi a compiere massacri. Davvero credi di poterti mettere contro di me, contro il vuoto che ho nel petto? In questo il mio potere è superiore al tuo: io non ho paura di uccidere, io *voglio* uccidere.»

Amhal sollevò davanti a sé la spada, che si avvolse di lampi neri, e si gettò su Adhara. Il panico le afferrò la gola per un istante, poi la memoria le venne in soccorso. Staccò la mano metallica dall'elsa, la frappose fra sé e Amhal e bloccò la lama avversaria. Lampi neri saettarono ovunque, mentre dalle sue dita proruppe una luce viola. Assecondando l'incantesimo muto, i lampi furono inghiottiti dalla sua mano e la spada di Amhal si spense. Adhara barcollò e si allontanò tenendosi il polso. Il potere della Formula Proibita che aveva appena neutralizzato si ripercosse lungo il suo braccio, facendolo fremere di un dolore sordo. Alzò gli occhi, e scorse una nota di disappunto nello sguardo di Amhal.

«Tu avrai ucciso per tutto il tempo, ma anch'io mi sono allenata» disse con un sorriso triste.

Sollevò di nuovo la mano, si concentrò un istante appena. I lampi neri che aveva assorbito proruppero dalle sue dita, mischiandosi a fiamme di un viola intenso. La luce andò a modellare il profilo di una lama, una lama forgiata nell'energia e nella magia.

Qualcosa attraversò gli occhi di Amhal schiarendoli per un attimo. Adhara ne intravide quel verde puro e limpido che ricordava, e che l'aveva catturata fin dal primo istante in cui si erano incontrati.

Incrociò davanti al petto la nuova lama e la spada che teneva con la destra.

«Possiamo finire quando lo desideri, non dobbiamo combattere se non vuoi.»

Amhal si morse le labbra, un gesto nervoso, un gesto *umano*. Adhara sperò. Che tutto potesse finire lì e ora, che fosse bastato quel breve scontro per porre fine a un combattimento senza senso.

«Io non sono altro che una spada, sono l'arma con la quale Freithar distrugge questo mondo, per ricordare agli dei il suo retaggio.»

Al sentirgli pronunciare quel nome proibito, Adhara fu scossa da un lungo brivido di orrore. «Questo è quello che ci hanno fatto credere. Che siamo parte di un disegno più grande, che non c'è scelta per noi, ma non è vero.»

«Illusa» disse lui con estrema calma.

«L'illuso sei tu, che hai creduto di potermi cancellare con un semplice medaglione, che hai pensato bastasse rinunciare a essere umano per diventare un Marvash. Ma tu non sei un Marvash, non lo sei e non lo sarai mai: tu puoi ancora essere Amhal, devi solo volerlo!» gridò lei.

Gli si scagliò contro, chiuse la sua spada tra le proprie lame, bloccandola, quindi premette su di essa con tutte le forze, cercando di spezzarla. Il volto di Amhal quasi le sfiorava il viso. Lo sguardo era velato, un lago all'apparenza quieto, ma che sotto il pelo dell'acqua nascondeva un brulicare di vita. Le sue pupille fremevano in uno sforzo supremo di assenza, nel disperato tentativo di soffocare ciò che era stato, ciò che ancora era. Adhara insistette, la mano metallica che tremava, le dita che le dolevano, strette convulsamente sull'elsa, i muscoli tesi come corde, indolenziti dallo sforzo. E allora Amhal urlò, un urlo disperato, rabbioso. Liberò la spada spingendola verso il basso, per aprire a forza la morsa creata da Adhara. La spada della Sheireen cadde a terra, le rimase solo la lama di luce. Una parola, una sola, tremenda, risuonò nella sala, e un globo di luce argentea esplose dal palmo di Amhal. Adhara si gettò all'indietro, schivandolo per un soffio. L'attacco scavò una voragine nel muro dietro di lei, e Adhara corse finché non trovò riparo dietro una colonna.

«Vieni fuori!» tuonò Amhal.

Ancora magia, ancora mattoni e stucchi che volavano nell'aria, disgregati dalla potenza di quell'attacco furioso.

Se è fuori di sé è un buon segno, l'ira significa che il potere del talismano si sta indebolendo, pensò Adhara mentre l'urto della magia la intontiva.

Un ultimo colpo spezzò la colonna costringendola a uscire di nuovo allo scoperto. Una capriola, e recuperò la sua spada. Dissolse con la lama di luce l'ultimo incantesimo che Amhal le scagliò contro, quindi partì all'attacco. Non si risparmiò e impresse ai colpi tutta la potenza di cui era capace, attaccando contemporaneamente da destra e da sinistra, mirando alla spada avversaria per spezzarla, per strappargliela di mano. L'acciaio incontrò il duro della corazza, ne tagliò le cinghie di cuoio fino a farla scivolare via, e poi, poco più sotto, rivelò la morbidezza della carne. Adhara non si fermò. Continuò il movimento, assaporò il contrarsi dei muscoli di Amhal sotto il colpo, osservò il taglio aprirsi piano, il sangue traslucido bagnare la sua lama. E un piacere oscuro le riempì le tempie, un desiderio di morte, di annientamento, che conosceva bene. Fu quel piacere a bloccarla.

No, pensò. *No!*

Amhal si accasciò sotto il colpo, portò una mano al taglio sul ventre, e Adhara si girò verso di lui.

Che ho fatto? si disse con orrore, cercando di valutare la gravità della ferita.

«Amhal!» urlò.

Lui alzò la testa, un ghigno feroce sul volto. Colpì di punta, e Adhara vide arrivare la morte. Era bastato un attimo di pietà a perderla.

Questa storia non poteva finire altrimenti, le disse una voce, mentre quasi al rallentatore osservava la spada avanzare verso il suo ventre. *È scritto nella natura del Mondo Emerso: uno di voi due doveva morire, ed è toccato a te.*

Forse fu il dolore a rendere il colpo impreciso, ma la spada di Amhal non andò a segno. Colse invece la mano metallica, strappandogliela dal braccio. La lama di luce si spense, mentre il metallo finiva tintinnando dall'altra parte della sala. Adhara si allontanò, il moncherino stretto al petto.

«Illusa» ripeté Amhal, ma stavolta la sua voce non era impassibile. Stavolta le sue parole vibravano d'ira e di disperazione, un intero spettro di sentimenti che sembravano agitarlo, togliergli lucidità. «Credi di potermi battere con la tua pietà? Non è così che va la storia.»

Si piegò un istante su se stesso, la mano stretta sul ventre.

«Amhal...» mormorò lei, avanzando appena.

«Taci!» urlò lui, il volto stravolto dalla furia. «Non so che farmene della tua compassione!»

Adhara cercò di guardare la ferita che gli aveva inflitto, ma lui la copriva col braccio. Non ne vide però colare sangue, forse non era così grave. «Amhal, dobbiamo finirla, subito. Io non voglio più combattere» lo supplicò.

«Smettila con queste assurdità!» gridò di nuovo lui. «Cosa credi di fare? Amhal è morto, è scomparso! Amhal non esiste più!»

«E invece c'è, lo sento nelle tue parole, e il fatto stesso che l'ira adesso ti divori ne è una prova.»

Il volto pallido era coperto da un velo di sudore. Amhal sembrava combattere contro qualcosa che lo tormentava, che gli sottraeva lucidità. «Ti stai solo illudendo» disse a fatica, come se parlare gli costasse uno sforzo supremo.

«Amhal...» gemette di nuovo lei.

«Vuoi una prova? La prova è che ho sterminato la gente della Terra del Vento, tutta, in un solo istante. È bastata una mia parola. E non sento alcun rimorso.» Si tirò su e portò una mano al petto, lo sguardo ora più sicuro. «Non ho sentito niente quando l'ho fatto» aggiunse guardandola con sfida. «Il mio cuore, ora come allora, era calmo.» Rise piano, un riso che si spense in un rantolo soffocato, mentre sollevava di nuovo la mano alla fronte.

E Adhara lo vide. Un pulsare pallido, che occhieggiava dalla casacca lievemente aperta. Il maledetto medaglione, la fonte di ogni male.

«Non ci credi neppure tu» disse lanciandosi in avanti. Parata, affondo, un colpo andato a vuoto, e ancora, ancora, mentre lo spazio si riempiva delle scintille prodotte dallo scontro delle lame. A ogni colpo Amhal urlava, e ogni parata, ogni attacco, riempivano i suoi occhi di un'ira più cieca, di una disperazione più profonda.

Adhara ormai era stanca, priva di forze, e qualcosa, qualcosa di millenario le premeva sotto lo sterno. A ogni colpo la invitava a dimenticare se stessa e la propria scelta, le sussurrava di lasciarsi andare, di obbedire a un istinto antico, le ripeteva di continuo le parole di Amhal – *non sento alcun rimorso* – suggerendole: *È perduto per sempre, non c'è ritorno da quel che ha fatto, né redenzione possibile. Solo la morte.*

Ma Adhara non si piegò. Continuò a tenere lo sguardo fisso negli occhi di lui, in quel poco di umano che vi trapariva, la mente assorta nei ricordi del breve tempo felice che il destino aveva concesso loro.

Un taglio a una coscia le fece perdere l'equilibrio, e Amhal ne approfittò. Un colpo forte, laterale, e Adhara vide la lama della propria spada spezzata in due. Riuscì a salvarsi solo evocando una debole barriera magica, che bloccò la parabola del colpo avversario.

Recuperò una volta ancora la distanza di sicurezza. Era sfinita, ogni fibra del suo corpo la implorava di desistere, di accasciarsi al suolo e lasciarsi andare.

Amhal rise, ma la sua risata si spense di nuovo in un mugolio di dolore. Strinse la testa tra le mani, poi la guardò con disperazione. «Perché mi fai questo? Perché mi costringi a ricordare, a *sentire*? Io desidero solo il nulla, io non voglio essere!»

Piangeva, il volto sudato rigato dalle lacrime. Anche lui era sfinito, le vesti sporche di sangue.

Adhara fece uno sforzo e si raddrizzò. Pose la mano là dove sapeva, dove l'attendevano dolore e strazio, ma forse anche vittoria. Le sue dita si avvolsero intorno all'elsa del Pugnale di Phenor.

«Lo faccio perché ti amo» sussurrò. Poi sguainò l'arma.

I boccioli sull'elsa si allungarono e si gettarono famelici sulla carne del suo braccio. Il dolore fu immediato: si irradiò alla spalla, risalì lungo il collo e le esplose nelle tempie. Adhara strinse i denti. Lo guardò ancora, sperduto come un bambino, divorato dai suoi stessi demoni. Li avrebbe combattuti a uno a uno e li avrebbe distrutti. Ora sapeva che quello era il suo destino.

Scattò in avanti, affondò il colpo.

«Un pugnale non può niente contro una spada!» urlò Amhal, e caricò. Fu quando le due lame si toccarono che accadde: il pugnale si allungò fino a diventare una spada, fino a colpire il Marvash al petto. Adhara ritrasse la mano, ma non ce ne fu bisogno: la lama non affondò più del necessario, e la ferita che ne risultò fu superficiale. Guardò il pugnale. Faceva male da impazzire, eppure sentiva che il suo palmo si adattava perfettamente all'elsa, e che quell'arma in qualche modo obbediva alla sua volontà: seppe che con quella lama non avrebbe mai potuto uccidere Amhal. Sorrise, il volto contratto dal dolore, e scattò di nuovo in avanti.

A ogni affondo vibrato, la lama si allungava fino a colpire il Marvash: uno stillicidio di piccole ferite che lo fiaccavano senza metterne in pericolo la vita. Ma lui era fuori di sé, il viso ormai irriconoscibile, attraversato al contempo dalla furia e dal dolore. Colpiva solo per uccidere, però i suoi attacchi erano imprecisi per l'ira e lo sfinimento. Provava a evocare ancora la magia, ma non ne aveva più la forza, e gli incantesimi erano fiacchi.

Adhara si rese conto che a ogni colpo anche le proprie forze si affievolivano. La carne del suo braccio era più pallida e, per contro, la Lacrima tra l'elsa e la lama andava tingendosi di un rosso prima tenue, poi sempre più intenso. Ma il pugnale non succhiava solo il suo sangue: era la sua vita che chiedeva in cambio. Adhara scoccò allora un colpo, preciso, all'elsa dello spadone. La lama volò via dalle mani ormai deboli, e il Marvash finì disarmato.

«E adesso?» le chiese con voce rotta.

Adhara sostenne il suo sguardo. «Adesso è finita» disse stringendo la presa. La lama si allungò ancora e disegnò un ampio tondo. L'acciaio colpì il muscolo della coscia, e Amhal cadde in ginocchio. Le bastò un colpo con il piede per farlo crollare riverso al suolo.

Improvvisamente fu silenzio, rotto solo dai loro respiri affannati.

Ho vinto, pensò Adhara. *Ancora una volta la Sheireen ha vinto.*

Amhal la guardava con odio, stremato, incapace di reagire. «Ammazzami» disse. «Lo sai che è così che deve finire, che è così che è sempre finita.»

Adhara si sedette a cavalcioni su di lui. Con due dita percorse la via dal suo collo al centro del petto. Indugiò un istante, là dove il sangue della giugulare batteva a un ritmo forsennato.

«E poi, lo sai che in fondo io voglio morire» proseguì lui, e la sua voce parve per un istante quella di un tempo. «Non ho voluto altro da quando ho ucciso Neor.»

Le dita di Adhara si bloccarono, e col pugnale aprirono la casacca fino a scoprire il medaglione. Era al centro del petto, e la luce rossa lampeggiava piano. Sottili radici metalliche partivano dall'ovale e si immergevano nella carne, pulsando debolmente al ritmo del cuore. Eccolo lì, il cuore... Sarebbe bastato poco. Puntare la lama, e affondare. Sarebbe finito tutto come doveva, come era sempre stato da millenni a quella parte. Il Mondo Emerso di nuovo salvo, finché non fosse tornato un altro Marvash, finché tutto non si fosse ripetuto, in un ciclo eterno, incorruttibile, crudele. Adhara gli appoggiò la punta della lama sul petto, appena sopra il cuore.

Amhal chiuse gli occhi. «Morire per mano tua è la migliore delle morti.» Deglutì. «Neppure la magia di Kryss mi ha permesso di dimenticarti» aggiunse con un singhiozzo. Poi la guardò. «E adesso fa' quel che devi.»

Adhara si chinò su di lui, gli sfiorò le labbra con le sue. «Non finirà mai così, e lo sai» sussurrò.

Infilò la lama sotto il medaglione, tra carne e metallo, e fece leva. Lo spazio intorno a loro esplose in una luce sanguigna, mentre scintille nere vorticavano tutto intorno. Amhal urlò, un urlo infinito, e Adhara sentì il dolore saettarle nel braccio, estendersi a tutto il corpo. Perse coscienza di sé, la sua carne divenne un ammasso di sofferenza infinita. Percepiva solo le dita della mano strette sull'elsa, e la lama che si faceva strada, che piano separava la carne dal metallo, finché, con un ultimo strappo, il medaglione volò via. Percorse un breve arco nell'aria di nuovo tersa e immobile della sala e finì tintinnando a un paio di braccia da loro.

Adhara giaceva sul petto di Amhal, senza più forze. Lasciò la presa sul pugnale, gli strinse le braccia intorno al collo, piangendo. Lui era freddo e inerte.

Poi, il tocco delle sue mani sulla schiena, il calore del suo respiro sul collo. Non le disse niente. Affondò la testa sulla sua spalla, aspirando il suo odore. Lo sentì stringerla con disperazione, e lei fece altrettanto.

«Sei tu?» chiese Adhara, piano.

«Sono io.» E la strinse più forte a sé.

33
La fine di ogni illusione

La porta cedette di schianto. Aveva resistito per una mattinata intera, gemendo sotto i colpi sempre più fitti dell'ariete. Quando era stato chiaro che sarebbe crollata, Moran, l'uomo che guidava le sparute truppe nella città e che aveva preso il comando dei Guerrieri Ombra, diede l'ordine di ritirarsi.

«D'ora in poi si combatte casa per casa, via per via. Nuova Enawar non sarà mai degli elfi.»

Amina era pronta, lo era da sempre. Percepiva una strana corrente percorrerle le membra, e sentiva chiaramente che ogni cosa stava volgendo al termine. Era conscia che tutto si sarebbe deciso in quel momento, che quanto avrebbero compiuto tra le mura della città avrebbe decretato il destino del Mondo Emerso.

Kryss rimase immobile. Tutto in lui gli gridava di fuggire, ma il terrore lo paralizzava. Non era solo la paura a impedirgli di muoversi: era anche una forza che non riusciva a comprendere, una bellezza terribile e ipnotica che permeava lo scontro cui stava assistendo.

San era completamente trasfigurato. La sua spada nera

disegnava archi perfetti nell'aria immobile della sala. I soldati si gettavano su di lui convinti di poter contare sulla forza del numero. Ma a uno a uno cadevano a terra. C'era sangue ovunque, il suo odore dolciastro aveva coperto anche quello acre della carne bruciata della mostruosa creatura. E San, in mezzo alla mischia, appariva immenso, grandioso, e irriconoscibile.

Kryss improvvisamente si rendeva conto di essere stato un pazzo a illudersi di poter imbrigliare la sua furia. D'un tratto capiva che c'erano poteri che niente e nessuno può trattenere, forze che trovano sempre un modo per esprimersi. La forza del Marvash era infine esplosa, manifestandosi in tutta la sua devastante potenza.

Le spade dei soldati gli infliggevano miriadi di piccole ferite che sanguinavano lente, intridendo il tessuto nero dei suoi pesanti vestiti, ma questo non lo fermava, anzi, moltiplicava la sua furia. Per ogni ferita ricevuta, ne infliggeva cento. Si accaniva sui corpi degli avversari con una ferocia dissennata, e la vista di tutto quel sangue sembrava eccitarlo. Rideva, e scoccava a Kryss sguardi che celavano una tacita promessa. Ed era quello sguardo che inchiodava il re al pavimento.

Uno dei soldati superstiti si gettò in ginocchio chiedendo pietà. San gli affondò la lama tra la spalla e il collo, finché non toccò le ossa della schiena.

L'urlo dell'elfo rimbombò nella testa di Kryss, riscuotendolo finalmente e dandogli la forza di fuggire. Non aveva idea di dove rifugiarsi. Non conosceva il palazzo, e l'unico che potesse fermare quella furia era Amhal, che adesso era chissà dove insieme alla Sheireen. Imboccò un corridoio, corse a perdifiato su per le scale. Cercò disperatamente la spada, ma si rese conto di averla dimenticata al piano di sotto. Imprecò ed estrasse il pugnale che teneva alla cintura.

Il Marvash non è più mio, ma non ha importanza. Non tutto è perduto. Ho ancora molti soldati, e la gente del Mondo Emerso è fiaccata dal morbo. Manca poco alla vittoria finale, niente e nessuno potrà fermarmi! pensò in un impeto di folle speranza.

Continuò a salire velocemente i gradini, i piedi che scivolavano sul marmo candido. Si gettò contro una porta di legno, la spalancò. Una folata di vento gelido lo investì. Era fuori, sul tetto. Migliaia di minuscoli spilli gli punsero il volto: nevicava fitto. Davanti a lui si disegnò il profilo di Nuova Enawar. Da un lato basse costruzioni di legno, dall'altro svettanti palazzi di vetro, e ancora sontuosi edifici ricchi di fregi accanto a strutture dimesse. Il suo sguardo vagò su quella distesa senza riuscire a fermarsi da nessuna parte. Corse alla balconata, si sporse. Rumore di grida, armi e lotta. I suoi dovevano aver forzato la porta della città. Guardò in basso. Almeno venti braccia lo separavano dal suolo. Una nera disperazione gli velò lo sguardo.

«Eccoti» disse una voce ansimante. Kryss si voltò. Era lui, completamente ricoperto di sangue, il suo e quello degli uomini che aveva trucidato.

È mezzo morto, non può reggersi in piedi! si disse il re per farsi coraggio.

E invece San avanzò verso di lui. Zoppicava, e trascinava dietro di sé la spada. La punta tracciava una scia rossa nel manto sottile di neve appena caduta.

Kryss tese in avanti il pugnale. «Ti ammazzo! Se ti avvicini, ti ammazzo!»

San si fermò un istante, poi scoppiò a ridere. «Volesse il cielo!» esclamò. «Ma quella maledetta leggenda dice che dovrà essere la Sheireen a farlo. E comunque, tu devi precedermi nella tomba.»

Kryss indietreggiò, la schiena che sfiorava il parapetto. «Stavolta non ha funzionato...» balbettò. «Ma probabilmente è stata solo colpa di Tyrash... non aveva forza a sufficienza, capisci? È per questo che è finita così...»

Il sorriso si spense sul volto di San.

Kryss lo prese per un buon segno. «Troverò un altro mago, uno più potente. Ritenteremo. Riavrai il tuo maestro, te lo giuro, se solo mi permetterai di provarci ancora.»

San continuò ad avanzare, implacabile. Il suo volto gradualmente si colorava di un'ira sempre più incontenibile.

Gli afferrò la gola in una morsa ferrea e lo sollevò piano da terra, fino a portare il suo volto all'altezza del proprio. Quel viso un tempo perfetto, animato da una bellezza che lasciava tutti senza fiato, era adesso stravolto dal terrore.

«Ci vuoi riprovare?» gli sputò in faccia. «Hai condannato il mio maestro a una sorte peggiore della morte, e cerchi di fermarmi giurandomi che ci riproverai?»

Strinse ancora la presa, e il volto di Kryss divenne viola.

«No, tu pagherai per quello che hai fatto. In fin dei conti aveva ragione l'elfa: non riuscirai a portare a termine il tuo piano, morirai qui e ora, e niente, niente di quel che hai fatto avrà avuto un senso.» Sorrise. «Proprio come per me.»

Mollò la presa, e Kryss cadde a terra tossendo. San lo passò da parte a parte con la spada, in un unico affondo. Lo sollevò in aria sulla lama, assaporò i suoi rantoli, e prima che esalasse l'ultimo respiro lo gettò oltre il parapetto, nel vuoto. Seguì la caduta finché non lo vide toccare il suolo. Sotto di lui si aprì un fiore di sangue. San rimase incantato a guardare la neve che si tingeva di rosso. Non provò nemmeno l'ombra di un sollievo, neppure una punta di soddisfazione. Solo dolore.

Non è servito a niente. Come qualsiasi altra cosa nella mia vita.

Tornò sui propri passi, rientrò nel palazzo. Si sentiva mortalmente stanco, ma più della fatica e delle ferite era l'immagine dell'essere immondo che la magia aveva evocato a tormentarlo. Era stata colpa sua. Non solo non era riuscito a riportare in vita Ido, ma aveva generato quell'orrore. Ogni cosa che aveva toccato nella sua esistenza si era ridotta in cenere, nulla di ciò che aveva tentato era mai andato a buon fine.

E adesso? pensò con sgomento. Davanti a lui, solo tenebre e disperazione. Alzò lo sguardo, e si fermò. Al centro della sala c'era una piccola figura. Gli ci volle un po' a capire chi fosse. Poi la riconobbe. La figlia di Neor, la ragazzina scalmanata che aveva visto correre per il palazzo vestita da maschio durante il periodo che aveva trascorso a corte. Era ritta davanti a lui, la spada stretta tra le mani. Tremava.

«Levati di mezzo» le intimò.

Lei tacque.

San sollevò la spada con uno sforzo immane e si mise in posizione d'attacco. «Credi che abbia scrupoli a uccidere una bambina? Io sono il Marvash, non c'è abisso nel quale non sia felice di immergermi» disse.

«Tutto ha avuto inizio con te» replicò lei. Aveva una vocina sottile, tremante. Ma il fremito che la percorreva non era paura. Era odio purissimo. «Senza di te le persone che più ho amato sarebbero ancora vive. Sei stato tu a distruggere tutto.»

Lui la guardò. «Te l'ho detto. Sono il Marvash.»

La ragazzina gridò, gli si lanciò contro. San parò il colpo. Lei non demorse, e attaccò di nuovo con più vigore, cercando una breccia nella sua guardia.

In altre circostanze, San l'avrebbe battuta senza sforzo al primo assalto. Ma non ora. Le ferite del combattimento precedente gli impedivano di muoversi come avrebbe voluto. Era goffo, debole, pesante. E lei era piccola, agile, e molto determinata.

Un colpo più preciso, e qualcosa volò sibilando nell'aria. San si ritrovò in mano solo l'elsa della spada di Nihal. La lama giaceva a terra, spezzata. Sentì una fitta di nostalgia al pensiero che quell'arma che per sua nonna era stata tutto, che Ido aveva portato con sé negli ultimi anni della sua vita, ora fosse distrutta.

È finita. Per sempre.

Un altro attacco. San fermò la spada avversaria con la mano. La lama gli morse la carne, ma lui resistette. I suoi occhi incrociarono quelli della ragazzina. Erano velati di pianto. Un lampo, e lo vide. Nei suoi occhi scorse il bambino che era stato quando aveva perso Ido, quando ancora la sua innocenza non era stata macchiata dal male cui era destinato. Vide se stesso come se non fosse passato neppure un giorno da quando il suo maestro lo aveva lasciato solo.

Si perse nel languore del ricordo, e quell'attimo bastò perché la sua presa si allentasse. Amina liberò la lama, lo colpì al ventre e lo fece crollare a terra, senza più forze, la spada puntata alla gola.

Si guardarono. Amina ansimava, incredula. Di certo si domandava come fosse possibile che avesse avuto ragione di un guerriero tanto forte.

San le sorrise. «Hai vinto. Un ultimo gesto, e poi potrai tornare dai tuoi come un eroe.» Strinse le mani intorno alla lama, tirò lentamente a sé per accompagnare il colpo. Sapeva che il suo era un gesto insensato, che solo la Sheireen poteva ucciderlo. Ma così intenso era il desiderio di sparire,così profonda la follia che gli ottenebrava la mente, che sperava di trovare la morte anche nella spada di una semplice ragazzina. Tutto, pur di porre fine a quel supplizio.

Amina fece improvvisamente resistenza. Lo odiava più che mai. Anche se era a terra, sconfitto, devastato dal dolore. Perché lei non dimenticava, e non l'avrebbe mai fatto. Ucciderlo poteva sembrare la cosa giusta da fare. Eppure diede uno strattone, liberò la lama dalla sua presa e la abbassò.

«Che cosa fai?» chiese San.

«Me ne vado.»

Lui la guardò incredulo. «Sei impazzita?»

«Non puoi più nuocere a nessuno, e le ferite che hai addosso non sono di quelle che guariscono.»

«Io voglio, *devo* morire!» urlò San.

Amina si chinò su di lui. «Ti piacerebbe, vero? Ti sei fatto battere apposta, o sbaglio? Ma io non uccido un nemico già morto. E comunque non sei nemmeno degno della mia spada. Sei qui a terra, inerme, in una città che non ti appartiene. A questo ti hanno condotto i tuoi intrighi? Per questo hai ucciso tutta quella gente e hai sputato sui legami più sacri?»

Rinfoderò la spada, gli gettò un ultimo sguardo sprezzante, quindi si allontanò.

San rotolò sulla schiena, a fatica si mise seduto. «Voglio morire, morire!» gridò.

Le lacrime presero a rigargli le guance, mentre i singhiozzi gli scuotevano il petto. Chino nel mezzo di quel grande salone, sembrava un bambino cui avessero appena strappato tutti gli affetti.

A questo sei ridotto. A invocare la morte qui, come un verme? Sei o non sei il Marvash?

Strisciò fino al muro, si tirò su con uno sforzo indicibile. Pensò agli eserciti schierati là sotto, che continuavano a massacrarsi senza ragione. I re che avevano iniziato quella guerra erano morti, eppure la carneficina continuava. Pensò al Mondo Emerso, al ciclo eterno di pace e guerra, ai Marvash e alle Sheireen, alla scia di sangue che si trascinava lungo i secoli. Tutto gli parve infine insensato. E allora capì. Un'illuminazione tardiva, che gli diede il senso vero di ciò che era. Comprese l'unica ragione per cui era al mondo, lo scopo ultimo della sua inutile esistenza costellata di errori. E a quello scopo avrebbe adempiuto, in un ultimo impeto d'orgoglio. Certo, era solo, e i Marvash erano due, ma sarebbe bastato.

Non me ne andrò da solo, pensò con rabbia.

34
L'ultimo Marvash, l'ultima Sheireen

La dolcezza delle sue mani che le accarezzavano la schiena. Il calore della sua stretta e del suo respiro sul collo. La morbidezza delle sue labbra sulla pelle. Cose che credeva non avrebbe riavuto più indietro, sensazioni che si era sforzata di relegare nei sogni. E invece lui era lì con lei, piangeva sulla sua spalla, e la teneva stretta come temesse di vedersela sfuggire da un momento all'altro.

«Perdonami» mormorò Amhal.

Adhara si sollevò, lo guardò in volto. Erano tornati. I suoi occhi verdi e vibranti: di dolore, certo, ma anche di speranza, di sogni, di vita. Non riusciva a crederci. Sebbene fossero mesi che cercava di perseguire quell'unico scopo, ora si rendeva conto che non aveva mai davvero sperato di ottenerlo. Qualcosa in lei aveva continuato a credere che Amhal fosse perduto per sempre, che alla fine di quel lungo viaggio sarebbe stata costretta a ucciderlo, come succedeva da secoli. E invece ce l'aveva fatta, aveva cambiato la storia, si era ribellata agli dei.

«Non c'è niente che io debba perdonarti» gli disse.

Fu lui a sporgersi verso di lei, e a baciarla con foga, come quell'ultima sera, all'ingresso dell'Accademia. Ma adesso non c'era nulla di violento nella sua passione, solo la disperazione di chi è cosciente del tempo perduto, e cerca con tutte le forze di annullare mesi e mesi di dolore. Ma Adhara era già completamente abbandonata a quel presente. Ciò che era stato aveva senso solo per quell'istante in cui tutto giungeva a compimento: il lungo cammino che da quel prato, neppure un anno prima, l'aveva condotta fin lì, a realizzare quanto nessuno prima di lei aveva mai avuto il coraggio di fare. E le mani di lui sul suo corpo la rendevano infine viva: non era più il corpo di Elyna, non era più la carne in cui i Veglianti avevano impresso il sigillo della Consacrata. Quella pelle che fremeva sotto il tocco di Amhal era finalmente e soltanto sua. Era davvero Adhara, nata per errore in un prato, che si era cercata a lungo attraverso paludi di incertezza e sofferenza, fino a costruirsi persona, fino a diventare quel che era adesso. E quel bacio lunghissimo e caldo la ricomponeva in unità, congiungendola a un corpo che troppo spesso l'aveva tradita, di cui troppo a lungo era stata un'ospite inquieta. Quel senso perfetto di totalità la commosse nel profondo.

Urla laceranti la riportarono però a se stessa. Si tirò su, si guardò attorno. «Dobbiamo andarcene» disse.

Solo allora si rese conto. Il volto di Amhal era pallidissimo, imperlato di un sudore freddo. Là dove c'era il medaglione era rimasto un buco scuro, dal quale il sangue colava lento e inesorabile. Si sentì mancare.

«Devo curarti le ferite» disse frettolosamente, e fece per sollevarsi. Ma le gambe le cedettero e si ritrovò a terra.

Aveva dato tutto nel combattimento. Le ferite erano per lo più superficiali, eppure si sentiva stremata.

«Scappa...» mormorò piano Amhal. «Scappa e salvati.»

«Non dire sciocchezze» replicò lei.

Strisciò verso la mano metallica. Giaceva a terra in

pezzi, inutilizzabile. Adhara si lasciò sfuggire un'imprecazione, quindi tornò da lui, il fiato mozzo. Strappò le maniche della casacca, cercò di ridurle in bende come meglio poteva con la mano sana e i denti.

«Lo percepisco...» disse piano Amhal, lo sguardo che vagava per la sala.

«Non parlare» gli intimò Adhara mettendogli l'indice sulle labbra, quindi evocò un incantesimo di guarigione. Ma era troppo debole, e la formula riuscì a rallentare appena l'emorragia. Si guardò il braccio destro e vide che era mortalmente pallido, segnato da profondi tagli circolari, là dove il pugnale le aveva succhiato via sangue ed energie.

È colpa sua, pensò con disperazione, *è per il pugnale che sono ridotta così.*

Quale crudele ironia: era stato il Pugnale di Phenor a permetterle di salvare Amhal, e quello stesso pugnale le impediva ora di curarlo e di avere forze sufficienti a portarlo fuori.

«Lo sento...» continuò Amhal.

«Stai zitto, ti scongiuro, sei debole.»

Lui la guardò scuotendo la testa. «È importante, ascoltami.» Le prese il volto tra le mani, stringendolo come fosse una cosa delicata e preziosa. «È San. È da qualche parte qui dentro, sta liberando il suo potere.»

L'aveva completamente dimenticato. Era stata consapevole che Shyra da sola non sarebbe riuscita ad averne ragione, ma sperava che l'avrebbe rallentato. Sapeva che San riguardava solo lei, che solo la Sheireen poteva sconfiggerlo.

«Non m'importa!» rispose. «Tutto quel che ho fatto in questi mesi l'ho fatto solo per te; non sono venuta fin qui a tenere fede al mio destino di Sheireen; pensavo che l'avrei fatto, ma adesso mi rendo conto che non mi interessa, che non è quel che voglio. Io voglio solo te, nient'altro.»

«Tu non capisci» replicò Amhal. «Quell'uomo è folle, io e lui siamo legati più profondamente di quanto credi, e io so cosa c'è nel suo cuore: un baratro senza fondo, e un potere immenso, che sta per scatenarsi. Quell'uomo è votato alla morte, e quando se ne andrà, sta' sicura che non lo farà da solo. E sento che il momento è vicino.»

Adhara lo guardò con infinito amore. No, non poteva esserci alcun dubbio, nessuna incertezza. Sapeva cosa voleva. «E allora dobbiamo allontanarci prima che quel momento arrivi» disse sicura. Prese le bende. «Aiutami, con una mano sola non ce la faccio.»

Insieme riuscirono ad avvolgerle strettamente attorno al petto di Amhal. Quasi subito si formò una lieve chiazza rossastra all'altezza della ferita provocata dal medaglione. Adhara la guardò con orrore. Lui la coprì con una mano, poi sorrise debolmente. «Va tutto bene, avanti.» Era pallidissimo, la sua pelle sembrava cera che pian piano andasse assottigliandosi.

«Ti porterò fuori di qui, fosse l'ultima cosa che faccio.»

«Non dirlo neppure per scherzo.»

«E allora tu non azzardarti ad arrenderti.»

Si baciarono ancora con disperazione, poi Adhara provò a tirarsi su. Le gambe le tremavano, la testa le girava. Strinse i denti, si disse che la volontà poteva ogni cosa. Riuscì a sollevare Amhal tenendolo per un braccio. Lui cercò di star ritto, ma non ci riusciva.

L'ho ferito troppo a fondo, pensò Adhara. Raccolse il pugnale da terra e lo mise nel fodero.

«San» ripeté Amhal con voce strozzata. «Sta per fare qualcosa di tremendo.»

«Non ti preoccupare. Saremo fuori quando succederà.»

Adhara cominciò ad avanzare con cautela. Amhal, contro di lei, era completamente abbandonato, i piedi che cercavano appoggio a terra, ma cedevano sotto il peso del corpo.

Strisciarono verso l'uscita. Non era distante. Poi avrebbero preso la via verso la breccia nelle mura, quella dalla quale Kryss era entrato, e da lì avrebbero attraversato il campo di battaglia fino ad arrivare agli alleati.

Ce la faremo. Jamila ci verrà a prendere.

«Sai che c'è Jamila con me?» disse per rincuorarlo, mentre barcollava verso l'uscita.

«Jamila...» mormorò lui, sognante.

«Non mi dire che l'avevi dimenticata.»

«Ci ho provato, come ho provato a farlo con te. Ma ci sono cose che non possiamo strapparci di dosso. Lei è una di quelle.»

«Ci porterà via di qui» continuò Adhara.

Amhal provò a prodursi in una risata, ma una tosse tagliente gli spezzò il riso in gola. Adhara lo sentì singhiozzare. «Quanto male, dannazione, quanto male...»

«Non ci pensare» replicò lei stringendo più forte il braccio intorno ai suoi fianchi. «È tutto passato.»

Si appoggiò finalmente allo stipite della porta. Erano quasi fuori. Il fiato le mancava, le spalle le dolevano da impazzire, e iniziava a perdere la sensibilità al braccio che aveva impugnato il Pugnale di Phenor.

Ma non si arrese. Si staccò dal muro, guardò dritto davanti a sé... Una vertigine confuse cielo e terra, e si ritrovò in ginocchio.

«Adhara.»

«Devo solo riprendere fiato.»

Sentiva qualcosa che le bagnava la casacca, là dove il corpo di Amhal aderiva al suo.

Provò a tirarsi su, ma uno scossone fece tremare il palazzo dalle fondamenta. L'aria vibrò, attraversata da una potenza magica senza uguali. Adhara se ne sentì pervasa da capo a piedi, devastante, intrisa di una malvagità e una disperazione inimmaginabili.

Freithar, pensò. Perché quell'odio gridava quel nome, Marvash, ne portava il segno inconfondibile. «Dobbiamo far presto» disse con voce incrinata.

«Adhara... basta.»

Lei lo ignorò, provò a sollevarsi, ma cadde seduta, senza fiato.

«Lasciami andare...»

«Non posso, e lo sai.»

«Devi.»

«Non lo farò mai.»

Strinse gli occhi, e sperò che bastasse quel semplice gesto per cancellare la realtà che aveva davanti.

Se gli dei esistono, se davvero sono consacrata a Thenaar, allora è possibile. Sarà il miracolo, e io e Amhal saremo salvi.

Sentì il braccio di lui allentare la presa intorno al suo collo, il suo corpo allontanarsi inesorabilmente da lei. Provò a stringere la presa sui suoi fianchi, ma la mano non le obbediva. Aprì gli occhi e si accorse che la casacca era intrisa del sangue di Amhal, la benda improvvisata già zuppa, e il suo volto terreo.

«Devi andare.»

«Ho giurato che ti avrei salvato, ho giurato che avrei cambiato la storia. Non posso lasciarti.»

«Mi hai già salvato. L'hai fatto in modi che neppure immagini.»

«Se ti lascio sarà come se ti avessi ucciso, di nuovo la Sheireen avrà vinto e il Marvash morirà, sarà tutto come sempre, e io non sarò altro che uno stupido fantoccio in mano agli dei!» La gola le inferse una stilettata di dolore. Sentì il caldo della mano di Amhal sulla guancia.

«Hai iniziato a salvarmi già la sera in cui ci siamo conosciuti, e non hai mai smesso. Sei stata con me sempre, anche quando mi sono consegnato a Kryss, anche quando il suo medaglione mi ha tolto ogni sentimento. E anche adesso mi stai salvando. Io sono qui, e non con San. Sono qui con te, il mio potere è scomparso. Io non sono più un Marvash, e lo devo a te.»

Adhara sentì le lacrime scenderle lungo le guance, inesorabili.

«Ma che senso ha tutto questo se poi devo lasciarti? Perché tutta questa fatica, se non posso stare con te?»

«Perché la mia anima adesso è libera, come non lo è mai stata in tutta la mia vita.»

Sorrideva, pacificato, e Adhara pensò che non lo aveva mai visto così. C'era sempre stato dolore nei suoi occhi, un'ombra che sembrava divorarlo dall'interno, strappargli brani di vita giorno dopo giorno. Ora non c'era più. Ma questo rendeva tutto più straziante.

«Vattene» disse Amhal «e vivi anche per me.»

«No!» urlò lei. «Sono stanca di vivere per gli altri, di sopravvivere a chi amo. Non accetto questo finale! Perché deve concludersi così, perché?»

Perché non sono più forte, perché queste gambe non mi sorreggono? E Thenaar, dov'è Thenaar ora? le fece eco un pensiero.

«Io resto con te» gli disse mettendogli le mani sul petto. «Non c'è altro posto dove voglio essere, ora.»

Un nuovo scossone, e una parte del soffitto venne giù. Adhara si chinò a proteggere Amhal, mentre intorno a loro la pietra si sgretolava, gli stucchi si polverizzavano in miriadi di frammenti iridescenti. Quando alzò gli occhi, lo vide.

Era in piedi su quel che restava del tetto del palazzo. Era trasfigurato, quasi impossibile da riconoscere. Il suo volto era atteggiato a un ghigno disumano: il vero volto del Marvash. Adhara fu attraversata dalla forza della sua magia come da un torrente in piena, l'energia penetrò ogni fibra del suo corpo e la riempì di un dolore soverchiante.

Sentì. Che San stava dando fondo a ogni suo potere. Che Freithar era con lui, e che la vittoria del Marvash era prossima. Sebbene fosse solo, sebbene il suo compagno l'avesse abbandonato scegliendo un'altra strada, seppe che la sua forza era devastante. Non aveva idea di quale magia stesse evocando, ma sentì che, dopo, il Mondo Emerso non sarebbe stato mai più lo stesso, che quel potere avrebbe trascinato nell'abisso migliaia e migliaia di vite.

Capì. Che non si poteva sfuggire al fato. Che l'idea di cercare la salvezza con Amhal era stata pura follia. Che non poteva sottrarsi a quello scontro che avrebbe determinato le sorti del mondo.

Decise. Che c'era una cosa sola da fare.

Era stremata, priva di ogni forza. Ma aveva con sé l'arma. Ogni Sheireen prima di lei l'aveva avuta, e con quella aveva fronteggiato il nemico.

Baciò Amhal sulla bocca, l'ultimo bacio.

Lui capì. «Tirami su» le disse.

«Ti prego...»

«Sono con te.»

Si guardarono. Adhara obbedì e lo appoggiò al muro, il sangue che colava sempre più dalla sua ferita.

Si volse e lui le cinse i fianchi. Adhara sentì sulla schiena il calore del suo corpo. Chiuse gli occhi.

«Ce la faremo?» chiese.

«Ce la faremo.»

Estrasse il pugnale, lo tese davanti a sé. Amhal avvolse la sua mano nelle proprie, e assieme strinsero la presa sull'elsa. I boccioli scattarono famelici, affondando nella carne delle loro braccia.

Adhara sapeva come fare. Un destino antico migliaia di anni le stava mostrando la strada. La indicò ad Amhal. Quale suprema magia: convertire il male in bene, strappare il Marvash al suo destino e insegnargli come uccidere il suo creatore.

Una bolla di luce si staccò dalla figura di San e si estese rapida, distruggendo ogni cosa nel suo cammino. Tutto bruciava lungo il percorso, e scompariva nel nulla.

Finché qualcosa non ne bloccò l'avanzata. Una luce rosata, calda, che si irradiava tutto intorno. Partiva dal Pugnale di Phenor e si avvolse intorno a San. Il suo intero essere si dissolse in essa come una foglia secca in un falò, consumato dal suo stesso odio, dalla sua stessa disperazione. Anche la sfera luminosa ne fu pian piano erosa, e si disfece lentamente in una pioggia dorata, sottile. Chi combatteva alzò gli occhi al cielo, un cielo all'improvviso terso, limpido, nella gelida aria invernale.

Poi fu quiete, profonda, silenziosa. Lo squarcio di sereno che si era aperto si richiuse lentamente, e la neve riprese a scendere piano, come se non fosse accaduto nulla. Elfi e uomini tacevano. Metà di Nuova Enawar non esisteva più, distrutta fin dalle fondamenta dall'incantesimo di San. Ma l'altra metà, incredula, era ancora in piedi. Al confine del cratere, solo un pugnale nero, l'elsa foggiata con un motivo di boccioli di rosa, e un fregio a forma di fulmine, intriso di sangue, lungo la lama.

Epilogo

Un uomo saggio un giorno disse che il Mondo Emerso vive su un fragile equilibrio, che la pace si alterna alla guerra e viceversa, fino alla fine dei tempi.

Mi chiedo cosa penserebbe ora, cosa direbbe, se avesse visto quel che ho visto io. Pace. C'è di nuovo la pace. Una pace difficile e faticosa, una pace costruita su troppe morti. Io stessa sono viva per miracolo. A lungo non sono riuscita a capacitarmene. Che vivere o morire dipendesse da una cosa così stupida come il luogo in cui ciascuno di noi si trovava quel giorno. A ovest, morte. A est, vita. Chi semplicemente inciampò nella corsa, chi si fermò un istante di troppo a guardare la catastrofe dietro di sé morì quel giorno. Chi proseguì senza voltarsi, chi poté fidarsi delle sue gambe visse.

Questo accadde il giorno dell'assedio a Nuova Enawar. Io avevo corso a sufficienza, dopo aver lasciato San a morire sui bastioni. E vidi ogni cosa, anche quello che gli altri non videro.

Erano avvolti da una luce purissima, e sorridevano. In mano tenevano un pugnale decorato da fregi floreali. Erano belli come gli eroi di cui avevo letto nei libri. Si dissolsero nell'aria gelida un attimo dopo averci salvati tutti. Adhara e Amhal.

Quello che avvenne dopo è storia.

Morto Kryss, la guerra a poco a poco consumò se stessa. Non c'era alcuna ragione per continuare. Qualche elfo cercò vendetta, ma i più erano frastornati da quanto era accaduto, come si fossero appena risvegliati da un incubo. A un tratto sembravano domandarsi sbigottiti quale follia li avesse spinti fino a noi, seguendo quale assurdo sogno avessero deciso di farci guerra. E del resto anche noi eravamo stremati. Dalle troppe morti, dalla distruzione.

Non posso dire che la fine fu indolore. Vi furono ancora spargimenti di sangue, ed episodi terribili; i vincitori sanno essere estremamente crudeli con i vinti. Ma poi ogni cosa finì, e lenta riprese la ricostruzione.

Fui io a salvare Theana. La trovai che giaceva in una prigione a Salazar. Era fuori di sé, provata, ma viva. La portai da mio fratello. Non riuscirò mai a dimenticare le sue parole quel giorno.

«Non credo di poter più servire al tempio» disse a Kalth.

«E perché?» chiesi io.

«Perché dopo quello che ho visto non credo più» affermò lapidaria. «Forse San può non essere riuscito a compiere appieno ciò che voleva, ma non c'è dubbio che il Marvash ha vinto. Il Mondo Emerso è sempre stato il regno dei Marvash, una landa desolata in cui regnano solo odio e morte, un luogo senza pace e senza dei. E allora forse è giusto che si dissolva, che scompaia.»

Quella fu la prima volta che raccontai di Adhara e Amhal, di quello che avevo visto. Fino ad allora l'avevo tenuto per me, non saprei dire perché. Pudore, forse. Avevo assistito a qualcosa di grande, qualcosa di inaudito, e le parole non potevano che sminuirlo. Ma il tempo passava, e la gente intorno a me ignorava chi fosse Adhara, e Amhal lo ricordava solo perché aveva tradito, e aveva combattuto al fianco di Kryss.

Raccontai tutto, e persino mio fratello, sempre così posato, parve impressionato.

«Per cui non dite che questo posto è perduto. C'è chi ha dato la vita per noi.»

Theana tacque, poi sorrise tristemente. «Alla fine c'è riuscita...» disse solo.

Forse furono quelle parole a farmi prendere la mia decisione. Per un po' di tempo continuai a combattere. Kalth immaginava per me un futuro da regina; a volte penso che in me vedesse troppo nostra nonna. Avrebbe voluto che io fossi come lei, Amina la sovrana guerriera. Ma io sentivo di essere destinata ad altro.

Quando arrivò la pace, capii che era tempo di deporre la spada. E capii anche che il comando non faceva per me. Io avevo un altro compito.

Io dovevo vivere per i morti, per coloro che avevano preso parte a questa storia e ne erano stati cancellati dal tempo. Io dovevo vivere per mia nonna e il suo supremo sacrificio, io dovevo vivere per Baol e il suo eroismo che mi aveva permesso di sopravvivere. Io dovevo vivere per Adhara e Amhal, che in silenzio avevano consumato le loro esistenze per il Mondo Emerso.

Sono brava a suonare, e così a tessere rime. Non avrei mai creduto che la penna fosse il mio destino. Ma forse avrei dovuto immaginarlo, quando mi nascondevo da mia madre per leggere i libri d'avventura che mi piacevano tanto.

Ora giro col mio liuto per le locande, canto per chi vuole starmi a sentire. Ogni sera un racconto diverso. Canto di

Nihal, di Dubhe, di Sennar, di Ido, di Learco. Di tutti gli eroi che hanno reso grande il Mondo Emerso, sacrificando la loro vita per difenderne la bellezza. E canto anche di Livon, di Soana, di Eleusi, degli umili che con la loro dedizione hanno reso possibile le imprese più grandi. In fin dei conti, sento che si tratta di un'unica, grande storia.

I primi tempi, qualcuno riconosceva in me la ragazzina che aveva portato indietro il cadavere della nonna e aveva arringato con coraggio la gente spaventata di Nuova Enawar. Allora negavo tutto, e mi allontanavo verso una nuova locanda. Ormai non succede più.

Mio fratello ogni tanto mi cerca, e mi viene a trovare.

«Saresti stata una grande regina» mi dice sempre.

«Il mio compito è la memoria del passato, il tuo la costruzione del futuro» replico io.

Il ciclo delle Sheireen e dei Marvash ha retto troppo a lungo questo mondo. Dai tempi di Freithar, che volle farsi dio con la morte, ogni cosa compiuta qui ha seguito la logica perversa di questa eterna alternanza. A volte guardo a me stessa e ai miei simili, e penso che gli dei si siano presi gioco di noi. Ma poi ricordo quella scena impressa a fuoco nella mia mente: Adhara e Amhal, Sheireen e Marvash, abbracciati, che insieme sconfiggono San. E allora capisco. Che la libertà esiste, e va conquistata, anche a prezzo di grande dolore. Che il destino non ha potere su di noi, se abbiamo il coraggio di ribellarci.

Io credo che Adhara sia stata l'ultima. Che questo gioco crudele sia finito. Che d'ora in avanti il Mondo Emerso apparterrà soltanto a chi lo abita.

E lo ama.

Amina

Personaggi e luoghi

Adhara: ragazza creata con la magia dalla setta dei Veglianti affinché fosse la nuova Sheireen.

Adrass: il Vegliante che ha creato Adhara.

Ael: spirito elfico dell'acqua.

Aelon: santuario dedicato allo spirito elfico dell'acqua, Ael.

Amhal: in passato apprendista Cavaliere di Drago, si è unito a San ed è diventato il secondo Marvash. In cambio della sua fedeltà a Kryss, ha ottenuto l'annullamento di tutti i sentimenti grazie al Talismano di Ghour.

Amina: figlia di Fea e Neor, nipote di Dubhe, gemella di Kalth.

Ashkar: catalizzatore. Un manufatto magico che serve a raccogliere e amplificare la magia.

Aster: mezzelfo che cento anni addietro aveva cercato di conquistare tutto il Mondo Emerso. È stato uno dei Marvash.

Baol: attendente di Dubhe.

Calipso: regina delle ninfe e della Terra dell'Acqua.

Dakara: fondatore della setta dei Veglianti.

Devhir: padre di Kryss, da quest'ultimo fatto giustiziare per sostituirlo sul trono di Orva.

Dohor: padre di Learco, crudele re della Terra del Sole che cercò di conquistare tutto il Mondo Emerso.

Dubhe: regina della Terra del Sole, un tempo abile ladra addestrata alle arti degli Assassini. Durante il suo regno è stata fondatrice e capo dei Guerrieri Ombra, un corpo di spie.

Elyna: ragazza morta a causa di un avvelenamento, il cui corpo è stato usato per la creazione di Adhara.

Ehalir: luogo mitologico al quale gli dei elfici sono tornati dopo il peccato del primo Marvash.

Elfi: antichi abitanti del Mondo Emerso, lo abbandonarono stabilendosi nelle Terre Ignote quando le altre razze iniziarono a popolarlo.

Erak Maar: nome elfico del Mondo Emerso.

Fammin: creature mostruose create dalla magia del Tiranno per farle combattere nelle sue schiere.

Fratelli della Folgore: i sacerdoti del culto di Thenaar.

Freithar: il primo Marvash.

Gilda: detta anche Setta degli Assassini, associazione segreta che aveva pervertito il culto di Thenaar.

Guerrieri Ombra: il corpo di spie fondato da Dubhe.

Huyé: popolo nato dall'incrocio di gnomi ed elfi che vive nelle Terre Ignote.

Ido: gnomo, Cavaliere di Drago, salvò San dalla Setta degli Assassini.

Jamila: drago di Amhal.

Kalth: figlio di Fea e Neor, nipote di Dubhe, gemello di Amina. È l'attuale re della Terra del Sole e guida il Mondo Emerso contro l'invasione degli elfi.

Keo: drago che fa la guardia alla casa di Meriph.

Kryss: re degli elfi, che guida il proprio popolo alla riconquista del Mondo Emerso.

Lancia di Dessar: manufatto usato da una Sheireen in un lontano passato.

Laodamea: capitale della Terra dell'Acqua.

Larshar: fedele luogotenente di Kryss, reggente della città di Orva in sua assenza.

Learco: sovrano della Terra del Sole, è stato l'artefice dei cinquant'anni di pace che ha vissuto il Mondo Emerso. È stato ucciso dal morbo, diffuso a corte da San.

Lhyr: sorella di Shyra, maga e sacerdotessa. Kryss l'ha fatta rapire e l'ha costretta a mantenere attiva la magia che permetteva al morbo di continuare a propagarsi nel Mondo Emerso.

Livon: padre adottivo di Nihal, fu ucciso davanti agli occhi della figlia da due fammin del Tiranno.

Makrat: capitale della Terra del Sole.

Marvash: "Distruttore", in lingua elfica. Figura mitologica che appare periodicamente nel Mondo Emerso per devastarlo e dare inizio a una nuova era.

Merhat: una delle quattro città che gli elfi hanno edificato nelle Terre Ignote.

Meriph: gnomo, mago, maestro di Adrass, vive nella Terra del Fuoco, alle pendici del Thal.

Mherar Thar: nome elfico per le Terre Ignote.

Morbo: malattia mortale e infettiva fatta diffondere in tutto il Mondo Emerso dagli elfi.

Nelor: una delle quattro città che gli elfi hanno edificato nelle Terre Ignote.

Neor: unico figlio di Dubhe e Learco, è stato per breve tempo re della Terra del Sole. È stato ucciso da Amhal.

Nihal: mezzelfo, eroina che ha salvato il Mondo Emerso dal Tiranno cento anni prima. È stata una Sheireen.

Nuova Enawar: unica città della Grande Terra, sede del Consiglio del Mondo Emerso e dell'Esercito Unitario.

Oarf: drago di Nihal, in seguito usato da San per i suoi spostamenti, fino a quando quest'ultimo non decise di abbandonare il Mondo Emerso.

Orva: una delle quattro città che gli elfi hanno edificato nelle Terre Ignote. È il luogo di origine di Kryss.

Pesharjai: il Giorno del Miracolo, festa elfica durante la quale i malati confluiscono al tempio di Phenor per farsi guarire.

Phenor: divinità elfica della fecondità e della creazione, è il principio femminile che compone una diade assieme a Thenaar, negandolo e completandolo al tempo stesso.

Pietosi: i sopravvissuti al morbo che si occupano di curare i malati.

Portale: manufatto magico ottenuto con Formule Proibite e con il sangue di uno o più sacrifici, che permette di spostarsi istantaneamente da un luogo all'altro.

Pugnale di Phenor: arma destinata a Adhara, l'unica con la quale i Marvash San e Amhal possano essere sconfitti.

Saar: grande fiume che segna il confine tra il Mondo Emerso e le Terre Ignote.

Salazar: città-torre capitale della Terra del Vento.

San: nipote di Nihal e Sennar, braccio destro di Kryss. È un Marvash.

Sarnek: antico maestro di Dubhe, che l'ha iniziata al mestiere di sicario.

Sennar: potente mago, marito di Nihal.

Sheireen: "Consacrata", in lingua elfica. È una figura mitologica che appare periodicamente nel Mondo Emerso con lo scopo di contrastare i Marvash.

Shet: una delle quattro città che gli elfi hanno edificato nelle Terre Ignote.

Shevraar: nome elfico di Thenaar.

Shyra: elfo, sorella di Lhyr. All'inizio ha seguito Kryss, divenendone uno dei più fidati collaboratori. In seguito al rapimento della sorella, lo ha abbandonato e si è unita alla ribellione, fino a diventarne il capo.

Terra delle Lacrime: traduzione di Mherar Thar, il modo in cui gli elfi chiamano le Terre Ignote.

Terre Ignote: territori al di là del Saar.

Thal: il più grande vulcano del Mondo Emerso; si trova nella Terra del Fuoco.

Theana: maga e sacerdotessa, Supremo Officiante dei Fratelli della Folgore.

Thenaar: dio della guerra, della distruzione e della creazione.

Tori: gnomo, venditore di veleni. Ha fornito a Dubhe la pozione per ringiovanire.

Tyrash: mago al seguito di Kryss.

Uro: gnomo che ha fornito a Theana una pozione miracolosa per curare il morbo.

Veglianti: setta segreta fuoriuscita dai Fratelli della Folgore.

Veridonia: alga dalla fioritura fluorescente che cresce particolarmente rigogliosa nei pressi di Orva.

Viverna: animale simile a un drago, ma privo di zampe anteriori, cavalcatura prediletta dai guerrieri elfici.

Yeshol: capo della perduta Setta degli Assassini, tentò di resuscitare Aster ma venne ucciso prima di riuscire nel tentativo.

Zalenia: il Mondo Sommerso, dove Ido e San si rifugiarono quando erano braccati dalla Gilda.

Zenthrar: mago al seguito di Kryss.

Ringraziamenti

Mentre scrivevo gli ultimi capitoli di questo libro, pian piano mi avvolgeva una strana sensazione: quella malinconia da fine vacanze, quella nostalgia che si prova quando un capitolo della nostra vita si chiude.

Il Mondo Emerso è stato con me per dieci anni, è stato il luogo speciale in cui rifugiarmi, l'ordito sul quale tessere le mie fantasie, e al contempo liberare le mie ossessioni. Mi ha aiutata a crescere, mi ha consolata, mi ha accompagnata in tappe fondamentali della mia vita. Di certo è ancora vivo in me, e ci sarà spazio, in futuro, per tornarci ancora, ma sento ora di dovermi prendere una pausa, di dover tentare altre vie.

Tante cose sono cambiate da quella sera in cui, stanca per la giornata di studio, iniziai per la prima volta a pensare a Nihal e al mondo in cui viveva. Rileggendo gli appunti di allora, ritrovo la studentessa di quei giorni, la ragazzina che per la prima volta faceva i conti col mondo. Adesso sono adulta, ho un marito e una figlia. Come Adhara, in qualche modo mi sono trovata, anche se per la verità non si smette mai di cercarsi, altrimenti si smetterebbe di vivere.

Ma per tante cose che sono cambiate, alcune, per fortuna, sono rimaste le stesse. C'è Giuliano, ora come allora, la prima persona che devo ringraziare. Non solo è il centro della mia esistenza, ma è diventato indispensabile anche per la mia scrit-

tura: senza i nostri brainstorming, non credo sarei più in grado di raccontare storie che funzionino.

Ora come allora, i miei sono sempre al mio fianco, incoraggiandomi, spronandomi, criticandomi quando è necessario ed elogiandomi quando lo merito, senza smettere mai di darmi spunti.

Sandrone è stato con me fin dall'inizio, molto di quanto è accaduto in questi anni lo devo a lui; mi ha insegnato tantissimo e continua a farlo, spero non smetterà mai.

Con me ci sono ancora Fiammetta, e tutti quelli con cui lavoro alla Mondadori: Massimo Turchetta, Alessandro Gelso, Fernando Ambrosi, Chiara Giorcelli, Nadia Focile, Alice Dosso, Teresa Ciancio, Sandra Barbui, persone fantastiche che con la loro dedizione e la loro professionalità mi hanno aiutata in questi anni. In fin dei conti, un libro si scrive da soli alla scrivania, ma pubblicarlo è un lavoro di gruppo. Io ho la fortuna di lavorare con chi condivide con me una visione.

Un grazie ad Andrea Cotti, Barbara Di Micco e alla new entry – almeno nel Mondo Emerso – Silvia Sacco Stevanella, che mi hanno aiutata a far uscire la farfalla dal bozzolo. Grazie a Manola Carli per le sue impagabili osservazioni. Grazie al mio agente Roberto Minutillo Turtur, che mi ha semplificato non poco la vita.

Non credo che i miei ringraziamenti riusciranno mai a estinguere il debito che ho con Paolo Barbieri: ha reso il Mondo Emerso un posto vero, vibrante, l'ha arricchito con la sua fantasia e il suo talento, mi ha regalato disegni bellissimi, copertine fantastiche, e io so che una buona parte di questo successo è merito suo. Mi basta alzare gli occhi e incrociare lo sguardo del nostro Ido, qui sul muro, e in qualche modo mi sento più forte. Grazie infinitamente.

Grazie ai miei amici, che mi sopportano, mi sostengono, mi aiutano nei momenti più difficili: il vostro affetto è per me qualcosa di insostituibile.

Grazie ai lettori, i veri artefici di quanto di bello il Mondo Emerso si è portato dietro: condividere con voi questi anni è stato un onore e un piacere. Sappiatemi perdonare per le mie mancanze, e grazie per la fiducia che mi accordate a ogni nuova storia.

Last but not least – *affatto – un bacione grandissimo a Irene, che mi ha cambiata nel profondo, che forse c'è sempre stata, nella mia testa e nella mia pancia, che mi ha accompagnata fisicamente per due libri di questa trilogia. Spero che un giorno possa amare le mie storie, amare profondamente la lettura, e che leggendo queste pagine possa sentirsi vicina a me così come lo siamo ora.*

Licia Troisi

Indice

CRONACHE DEL
MONDO EMERSO

I - NIHAL DELLA TERRA DEL VENTO
II - LA MISSIONE DI SENNAR
III - IL TALISMANO DEL POTERE

LE
GUERRE
DEL
MONDO EMERSO

I - LA SETTA DEGLI ASSASSINI
II - LE DUE GUERRIERE
III - UN NUOVO REGNO

LEGGENDE
DEL
MONDO EMERSO

I - IL DESTINO DI ADHARA
II - FIGLIA DEL SANGUE

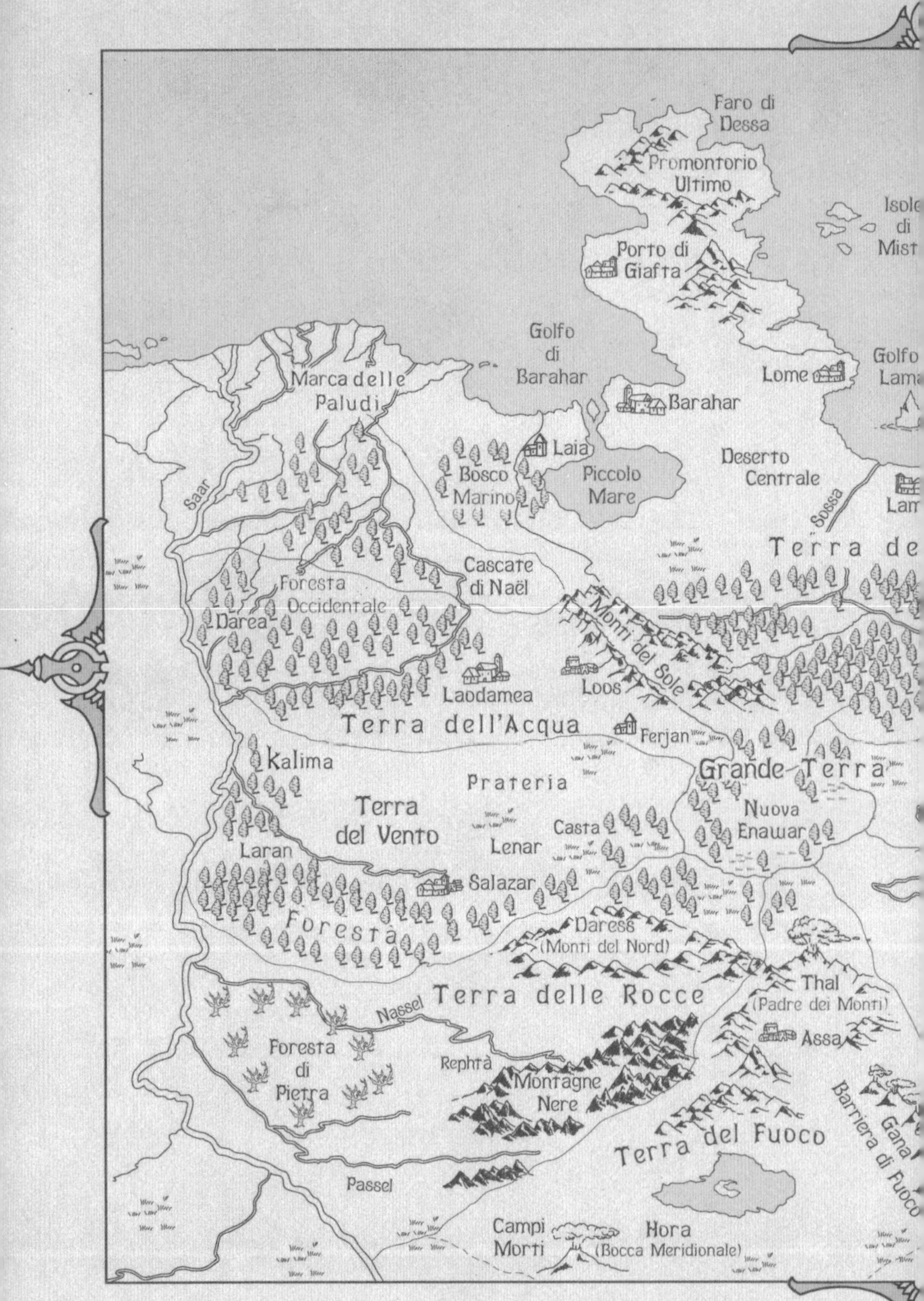

Faro di Dessa
Promontorio Ultimo
Porto di Giafta
Golfo di Barahar
Lome
Barahar
Marca delle Paludi
Saar
Laia
Bosco Marino
Piccolo Mare
Deserto Centrale
Sossa
Cascate di Naël
Foresta Occidentale
Darea
Monti del Sole
Loos
Laodamea
Terra dell'Acqua
Ferjan
Kalima
Prateria
Grande Terra
Terra del Vento
Casta
Nuova Enawar
Lenar
Laran
Salazar
Foresta
Daress
(Monti del Nord)
Thal
(Padre dei Monti)
Terra delle Rocce
Nassel
Assa
Foresta di Pietra
Rephtà
Montagne Nere
Gana
Barriera di Fuoco
Terra del Fuoco
Passel
Campi Morti
Hora
(Bocca Meridionale)